1995 年 11 月参观上海大陆新村鲁迅故居

1980 年陪唐弢先生在杭州九溪游览。前排左起：唐弢、罗念生、吴中杰，后排左起：张晓翠、张恩和、作者、童炽昌

1965 年初春参与华东地区现代戏会演，在上海豫园与叶子铭合影

1983 年 6 月在义乌参加首届冯雪峰研讨会，与杜鹏程夫妇（左二、三）合影

1979 年 10 月在黄山参加新时期首次鲁迅研讨会，前排左起：张颂南、徐永明、作者，后排：郑择魁、王国柱、毛雪非

1996 年 11 月在海宁盐官海神庙与金庸先生会面

1996 年 12 月出席中国作家协会第五次全国代表大会，浙江省代表在天安门广场合影

前排左起：薛家柱、叶文玲、夏真、王旭烽、陈士濂，后排：刘先平、作者

与龙彼得（左一）、黄亚洲（左三）在人民大会堂

1997年1月在香港理工大学现代应用文国际研讨会报告论文

1996年与李杭春在郁达夫故居

1996年在富阳郁达夫研讨会期间拜访黄源老（右一）

2010 年 10 月在雁荡山与吴秀明合影

1994 年秋出席在苏州大学举行的全国文科发展会议，与沈善洪校长（中）、
杨树标（右）合影

1999 年 7 月出席西南师范大学"重庆与 20 世纪中国文学"研讨会，全体代表合影。前排左四起：黄曼君、易作贤、陆耀东、吕进、叶子铭、黄修己、孙玉石、朱德发、张德林

2013 年，与陈子善在浙大现当代文学史料学研讨会上

2010 年夏参加中文系学术沙龙，右王国英

1998 年新秋在临海与中国现当代文学与文化研究所同仁合影

2013 年 2 月在青芝坞，左起：作者、朱克玲、李丽华、
刘云泉、庄筱荣

2017 年初夏，与吕建明在紫金港

1960 年杭大毕业留校执教

1962 年 10 月在苏州与妻李丽华合影

2008 年在杭州庆丰新村全家合影

2017 年夏 与孙儿凯戈在西安白鹿原影视城

染水轩文存

⑧

# 现当代文学评论

◎陈 坚 著

浙江大学出版社

ZHEJIANG UNIVERSITY PRESS

# 目　录

# 寄德聂泊尔

合上"我的儿子"① 的最后一页

我抬起被泪水模糊的眼睛

在十月碧蓝的天空下

德聂泊尔在我的眼前流淌


河水低低地吟唱

英雄受尽折磨后的誓言

在我耳边回响:"让我的死

也像我的生一样地纯洁吧"


我仿佛看见:英雄昂立在坑道里②

土块骤雨般打在他倔强的脸上

他用全身最后的力量高唱"国际歌"

---

① 关于苏联卫国战争英雄奥列格的回忆录,柯歇伐雅著。

② 奥列格和他的青年近卫军战士们被敌人活埋在坑道里。

告别你呵——祖国、家乡

青春还像嫩芽在枝头吐蕾
他们却把生命坦然地呈献
为了你两岸广漠的土地
永远沸腾着欢乐的歌声

他们不能再回来了，即使一次
德聂泊尔，你这骄傲的河
我听见你波涛的狂啸
是你在向儿子召唤

我的心呵，狂跳着奔向你——
养育近卫军英雄的摇篮
它沿着乌克兰蓝色的腰带巡行
去寻找英雄留下的脚印，于是，我看到——

他站在不朽的舍甫琴科墓前
　将花环放在人民诗人的水兵帽边
他乘坐汽艇追逐浪花
　和共青团员们哼唱乌克兰民谣

寄德聂泊尔

他站在高高的金色沙岸上
　　倾听顿涅茨矿场上汽笛欢快的尖叫
他在风暴的黄昏乘着小木船
　　像远航者一样跟浪谷涛山搏斗

他迎着十月的煦风
　　去造访盖满闪闪黄金的农庄
他走进河畔的高尔基中学
　　长久地亲吻英雄坐过的一张桌位……

德聂泊尔呵，你在我的血管里长流
德聂泊尔的儿子呵
我将踏着你战斗的脚印
完成那革命的英雄诗章

（原载《杭州日报》1957 年 11 月 16 日）

# 谈杜鹏程短篇小说英雄人物的创造

"我们的生活比我们的书更英雄"，《钢铁是怎样炼成的》的作者奥斯特洛夫斯基在谈创作经过时，说过这样一句耐人深思的话。今天，我们生活在一个伟大的英雄时代，劳动人民正以冲天的干劲、昂扬的斗志和排山倒海的气慨，从事着前无古人的社会主义革命和社会主义建设的伟业，英雄人物像夏夜的繁星不断涌现。可是，正如奥斯特洛夫斯基所说，在我们的文学作品中却反映得还远远不够。塑造劳动人民的英雄形象，宣扬、讴歌他们伟大的创造精神和高尚品质，从而真实地反映我们崭新的时代面貌，以共产主义精神教育人民，就成为当前文学艺术的首要任务和义不容辞的神圣职责。而作为最能迅速反映现实的文学样式，文学武器之一的短篇小说，就更有责任抓取瞬息万变的生活中最感人的事件，创造出值得做别人仿效对象的先进人物的艺术形象，引导千千万万人民群众不断前进。

在这方面，《保卫延安》《在和平的日子里》的作者杜鹏程同志是作了不少努力并获得了比较显著的成就的。

杜鹏程在写作长篇、中篇小说的同时，写了一些短篇，数量虽不多，但每一篇都扎扎实实，很有分量，在报刊上发表以后，立即引起了注意，给读者留下了深刻难忘的印象。① 作家在海涛般喧腾的充满活力的铁路工地的背景上，带着一个个建设者向我们走来：身穿深红皮夹克与黄军裤、一刻也不能安静的青年司机王军，满脸络腮胡子、左臂挂着绷带的高大的杨方同"像冬天的火炉似的吸引人"的赵志群，手提安全帽、脚着草鞋、忙得只能在车上睡觉的总指挥同朴实、敦厚而又狡黠可爱的司机老赵，炎夏严冬一直守着开水锅的饱经风霜的平常的女人郑大嫂，风尘仆仆而精神抖擞的老黑同他的身兼十几职的老伴，以及那凝望工地坚守"岗位"的纯真的小孩成渝……他们是这样平凡而又高大，在各个短篇中，他们像是一个个壮美的青铜塑像，合起来，就是一幅相当完整的雄浑动人的工地的巨幅油画。正是通过对这一群工地建设者英雄形象的描绘，杜鹏程的短篇小说，阐明了一个共同的崇高的主题，即反映祖国一日千里飞速发展的建设面貌，歌颂无产阶级旋转乾坤、改造大地，创造新世界的雄伟气魄和豪迈的共产主义风格。

在劳动人民推翻了阶级敌人的统治夺得政权之后，摆在无产阶级面前的任务就是要把我们的祖国尽快地建设成为一个强

---

① 《延安人》刊于《文艺月报》1958 年 5 月号；《记一个年轻的朋友》刊于《延河》1956 年 5 月号；《第一天》刊于《延河》1958 年 5 月号；《一个平凡的女人》刊于《人民文学》1958 年 2 月号；《夜走灵官峡》刊于《延河》1958 年 2 月号；《铁路工地上的深夜》载《人民日报》1958 年 4 月 11 日。

盛的社会主义国家。建设，同样是一场战争，且还是更复杂更困难更深刻的战争。它不仅碰到残余阶级敌人及其遗留下来的敌对思想的破坏，更遇到了自然界这生疏而强大的敌人的阻挠。杜鹏程短篇小说英雄人物创造的第一个特色就在于：把人物放在向自然界进军的第一线，为建设社会主义而斗争的中心，让人物在困难的任务面前，在艰苦的斗争中，经受严峻的考验，突出地显示英雄人物性格最光辉最本质的方面，呈现出英雄心灵的全部美丽。

《第一天》写于1958年大跃进的热潮中。它描写两个复员军人来到工地的最初的经历。杨方，这是个身经百战的老战士，在游击斗争和抗美援朝战争中，他曾率领战士们在战场上创立功勋，现在，他带着一只胳膊来到建设的岗位，接受了开山凿岭、挖通一座"中国最长的隧道"的艰巨任务。没有住处，没有工具设备，更没有技术经验，有的只是山谷里的冰块和暴风雪，有的只是一千零一只手跟十来把磨秃了的十字镐。在这个陌生而十分困难的任务面前，杨方起先感到惶惑、急躁，并因此而对于刚刚离开的部队生活格外地依恋。他在心里沉重地慨叹：别了，廿年的战斗生活！但他并没有回避、躲开，他厉声批评战士，同时也是鞭策自己："一张口就是打仗！打仗！要是世界上没有战争，咱们还失业不成！干，用牙齿啃也要把雪山啃通！"

正在杨方烦躁得不知从何着手的时候，另一个复员军人赵志群走来了！战士特有的旺盛的战斗热情，使他们立即找到了共同的语言。他们共同回忆起战争的艰苦的岁月，他们怎样学会了战争和制胜敌人，从不熟悉到熟悉，从没有经验到有经验，从没有路的地方开辟出一条路。赵志群说："哦，你是问我带来什么，我嘛，带来一双手，一双手，这就是起家的本钱，过去现在都是如此噢！"他们是这样一种战士："虽然肢体上缺了一部分，但是直到闭眼睛那天，谁也休想听到他们叫唤：把肩上的担子减轻一点吧。"力量从灵魂里唤起了，于是，他们制住了这"第一天"，坚定地踏上新的战斗的里程，"在暴风雪逞威的战场上，毅然不息地向前走去"。

杨方和赵志群，挺立在风雪之中，任寒冷袭击，任风雪吹打，也不能丝毫动摇，这种坚强刚毅、百折不挠的性格，在这样一个特定的环境中，得到了突出有力的表现。

在《第一天》以及杜鹏程其他的短篇中所描写的环境，是具有深刻典型意义的。高山激流，狂风暴雪，山塌雪崩，洪水泛滥……自然界暴君带来的种种障碍和技术条件、原材料的缺乏，所有这些，正是我国建设途程中所经历的困难的真实而集中的写照。毛主席说我国六亿人口的显著特点是"一穷二白"，"穷则思变，要干，要革命"，正是这种特殊的环境，我国劳动人民铸造了自己艰苦奋斗、突破一切困难、冲不垮打不烂的钢铁般的性格，杜鹏程正是在这种典型环境的具体描绘中，在人物与困难的搏斗中，突出地塑造了英雄人物刚毅不屈、奋斗不息的典型性格。

在短篇中，这一性格的表现，不是千篇一律的，更不是概念的化身与图解，它是作为饱和着血肉的各种不同的鲜明的个性存在于作品之中的，无论是男的女的，从工地党委书记到烧水女工，从汽车司机到爆破手，从年老的职工到十七八岁的孩子，他们都有自己的职务，自己的声音笑貌，更重要的，他们都有各不相同的个性和形成个性的各不相同的经历。

就拿同属于领导者形象的总指挥，赵志群与杨方来看。赵志群风趣开朗，既负责"指挥"，又深入工地，为工作废寝忘餐，但忙而不乱，对同志随和而严厉。他中等身材，粗壮而结实；杨方则英俊、高大而伟岸。性格也有差异，杨方性格勇猛，但有时显得暴躁、坚强，但还不够沉着；而赵志群则是一个典型的党的政治工作者的形象，性格爽朗热情，有股吸引人的力量，他随时把自己的心灵向别人坦露着，同时他又能透视到别人内心的深处，诱导别人，鼓舞别人，给人以信心和力量。

这各个不同的个性面貌，在艰苦斗争和繁难的任务面前，通过人物烙印着性格的态度、行动异常鲜明地刻画出来了。

《记一个年轻的朋友》里的王军是个利落机灵的小伙子，在险峻的坡路上，他巧妙地绕过山上滚下来的石子飞速行驶，表现得非常勇敢机智，但在犯了过错以后，他却那般心事重重，为自己的鲁莽深深苦恼。看看在他被张师傅"钳子一样的眼光"从驾驶台"钳"出来之后他的一副尴尬相吧:"他规规矩矩地站到那里,满脸通红,用手指在自己的车头引擎盖上,一道一道地乱画起来",这个活蹦乱跳、有那一股子猛劲儿的小伙子,一下就变得这般少有的安静,像个犯过失的孩子那样在父亲面前胆怯心虚,充满纯真和稚气。在爱情上,他又那样诚挚,富于幻想。而到了紧要关头,他可以为旁人拿出自己所有的一切,在坍方的千钧一发的时刻,死亡已罩到头上,他还镇静地指挥司机们抢救职工家属,最后以致为了抢救一位老太太而负伤。这个动人心魄的与自然灾害斗争的场面,栩栩如生地描绘出了一个智勇双全舍己为人的英雄形象。

新时代的英雄生长在时代的战斗生活中,没有斗争,就没有英雄,英雄行为是在斗争中体现的,只有在严峻的斗争的旋涡中,才能显示英雄的本色。杜鹏程正是在人与自然,意志与种种困难的冲突中,合理地突出人物一个或几个最本质最激动人心的方向,使人物具有鲜明个性,像浮雕一般突现在读者面前,激动读者的心灵。

我们时代的英雄人物在革命斗争的火焰中,在与困难的斗争中成长成熟,他们具有丰富的精神世界,这一世界集中了人类一切最新最美的素质。真实而富于说服力地揭示促使人物完成英雄行为的原动力,深刻发掘人物内在的精神美,把英雄的精神世界提高到理想的共产主义境界,这是杜鹏程小说人物创造的第二个特色。

在这几个短篇中的英雄人物都经历过苦难生活的煎熬，或是经受过时代风雨、革命斗争的洗礼，党的培育、阶级的教养，是他们成长的决定性因素，也是他们区别于过去时代英雄的明显标志。作者虽没有在短篇中完整地反映他们的全部成长过程，但却指出了人物性格发展的关键和规律，使读者自然地走进小说所展开的人物的内心世界。

在这点上，《延安人》无疑是最优秀的一篇。我们怎么也不能忘怀吕有怀所回忆的那个片断：小黑带着游击队执行运送伤员的任务，当剩下最后一批伤员时，敌人压过来了，小黑焦急得不知所措，老黑却带着老伴悄悄地来接应了。子弹在头顶呼啸，他毫不慌张。我们看他教训儿子：怕甚哩！天塌下来有大个子招架！老黑威严地命令儿子掩护，自己领担架趟河爬山逃出险境，老黑的勇猛沉着在这里已给了人明显印象，但紧接着的小黑负伤之后故事的展开，人物的思想就进入了更高的境界。

小黑负伤，敌人扑上来，伤员危险，小黑更危险，正是到了只能抓一头的时候，他毅然作出决定，先救出十二个同志，然后再救小黑，当小黑妈骂他狠心时，他冒火地反问：一个重要还是十二个重要！

作者把人物提到了斗争的焦点，也是感情的焦点上，父亲对儿子的骨肉感情谁也会有，何况这是他唯一的儿子，老黑是想到了这"一个"的，但是他更想到了"十二个"革命同志的生命危险，党的嘱托，共产党员的责任感，正是从党那里他获得了强大的精神力量，在此决定关头，他作了一个共产党员应作的一切。在这一富有特征的情节中，我们看到了共产党员美丽的心灵，充满阶级爱、同志爱的人类值得骄傲的伟大的心灵。

这一可歌可泣的英雄行为写得逼真、自然。因为作者在前面以人物生活历程提示了我们：穷困生活的重担磨硬了他们的双肩，在刘志丹和红旗面前的宣誓，使他敢于豁出生命为革命尽忠，这些描述奠定了英雄性格形成的牢实基础。

在革命斗争中从不计较个人得失，出生入死，在和平建设中又毫不吝惜精力，为人类解放事业毕生辛劳。老黑像个虎彪彪年轻后生似地工作着，一年四季，没日没夜，为了搞材料，几乎"呕尽心血"，日夜奔波，在他与他的老伴的灵魂里，"党""国"与"家"完全是同义语，党是他们的生命，党的事业就是他们唯一的事业，为党工作就是他们唯一的义务。小黑妈在深夜"鬼迷了心窍"似地要老黑去看仓库、小黑妈对儿子关于浪费材料的拷问与批评，这些情节有力地刻画了老人的内心世界。

"任劳容易任怨难"，当材料困难，埋怨声一片时，作品中有这样一段对话：

老黑说："着啊，整天吵材料，这反映了我们国家的整个情况，我们是白手起家啊!"

黑永良反问："你为啥不把你这道理向干部们说说？"

老黑用小旱烟管拍打着手掌，说："我说什么？说没材料不怪我这材料主任，只怪上级？永良，咱们不作难叫谁作难？咱们不顶住一切困难叫谁顶住呢？"

在这段看来平静的对话里，一个质朴、忠厚、坚韧的老人内在的精神美，像火光一样腾地升起来，我们仿佛可以触摸到他那颗热气腾腾的共产党员的心！作者透过这段对话，使人物的精神升华到最崇高的境界。

《一个平常的女人》中的郑大嫂，在丈夫牺牲以后，隆冬寒天，步行五六百里，穿过雪山森林，来到深山工地，有人劝她光景过得去，不必到这天寒地冻的苦焦地方，作者写道：

她抬起头，眼睛红肿，眼睫毛还挂着点点泪珠，蛮厉害地盯着文化教员的胸脯："老郑殁了，铁路可修通了？"

流着热泪，但她并没有被悲痛压倒，她怀抱着深沉的爱和坚定的信念。这爱，有如山一样不可摇撼的信念，支持她忘却一切疲累。烧水工的艰辛劳动并不能使她满足，她又自动地拣石子打道碴，当她把挑选的美丽的小石子寄给小儿子时，读者可以清晰看到她那颗袒露的"工人的心"，"母亲的心"，这时我们看到的还是这个平常的女人，但在我们心里，她却从事着不平常的事业，她是个具有无边毅力和坚韧精神的英雄形象。

杜鹏程短篇中的人物大多看起来很平凡，他们有的刚开始走进工地战斗的行列，有的一再遭到困难的磨折，且都还没有创立什么丰功伟绩，得到褒奖，即使是总指挥、工程队长、党委书记，他们也都是普通劳动者，是普通工人中间的一个。但他们都具有工人阶级的骨骼，共产主义战士的眼光、情感、理想和憧憬。高尔基说过："个人生存的意义是在于加深和扩大千百万劳动人民群众生存的意义。"① 小说深刻描写了这种崇高的生活理想，推动英雄完成英雄行为的根本动力。杜鹏程在进行概括提炼的过程中，合理地突出人物性格最本质的方面，并寄予作者的理想。他把理想与艺术描写的真实性结合起来，正如同劳动人民本身一样，使人物形象浸透了共产主义理想的光辉，这样创造的形象也就比现实中的英雄更完美、更真实、更集中、更典型，因此更有教育意义。这正是小说人物塑造中革命现实主义革命浪漫主义相结合的体现。

这一特色在杜鹏程的某些短篇中显露得还不够充分，但在他的《延安人》《铁路工地上的深夜》《夜走灵官峡》等篇中是较为显明的。塑造完美的正面人物形象，在今天共产主义精神空前高涨的时代，更有其重大的社会意义。周扬同志指出过，

---

① ［苏］高尔基：《第一次全苏作家代表大会上的闭幕词》（1934 年），见《高尔基论文学》（续集），人民文学出版社 1983 年版，第 455 页。

我们的作家为了突出地表现英雄人物的光辉品质，有意识地忽略他的一些不重要的缺点，使他在作品中成为群众所向往的理想人物，这是可以的，而且是必要的。我们的现实主义者必须同时是革命的理想主义者。这一段话，在今天仍然是我们的作家必须记取并付诸实践的宝贵启示。

杜鹏程短篇人物创造的第三个特色是通过人物的行动渐次地展现性格，让人物在特定环境中的行动、语言显露人物的心理及性格面貌。

杜鹏程的短篇小说一般没有完整的故事情节，在某些地方很近于人物的特写，但他大多数作品却与那些具有完整曲折故事的小说具有同样吸引人的艺术魅力，这与他通过性格的富有行动性特征的描绘有着密切的关系。他在作品中很少作静止的描述，冗长的心理分析，他总是善于在人物一系列行动中，充分揭露性格的本质。一切都是活生生的，具有生命力的，读者能通过人物丰富的行动把握住人物的内心世界。

《铁路工地上的深夜》是个极富特色的短篇，《人民日报》副刊差不多以整版的篇幅刊载了它。它描写了一个饶有风趣的情节：总指挥在现场开会开到午夜两点，散会后又立即乘车进城去赴七点半的会，然后从各种人、从成百件的指示、信件、电报的包围中冲出来奔向现场。他忙得吃饭睡觉都顾不上，在车上还一直思考着工地的各种事情。而关心总指挥的司机老赵却偏要在进城的途中，千方百计设法让总指挥打个盹，就在这一富于戏剧性的冲突中展开了故事。

一开始，在深夜的月光下老赵焦急地看表，"防寒"的冷冰冰的字眼使他眼光深沉，同时，他也在替正在举行的会议的主持人焦急，希望会议早结束让他稍稍歇一阵。会议结束后，总指挥满腹心思地站到车前。作者这样描写司机，"老赵站在总指挥身后，用力吸了一口气，想说什么，却没有张口"，接着写他怎样把夹衣递给总指挥，而当总指挥肚子"闹革命"时，他又不声不响地把早就准备好的东西放在总指挥怀里。这几个无声的举动，使这对人体贴入微的司机可亲的面貌清晰可见。以后他又想尽法子，加快速度，不让总指挥在路上耽搁一分一秒。愿望终于实现，总指挥睡了，他"满头大汗地"使尽全部本领，使车子平稳，好让总指挥睡得安稳。作者这样描写：

> 车子一转弯，摆脱了各种吼声不断的工地，进到一条幽静的山谷。老赵伸头看了周围的情形，又飞快扫了总指挥一眼，闭住气，咬住嘴唇，慢慢地减低了速度，接着神不知鬼不觉地刹住车，他知道，总指挥醒来，他会挨骂，管他的！只要让那成天像马达旋转的头脑休息一阵，便是世上最当紧的事。

想点子，要心计，耽了多少心思，不顾责骂，为的是"要从时间的手里给总指挥夺来睡眠"，哪怕时间是极短暂的。在这一连串默默无声而又带点狡黠的行动里，我们看到了善良、亲切、崇高的老年工人的动人的灵魂。对总指挥的无微不至的关怀体现的是普通工人对领导者、老年人对年轻人的爱护，同时也表达了司机对工地、对建设事业的深厚的感情。不是吗？他对工地这样熟悉，以至在总指挥不知道的情况下，机敏地替总指挥处理了 59 号工点的钢筋问题。这里又活活勾画出国家主人公的形象。

杜鹏程善于捕捉这种富于表现力的戏剧性场面，透过行动的描绘，突出了人物的性格。与此同时，也通过老赵的眼光、感觉，侧面描写了作为"冲突"的另一方面的总指挥。在五年计划开始的年月，他带领着工人奋不顾身地在混乱、艰难中摸索前进，生活对于他就是工地上日以继夜的战斗。为了工地建设，他可以付出自己的一切——休息、吃饭，就是在车上也一直思考着、记挂着。当他猛醒过来之后对司机的责骂，都深刻地勾画出了这个伟大的忘我者的形象。作者曾通过司机的眼光这样写总指挥：

> 大概这永远开朗愉快的总在鼓舞别人的人，只有在睡梦中才让疲劳征服了！只有在睡梦中，才显出他平素怎样苛刻地挤出了自己的每一点汗水和心血……

作品只选取了这个很短的时间，汽车上这极有限的空间，但正是在这特定环境中的人物的行动和人物之间的关系的动的描绘中，有如电影银幕上的特写镜头一样地表现了人物独特的性格面貌。

同样的情况亦表现在《夜走灵官峡》中。这是个极凝炼而又精彩的短篇。它抓住了现实中比较突出具体的一件事、一个人，及时反映了出来，像画家的速写，快而及时，性格刻画得活泼、有力。当材料队长开始见到作品的小主人公成渝的时候，就立即触到了这个小孩的一个具体行动：他急切要求知道明天会不会下雪。当材料队长不好好回答他时，他生气了：

嗬！他恼啦！一蹦起来，站在离我一公尺远的地方皱紧眉头，偏着脑袋，把我上下打量了一番，说："你！哼！还哄我！你口袋里装着报纸，报上有天气哩！"

孩子的倔强稚气的脸在这个小动作和一句话中活灵活现地呈现出来。再看下去，作者就把我们引向了这个小小心灵的深处：他所以那样关心天气，不是因下雪不能出去玩，而是他听爸爸说过下雪就要停工的缘故，在这颗幼小心灵里，已经盛着了工地成年人所有的欢乐与忧愁。

紧接着，队长问他爸爸做什么工作。

他骄傲地回答："开山工！"

这三个字简单有力。多么热烈，多么自豪！他为"开山工"这豪迈的职业而自豪！也为自己有这样的爸爸而自豪！在这前一部分绘形绘声的描绘中，通过小主人公的行动、语调凝结了一个独特的可爱的性格。一直写到最后队长劝打盹的成渝上床而成渝坚决不肯时，这种性格的表现达到了震撼人心、令人振奋的高峰！

回头一看，成渝统着手，缩着脖子，不住地在打盹，我拉拉他白胖胖的小手说："会着凉的，上床睡吧！"

成渝从梦中醒来，以为是他的爸爸妈妈回来了，仔细辨认了一阵发现是我，头摇得像拨浪鼓似地说："我不睡！我不睡！"

"为什么？"

他用小拳头揉了揉眼睛说："爸爸和妈妈说，不管那个人都要朽（守）住康（岗）位。"

拨浪鼓似地摇头的动作，单纯的对话，蕴含了多少丰富内容！也深刻地剖露了孩子的心理，孩子的全部思想。作者写得那样含蓄，"留有余地"，它使我们联想到土地革命时期苏区红色儿童查路条的情景，联想到工人的责任感，爸妈对孩子的哺养，下一代在高山风雪中茁壮成长……读者的想象又进一步丰富了作品的内容，使人物的性格意义更饱满深厚。从以上的行动性特征，我们亦可看到杜鹏程小说人物肖像描写的特色。他往往不是静止地涂抹人物肖像，而是用了素朴的白描手法，几句对话，几个富有特征的小动作就明确地显示出人物的风度，人物独特的命运和性格，并且生气盎然。

在《夜走灵官峡》中两次重复地写到成渝，"坐在小板凳上，两个肘子支在膝盖上，双手掌托住冻得发红的脸蛋，从夹缝里傻呵呵地向外望着对面的绝壁。"这是何等优美而富有性格的肖像画！当我们读完全节知道他所凝视的正是在山崖上工作的爸妈时，孩子对爸妈的思念，一片的虔诚，对建设的幻想和爱……就使我们深深感动。

还有，在《延安人》中写黑成威的形貌有这么些话："嘴里咬个小旱烟锅"，"膝盖上放片纸，很吃力地记录着数字"；但当装货车一到，他便"精神抖擞""嗖地窜上汽车，咚地又跳下来"，"手里拿个笔记本，耳朵后面别半截铅笔，跳上汽车，好像指挥几十路人马似地吼喊"……而当对错误的思想言行不满时，他"下巴往里一收，额头突前，瞪起牛一样的眼睛"。这种粗线条勾勒出来的人物肖像，是富于个性的，真实的，"如画"的，使人如闻其声如见其人。它比起那表面细腻的肖像描写的有限境界更高超，更富于艺术魅力，更能具有"传神"的力量，人物的内在精神往往像火花似地爆发出来，照亮全篇。这种肖像描写，成为典型创造的一部分，它使形象的塑造更其概括，更其凝炼。

我们有一些短篇小说的作者，在塑造英雄形象时，只是提出一些先进事迹，某些表面的现象，英雄人物往往缺乏个性，缺乏思想的光辉，英雄的典型的正面的特质没有被真正地发掘与表现出来。这与艺术概括力表现力有关，但尤其重要的，它与作者对英雄的感情，熟悉程度与对生活的本质的认识有关。杜鹏程小说人物创造的第四个特色就正是对英雄人物的炽热的爱，对生活的高度洞察力、捕捉力，以及人物创造中的明朗、豪迈的艺术风格。

杜鹏程的小说洋溢着浓烈的诗情，含蕴着深挚的阶级情感，他是怀着对英雄的火焰般燃烧的爱与对生活的强烈激情而从事严肃的创作劳动的。他的每一篇短篇小说也就是建设生活的赞歌，劳动的赞歌，也是对祖国、对劳动人民、对培养提高和锻炼了劳动人民的党的最崇高的赞美词。

这种爱，一般以两种方式来表现的。首先，它渗透在作品中人物的心理、感受、行动的描写和人物之间相互的关系的描写之中。如《铁路工地上的深夜》，在对司机和总指挥两人的具体描绘中，一举一动都寄托着作者饱满的热情和赞颂，同时，也通过司机的眼光、感觉，神妙地反映并赞扬了总指挥的光辉品质与忘我的战斗精神；其次，也是最常见的一种形式，就是作者通过第一人称"我"（如《记一个年轻的朋友》），或是相当于第一人称的作品中的某个人物来体现，这在《延安人》中就是吕有怀，在《一个平常的女人》中就是工会主席等。

《夜走灵官峡》中有过这样一段出色的描写：

> 我（材料队长）顺着他的手望去，只见一个人站在便道边的电线杆子下，已经变成一个雪人，像一尊石像。……她可能在这个岗位上站了三个月五个月，或者是三年五载了。也许她仰起头就能看见她的丈夫，也能看见她的孩子，而那攀登在那山与天相接之处的丈夫，也许在擦汗水的功夫，一转眼就看见妻子坚毅的身影和孩子小小的身材。我猜想：即使在这风雪迷茫的黑夜，工人，工人的妻子和工人的孩子，谁也看不清谁，可是他们一定能感觉到相互间深切的鼓舞和期待。

这里的材料队长的"我"，实际上就是作者自己。"我猜想"，也正是作者对祖国建设者的发自内心的礼赞！

不只是通过人物的感受感觉、人物的行动，有时甚至作者自己抑制不住地站出来为英雄高唱一曲赞歌。如《第一天》中，面对着两个久经风霜，在战火中成长的钢铁战士，他们的作为战士的情谊，作者情不目禁地写道：

> 两双眼睛相对凝望，不论这一双眼睛或那一双眼睛，都射出强烈的光，这光，在黑暗的夜里，能照亮远方，在光明的白昼，也毫不减弱。

两对眼睛相对凝望，只有共同命运、共同经历和共同信念的人，才能这样专注而推心置腹地凝望。

这种抒情诗一般的笔调，时常在作品中出现。作者曾在一篇题为"感想与感受"的文章中写过这一段话，这段话对理解作者的这种心情和表现方法是会有帮助的。他写道：

> 在建设工地工作的人，生活在旋风般紧张的生活里。……他们有的人二、三十年一直站在生活最前头斗争着；有的过去一直手持武器和敌人搏斗，子弹在他们身上刻下许多的伤痕。……现在这些人，又是一连好几年住在深山里的席棚子里，整天冒着风雨在工地跑，即使睡觉也枕着图纸，抱着电话机……有的人，在抗日战场上没有丢掉生命，在解放战场上战胜了死亡，但是现在却长眠在建设工地！……

读了这段话，我们就能理解是什么促使我们的作家去描绘英雄，又是什么力量驱使我们的作家常常不期而然地把英雄拉到自己面前，拉到读者面前如诗一般地高声歌颂。这种深刻的感受和它在文学创作中形象的反映又是作者深入生活，对生活作了精细洞察的结果。

作家往往从平凡的生活日常的劳动中，找出其中不平凡的惊人的意义，同时也在平常的生活斗争中，他潜到那些无数从事平凡劳动的英雄心灵深处，把握住英雄性格的本质，英雄性格的成长过程，并且抓住它，突出它，给以形象的动人的描绘，给以生活的全部光彩。

杜鹏程所写的人物不少是从革命军队转到建设岗位上来的，他们很多经受过革命战争的严格锻炼，在烽火连天的岁月里毫无保留地献出自己的一切，在建设时期，他们又忠心耿耿，不避辛劳，以自己的鲜血缔造盼望已久的美好的明天，所以杜鹏程短篇中有这样一个特点：他的人物与他在《保卫延安》所创造的人物有着血缘的关系，总指挥、老司机、赵志军、杨方……使我们马上就联想到革命战争中的周大勇、王老虎、炊事员孙全厚……深刻的观察与理解，对生活本质的高度把捉力与表现力，使《延安人》得出了这样的结论：就是那些宽阔而坚实的肩膀，支撑着这万里江山，过去如此，现在如此，永远如此。

作家一直与他的英雄们生活在一起，他了解英雄正如了解自己一样。他在"感想与感受"中又说："我深信：如果一个文艺工作者在斗争中看不到这许多激荡他心灵的事物，如果他在斗争中不是变得更纯洁更崇高，那么他又能创造些什么？他从哪里来的真知灼见！他又能有些什么非要告诉别人不可的感情呢。"这是从生活的底层里发掘出来的真理，它回过来使作家站在更高的高度来选择最恰当的情节与细节，塑造纯洁崇高的灵魂。

我们再举一两个细节为例。如《延安人》中有这一节描写：小黑妈听到儿子办公室有人在谈话，就在门口站立了一阵才进去，作家说："她非常尊重她儿子的办公室，在这里从不高声谈话，也不叫黑永良的小名。"这一点不闪眼的叙述，使我们立即看到一个淳朴、善良，对工作对新生活无比热爱而又对儿子爱护备至的母亲的亲切形象。其他，如对黑老太所住窑洞的一段充满陕北气息的描写以及后来黑老太要给吕有怀喝家乡人爱喝的黄酒等，这使你联想到，正是对自己的乡土、对革命圣地延安的怀恋，成为了英雄人物生存、斗争的力量的永不枯竭的源泉。

对英雄的深厚的感情、对生活的深刻观察与体验，使作家把握了我们伟大时代脉搏的跳动，因此在刻画人物进行典型概括过程中，杜鹏程创造了明朗豪迈的革命的艺术风格。

在杜鹏程的短篇中，充满了对劳动的赞美，对困难的蔑视，对未来的追求，对无产阶级力量的确信，回荡着工人阶级改造大地、征服世界的英雄气概，这是时代精神在作品中的强烈反响，也是党性在艺术世界的表现。我们的作家不是现实生活激流的旁观者，他是作为战斗的一员来反映、歌颂并推动生活浪涛奔腾前进的战士，作家的感情和自己人物的感情是完全合拍的，有一些描述，甚至使你分不清哪些是人物的，哪些是作者自己的。《铁路工地上的深夜》写总指挥在工地的开山炮声中，激动地来回走着，望着脚下的江水，"仿佛要趟过去，跑到对面的工点上，按住这上下千余里的铁路工地，试试大地的脉搏……"在对诗一般雄浑的现实和创造这现实的英雄人物的反映中，作家竭力追求着以鲜浓的色彩，粗犷的线条，强烈的节奏，描画他们的精神面貌，以它丰富多彩的艺术笔触，使英雄性格更鲜明和更有生命力。

杜鹏程的小说不是没有缺点的，如《记一个年轻的朋友》就写得不够集中与精炼，故事展开得不紧凑。《一个平凡的女人》的人物由于过于深沉显得孤独，与热火朝天的建设工地气氛不大和谐……尽管如此，杜鹏程在创造正面人物形象的探索中是获得了较为显著的成绩的。他塑造的人物形象结实、饱满、深刻，能够吸引人、感染人，同时也就能教育人、影响人，他在小说中宣扬了一个伟大的真理：为建设社会主义和共产主义的壮丽事业而披荆斩棘、战胜一切困难，贡献出自己所有的精力和智慧是人生最高的欢乐和最大的幸福。这就使人获得了一种把人推向思想高处的严肃深刻的感情和生活的勇气与力量。

杜鹏程同志的短篇创作表明：只有全身心地把自己投进社会主义生活的激流中，无条件地全心全意地热爱劳动人民，并与他们同呼吸共命运，做劳动人民忠实的儿子，为劳动人民的事业终身斗争，同时从斗争中，从英雄人民的心灵深处，吸取创作灵感，获得生活创作的力量，锻炼提高对生活的洞察力并不断磨砺自己的艺术武器，作家就一定能够塑造出我们同时代人的光辉的英雄形象。这是当前文艺创作所面临的困难而又光荣的任务，我们期待着杜鹏程同志和更多的作家在这方面作出更大的贡献。

1959 年 7 月

（原载《杭州大学学报》1959 年第 3 期，此文于 1958 年教改期间由本人执笔写就，后征求了陈桂芳诸同窗的意见，以志并致谢）

说明：本篇写于 7 月初，《人民文学》7 月号又刊出了杜鹏程新作《严峻而光辉的里程》，因时间关系未来得及在文中提到。

# 李 双 双

## ——劳动妇女的光辉形象

李准所创造的李双双的形象，早已为广大读者熟悉和喜爱。一提起她，眼前就映现出一个活泼的身影：李双双笑容满面地带领一群家庭妇女，大步走在广阔的田野上。在我国社会主义文学的英雄画谱上，李双双是个全新的人物。作家以饱含着时代激情的笔触，为社会主义文学画廊增添了一个光彩照人的社会主义时代先进妇女的光辉形象。

李准在创作上的一个令人瞩目的特色，就是敏锐而迅速地反映现实斗争，热烈地讴歌新生事物，推动时代生活的前进。他的《李双双小传》和另一篇小说《耕云记》，标志着作者在创作道路上的新的进展。他以普通农村妇女在人民公社初期的一段生活和斗争为中心，描绘了广大农村在公社化运动以后出现的丰富瑰丽的生活图景，反映了人民公社在农民特别是在农村妇女身上所引起的精神面貌的深刻变化。

人民公社化运动是比农业合作化更为广泛、深入的社会主义革命。它在我国人民的生活中发生了极其深远的影响，使广大妇女进入了彻底解放的新阶段。然而，这一变革并不是风平浪静的，而是充满了尖锐、复杂的矛盾斗争。作者把小说的主人公放在这一重大社会变革的历史背景上，通过激烈的、复杂的思想冲突，来刻画人物的性格，揭示人物形象所包含的鲜明的时代特征。

李双双是一个有着"火辣辣性子"的聪明、能干、勤劳的家庭妇女。在大跃进的沸腾年月，她不愿呆在家里成天侍候丈夫，围着锅台转。"外边大跃进干红了天，我还能让这个家缠着我一辈子？"她的心再也静不下来。小说开头一章出现的那张大字报，诚如乡党委书记所说，"重要得很"。作者通过双双的这张大字报，表明了小说所要反映的矛盾的性质。被跃进热潮激荡着的家庭妇女，强烈要求挣脱旧的传统习惯为她们安排的生活命运，从繁琐的家务劳动中解脱出来，投身到热火朝天的社会主义建设中去。这是新形势下出现的新矛盾。由此，小说展开了一系列矛盾冲突；同时，一张大字报也正好写出了一个人，一种富于斗争性的性格。大字报的执笔者不只"心眼灵"，而且有股"冲劲"，敢于向千百年来遗留下来的旧的传统势力挑战。

双双生活传记中新的一章揭开了。首先与双双的愿望发生抵触的是她丈夫喜旺。作者以幽默的笔调，揭露了喜旺头脑中浓厚的旧意识。他在人前提起双双，是"俺那个屋里人""俺小菊他妈"，或干脆叫作"俺做饭的"。对双双贴的鸣放大字报，他看作是"随便糊的"，以至要动手扯掉。双双要求参加修渠，又遭到他无理阻拦。正月初七那天，他给双双"穿小鞋"而引起两口子闹架的场面，集中表现了两人思想性格上的尖锐冲突。双双从渠上回来稍迟，喜旺早已下工在家，眼见孩子哭着要吃饭而故意不管。他说："我就不能给你起这个头，做饭就是屋里人的事。……"双双一听这话，火了，于是夫妻间展开了一场激烈的辩论。在揭露人物间的矛盾时，作者抓住了富有戏剧性的场面。双双真是敢说敢做的，她泼辣、倔强，敢于同丈夫的落后言行据理力辩，坚决斗争。不仅如此，作者还更深一层地揭示了置身于矛盾漩涡中的人物的精神品质。从两口子闹了这一场之后，作者写双双心里添了心事："光是这样闹，也不是长法，得想个法子。"由水库开办食堂的启发，她提出了在村里创办公共食堂的倡议。双双这一倡议不是为了别的，而是出于一个单纯而又高尚的动机，即为了能在离开小家庭的锅台以后，为社会主义建设贡献自己的一份力量。实际上，这也就是为了解决家务劳动与社会劳动的矛盾，寻求一条实现妇女彻底解放的具体途径。在这一意义上，作者所反映的公共食堂，是作为大跃进和人民公社发展的必然产物，带着共产主义萌芽的性质，因而具有深广的思想内容和社会意义。同时，作者在这里赋予人物为集体打算、从长远着想的主人公的情感与态度，使人物崇高的精神境界得到了升华，使人物的性格获得了更高的思想意义。作品下半段所描写的人物性格的发展，都是为了加深这一点的。

在乡党委的领导与支持下，公共食堂办起来了，苦恼的双双找到了出路。作者描写双双从家庭狭窄的圈子里"跃"出来之后，成了公社猪场与食堂的优秀工作者。然而，人物的性格还在不断深化，双双并没有仅仅满足于已经获得的自身的解放。在矛盾的发展中，作者更深入地去揭示人物内在的美，让人物性格进一步丰富和成熟。喜旺当了食堂炊事员，却时常吹嘘他在解放前当过学徒的那个饭馆的鸡丝海米的排场。双双不允许别人对公共食堂有一点轻视。作品写双双规劝丈夫时，有一段动人的表白：

> "你怎么老摆你那个'山北白木店'，我就不想听。那是旧社会，那时候你在那里是挨打受气。你做的东西再好吃，是给那些地主恶霸坏蛋们做的，咱自己家里吃什么？……如今这食堂虽是家常饭，可都是为咱自己劳动人民干的。你也不要吹你那个，我想着咱要能这样大跃进，将来粮食大丰收了，猪喂得多了，鱼养得多了，总有一天，非超过你那馆子饭不行。"

这段话，像火焰一样地映出了双双赤诚的红心，充分体现了双双对新社会的深情和她的崇高的生活理想。双双走出了家庭，视野扩大了；在火热的劳动与斗争生活中，她已经把自己的全部工作、生活，与追求全体劳动人民幸福生活的伟大事业紧密地联系起来了。因此，她自觉地捍卫公共食堂和社员集体利益，同富裕中农孙有父子的资本主义思想作了不调和的斗争。当金樵以富农的口吻恶意嘲讽社员时，她怒不可遏地质问：“金樵，你这是什么思想？现在不是从前，就得让社员吃好！”双双的那种深厚的阶级感情，被表现得自然而鲜明。与丈夫的旧意识的尖锐冲突，和她与孙有父子为代表的资本主义思想的两条道路的激烈斗争交织在一起。透过各种斗争场景，人物性格不断地闪现出新的光彩。

李双双的形象，是一个体现了社会主义时代劳动妇女的美好品质和风格的形象。作品所塑造的这个人物的活生生的性格，有着巨大的典型意义。一方面，她概括了我国劳动妇女历来所禀赋的勤劳、智慧、正直、坚强等种种美德；另一方面，李双双由一个普通的家庭妇女到后来成为一个共产党员的经历，正反映了我国劳动妇女在越来越深刻的社会主义革命中思想生活的伟大变化。作者在一篇谈创作经验的文章中说：“作者摆脱具体生活事件的制约，再根据生活展开丰富的想象，把大量的事实集中提炼出来，只能使作品的主题更突出，故事更紧凑，人物更光辉。”① 李双双性格的典型意义，正是被这样地体现出来的：作者从丰富的现实生活中提取富有代表意义的事

---

① 李准：《从生活中提炼》，《文学知识》1959 年第 12 期。

件，构成一连串尖锐的思想冲突。在此基础上，作者摒弃了与表现人物美好性格无关紧要的东西，合理地突出了人物性格最光辉最本质的方面，并寄托了自己鲜明的政治理想。从前面的分析中，我们看到，无论是双双为了投身到火热的社会主义建设而同丈夫的旧意识作针锋相对的斗争，无论是双双倡议开办公共食堂、处处为食堂着想，以至于为了维护公社的集体利益而坚决揭露孙有父子的破坏行为，这些经过提炼的情节都集中地突现了双双这个典型人物的思想性格。

周扬同志在《我国社会主义文学艺术的道路》一文中谈到革命现实主义和革命浪漫主义相结合的艺术方法时指出："我们的文艺应当创造最能体现无产阶级革命理想的人物。……崇高的理想和艰苦的斗争，培养和锻炼了他们的高尚品质和坚强性格。他们永远前进，永远走在生活的最前面。这是社会主义的、共产主义的新人，是推动时代前进的先进力量。"李双双就是一个凝结着作者崇高的革命理想的新人形象。在她身上，我们感到了一股迎面扑来的革命朝气。在建设新生活的斗争中，人物所表现的那种冲天干劲与无畏气概，那种耿直无私、为劳动人民的根本利益而全力以赴的崇高品质和顽强的斗争精神，具有深刻的思想上和艺术上的感染力量。在李双双的性格里，作者把理想与艺术描写的真实性结合了起来。这样，我们所看到的李双双的形象，就比现实中的许多先进妇女更完美、更真实、更典型，因此也更富有教育意义。

李　双　双

　　李双双的性格，具有一般先进妇女共同的思想特征，但同时又有她特有的个性和气质。首先，作者善于抓住人物细微动作的内在意义，以典型的生活细节显现人物特有的个性色调。比如，作者写双双在丈夫不让她参加社会劳动时的表现，就反映了这一特色：

　　　　（双双）"气得眼里直冒火星，她把切面刀哗的一撂说：……说罢，气得坐在门槛上哭起来。
　　　　"双双……气得直咬牙。她想着：'我在这里哭，你在那里吃。你吃不成！'想到这里，就猛地跑过去狠狠地朝着喜旺脊梁捣了两拳。
　　　　"双双把喜旺推蹲在地上，自己却忍不住格格地大笑起来。她笑得那样响，把满脸泪花都笑得抖落在地上。"

　　这里所写到的人物活动的各个细节，把一个倔强、爽朗的性格刻画得明朗剔透，跃然纸上。另外，如群众大会上选举食堂工作人员，喜旺推托食堂活儿干不了，不愿担任炊事员时，双双当着大众揭了他的底。那像"刀子裁"的一席话，以及她毫不留情的态度，把人物泼辣、刚强的个性表现得栩栩如生。
　　此外，作者在塑造个性时，成功地运用了心理描写。这篇小说之所以把人物刻画得深刻感人，在于作者不但通过特定环境中人物行动与语言去表现人物的个性；同时，还把人物的性格融化在对人物内心生活的描写上。比如，前面提到的双双在食堂问题上对喜旺的诚恳劝导和对美好生活的憧憬，就是对人物灵魂的有力的剖析。我们再看，当双双看到揭发喜旺错误的大字报后，作者写双双"气得眼睛都发黑了。她想着：'我早叮咛，晚叮咛，只说他大跃进以来思想变好了，谁知道他还是这样一盆面糊！'想到这里，她眼里憋着泪，嘴唇都气白了。"这段描写，恰如其分地传达出双双在丈夫犯了错误以后的气愤与痛苦的心情；同时，也体现了双双对集体事业的高度责任感。而党支部书记告诉她喜旺犯错误的原因是没有"政治挂帅"时，作者又这样写双双："她平常只想着喜旺在食堂只要不偷不摸，公公道道当个正派人就行了，没有想到还必须政治挂帅。"想到这里，她"反倒干劲来了"，终于自告奋勇地要求担负起炊事员的工作，并保证"政治挂帅"。这里，显示了人物精神品质的进一步成长。最后，在双双推着保暖饭车送饭到地头，望着社员们高兴地吃着食堂送来的饭菜时，作者写道："她忽然感到她在食堂里流下的汗珠，好像也随着清清的泉水，流到这茁壮茂盛的丰产田里，变成了小麦和米粮。"双双尽力要为社会主义建设事业发出一份光和热的心情，被写得多么真切动人。像这样的心理描写，都是为了探索新人丰富的心灵世界，表现人物的思想性格向更高水平跃进的过程的。

最后要提到的是小说中人物语言的个性化。作者善于运用个性化的语言，来表现人物的气质与出自内心深处的情感。例如，双双与喜旺争吵时说："走，咱们去找老支书说理去！……我参加大跃进，你不愿意，你嫌不舒坦，不美气，故意找我岔子，你这是啥思想！"当公共食堂第一天开饭，老支书问她食堂的饭好不好吃时，双双说道："太好吃了。这多省工夫呀，吃罢饭嘴一抹尽走了，只说赶跃进，什么心都不操了……"这些对话，明快、开朗而新鲜，贴切地表现了人物当时的心理状态。

李双双，这是我们同时代的劳动妇女的光辉形象。从李双双身上，我们可以感到人民公社化以后农村妇女精神面貌的深刻变化。我们热烈地期待着：在社会主义的文艺领域中，出现更多的、更新的、更美的妇女形象，使我们的作品更好地发挥以共产主义精神教育人民的作用。

（原载《东海》1961 年第 3 期）

# 重评《归来》

衡量文艺作品的优劣有一定的客观标准，但由于各人的生活经历，和思想、艺术修养的不同，因而对一篇作品的理解和评价往往也因人而异。而且，过了一段时间，当人们重新回头看看读过的某篇作品时，随着鉴赏能力与思想水平的提高，也许会对作品内容有了新的体味，因而更加喜爱它；也可能会发觉以往对作品的认识有偏差以至错误，因而有必要作某些修正。这在文艺作品的欣赏与批评中是一种常见的现象。现在，我们就来重新谈谈华华的小说《归来》（见《东海》1960年3月号），意见不一定对，希望得到同志们的指正。

我们先来看看作品的艺术构思。中尉王有土复员了，回到了阔别十余年的山乡。作者随即扼要地回溯了中尉的经历，由结仇、出走引出即将展开的故事的端绪，将读者带进中尉的生活遭遇中。接着，作者暂且把它搁起，让中尉沿着新修的平坦的山道，去观赏家乡在公社化运动中所发生的巨大变化。作者在这儿的描写虽属一般，但尚能给人以农村在跃进中的较鲜明的印象。这段环境描写不能看作是与作品内容无关的游离部分，它对表现作品的主题思想有很大作用，也对作品结尾处人物的和解作了衬托与说明。中尉来到生产队队部以后，从女会计口里，得知了建造水库的消息。巧得很，水库正筑在往年因天旱争水而引起械斗的地方。这不能不使中尉为之激动，于是便要奔向工地。然而，当他知道生产队长就是他那往日的"仇人"张水根时，在感到惊异的同时，也犹豫起来。中尉坠入了沉痛的回忆，作者也借此转述了械斗的始末。这个发生在旧中国农村的故事是震骇人心的。在干旱季节，邻村农民为了向龙王求雨，竟偷走了本村庙里的包公菩萨（只因包龙图的"龙"与龙王名字音同），于是发生了夺菩萨的纠纷，由它激起了掘开田畦的报复行动，最后爆发了大规模的械斗。王有土的父亲被击丧命，王有土为报仇以致误伤了对方一青年，因而被迫逃往他乡。作者紧接往事的叙述，进一步描绘了中尉内心尖锐的矛盾。械斗，不仅在当时给人们带来比旱灾更大的不幸，且在农民兄弟间划下深深的裂痕，给他们的心灵留下了难以弥补的创伤。中尉每想起这件事，便有一种"难言的痛楚"，不时感到内疚。现在，就要与"仇人"见面了，中尉一面为他活着并当上队长而高兴，一面又为今后可能会出现的纠葛而耽心。于是，他决定找党支部书记表明自己的态度。恰巧，党支书正好又是张水根。"冤家"相逢了，共产党员的意志终于战胜了个人的仇隙，双方克制了情感上一时的冲动，终于紧紧握手，犹如"故交重逢"。

由以上简略的叙述，不难看出，小说所要描写的中心或基本线索是和解，而不是械斗；是新时代变"仇人"为兄弟，而不是旧时代一部分群众因迷信所引起的火拼——这也许便是《归来》的旨意所在吧。从小说的一段描写里，可以窥见作者的用心。当中尉听说水库筑在大弯畈时，作者写道：

> 中尉的眼皮很快地跳了两下。大弯畈，对于他是交织着血与痛苦记忆的地方。那是两座小山之间长达里余的梯田，小时候在山坡上放牛，后来又和父亲在那里租种了地主家的三亩水稻田。父亲就是在那里被人打死，埋在田旁的山坡上的。也就是在那个倒霉的大弯里，他用钩刀砍倒了自己的朋友。如今水库就建造在那里，太令人兴奋与深思了。他决定马上到工地去看看。

不仅如此，以后，也正是在这块土地上，中尉还要同旧日的"仇人"紧密携手，共同建造水库，建设家乡的。《归来》正是运用对比等手法，通过一个复员军人在刚刚踏上故乡土地时所发生的感触、事件，表现了大跃进时代山村的新风貌，特别是反映了旧时代旧意识的消亡和人与人之间崭新的关系的形成。我们觉得，尽管作品还存在较大的缺陷，然而作者的意图在作品中还是基本上或是部分地达到了。

谈到这里，有一个问题需要作些说明，这就是如何看待作品所写的"械斗"。诚然，旧社会里农民内部所发生的械斗，实质上是阶级斗争的反映，它往往因封建统治者对农民实行离间而起，或是地主阶级内部发生冲突，煽动农民为他们拼命。这是就一般情况而言的。然而，也有这样一种情形，即某些地区农民之间发生了纠纷，因了种种原因，确实并无地主、富农参与，只是由于农民自身的原因促成的，即如《归来》所写的那样。那么，文艺作品允许写这种现象么？写了是否会掩盖阶级矛盾，模糊阶级斗争呢？我们以为是可以写的，这里也并非是"禁区"，关键是作者所持的立场和态度。在《归来》中，对旧时代那幕惨剧，作者所怀有的感情，分明与中尉一样，是痛心的，作者并没有采取"冷眼观'械斗'"的态度。这从中尉对此事所造成的恶果所怀的终身抱憾的心情中，即可觉察出来。同时，作者并没有回避"械斗"的社会原因。作品的描绘向我们表明：在旧中国灾荒严重的年头，统治阶级丝毫不管群众死活，更谈不上关心他们的生产。农民，尤其是那些处于闭塞荒凉的山乡的农民，在旱魔的威胁下，只得求神拜佛，向上苍祈祷，甚至因此酿成了如小说所写的那种可悲的流血事件。显然，制造这场灾祸的罪魁祸首，决不是械斗的双方，而是当时冷酷的不合理的社会制度。作者在此对长期的封建统治提出了控诉。更重要的，作者还满怀激动的心情，描写了新中国广大农民终于摆脱了迷信等落后意识的束缚，消除了旧有的仇隙，在党的领导下，开始了征服自然的伟大斗争。由此可见，作品对"械斗"作这样的处理，是具有积极意义的，它在一定程度上激发起我们对旧制度的憎恨，使我们更加热爱新时代，热爱党。

文学艺术总是以个别反映一般的，每一部作品有自己特定的事件，特定的环境；它们像生活本身那样千差万别，丰富多彩。在评论作品时，我们首先应从作品所提供的具体事件、具体环境出发，发掘其社会历史内容，而不能以一般的社会学的概念硬套，看作品中的人物更应如此。

《归来》勾勒的主要人物形象是王有土，作者对这个人物的描写，也曾引起不少的责难。有人问：写复员军人回乡生产，为什么不写他如何热心地投入社会主义农村建设，为什么不写他打算怎样构建新生活，却让人物带着忧郁的心情回想起旧事，这是真实的吗？有人更进一步指责作者：为什么不在作品里创造像《山鹰》里的徐志刚那样高大的英雄形象？

我们知道，每个作者总是通过创作表现自己对生活独特的发现，通过艺术构思和形象塑造，表达主题思想。如前所述，《归来》的作者不是企图在作品里塑造像《山鹰》里徐志刚那种高大的英雄形象，而是通过王有土和张水根和解的故事，来讴歌新社会，赞扬新时代人与人之间的关系，表现在新时代熏陶下，人们精神面貌的变化。作家在作品里选择什么题材，塑造哪一种类型的人物形象，那是有充分的自由的，我们不能对作家苛求。《归来》表现主题的题材是比较新颖的，人物也有自己独特的遭遇。王有土是复员军人、共产党员，当他踏上故乡的土地时，故乡的深刻变化使他心花怒放，作者写他"为了四周都能望到，耳朵不时与扁担摩擦，嘴里情不自禁地哼起歌曲。"但王有土又有特殊的生活经历，他在旧社会的遭遇是悲惨的，母亲"在难忍的饥饿中闭起了浮肿如桃的眼睛"，父亲在械斗中被活活打死，自己在年轻时即为了替父报仇而误伤了张水根，结下了不解之仇。现在，当他知道了生产队长就是张水根时，不禁回想起悲惨的过去，这是自然而真实的。如果作者描写他对痛苦的往事一无回忆，倒是奇怪的事。假若作者不写王有土特有的生活经历，那整个作品就得重新进行构思，那就不再是《归来》了。这里附带提一句，作者写中尉想"他也许已经死了"，并不包含巴望或咒诅"仇人"死掉的意思，因为事件发生时，对方已身负重伤，于今事隔十余年，产生这一想法理应看作是人物内心痛悔的感情的流露。但是，作者并没有让人物停留在对往事的回忆上，作品最后让旧时代的这对"仇人"，在新社会里和解了，成了亲密的战友。这一转变毕竟不是轻而易举的，他们彼此都经过剧烈的思想斗争。虽然对这两个人物性格冲突的描写过于简单，但仍具有一定程度的真实性，作者让人物的共产主义精神最后战胜了个人恩怨的思想，人物好的精神品质得到了一定程度的表现，从而基本上或部分地完成了作品的主题思想。

显然，复员军人王有土的悲欢离合不只是他个人的，其间分明烙印着新、旧时代的不同特征。但是《归来》确也存在着较大的缺点。作者还未能真正把握住人物的性格特征，有些描写不符合人物的身份、经历，对人物处于矛盾冲突中的思想感情发掘不够，因而人物性格显得不够和谐与统一。特别明显的是，当中尉知道张水根当上了生产队长以至党支部书记时，按理说，对方对一刀之仇定然是"不会宽饶的"，他的思想会产生一定的矛盾斗争，作者将人物内心应有的复杂性忽略了。至于最后中尉与张水根同时猛然站起，出现了"三分钟"的相持局面，缺乏性格发展的依据。作者过分追求表面的冲突，反而弄巧成拙，以至损伤了人物性格。这里，我们不能说，在新社会里就根本不存在这种因个人恩怨、个人得失所引起的冲突，写了便会歪曲、丑化新社会。不，新社会里人与人之间的关系主要的表现固然是大公无私、苦乐与共的，但类似《归来》中的新旧意识的冲突仍可能有的，甚至在某些党员身上也会发生。这就要求，作者必须在作品中，按照现实生活的逻辑，表现出性格冲突的必然性来，才能更好地发挥作品的教育作用。可是，《归来》对人物所以会发生这一冲突的性格的、心理的因素都表现得不够充分，因而在较大程度上影响了作品的真实性，也使人物最后的和解缺乏说服力。又比如，当中尉一路上欣赏了家乡风光，跨进村来，作者这样写他：心情松下来了，甚至于有点空落感：怎么遇不到一个人呢？可是就在这一段上面，作者刚才写到中尉听见了"咿里哇啦"的歌声，见到三十几个儿童和一个阿姨在做游戏，怎么说没有遇到一个人呢？我们的中尉怎么就不能由眼前孩子们热热闹闹的场面联想起旁的什么，比方村里成年人开会或是生产去了？"空落感"更是从何说起？另外，在人物性格的刻画上，尚缺乏生动的艺术表现，常常停留在一般化的描写与叙述上。

记得鲁迅先生说过，文艺批评中有一种挖烂苹果的工作。如果穿心烂了，当然只好抛掉，如果有几个烂疤，而还有若干地方没有烂，那就把烂的挖掉，把好的献给读者，向他说："这几处还没有烂，还可以吃的。"我们觉得全面地对待一篇作品的优缺点，并进行实事求是的分析，才能对创作、对欣赏发生有益的影响。

（原载《东海》1962年第10期，与庄筱荣合撰）

# 咏雪词理解上的一二问题

毛主席的《沁园春》咏雪词早为大家熟悉和喜爱。这首词上片写景：诗人抓住最富有北方原野特征的长城、黄河、丘陵、层峦，描画了一幅北国隆冬的十分壮阔美丽的图景；下片抒情：诗人怀想为这片江山而倾倒的古代英杰，进而满怀信心地预言，今天的人民群众，必将开创一个超越前人的英雄辈出的崭新的时代，词的意境是真实而又迷人的。冰封雪荡，有寒冽肃穆之气；然而原驰峰舞，红装素裹，却何等欢跳，热烈！寒天春意，这是一首祖国之冬的颂歌。其间燃烧着诗人对祖国的一腔热忱，振荡着激人心弦的青春的旋律。吟诵一遍，全身涌起对民族的无限自豪感，内心升腾着一种不可遏制的渴望：为这样"可爱的中国"，为这样光辉的时代，从事前无古人的伟业，献出我们的全副精力——这是人生多大的幸福啊！

以上是我对咏雪词的简单的理解。现在想就一些同志对这首词的评析与讲解，提出两个问题来讨论。

其一是对上片末韵的理解，"须晴日，看红装素裹，分外妖娆"。有人指出对它不应"只作字面上的解释，看成是单纯的写景"。他们认为："从这里，我们可以看出：1. 在那个时候，祖国还不是'晴日'；2. 在'晴日'，祖国就更加美丽了；3.'晴日'一定来到。一字千金，毛主席词里的含义多么深长啊！中国有前途，人民得胜利，这不是很明显的吗？"[①] 按这种理解，词上片在"须晴日"以前所描写的是怎样一番情和景呢？于是有人主张：在这里"主席寄托了更为深邃的思想，就是如此美丽的祖国河山，可惜被阴云笼罩着，被冰雪封冻着，如果得到红日普照，也就是人民从政治上翻身作了自然的主人，那么祖国将放射出万丈光芒。"[②③]

根据前面我们对这首词的理解，此三句便是作者借对雪霁之后的想象，给眼前北方景色着上一层浓艳的异彩，使她显得格外妖娆多姿。这里，诗人运用了所谓"点睛"的艺术。经过这一点化，则画面即情态并茂，生意盎然。至此，诗人便把读者完全带入了诗的境界。"江山如此多娇"，下片换头的一句便纯然成为读者与诗人一齐脱口而出的赞叹了。如取上面所引一说"江山""多娇"在哪里？眼中景物便一变而为乌云遮天，

---

① 1958 年第三期北师大中文系三科研小组：《读毛主席沁园春〈雪〉》，《文学知音》。

② 吴天石：《中国革命的伟大史诗》，江苏人民出版社，第 41 页。

③ 在我校函授教材《作品分析与研究》（上册）第一单元中谈到咏雪词时亦持有类似看法，我认为需要重新加以考虑，这也是笔者写作这篇短文的用意。

坚冰封固，一片凄厉与暗淡。"北国风光"亦不复是原作所绘的"北国风光"了！我以为，"中国有前途，人民得胜利"的思想是渗透、交融于整个诗的意境中间，似不能仅抽取这三句作出那样的推论的。

其次是对下片"惜秦皇汉武，略输文采；唐宗宋祖，稍逊风骚。一代天骄，成吉思汗，只识弯弓射大雕"的理解。与上片紧密相联，诗人由眼前江山而感怀历史。秦皇汉武，唐宗宋祖，成吉思汗，他们曾以各自的文治武功完成一代勋业；然而比起今日为民族的独立和人民的解放而纵横驰骋千万里江山的英雄儿女却比不上了！"略输文采"，"稍逊风骚"，一般可作治理国家的才能尚欠一筹解，也可宽泛些，即如臧克家同志所说，还含有不能体察人民疾苦的意思。但有同志却将它们作了近乎极端的解释："他们在历史上曾经有过一定的贡献。但他们都是统治者，……中国几千年历史上都充满了他们的屠杀罪恶，何尝是为人民造福的呢？只不过是为了皇权私利残酷剥削而已……"（北师大科研小组文）对历史上曾起过进步作用的帝王作这样的分析与评价未免过于简单，对他们在历史上的功过是应作具体的、历史的判断的；而把它放进这首词里来可就更是牵强以至很不适当的了。词的下片勾画了历代豪杰为美好山河竞相"折腰"的形象，我以为，这里，诗人同样是以上片"千里""万里"的雄迈的笔触抒发了自己阔大的襟抱。对那些古代英雄为祖国的统一与强盛所作过的奋斗，他们曾经建树的功勋，诗人是热情颂扬的；然而，在"略输""稍逊""只识"等分明含带揶揄意味的诗句中，我们又更亲切地体味到作者对革命人民的力量的不可摇撼的信心，诗人对自己时代的骄傲，为词中所表现的凌跨百代的豪情壮采所深深感染。试想，如采取上面所引的解释，则将那样的人物与如此多娇的江山排在一起，岂不使河山顿然减色不少？同时，既然并无"风流"可言，那对今日的"风流人物"安得用"数"？"还看"什么？"俱往矣，数风流人物，还看今朝"这一结尾所具有的磅礴气势和鼓舞力量，相反地，不是会大大削弱了吗？

以上提到的两种见解，有其共同之处，即都不顾词所表现的完整的意境，把某几句从诗中抽出，加以不适当的引申或推想，结果便损害了词在内容、格调上的高度和谐，因而杀掉了"诗美"，也便使词的思想意义受到了不应有的损伤。

（原载《语文进修》1963 年第 1 期）

# 冲突与性格

　　文学作品所描写的冲突，往往指向一个目标：揭示人物的性格，发掘种种性格的变化。冲突展开得越充分，人物性格往往随之显露得更加鲜明，作品也因此获得明朗而深刻的主题。王汶石的小说《沙滩上》，描写了一个生产队内部复杂的矛盾。被群众唤作"热火朝天"的副大队长囤儿，整风中"受了点批评"，便泄了气，以发疯似的干活来"发泄自己的苦恼"。平时疲沓的队长陈天保，自从公社权力下放以来，干劲陡增，但自以为是，不听从大队在生产上正确的调配，甚至"动不动就把大队长的话顶回去"。这是干部一方面。一般群众呢？队里的"逛鬼"陈运来，再也不买副大队长的账了，不仅不干活，还像"观赏一头吃了鳖的狗熊"一样，挤眉眨眼地瞧他干活。"庄稼行里的百事通"思荣老汉，正为大队没有采纳他的建议，以至生产上造成了损失而赌气，并且声言"只要陈大年当队长一天，他就一天不进老农参谋部"。我们看到，作者从农村生活的激流中，敏锐地发现了整社以后新出现的一系列亟待解决的矛盾，并把它反映到作品中来。作品中出现的每一个人物

（除秀梅以外），几乎一出场便带来一个方面的矛盾。然而，所有这些矛盾都被集结到一个人身上，这便是那个在"遭受批评中扛着重头"的大队长陈大年。他处于冲突的核心，可以说，作品中层出不穷的矛盾是为他而提出的。伴随情节的发展，冲突的步步逼紧，主人公的性格和精神面貌，在读者面前展现得越来越清晰。大年以正面的诱导调动起运来的积极性，以恳切的批评防止了天保的分散主义，以诚恳的自我批评和虚心求教打动了思荣老汉；同时，也就在这一过程中，他以自己的实际行动教育了亲密的战友囤儿。这样，当一个个疙瘩被解开，矛盾最后解决时，一个热忱、扎实，对社会主义事业和党的政策无限忠实、密切联系群众的新型农村干部的形象，便从作品中站出来，我们也为整社以后农村出现的干部与群众、干部与干部之间崭新的关系而欢呼。

文学作品中的冲突是为塑造"鲜明而有力的性格"（高尔基语）而存在的，因此，冲突的基础，应该是人物在现实斗争中所表现的不同的心理和行为。毛英的小说《傅云芝》（见《东海》1962 年 9 月号），获得了大家的好评，我以为，作者充分把握了冲突中主人公的性格特征，给予深入细致的描绘，是作品成功的主要原因。试想，在"泼妇闹公堂"和丈夫"床头题歪诗"以后，在傅云芝这个妇女干部面前，带来了多么大的烦恼呵！在一般人看来，离婚是必然的结局。然而，傅云芝却婉言拒绝了同志们好心的提议，她甚至相信，总有一天，那个顽固的丈夫会自己撕掉那首诗的。正是这样，就在当天晚上，她还在一针一线、通宵达旦地为丈夫做鞋子哩。这是一个多么温厚淳朴的妇女呀！后来，当她接到丈夫到铁路边赶集的消息时，一变往日的态度，变得异常激动和果断。作者写她"划火点灯笼时双手气得打颤"，连夜一口气跑回村，严厉地警告丈夫。透过这一行动，我们不也同时看到了她对丈夫的无限深情吗？所有这些对于人物的行动和内心生活的刻画，在在都体现着那个柔中有刚的美好的性格。由于作者真正把握了处于冲突中的人物的性格，因此，所有这些描写，对于读者说来，是真实可信的，具有感染人的艺术力量。

在前辈作家的作品中间，我们也往往可以发现这样一个特色：即他们总是竭力将广泛而深刻的社会矛盾织进自己的作品，并擅于把种种矛盾集中起来，使所要刻画的人物成为它们聚合的焦点，由此反射出性格的耀目的光采。茅盾的《林家铺子》描绘了旧中国社会纷纭复杂的矛盾：帝国主义与中国人民的矛盾，国民党反动派与广大群众的矛盾，地主、高利贷者与农民的矛盾，工商业者互相之间的矛盾。但这一切都是以广货铺子的林老板的性格和命运为中心、为枢纽而联结起来的。离开了林老板特定的遭遇和他在破产过程中呈现出来的独特性格，小说断不能给读者留下如此深刻的印象。

人们的个性是千差万别的，因此，作者对于冲突的处理和解决也应该是各具特色的。拿《沙滩上》来说，矛盾不可谓不复杂，不尖锐，然而那些冲突是怎样展开的呢？你看，林檎树下，沙滩上，人们吃瓜歇凉，谈谈说说，表面看来是一幕农村日常生活场景，可是，人物间的冲突在一步步激化，最后达到了顶点，得到了圆满的解决；与此同时，作者要在陈大年身上表现的品格都表现出来了。作者安排的性格冲突是如此匀称、细密，解决这些矛盾又是这样自然、合理，充分显示了作家对人物的洞悉程度，也体现了作家在通过冲突塑造性格中的独特的构思与手法。

上述例子表明，一个有才能的作者，在作品中展开冲突时，总能找到属于自己的独特方式的；而且，就某一作者的各篇作品来看，又往往是多种多样、丰富多彩的，这里有着广阔的创造的天地。

（原载《东海》1963 年第 12 期）

# "弃去蹄毛，留其精粹"

## ——鲁迅关于正确对待文艺遗产的论述

一

1934年鲁迅发表了一篇著名的杂文《拿来主义》。在文章中，鲁迅嘲笑那些对文化遗产不敢接近的人是"孱头"，怒斥那些"勃然大怒，放一把火烧光"的人是"昏蛋"，批判那些"接受一切，欣欣然的蹩进卧室，大吸剩下的鸦片"的人是"废物"。在文艺遗产问题上，鲁迅既反对抱残守缺的复古主义，也反对否定一切的虚无主义。他提出了一个响亮的革命口号："运用脑髓，放出眼光，自己来拿！"因为"没有拿来的，文艺不能自成为新文艺"。这就是说，新文艺和旧文艺之间有一个继承和革新的发展过程。

发展新文艺，不能离开对旧文艺的批判地继承。割断历史，全盘否定文艺遗产，无产阶级新文艺是无法创造出来的。列宁曾经指出："无产阶级文化并不是从天上掉下来的，也不是那些自命为无产阶级文化专家的人杜撰出来的……无产阶级文化应当是人类在资本主义社会、地主社会和官僚社会压迫下创造出来的全部知识合乎规律的发展。"① 毛泽东同志也曾指出："今天的中国是历史的中国的一个发展"②，"中国现时的新文化也是从古代的旧文化发展而来"③。无产阶级新文艺不是从天上掉下来的，也不是在空白的土地上凭空创造出来的，而是在继承人类历史上所创造的一切文艺的优良传统的基础上建立和发展起来的。我国各族人民在漫长的历史岁月里创造了丰富灿烂的文艺作品，其中有许多珍品。认真地总结和继承这份丰富而宝贵的文艺遗产，把它作为创造革命新文艺的借鉴，是非常必要的。因为"有这个借鉴和没有这个借鉴是不同的，这里有文野之分，粗细之分，高低之分，快慢之分"。④ 这就是说，批判地继承优秀的文艺遗产有利于社会主义新文艺的提高、发展和繁荣，可以使之更好地为工农兵服务。鲁迅根据马克思主义观点来说明批判地继承文艺遗产的重要性。他说："新的阶

---

① 列宁：《青年团的任务》，《列宁论文学与艺术（二）》，人民文学出版社1960年版，第592页。

② 毛泽东：《新民主主义论》，《毛泽东选集》（一卷本），人民出版社1966年版，第701页。

③ 毛泽东：《新民主主义论》，《毛泽东选集》（一卷本），人民出版社1966年版，第701页。

④ 毛泽东：《在延安文艺座谈会上的讲话》，《毛泽东选集》（一卷本），人民出版社1966年版，第862页。

级及其文化，并非突然从天而降，大抵是发达于对于旧支配者及其文化的反抗中，亦即发达于和旧者的对立中，所以新文化仍然有所承传，于旧文化也仍然有所择取。"① 在这里，鲁迅对文化发展的内部规律作了辩证的阐明。这种内部规律表现在新文化有历史的继承性，对旧文化要有承传，有择取；同时也要有斗争，有剔除。鲁迅曾经以冲决一切罗网的革命精神对我国历史上那些维护封建制度，宣扬封建伦理道德、宗教迷信，麻痹和愚弄劳动人民的旧文化，"施行袭击，令其动摇"。鲁迅对这种旧的反动文化的批判，正是为发展新文化扫清道路的。"不把这种东西打倒，什么新文化都是建立不起来的。"②

　　然而，对旧的反动文化的批判，并不是对文化遗产的全盘否定。对待文化遗产的优秀部分，我们不但不应否定，而且还要认真地加以择取和吸收。鲁迅曾打过一个生动的比喻，对于文化遗产要像吃牛羊一样，"弃去蹄毛，留其精粹，以滋养及发达新的生体"。③ 就是说，对于古代文艺遗产要用马克思主义的观点加以批判地总结，分清精华和糟粕，去其糟粕，取其精

---

① 鲁迅：《集外集拾遗·〈浮士德与城〉后记》，《鲁迅全集》第 2 卷，人民文学出版社 1981 年版，第 355 页。

② 毛泽东：《新民主主义论》，《毛泽东选集》（一卷本），人民出版社 1966 年版，第 688 页。

③ 鲁迅：《且介亭杂文·论"旧形式的采用"》，《鲁迅全集》第 6 卷，第 23 页。

华，以达到发展无产阶级新文艺的目的。鲁迅为了分清文艺遗产中的"蹄毛"和"精粹"，曾经孜孜不倦地做了大量的垦荒的工作。他"废寝辍食，锐意穷搜"，第一个用唯物主义观点研究了我国小说的历史发展，肯定了它在文学史上的地位和社会作用。《中国小说史略》的问世，打破了"中国小说自来无史"的局面。他在厦门大学讲授《中国文学史》时，又用辩证唯物的观点对于我国的上古文学作了精深的研究，其中有很多创见，一直为人们所称道（见《汉文学史纲要》）。直到晚年，他还计划过写一部完整和系统的中国文学史。鲁迅曾经豪迈地说过："我已经确切的相信：将来的光明，必将证明我们不但是文艺上的遗产的保存者，而且也是开拓者和建设者。"① 鲁迅的确不愧为我国文艺遗产的保存者、开拓者和建设者的伟大榜样。

二

列宁指出："每个民族的文化里面，都有一些哪怕是还不大发达的民主主义和社会主义的文化成分，因为每个民族里面都有劳动群众和被剥削群众，他们的生活条件必然会产生民主主义的和社会主义的思想体系。但是每个民族里面也都有资产

---

① 鲁迅：《集外集拾遗·〈引玉集〉后记》，《鲁迅全集》第 7 卷，第 418 页。

阶级的文化（大多数的民族里还有黑帮和教权派的文化），而且这不仅是一些'成分'，而是占统治地位的文化。"① 这是指"现代民族"而言的，但"每一种民族文化中，都有两种民族文化"，却是阶级社会里各个民族文化的共同规律。我国的文艺遗产中，同样存在着优秀的、进步的部分，和反动的、落后的部分。因此对待文艺遗产，"决不能无批判地兼收并蓄。必须将古代封建统治阶级的一切腐朽的东西和古代优秀的人民文化即多少带有民主性和革命性的东西区别开来。"要"剔除其封建性的糟粕，吸收其民主性的精华"。② 这就要求对于文艺遗产作具体的、阶级的、历史的分析，采取批判地继承的态度。鲁迅成为共产主义战士以后，一直强调对于文艺遗产要"占有，挑选"，而后采取"或使用，或存放，或毁灭"的不同态度。③ 因为不"占有"人类全部发展过程所创造的文化，不用马克思主义观点对文艺遗产加以"挑选"和改造，就不能完成建设无产阶级新文艺的任务。鲁迅在占有详细材料的基础上，坚持全面地一分为二地分析文艺遗产。对于在长期封建统治下劳动人民所创造的民间文艺，鲁迅非常珍惜，怀着高度的热情予以肯定，认为它们"刚健、清新"，具有反封建的战斗内容

---

① 列宁：《关于民族问题的批评意见》，《列宁选集二》，人民出版社1972年版，第139页。

② 毛泽东：《毛泽东选集》（一卷本），人民出版社1966年版，第701页。

③ 鲁迅：《且介亭杂文·拿来主义》，《鲁迅全集》第6卷，第95页。

和朴实健康的艺术风格。当"旧文学衰颓"时，往往给文人作品增添新的血液，使之"起一个新的转变"①，从而对于各个时代的文艺的发展发生了有力的推动作用。有些隶属于统治阶级的作家，由于统治阶级内部的矛盾和倾轧，或社会发生激烈的动乱，在一定程度上和人民群众有所接触，他们的一些优秀作品也在某种程度上揭露了社会上的阶级对立，体现了反抗黑暗势力统治的思想倾向。这些作家作品也受到鲁迅的重视。如唐代罗隐的《谗书》，皮日休的《皮子文薮》，陆龟蒙的《笠泽丛书》，其间包含着"抗争和愤激"，具有一定的反抗性和战斗性。鲁迅指出，"正是一塌糊涂的泥塘里的光彩和锋芒"②，对后代散文的写作有着不少启示。对于著名的长篇小说《红楼梦》《儒林外史》等，鲁迅更是给予高度的评价。他热情地赞扬《红楼梦》是中国小说中"不可多得"的艺术珍品。"在我的眼下的宝玉，却看见他看见许多死亡"③。这就简截地揭示了小说的重要社会意义在于表现了十八世纪中国封建社会阶级斗争的尖锐性和残酷性，暴露了封建制度吃人的本质。"颓运方至，变故渐多；宝玉在繁华丰厚中，且亦屡与'无常'觌

---

① 鲁迅：《且介亭杂文·门外文谈》，《鲁迅全集》第 6 卷，第 95 页。

② 鲁迅：《南腔北调集·小品文的危机》，《鲁迅全集》第 4 卷，第 575 页。

③ 鲁迅：《集外集拾遗补编·〈绛洞花主〉小引》，《鲁迅全集》第 8 卷，第 145 页。

面……悲凉之雾，遍被华林"。① 贾府这个贵族家庭不可救药的堕落和衰朽，正是整个封建社会无可挽回的没落和崩溃的历史命运的真实写照。鲁迅对这部具有丰富生活内容和深刻思想意义的杰作的认识，确实是很精到的。鲁迅评价《儒林外史》，特别着眼于小说"洞见所谓儒者之心肝"，对孔学的解剖达到了剔肤见骨的程度。"迨吴敬梓《儒林外史》出"，"说部中乃始有足称讽刺之书。"② 给这部小说以很高的历史地位。后来，他针对有些文人对这部小说的贬抑，愤慨地指出："《儒林外史》作者的手段何尝在罗贯中下，然而留学生漫天塞地以来，这部书就好像不永久，也不伟大了。伟大也要有人懂。"③ 这些事例充分说明，鲁迅对祖国灿烂的文艺遗产是十分珍惜和无比热爱的。这同胡适等人全盘否定文艺遗产的虚无主义态度是泾渭分明、截然不同的。这些优秀的古典文艺作品通过生动鲜明的艺术形象，展现了一幅幅我国古代社会丰富多彩、激动人心的历史画卷。它们具有重大的认识价值和历史借鉴作用，人们从中可以吸取历史经验，学习艺术技巧，对于推动当前的革命斗争和文艺运动都具有重要的现实意义。

那么，对那些在历史上曾经起过进步作用的比较优秀的作

---

① 鲁迅：《中国小说史略》，《鲁迅全集》第9卷，第231页。

② 鲁迅：《中国小说史略》，《鲁迅全集》第9卷，第220页。

③ 鲁迅：《且介亭杂文二集·叶紫作〈丰收〉序》，《鲁迅全集》第6卷，第220页。

家、作品，是否就可以一概肯定，而不必加以鉴别和批判呢？回答自然是否定的。我们知道，过去时代的进步文艺作品，由于统治阶级的思想影响，作者本人的阶级局限和时代条件的限制，在作品中往往掺杂了剥削阶级落后甚至反动的思想观念。因此，即使是对于文艺遗产中这些优秀部分，仍有一个取其精华、舍其糟粕的问题，而不应不分轩轾，无批判地继承。正如鲁迅所说，"古文化之裨助着后来，也束缚着后来"①，这就需要加以仔细的分析和正确的批评。我们既要指出这些优秀作品在当时历史条件下的意义和作用，又要指出它们在今天条件下对于人民的意义和作用，这才是马克思主义的历史观点和批判态度。以屈原为例，鲁迅充分肯定了他对浑浊世俗的愤懑和反抗，热情赞扬他"怨愤责数""九死未悔"的战斗精神。鲁迅称颂他的诗歌"逸响伟辞，卓绝一世"，"其影响于后来之文章，乃甚或在三百篇以上"②。屈原不愧为我国第一位伟大诗人，他的诗歌在中国文学史上开辟了一个崭新的时代。但屈原对昏庸的楚怀王却表现了忠君思想，对此，鲁迅批评说："他的《离骚》，却只是不得帮忙的不平。"③ 这就深刻地指出了屈

---

① 鲁迅：《且介亭杂文·〈全国木刻联合展览会专辑〉序》，《鲁迅全集》第6卷，第339页。

② 鲁迅：《汉文学史纲要·第四篇》，《鲁迅全集》第9卷，第370页。

③ 鲁迅：《且介亭杂文二集·从帮忙到扯淡》，《鲁迅全集》第6卷，第344页。

原思想上地主阶级君权主义的严重弱点，从而把他的反抗同人民群众推翻封建制度的革命斗争区别开来。

我们还必须看到，有些古典作品在历史上曾经起过进步作用，但随着时代的变化，它们所宣扬的思想观点，有的已经不适用于今天，有的甚至变成消极反动的东西了。列宁曾经指出："凡是人类社会所创造的一切，他（指马克思——笔者）都用批判的态度加以审查，任何一点也没有忽略过去。凡是人类思想所建树的一切，他都重新探讨过，批判过，在工人运动中检验过"①。这就是说，要从无产阶级革命的需要，用马克思主义世界观来确定古代作品在历史上的地位和作用，又要指出它在新的历史条件下的消极甚至反动作用。如《红楼梦》中贾宝玉的爱情悲剧，原来包含着反封建礼教的思想内容，在当时是有进步意义的。因此，鲁迅说他对宝黛爱情有"异样的同情"。但他又以为看此书决不能自己钻入书中，"硬去充一个其中的脚色"，反对青年"以宝玉、黛玉自居"。宝黛的叛逆性格打上了封建贵族阶级的烙印，其反抗性十分脆弱，一遇到封建礼教的压迫，就悲观失望，消极颓废。宝玉出家当和尚，鲁迅认为这是"败亡的逃路"，是遁世绝尘无所作为的"小器"。事实表明，鲁迅是用完整的历史的观点来研究文艺遗产的，因而避免

---

① 列宁：《青年团的任务》，《列宁论文学与艺术（二）》，人民出版社1960年版，第592页。

了片面性。如果研究文艺遗产，不考虑当前无产阶级革命斗争的需要，不划清非无产阶级思想同无产阶级思想的区别，也是不足为法的，那样就会走上厚古薄今，颂古非今的邪路。

这里，特别要指出的是，优秀的民族文艺遗产，不但可以作为我们创造新文艺的借鉴，而且它的进步的思想内容也可以为我们所继承。毛主席说："我们中华民族有同自己的敌人血战到底的气概，有在自力更生的基础上光复旧物的决心，有自立于世界民族之林的能力。"① 鲁迅也说过："我们从古以来，就有埋头苦干的人，有拼命硬干的人，有为民请命的人，有舍身求法的人，……虽是等于为帝王将相作家谱的所谓'正史'，也往往掩不住他们的光耀，这就是中国的脊梁。"② 这种光荣的民族传统，在古典作品中都曾得到不同程度的艺术反映。这些作品今天仍然能给读者以有益的教育，使我们从中学习历史上的阶级斗争经验，学习古代人民勤劳勇敢的优良品质和坚韧不拔的斗争精神，以及爱国主义传统等。屈原、辛弃疾、陆游充满爱国主义激情的诗词，杜甫、白居易、关汉卿、吴敬梓、曹雪芹等敢于揭露封建统治阶级凶残和腐朽的杰作，古代劳动人民歌颂反抗和革命、劳动和自由的民间文学，都能给人以有益

---

① 毛泽东：《论反对日本帝国主义的策略》，《毛泽东选集》（一卷本），人民出版社 1966 年版，第 156 页。

② 鲁迅：《且介亭杂文·中国人失掉自信力了吗》，《鲁迅全集》第 6 卷，第 118 页。

的启示和生动的教育。这种对于文艺遗产中进步思想的继承，是"提高民族自信心的必要条件"①。"四人帮"竭力否定这种思想上的继承，只能说明他们对于文艺遗产的无知，暴露了他们极端仇视光荣的民族传统的反动立场。

三

对于古代的传统的艺术形式和艺术技巧，要善于抉择，善于学习，但不能亦步亦趋，生搬硬套。借鉴中外文化，必须加以融化，改造和革新。鲁迅指出："旧形式是采取，必有所删除，既有删除，必有所增益，这结果是新形式的出现，也就是变革。"②

每个民族的文艺，在漫长的历史发展过程中，形成了自己独特的艺术形式和民族风格，积累了丰富的创作经验和成熟的艺术技巧。批判地继承前人的创作经验和艺术技巧，是创作出具有为中国老百姓所喜闻乐见的中国作风和中国气派的文艺作品的必不可少的条件。过去的文艺形式和艺术技巧是前人千百年的艺术实践积累下来的，是表现特定的思想内容的一种手

---

① 毛泽东：《新民主主义论》，《毛泽东选集》（一卷本），人民出版社1966年版，第701页。

② 鲁迅：《且介亭杂文·论"旧形式的采用"》，《鲁迅全集》第6卷，第24页。

段。对于这些创作经验和艺术技巧，我们应当重视，认真学习、借鉴和总结。同时，我们也应看到，它们是适应过去时代的文艺的内容而产生的，是为表现特定的阶级的生活和思想服务的。因此，在学习和借鉴的时候，又需要作必要的"删除"和"增益"。不进行改造和革新，就不能适应表现今天时代生活的需要。革命的内容要求有新的艺术形式去适应和表现它。内容决定形式，内容变了，形式也得变，因此借鉴古代作家的艺术经验要加以审慎的挑选、消化，然后加以吸收和改造。鲁迅曾以绘画为例，指出在古代的绘画技法中，"在唐，可取佛画的灿烂，线画的空实和明快，宋的院画，萎靡柔媚之处当舍，周密不苟之处是可取的，米点山水，则毫无用处。"[1] 这种对古代艺术形式有所删除、有所增益的过程，也就是除旧布新和推陈出新的过程。鲁迅又说："倘若先前并无可以师法的东西，就只好自己来开创。"[2] 作家应该根据新的思想内容的要求，创造新的艺术形式。纷纭复杂、斑斓多姿的现实生活为我们的文艺创作提供了丰富而崭新的描写对象，"古代人的性格描绘在今天是不再够用了"[3]。我们在继承和借鉴中外艺术经验

---

[1]　鲁迅：《且介亭杂文·论"旧形式的采用"》，《鲁迅全集》第6卷，第23页。

[2]　鲁迅：《集外集·〈奔流〉编校后记》，《鲁迅全集》第7卷，第183页。

[3]　恩格斯：《致斐·拉萨尔》，《马克思恩格斯论艺术（一）》，人民出版社1960年版，第38页。

的基础上，还要勇于革新、大胆创造。鲁迅在谈到木刻创作时，说过一段很深刻的话："采用外国的良规，加以发挥，使我们的作品更加丰满是一条路；择取中国的遗产，融合新机，使将来的作品别开生面也是一条路。"① 要创造无产阶级新文艺，必须借鉴中外文艺，但要"融合新机"，"加以发挥"，这样在艺术形式上才能有所创造，"别开生面"。鲁迅这些话对我们今天的文艺创作是很有启发的。

鲁迅的创作，无论是杂文，还是小说，同我国古典文艺的优良传统有着深厚的联系。在杂文中，鲁迅多用比喻来明理，用反语来讽刺，勾勒形象配合作者议论，借用古人古事来印证今人今事，这些表现方法在古代散文作家作品中是常见的。在小说方面则更加明显。鲁迅在谈到自己的小说时说过："我力避行文的唠叨，只要觉得够将意思传给别人了，就宁可什么陪衬拖带也没有。中国旧戏上，没有背景，新年卖给孩子看的花纸上，只有主要的几个人，……我深信对于我的目的，这方法是适宜的，所以我不去描写风月，对话也决不说到一大篇。"② 他在塑造人物，叙述故事，描写环境等方面的简洁、传神的表现方法，明显地吸收了中国古典小说中的白描等传统手法。至

---

① 鲁迅：《且介亭杂文·〈木刻纪程〉小引》，《鲁迅全集》第 6 卷，第 48 页。

② 鲁迅：《南腔北调集·我怎么做起小说来》，《鲁迅全集》第 4 卷，第 512 页。

于他的小说在"采用外国的良规"方面，也为人们所熟知。他说自己写作《狂人日记》，"大约所仰仗的全在先前看过的百来篇外国作品和一点医学上的知识"①。这篇小说受果戈理的《狂人日记》的影响就比较明显。当然，鲁迅对中外文化的这种继承，决不是盲目地照搬，即以杂文运用讽喻来说，旧时代作家由于阶级和时代的局限，他们对于丑恶事物本质的揭示往往受到限制，而鲁迅从古代文学中学习了这种手法，在新的思想基础上加以改造，因而在他笔下对于黑暗势力的揭露和批判，达到了前所未有的深度，具有强大无比的战斗力。从小说来说，他对传统的艺术形式加以革新和创造，一反旧小说中对劳动人民形象的丑化和歪曲，以新的艺术语言和表现方法，细致而深刻地刻画了劳动人民朴素、诚实、正直的性格，反映了他们悲惨的生活遭遇和热切的革命愿望，创造出许多生动感人的劳动人民的艺术形象。鲜明的时代特点，明快、洗练的格调，浓厚的中国民族风味，形成了鲁迅小说独特、新颖的艺术风格。事实证明，对于传统的艺术形式和表现方法必须加以继承，同时又要加以改造和革新，这样才能给新文艺的发展以新的营养，达到"古为今用"的目的。正如毛主席所说："对于过去时代的文艺形式，我们也并不拒绝利用，但这些旧形式到了我们手

① 鲁迅：《南腔北调集·我怎么做起小说来》，《鲁迅全集》第 4 卷，第 512 页。

里，给了改造，加进了新内容，也就变成革命的为人民服务的东西了。"①

## 四

正确地评价古代作家作品，批判地继承文艺遗产，就必须以马克思主义历史唯物论的立场、观点、方法来"弃去蹄毛，留其精粹"，鲁迅根据自己多年的实践经验，提出了这样一条原则："我总以为倘要论文，最好是顾及全篇，并且顾及作者的全人，以及他所处的社会状态，这才较为确凿。要不然，是很容易近乎说梦的。"② 这里所说的，就是要用历史唯物主义的原则，对文艺遗产进行科学的分析。

列宁指出，"在分析任何一个社会问题时，马克思主义理论的绝对要求，就是要把问题提到一定的历史范围之内。"③ 古代作品是一种复杂的历史现象，反映了特定历史时期的社会生活。要正确地评价作家作品，就必须把它们提到"一定的历史

---

① 毛泽东：《在延安文艺座谈会上的讲话》，《毛泽东选集》（一卷本），人民出版社 1966 年版，第 857 页。

② 鲁迅：《且介亭杂文二集·"题未定草"（七）》，《鲁迅全集》第 6 卷，第 430 页。

③ 列宁：《论民族自决权》，《列宁选集（二）》，人民出版社 1972 年版，第 512 页。

范围之内"加以考察。也就是说，要研究作家作品产生和表现的历史环境，要分析当时的阶级斗争对作家作品的影响，只有这样，才能确定文艺遗产的历史地位和作用。所以鲁迅非常强调"要知道作者的环境，经历和著作"。[①] 他的《魏晋风度及文章与药及酒之关系》，在这方面堪称典范。这篇有不少"和旧说不同"的新见解的文章，正是把魏晋作家及其文章同产生它的历史环境和社会风气联系起来加以研究的。比如对曹操，鲁迅认为把他说成"花面的奸臣"，"这不是观察曹操的真正方法"。曹操的"尚刑名""尚通脱"，在当时是有一定进步意义的。汉末魏初，豪强兼并，社会动乱，国家急需统一。曹操为了统一天下，称王称帝，主张立法要严，这就影响到文章的简约严明。同时，曹操反对当时"自命清流"的习气，"力倡通脱"，此种提倡影响到文坛，"便产生多量想说甚么便说甚么的文章"，这就形成汉末魏初文章"清峻""通脱"的风格。因此，鲁迅作出这样的结论："曹操是一个很有本事的人，至少是一个英雄"，在文学史上，他"也是一个改造文章的祖师"。鲁迅对曹操的评价，很有创见。他运用历史唯物主义的观点，批判了历史上对曹操的歪曲，还他以本来的面目，肯定了他在政治上和文学上的贡献。类似这种事例，在他早期写的《中国

---

① 鲁迅：《而已集·魏晋风度及文章与药及酒之关系》，《鲁迅全集》第3卷，第501页。

小说史略》中也有不少,不过那时他是以战斗的唯物主义观点来研究我国小说的发展史,还没有达到历史唯物主义的思想高度。

鲁迅认为研究文艺遗产还要"顾及全篇,并且顾及作者的全人"。不深入地了解古代作家的生活道路和创作道路,不准确地把握作品中通过艺术形象的整体所表现出来的总的政治倾向,也是不能正确地评价文艺遗产的。鲁迅坚决反对"最能引读者入于迷途的"摘句法。因为摘取者立场观点不同,艺术爱好和艺术修养不同,就会强调作家的不同方面,而"读者没有见过全体,便也被他弄得迷离惝恍"①。比如陶渊明,历代的封建文人都把他看作是田园诗人、隐逸诗人而加以颂扬。而鲁迅在评价陶渊明时,顾及他的全人,对他的全部作品进行了仔细的研究,具体入微地分析了他的世界观中的复杂矛盾。陶渊明处于地主阶级的中下层,地位较为低微。当时政治黑暗,门阀制度森严,他无法施展自己的抱负,内心充满郁愤。在强大的政治压力面前,他感到无能为力,加上儒家"穷则独善其身"的思想影响,使他竭力忘情世事,逃避现实,幻想在田园生活中找到精神的依托。思想上的苦闷和矛盾反映到诗文里,有时表现得恬淡闲适,有时又显得激昂慷慨。正如鲁迅所说:"被

---

① 鲁迅:《且介亭杂文二集·"题未定草"(七)》,《鲁迅全集》第 6 卷,第 425 页。

论客赞赏着'采菊东篱下，悠然见南山'的陶潜先生，在后人的心目中，实在飘逸得太久了，……这'猛志固常在'和'悠然见南山'的是一个人，倘有取舍，即非全人，再加抑扬，更离真实。"① 因为有"猛志固常在"的一面，因而透过他在作品中"金刚怒目"式的愤慨，折射出当时污浊的官场和腐败的社会现实；而"悠然见南山"的这一面，又使他在赞美田园风光中掩盖了社会尖锐的阶级矛盾，宣扬了士不遇而应安贫乐道的消极思想。从前者，鲁迅得出了"历来的伟大作者，是没有一个浑身是'静穆'的"结论，启发作家要增强文学的战斗性；从后者，鲁迅批判了地主阶级文人隐士逃避现实，害怕斗争的没落阶级的思想意识和封建士大夫的闲情逸趣，要人们不要加以"模仿"。鲁迅就是这样对古代作家作全面而又科学的分析，并从正、负两个方面使我们得到对现实斗争的有益启示。

评价古代作品和评价现代作品一样，都要"顾及全篇"，注意作品的总的政治倾向。要注意研究作品主要的是宣扬什么思想，在历史的长河中到底起了什么作用，这样才能给作品以恰如其分的历史评价。《水浒》这部著名的古典长篇小说，历来的评论家对它各执己见，莫衷一是。有的文人墨客说它是

① 鲁迅：《且介亭杂文二集·"题未定草"（七）》，《鲁迅全集》第 6 卷，第 422 页。

"海盗"的书而加以挞伐，有的人说它是农民起义的英雄史诗而完全加以肯定。鲁迅对这部古典名著的评价是一分为二，全面而正确地，提出了与前人完全不同的见解。在《中国小说史略》和《中国小说的历史的变迁》中，鲁迅指出，《水浒》是在长期的民间创作的基础上由封建文人"掇拾粉饰"写成的，它在社会上"最盛行，而且最有势力"，深受群众的喜爱和欢迎。鲁迅把《水浒传》同《荡寇志》作了鲜明的对比，肯定了它反封建的基本思想倾向和在历史上的进步作用，对于诬蔑和仇视农民起义的《荡寇志》，鲁迅则作了完全否定的评价，认为这部小说与《水浒传》的"立意正相反，使山泊首领，非死即诛"，"思想实在未免煞风景"。那么，《水浒传》的"立意"是什么呢？鲁迅在把《彭公案》《施公案》《三侠五义》与《水浒传》作比较时，明确地指出："《水浒》中人物在反抗政府；而这一类书中底人物，则帮助政府，这是作者思想的大不同处。""立意"在"反抗政府"，这是对《水浒传》的主题思想准确而深刻的概括。显然，鲁迅对这部古典名著同情、歌颂农民起义的基本倾向和反抗封建统治的革命精神，给予了很高的评价。而这一点，正是《水浒传》民主性精华之所在，是它具有长久的艺术魅力的根本原因。自然，《水浒传》同许多古典名著一样，在思想内容上存在着复杂的矛盾，它鼓吹"反抗政府"，不满奸臣昏君，但又受着忠君观念的束缚；它同情、赞扬农民起义，但又肯定、宣扬宋江的投降主义路线，这就造成这部小说重大的思想局限。对此，鲁迅曾有精辟的评说："一部《水浒》，说得很分明：因为不反对天子，所以大军一到，便受招安，替国家打别的强盗——不'替天行道'的强盗去了，终于是奴才。"① 鲁迅抓住"反奸臣不反皇帝"这个根本问题，寥寥数语，就对《水浒》歌颂投降派宋江，宣扬投降主义思想的严重弱点，剖析得非常剀切。这个评说，闪耀着历史唯物主义的思想光辉。可以这样说，在《水浒》的研究领域中，鲁迅第一次用历史唯物论对这部作品作了科学的分析，驱散了几百年来一些文人学者所散布的迷雾。

## 五

对待文艺遗产是坚持批判地继承，还是"彻底扫荡"，全盘否定，是取其精华，去其糟粕，还是取其糟粕，去其精华，这是我们同"四人帮"的根本分歧。这是两个阶级、两条道路、两条路线的斗争在对待文化遗产问题上的集中反映。"四人帮"在文艺遗产问题上要么全盘否定，要么全盘继承，采用的是虚无主义和实用主义的反革命两手政策。他们竭力对抗毛泽东同志制定的"古为今用，洋为中用""推陈出新"的方针，

---

① 鲁迅：《三闲集·流氓的变迁》，《鲁迅全集》第 4 卷，第 155 页。

疯狂推行文化专制主义。

所谓"彻底扫荡"论是"四人帮"大搞虚无主义的典型谬论。早在1970年，姚文元直接授意炮制了一篇黑文《鼓吹资产阶级文艺就是复辟资本主义》，叫嚷什么"古的和洋的艺术，就其思想内容来说，是古代和外国的剥削阶级的政治愿望和思想感情的表现，是必须彻底批判和与之彻底决裂的东西"。这段话直接对抗无产阶级革命导师关于文艺遗产的一系列光辉指示。列宁明明说过每个民族有两种文化，除了剥削阶级文化以外，还存在"哪怕是还不大发达的民主主义和社会主义的文化成分"①，而"四人帮"却硬说古的洋的艺术，都是剥削阶级的东西。毛泽东同志明明说过"清理古代文化的发展过程，剔除其封建性糟粕，吸收其民主性精华"②，而"四人帮"却宣扬对一切中外文艺遗产要"彻底批判和与之彻底决裂"。他们不分青红皂白，把一切文艺遗产统统归入剥削阶级思想，均在"砸烂"和"扫荡"之列。这不是公开背叛马克思主义的历史主义原则又是什么？不是大搞民族虚无主义又是什么？正是在这股否定一切中外文艺遗产的反动思潮的肆虐下，中外文艺遗产遭到了一场大的浩劫。历史上人民群众的创作被咒骂成"低级"

---

① 列宁：《关于民族问题的批评意见》，《列宁选集（二）》，人民出版社1972年版，第139页。

② 毛泽东：《新民主主义论》，《毛泽东选集》（一卷本），人民出版社1966年版，第701页。

的"下流的东西"；从《诗经》到明清小说等优秀古典作品被戴上"四旧"的帽子；至于19世纪欧洲批判现实主义作家，更是惨遭厄运；连马克思、恩格斯、列宁作过很高评价的俄国革命民主主义作家，也被攻击为"资本主义的辩护士"，是一群"僵尸""侏儒"。总之，一切优秀的中外文艺遗产统统受到禁止，都被摧残殆尽。

"四人帮"确实是鲁迅怒斥过的那种把遗产"放一把火烧光"的"昏蛋"。然而放火烧光还不是目的，他们的目的是要在"烧光"的"空白"的土地上，创造所谓的"无产阶级文艺"，从而树立江青这个所谓开辟无产阶级文艺新纪元的旗手的形象，也就是要用资产阶级的反革命的文艺为"四人帮"篡党夺权制造舆论。江青曾恬不知耻地说，无产阶级文艺"从总的讲来，是六三年开始的。"就是说，是从她插手破坏京剧改革开始的。言下之意，无产阶级文艺是她创造的，真是无耻和狂妄之极！鲁迅曾经说过："新的艺术，没有一种是无根无蒂，突然发生的，总承受着先前的遗产"[①]。"四人帮"否定一切文艺遗产，割断无产阶级文艺同一切文艺遗产的历史联系，实际上就是在扼杀无产阶级文艺。"四人帮"是否定文艺遗产、破坏无产阶级文艺的十恶不赦的历史罪人。

---

① 鲁迅：《致魏猛克》（1934年4月9日），《鲁迅全集》第12卷，第381页。

　　"四人帮"真的不要一切文艺遗产吗？否。他们在鼓吹虚无主义的同时，又大搞实用主义。江青公开宣称："我不是玩古的，我们是要实用。"这就不打自招地道出了他们要利用文艺遗产为他们的反革命阴谋活动服务。他们根据自己的政治需要，把那些剥削阶级文艺中最反动最腐朽的东西，视为珍宝，奉若神明，作为他们反党活动的思想武器。同时，他们随心所欲地篡改、伪造历史，把一部阶级斗争的历史说成是儒法斗争史，把所有古代作家分成什么儒家和法家。他们对先秦法家代表人物，根本不作阶级分析，不一分为二，把他们抬到吓人的高度，简直比马克思主义者还进步，这是历史唯心主义的典型表现。尤其恶劣的是，他们把历史唯物主义者的鲁迅，硬拉来为他们胡诌的"儒法斗争"服务。"四人帮"的御用文人硬说鲁迅总结了"儒法斗争"的历史经验，是依据"对儒法斗争的态度"来评价古代作家的，这是对鲁迅的莫大歪曲。鲁迅曾以历史唯物主义的观点研究和总结过历史上阶级斗争的经验，但根本没有研究和总结过所谓"持续两千余年"的"儒法斗争"的经验。在《汉文学史纲要》中，鲁迅对春秋战国四种代表性学派——邹鲁派、陈宋派、郑卫派、燕齐派都作过简要而中肯的分析。鲁迅认为当时"骋辩腾说、著作云起"，是百家争鸣的局面，不仅存在儒法斗争，在儒墨之间、儒道之间也有斗争。因此鲁迅并没有用儒法斗争这个刻板公式来对待先秦思想界，并没有离开春秋战国这个特定范畴专门谈论过所谓儒法斗争。鲁迅还指出，儒法两家，在西汉以后已经合流，形成了地主阶级统一的思想，"霸王道杂之"。他在著名杂文《关于中国的两三件事》中说："在中国的王道，看去虽然好像是和霸道对立的东西，其实却是兄弟，这之前和之后，一定要有霸道跑来的。"这种马克思主义的分析，同"四人帮"胡诌的"儒法斗争"是风牛马不相及的。鲁迅后期对古代作家的分析，也是坚持历史唯物主义的观点和方法，根本没有依据什么"对儒法斗争的态度"来评价历史人物。就拿"四人帮"的御用文人喋喋不休地议论过的章太炎为例吧，鲁迅从来没有把他作为什么法家，而是说他早期是资产阶级革命家，"是革命的先觉"。晚年"渐入颓唐"，是因为"既离民众"，而决不是什么"尊儒反法"的结果。"四人帮"的御用文人胡说鲁迅通过章太炎的分析，"总结了近代史上尊儒反法和尊法反儒两条路线斗争的经验"，这是彻头彻尾的捏造。"四人帮"抓住鲁迅论章太炎大做文章，目的无非是为了论证儒法斗争"一直影响到现在"，借此揪"当代大儒"，妄图打倒一大批老一辈的无产阶级革命家。

　　总之，"四人帮"在文艺遗产问题上，鼓吹虚无主义也好，大搞实用主义也好，都是为着一个目的，这就是古为"帮"用，为他们篡党夺权的反革命阴谋活动服务。今天，"四人帮"这伙中外文艺遗产最凶狠的"破坏者"被清除了，他们对中外文艺遗产的一切诬陷诽谤之词，都要统统推倒并彻底批判。我们要遵循毛主席"古为今用、洋为中用""推陈出新"的方针，加强对文艺遗产的整理、介绍和研究，从中吸取有益的养料，以推动社会主义文艺的发展和繁荣。

（原载《语文战线》1976年第6期，编入文集时，有关鲁迅作品的注释，均据人民文学出版社1981年版作了补充）

# 照出"空谈家"的原形

## ——从鲁迅的《〈出关〉的"关"》谈起

"四人帮"和一切机会主义者一样,主客观相分裂,轻视实践,脱离群众,不会做工,不会种地,却习惯于唱高调,讲空话,哗众取宠,招摇撞骗,制造混乱,混水摸鱼。重读鲁迅《〈出关〉的"关"》(《且介亭杂文末编》),对于我们认识这一点,深有教益。

《出关》这篇小说写于1935年,正是民族矛盾、阶级矛盾空前尖锐,也是党内两条路线斗争异常激烈的时刻。据作者自述,作品"本意"是"对于老子思想的批评"。在鲁迅看来,老子这个"一事不做、徒作大言的空谈家",他的"无为而无不为"的哲学,纯粹是自欺欺人。因为,"要无所不为,就只好一无所为",否则,"一有所为,就有了界限,不能算是无不为了"。鲁迅认为,"这种大而无当的思想家是不中用的",于是对他"加以漫画化",将他送出了"关"。对于现实阶级斗争深有洞察的鲁迅,写的是历史小说,着眼的却是现实。鲁迅对老子"徒作大言"的可笑形象的刻画,正是对披着马列主义外衣的机会主义者的切骨讽刺和有力批判。

30 年代的"左派"作家张春桥，不就活活地现出了"一事不做，徒作大言"的那副丑态么？从混进左翼作家队伍以后，他何尝写过一篇稍有积极意义的作品，做过一点切实有益的工作？然而，他却装出一副比革命还革命的样子，化名狄克昂首天外，指手划脚，大言不惭用各种不着边际、捉摸不定的空论吓唬作者，制造迷魂阵。比如，他蹲在三月的租界里，从不接触实际，不做社会调查，对处于水深火热之中的沦陷区人民的生活斗争茫无所知，了无同情，却在《我们要执行自我批评》一文中对反映东北人民抗日斗争的小说《八月的乡村》横加指责，肆意践踏。这种"慷慨激昂之士"的险恶用心，就在于替敌人来缴掉革命者手里的武器。因此，鲁迅不仅在 1936 年 4 月 16 日写了《三月的租界》，对狄克作了诛心刻骨的批驳，而且在同月 30 日写了《〈出关〉的"关"》一文，对狄克之流再次进行了严厉的谴责："'不该回来'呀（狄克文中语），'叽里咕噜'呀，群起而打之，惟恐他还有活气，一定要弄到此后一声不响，这才算天下太平，文坛万岁。"揭露了他们妄图使革命文学偃旗息鼓，让形形色色鬼魅称霸文坛，跋扈横行的罪恶用心。

从鲁迅痛斥的"空谈家"，我们想到了"四人帮"。这几年，"四人帮"摇唇鼓舌，大砍大杀，满口激烈之谈，"继续革命""共产主义"的口号喊得比谁都响。可是，关于"继续革命""共产主义"的事，他们一件也不干，不仅不干，还要开历史倒车，妄图把中国拉回到殖民地、半殖民地的老路上去，干尽了反党、反人民、反革命的坏事。广大干部、群众流大汗，出大力，勤勤恳恳，埋头苦干，大干社会主义，却被"四人帮"斥为"唯生产力论""替资本主义创造财富"。这伙反革命黑帮，就是这样一面唱着高调，一面穷奢极欲，花天酒地，妄图把社会主义蛀空。他们散布了那么多的虚言妄说，是对马列主义、毛泽东思想的恶毒歪曲和无耻篡改，是要破坏社会主义革命和生产，篡党夺权，复辟资本主义。

马克思主义者一贯反对说空话、唱高调，坚持实事求是，埋头苦干。鲁迅有一句名言："单是话不行，要紧的是做。"鲁迅就是一个脚踏实地干革命的光辉榜样。别的不说，仅从写作来看，自1905年写《摩罗诗力说》算起，到1936年逝世，在这30年间，他就为革命写下了七、八百万字的译文和著作。平均每年他就要写近30万字。这该付出多么艰巨、辛勤的劳动，耗费他多少心血！这可说是他用自己的鲜血和生命留给我们的一份极其丰富而宝贵的遗产，在中国和世界的文化宝库中将永远放射着灿烂的光辉！鲁迅这种为革命铺砖垒石、忘我工作的崇高品质，同"四人帮""徒作大言"的恶劣作风是一个多么鲜明的对照！

鲁迅曾经赞美过历史上那些为人民、为革命"埋头苦干的人""拼命硬干的人"，把他们誉为"中国的脊梁"，指出"虽是等于为帝王将相作家谱的所谓'正史'，也往往掩不住他们的光耀"。今天，在党的十一大路线指引下，我国亿万人民狠揭猛批"四人帮"，恢复和发扬毛主席为我们党树立的实事求是的优良传统，正在扎扎实实，为社会主义大厦添砖加瓦，一步一个脚印地前进。让我们在华主席为首的党中央领导下，坚持不尚空谈、埋头苦干的革命精神和传统作风，用自己勤劳的双手和聪明智慧，创造出前无古人的奇迹，实现抓纲治国、建设社会主义现代化强国的宏愿！

（原载《浙江日报》1977 年 11 月 21 日）

# 驳石一歌对鲁迅"蛀虫说"的曲解

以"鲁迅研究权威"自居的石一歌，秉承主子旨意，借宣传鲁迅为名，恣意歪曲和阉割鲁迅著作，把矛头指向老一辈无产阶级革命家，可谓"其辞弥巧，其毒弥深"，不可低估。所谓"学习鲁迅与'蛀虫'作斗争的经验"，便是其中喊得很响的一个蛊惑人心的口号。他们在"这一个大题目之下"，信口胡说，含血喷人，大做反面文章，扇动层层揪"走资派"的妖风，其手段之狡诈，用心之险恶，令人发指。

什么是"蛀虫"？鲁迅杂文和书信中所说的"蛀虫"，主要是指那些混入革命阵营的"投机者"，"假革命的反革命者"，出卖朋友、出卖组织、纳款通敌的叛徒。本来，把这样的渣滓清除出革命的队伍，有何不好？然而，殊不知石一歌所说的"蛀虫"却是别有所指的。他们在《不断清除革命队伍中的"蛀虫"》等黑文中，竟把民主革命时期即投身于革命斗争激流的广大革命干部，都说成是"同路人"，有的还从"同路人"变成了"走资派"，变成了一条大"蛀虫"。很清楚，在"四人帮"御用文人笔下，所谓"蛀虫"者，就是他们所诬称的当年的"民主派"，今天的"走资派"。这是肆无忌惮地歪曲鲁迅原意，强使鲁迅为他们的阴谋服务！

从我国革命实际来看，参加新民主主义革命的广大党员和党的干部，绝大多数是为最终实现共产主义的远大理想而参加革命的。他们是无产阶级革命派，而决不是什么资产阶级民主派。为了劳动人民的彻底解放，他们不畏强暴，流血奋斗，为我国革命作出了巨大的贡献。这是有目共睹的事实。对于这些"革命的前驱者"，鲁迅曾多次表示由衷的钦佩和崇敬。他在自己的作品中赞颂他们"有确信，不自欺，他们在前赴后继的战斗"，指出他们是"中国的脊梁"，是我们革命的精华和民族的骄傲，在他们身上寄托着"中国与人类的希望"。鲁迅说："那切切实实，足踏在地上，为着现在中国人的生存而流血奋斗者，我得引为同志，是自以为光荣的。"对于中国共产党人，对于党的广大干部，鲁迅怀有多么深厚、真挚动人的无产阶级感情！"四人帮"及其御用文人，把革命老干部一律视为"民主派"，甚至诬蔑为鲁迅所要加以清除的"蛀虫"，这是对鲁迅无产阶级立场和感情的粗暴蹂躏，赤裸裸地暴露了他们这伙蟊贼对老一辈革命家的刻骨仇恨。

对于小资产阶级，无产阶级应该而且能够团结和改造他们反对共同的敌人，在我们党的历史上，王明从"左"倾机会主义立场出发，鼓吹革命队伍要"纯粹而又纯粹"，对小资产阶级一概加以排斥和打击，这是完全错误的。对于这种形"左"

实右的观点，鲁迅曾予以有力批驳。他说："左翼作家并不是从天上掉下来的神兵，或国外杀进来的仇敌，他不但要那同走几步路的'同路人'，还要招致那站在路旁看看的看客也一同前进。"诚然，要团结他们一道前进，不等于说，对他们的错误思想和不良倾向不必展开积极的思想斗争。然而，这种斗争，决不是像"左"倾机会主义者所采取的那样实行"残酷斗争，无情打击"，而是从革命的利益出发，既严肃地批评他们的革命不彻底性，同时又热情地帮助他们进步，把他们的小资产阶级思想引导到无产阶级革命的轨道上来。鲁迅对于那些"没有坚决的广大的目的，要求很小，容易满足"的小资产阶级革命者的批判是很尖锐的，对于他们不敢正视现实，脱离革命实践，以及个人主义意识的危险性的诤诫是发人深省的。然而，鲁迅在划清无产阶级思想同小资产阶级思想界限的同时，总是满怀希望地鼓励他们克服自己的"生活和意识"，逐步做到"无产阶级化"，从而对革命事业作出更有益的贡献。鲁迅对他们何曾有过丝毫的歧视？什么时候又轻率地把他们当作"内奸""蛀虫"加以斗争呢？石一歌把鲁迅对某些小资产阶级知识分子世界观的批判，都一概说成是对"蛀虫"的批判，把内部的思想交锋和敌我斗争混为一谈，这只能说是蓄意混淆两类不同性质的矛盾，颠倒敌我关系，有意制造思想混乱。

那么，在革命的征途中，鲁迅有没有同"蛀虫"作过斗争呢？有的。鲁迅对姚蓬子之流的叛卖行径一再表示极大鄙夷和憎恶，抽出他那钢刀一样的笔予以无情揭露，将其卑污的魂灵枭首示众。至于像张春桥那样在革命阵营内部兴风作浪，向敌人献媚的反革命奸细，鲁迅更是大义凛然，大加鞭挞，剥除其假面，而还其"假革命的反革命"的本相。然而，人们不能不看到，鲁迅对于这类货真价实的蛀虫的批判，石一歌在他们的文章中却噤若寒蝉，不敢丝毫有所触及。更有甚者，在他们所谓记叙鲁迅"战斗业绩"的《鲁迅传》这样的传记中，竟然明目张胆地不惜将鲁迅晚年的一大战役——对狄克之流的讨伐也一刀砍掉，竭力为其主子遮丑，以掩人耳目。这便清楚地表明，他们所谓"总结鲁迅批判'蛀虫'的历史经验"是假的，而充当"四人帮"的反党急先锋才是真的。

问题还不仅在于此。更值得注意的是，石一歌抛出那篇集中宣传所谓清除"蛀虫"的黑文，是在 1976 年 9 月，正是伟大领袖和导师毛主席病重之际。当时，"四人帮"正加快篡党夺权的步伐。这篇文章表面上是针对邓小平同志的，实际上却使用含沙射影、指桑骂槐的恶劣手法，向毛主席亲自选定的接班人华国锋同志大泼污水。"四人帮"曾经给他们的爪牙交底说："现在的批判不是针对邓小平"，要"针对现在台上的人，挂挂邓小平。"真是一语泄漏天机！原来，他们在文章中之所以一再强调什么"修正主义路线的头子"，"党内资产阶级的挂帅人物"，"是隐藏在共产党和无产阶级专政内部的最凶恶、最危险的'蛀虫'"，大讲什么"赫鲁晓夫、勃列日涅夫之类篡夺党和国家领导权"的"教训",这都不是偶然的。"项庄舞剑,意在沛公"。他们在"蛀虫"问题上大加发挥,正是要把他们攻击的矛头指向华国锋同志,妄图打倒华国锋同志及其他中央领导同志,以篡夺党和国家的最高权力。石一歌文章的微言大义,昭然若揭!比起后来"四人帮"炮制的所谓"按既定方针办"的"临终嘱咐",这篇文章早了半个月,这不明明是"四人帮"妄图发动反革命政变的一颗白色信号弹么?

事实雄辩地证明,隐藏在我们党内的"最凶恶、最危险"的"蛀虫",不是别人,正是"四人帮"一伙。我们要在华主席为首的党中央的领导下,学习和发扬鲁迅除恶务尽,痛打落水狗的革命精神,把揭批"四人帮"的斗争进行到底,夺取全胜。

(原载《浙江日报》1978年4月19日)

# 谈柳青的《创业史》

"唉，《创业史》写不完了！"不久前当人们得悉柳青病故以后，几乎都不约而同地说了这样的话。对柳青的这种深切的惋惜和怀念，表明了作家及其作品在人民群众中留下了深刻的印象。

柳青是在延安文艺座谈会以后出现的一位重要作家。早在抗日战争初期，柳青离开学校奔赴延安以后，便在从事部队工作的同时开始了文学创作。当时写的都是短篇小说，描写的是部队和解放区农村的斗争生活。后来收在《地雷》这本集子里。真正作为革命作家闻名于世，那是在 1942 年文艺整风以后。柳青遵照毛主席的教导回到自己熟悉的地区，写了反映西北农村生活的第一部长篇小说《种谷记》。建国不久，柳青又写了以解放战争为题材的长篇《钢墙铁壁》，随后便到陕西镐河岸的皇甫村安家，积极投身到热火朝天的农村社会主义革命运动中去。在亲身经历了农村各项伟大变革后，开始写作反映农业合作化运动历史的多卷长篇小说《创业史》。第一部最初在《延河》（1960 年 4 月—10 月）连载。作品一发表便受到广泛好评，被看作是社会主义文学发展道路上的一个重大收获。"文化大革命"期间，他坚决顶住极左的文艺谬论的干扰破坏，把握住历史的脉搏，从事第二部的修改工作。1977年《创业史》第二部上卷连同第一部修改稿一齐出版。正当读者盼望第二部下卷及三、四部问世的时候，柳青因为遭到"四人帮"长期残酷迫害而身心受到严重摧残，不幸于今年夏天去世，这不能不说是我国革命文艺事业一个无法弥补的损失。

《创业史》是一部史诗式的作品。这部结构宏伟、人物众多的鸿篇巨制，以特有的表现方式和艺术笔触，真实、深刻地再现了农业合作化运动中激烈复杂的阶级斗争，展示了在这场旨在彻底变革私有制度的伟大斗争中，农村各阶级、各阶层人们思想面貌所发生的巨大变化。

第一部的故事发生在1953年，土改结束以后互助组草创阶段，也即民主革命告一段落，社会主义革命刚刚开始的时期。土地改革结束了几千年来压在农民身上的封建剥削制度，可是并没有彻底解决农民问题。由于小农经济自身的弱点，资本主义自发势力正在发展，农村两极分化即将开始。当时的形势正如书中所指出："历史如果停留在这查田定产以后的局面，停留在1953年的话，那么他们将要很快回到1949年前的悲惨命运里头。"组织互助合作，进行社会主义革命，正是当时农村刻不容缓的历史任务。可是对农村往何处走这个根本问题，人们却抱有各种不同的态度。小说围绕着"创业"问题，以梁生宝互助组的成长和发展为线索，对蛤蟆滩庄稼人在土改以后的复杂的阶级分化与阶级斗争作了深入的描绘。在这里，作品对现实生活的反映达到了独到的深度。

梁生宝、高增福等是坚决走社会主义道路的贫雇农和下中农的代表，是党在农村实行社会主义革命的骨干。他们同富农和富裕中农自发势力形成了尖锐的对立。姚士杰为人阴险狠毒，是合作化不可调和的敌人。土改使他统治蛤蟆滩的平生梦想遭到沉重打击，但土改以后富农的潜在威势仍然存在；而对于共产党和贫雇农他更怀恨在心。当春荒威胁着滩上穷庄稼人的时候，姚士杰暗地幸灾乐祸，利用春荒时机，以粮食放高利贷，逼迫贫农重新向他低头。这不仅违反了国家经济政策，更是对互助组的毒辣进攻，妄图残害互助合作的社会主义幼芽。高增福互助组在他的挑唆下垮了台，梁生宝互助组也由于他的阴谋破坏两户退组。富裕中农郭世富与姚士杰结成一个战线，但他不像富农那样直接与露骨，而是依恃自己优裕的地位，要与互助组展开一场和平竞赛，企图在生产上赛垮互助组，也即利用合法的方式同社会主义较量。他口口声声说顺着共产党和人民政府提倡的路走——"增加生产"，"不歧视单干"，竭力要使发家致富的自发道路合法化。他在三合头瓦房院前面又盖起了楼房，充分表露了富裕户传统的优越感。在活跃借贷会上，他公然置穷苦农民的困难于不顾，专心致志地盘算着他新盖楼房底下马房的图样。在买回新稻种以后，他甚至要人满地里鸣锣吼叫："喜愿百日黄稻种的都来分啊，不限互助组不互助组，谁爱分谁分哎！"他要用自己的行动给一切新老中农和争取升为中农的庄稼人做出榜样，从而壮大自己的阵营。对于互助组来说，姚、郭的挑战构成整个两条道路斗争的重要方面，也是对社会主义新生力量的严重威胁与考验。

梁生宝及其伙伴所遇到的阻力不只是富农与富裕中农这一面，斗争还有其更复杂、更深刻之处，即社会主义力量在成长过程中，还必然同时和一般农民中间存在的资本主义自发思想发生冲突。贫苦农民在土改中实现了长期对土地的渴望，可是对今后的生活并不一定都有了远大的目标，不少人对旧的创业道路表示留恋，在生活上要求向富裕中农看齐。饱尝创业艰辛的贫农梁三老汉在分得田地生活安定下来以后，便在脑中重现了"三合头瓦房院"的梦想，并由此产生了他同热心互助合作的继子梁生宝的矛盾。他一心想带领他的强壮的儿子去创出个富裕的庄稼院，但是为社会主义贡献青春和热血的信念占据了梁生宝的心灵。这就使得老汉心灰意懒。"发不成家啰"，于是他抱怨、赌气、吵闹，不断向"梁伟人"寻衅。像这类在两条道路中间徘徊的人物在广大中农阶层则更加普遍。梁生禄的退组、回组便是突出的例子。这方面的矛盾所涉及的范围是异常广泛的，它显示了农村社会主义革命的艰巨性和党对农民进行长期而耐心的教育的必要性。

不仅如此，两条道路的斗争还必然反映到党内来，这在作品中便形成了梁生宝与郭振山的矛盾。作品围绕着领导问题展开了两人所代表的两条路线的斗争。代表主任郭振山在闹土改、分田地中是积极的，可是革命向前发展，他却满足于分得的好地，不愿继续革命了。在他看来，社会主义事业太渺茫了，创社会主义大业不如创自己的小家业保险，于是拿定主意，只给自己当家，不给贫雇农当家，一心为赶上富裕中农的光景而奋斗。他从贫苦的农民手里买地，向私商投资合伙搞投机买卖，在资本主义的泥潭中越陷越深。本来他与姚士杰、郭世富也存在着矛盾，但共同的目标把蛤蟆滩这三大能人拴在一起。作品通过这个人物把党外斗争与党内斗争交错到一起，使这场阶级斗争显得更其尖锐剧烈和复杂微妙。

总之，《创业史》第一部所展开的多种矛盾错综交织，它波及农村各阶层，从群众到党内，构成了农村两个阶级、两条道路斗争的广阔图景。急风暴雨式的阶级斗争在土改后基本结束了，阶级斗争则深入到人们的心灵深处。蛤蟆滩的"生活故事"表明：中国农民只有走共产党指引的集体富裕的道路，创社会主义、共产主义之业，才有真正的出路。为了深化这一主题，作品以火热的激情歌颂了梁生宝互助组这一社会主义新事物的成长。从改良稻种到进山割竹，随着故事情节的逐步展开，互助组一次次击败了资本主义势力的进攻，从政治上、经济上、思想上获得了巩固和发展，充分显示出自己的无比优越性和强大的生命力。梁生宝的仅有几户的互助组经过一年的奋战，在夺得农业丰收的基础上发展为灯塔农业生产合作社，在社会主义大道上跨入了一个更高的阶段。《创业史》第二部上卷便围绕酝酿和建立初级形式的农业社，进一步显示了广大农民波澜壮阔地迈向社会主义康庄大道的不可阻挡的气势和力量。柳青不愧为一位具有高度概括生活的艺术魄力的作家。他在《创业史》中所描绘的新旧时代各种不同创业者的性格和斗争，具有丰富的时代内容和巨大的概括意义。透过蛤蟆滩这小小的一角，小说可说是真实记录了广大农村在消灭封建所有制以后所发生的一场惊天动地的社会主义革命的历史，指出了农村生活河流的来源和去向，因而成为50年代初我国农村社会的珍贵的历史画卷。

《创业史》中塑造的梁生宝形象是建国以来长篇小说英雄人物创造上的一大成就。毛主席在《我国农村社会主义高潮》一篇文章的按语中说："现在全国农村中社会主义因素每时每刻都在增长，广大农民要求组织合作社，群众中涌现了大批的聪明、能干、公道、积极的领袖人物，这种情况十分令人兴奋。"梁生宝的性格正是毛主席对农村先进力量赞语的生动而具体的写照。小说将他作为蛤蟆滩阶级斗争的主角，以各种不同手法，从各个角度来突出这个人物的光辉形象。

《题叙》写了故事发生前二三十年间梁三一家三代创业的辛酸史。农民历代的生活命运孕育了崭新的英雄人物。在深重的苦难里，幼年的生宝便经受了磨炼，从继父梁三身上继承了勤劳、朴实、善良、正直的传统美德，同时又具有梁三所没有的心计和锐气。尽管如此，最后仍不能摆脱祖辈相袭的命运，一年年为创业的苦熬苦干却落得了卖牛退地的结果，终至为逃避壮丁而当了"地下农民"。这些描写为以后人物性格的发展，欢天喜地地迎接解放，走与梁三不同的创业道路，成长为一代新人，提供了生活的依据，道出了历史的必然。

小说第五章运用心理描写和真实的细节全面介绍了成为中共预备党员的梁生宝。接受了党的教海，这个普通庄稼人内心燃起了理想的熊熊烈火。"把一切投入党所号召的事业"的崇高愿望成了他实际生活的动力。为实现一年稻麦两熟计划，梁生宝冒着赔本的风险，不顾人们的耻笑，连夜只身到几百里外的郭县购买早熟的稻种，为了少花互助组的钞票，睡在票房，以冷馍充饥；为稻种早日到家在春雨中赤脚赶路……这些看来是庄稼人的平日生活，但与当时自发势力的嚣张相对照，梁生宝的性格与气质得到激动人心的突现：雄心勃勃而又兢兢业业，富于胆略而又细心谨慎，发奋图强而又实事求是。在伟大的历史性进军中，他那脚踏实地、艰苦创业的行动，给读者初步而又深刻难忘的印象。

梁生宝回村以后，作品将人物进一步安置到多种矛盾的焦点上，并使他成为矛盾的主导方面，以他与各方面人物的纠葛来突出和加深人物形象。"活跃借贷"是矛盾发展的一个标志。富农乘春荒盘剥农民，富裕中农抵制借粮，全村行政领导干部郭振山放弃了解决春荒困难的主要途径——组织起来实行生产自救，只单纯依靠指望很小的活跃贷款，因而束手无策。在这紧要关头，梁生宝果断地改变互助组原来的计划，组织全部困难户上山搞副业，带领群众走上自力更生、经过集体劳动达到共同富裕的创业道路。对私有制度的强烈憎恨，使梁生宝对革命怀有不可动摇的坚定信念，顶得住阶级斗争的任何风浪。当资本主义势力再度发起挑衅时，顽固的王二直杠被富农拉了过去，动摇不定的人退了组，互助组面临被冲垮的危机，然而梁生宝却沉着镇定，坚守阵地。在要求退组的栓栓面前他表现得那样坦然、大度，既有批评，又有谅解，更有热切的期待。姚士杰唆使二流子白占魁捣乱，梁生宝将计就计，吸收他入组，更突出了人物执行正确政策的忠实与勇气。这一系列情节交融在主人公同富农、富裕中农及其在党内代理人的尖锐冲突中，使梁生宝无私无畏为社会主义奋斗的精神品质，得到了有血有肉、栩栩如生的体现。

在处理人物之间的冲突时，小说有自己独特的构思。第一部中梁生宝几乎没有与富农、富裕中农个人之间正面接火。作者只是着重描写梁生宝的精神力量与领导才能，写他所领导的互助组从弱小、发展、壮大，到最后压倒自发势力气焰的过程，同时着力刻画姚士杰、郭世富的贪残鄙劣的心理状态，使他们之间的性格表现为两种力量、两种道路的强烈对照，以此突出梁生宝光彩照人的英雄形象。与郭振山的关系也是如此。

作者没有写他们直接冲突，而是着重从他们不同的生活目标及由此而产生的不同的领导作风、方法作了对比，同样使人物形象达到了鲜明和深刻的程度。梁生宝与继父自发思想的矛盾，也有着符合各自性格的特有的冲突方式，其中交织着父与子、共产党员与劳动农民之间的血肉相连的关系。另外更其重要的，作者突出梁生宝以办好互助组做出实际成绩作为战胜姚、郭资本主义势力的主要途径，作为教育梁三老汉等落后群众的关键，这便更显示出梁生宝作为革命实干家踏实谨慎的精神特征。

除了在矛盾的漩涡中呈现人物性格外，作者还以饱含阶级感情的笔调，描绘了梁生宝与党的各级干部亲密和谐的关系。这种关系是新人健康成长的决定因素。同时，作品描写得更多的还有梁生宝与贫雇农群众之间的骨肉情谊，让他从贫苦农民那里获得了力量的源泉。即使在充满矛盾的梁三老汉的草棚院里，也有着叫人心动的贫农家庭的亲子之爱。生宝与改霞的并不圆满的恋爱，也在一定程度上体现了他那公而忘私的品质和朴实持重甚至显得拘谨的个性，加强了对英雄人物心灵世界的体现。

梁生宝是社会主义革命农民的典型形象。这一形象的塑造既熔铸着作家的革命理想，又深深地植根于生活的土壤，因而能唤起读者亲切自然的感受。联系柳青一些散文特写，我们可以发觉，梁生宝是以镐河南岸某村庄互助组长王家斌为原型的。王家斌在互助合作运动中的英勇事迹，乃至他那不大爱讲话、善于思索的淳厚气质都可在梁生宝身上发现影子。自然，作家并不满足于这些现实生活的素材，而是作了艺术的提炼和加工，割弃了某些次要的东西（如王在买地问题上的动摇），同时把现实中实际存在的和可能发生的美好的东西融入主人公身上，因此英雄人物既扎根现实，又放射出理想的光芒。

《创业史》在艺术表现和形象塑造上显示了鲜明的、独创的特色。作者的创作意图是写一部我国农民在党的领导下进行艰苦曲折的斗争创造自己的未来的历史。因此小说在题材处理上将纵的社会历史的概述和横的社会生活的广阔画面结合起来。《题叙》揭开了"创业难"的主题，以高度概括的艺术手腕勾勒出前辈农民创业的历史轮廓，回溯了旧中国农民的苦难生活，将小说的主题安放到一个宏阔的历史背景前来加以表现。小说中对某些人物性格的发展，作者也常以回叙的方法在不同章节里作了类似的描写，这些都有助于读者从历史的发展中把握人物思想性格。第一部的《结局》以灯塔农业社的建立结束了全部"生活故事"的第一阶段。在全书30章的主要篇幅中，以梁生宝互助组三件大事为中心情节，在两条道路的尖锐交锋中，通过一系列生活断片，揭示了人物性格赖以形成和发展的典型环境，从而突出了梁生宝所从事的事业的时代意义。在结构布局上，还有另一特色，上卷前四章描写自发势力的嚣张，至第五章出现了奔走八百里秦川的年轻主人公；下卷在第 22 章描写"深山一家人"之前，也用整整四章的篇幅描写了村里敌对势力的破坏活动。上下两卷梁生宝都在资本主义势力猖獗、互助组又面临严重困难的时刻出场和开始战斗。作者这种安排显然含有深刻的寓意：表面占优势的资本主义势力只是短暂的，而暂时处于劣势的新事物却是不可战胜的：它们之间力量的对比定会发生转化。另外，作者在描写互助组成长过程中，几次穿插了 1935 年陕北一支赤色游击小组突围的故事。这具体表明了革命先辈的精神品质与新一代农民成长的血缘联系，同时使读者由此产生联想，对于正在新的火线上苦斗奋战的革命战士更加充满信心。

《创业史》中没有曲折离奇的情节，作者也很少铺陈事件的过程和交代故事情节，而是随时抓住事件发展的瞬间，倾其全力描写人物，通过对人物性格的精雕细刻来反映时代风貌。在人物刻画上引起人们很大兴趣的是，柳青擅于细腻地展现人物的精神世界。小说中的大多数人物都有自己丰富的内心生活的经历，而这种对人物内心的刻画又被置于复杂的现实斗争中，与人物性格鲜明的阶级特性交融在一起。梁生宝的朴实的内心生活，是与他为改变庄稼人的困苦境遇所作的坚韧顽强斗争紧密联系的，因而对他的内心所作的娓娓动人的描述，就使人物美丽丰富的灵魂显露出来，使读者受到有力的感染。对梁三老汉在合作化年头的复杂细微的内心活动的发掘，都带有老庄稼人痛苦经历的精神烙印，因而能唤起读者对他生活历程的回忆，从而加强理解眼前展开的事件的全部意义。郭振山作为富裕中农的意识和共产党员的观念之间，亦屡屡发生激烈冲撞，时常陷于极度苦闷、进退维谷的境地。小说对他在为了发家奋斗过程中的全部矛盾心理的剖析是入木三分，极为犀利的。这既体现了新中农鲜明的精神特征，同时也发掘了人物蜕化的社会思想根源及其发展过程。所有这些对人物心灵的探索，在很大程度上使小说对现实生活的反映达到了历史的深度。这方面也不无缺点，如写改霞的心理过程过于纤细、曲折，同蛤蟆滩整个斗争结合不紧等。人物刻画上的又一特点是落墨集中，往往在一章中突出写一个人物，如梁生宝主要是在第五、七、十三、十六、廿二、廿九等章节里得到了集中的描写。这种方法便于通过丰富的细节，对人物作多方面的透视，从各方面交代性格形成的因素，充分展示人物的精神面貌，因而每出场一次，即给读者留下较深的印象。这种集中描写人物的手法是对我国民间评话和古典小说艺术手法的运用。在一部较大规模的史诗式长篇中，这种写法是可取的。这方面作品亦有不足之处，即有时较静止地刻画人物，情节发展稍嫌缓慢。

小说在人物塑造和情节发展中，不时插入作者热烈的抒情和富有哲理性的评论，叙述人的语言带着浓厚的感情色采。作者时时站出来直接发表自己对人物、事件的见解和评价，对英雄人物充满关切、热爱和赞颂，对反面人物作无情抨击，对具有落后意识的人物又常给以规劝和鞭策，这些插笔除了少数显得生硬和累赘以外，大多有助于加强作品思想感情的容量，使读者与作者以至作品中的正面人物产生感情的交流和共鸣，从而获得思想上与审美上的满足。

（原载《语文战线》1978 年第 6 期）

# 论柳青的创作

我们党的优秀的著名作家柳青同志去世了。这是我国革命文艺事业的一个无法弥补的损失。柳青同志坚决贯彻执行毛主席的革命文艺路线，努力深入和学习工农兵，表现工农兵，在创作上取得了很大成就。探讨柳青的创作及其发展，对于繁荣我国社会主义文艺事业，有着积极的意义。

## 一

毛主席指出，必须"把日常的现象集中起来，把其中的矛盾和斗争典型化，造成文学作品或艺术作品，就能使人民群众惊醒起来，感奋起来，推动人民群众走向团结和斗争，实行改造自己的环境"。这便要求作家不是一般地去再现现实发展过程，而是在阶级斗争的生活海洋里，通过艺术的概括和提炼，从某个方面反映时代的本质面貌。长期以来，"四人帮"无视作品对社会生活本质和历史发展方向的把握，侈谈什么作品的

"深度"和"广度",追求"大""多""全"。根据他们的谬论炮制的作品,完全成了极左路线的政治图解,根本谈不上对现实的艺术概括和深刻反映。柳青创作的可贵之处,是作者以他对农村生活的细微深切的体察,对我国农村在社会主义改造进程中复杂微妙的阶级关系,剧烈而又艰巨的斗争,作了允分的概括和深刻的描绘,从而真正在较大的深度和广度上揭示了伟大时代的社会风貌。

《种谷记》描写的是陕北山沟里一个小村子集体种谷的故事。柳青在小说里并不满足于一般地叙述组织变工的过程,浮光掠影地写些集体化中的生活现象。作者着眼点一开始便落在一个重心上:通过各类人物对待集体种谷的不同态度,展现由大生产运动而引起的农村各阶层的复杂斗争。王加扶、六老汉等"受苦人",为了改变贫困的生活,坚决响应党的"组织起来"的号召,而以王国雄为代表的反动地主敌视工农政权,极力阻挠变工计划的实现。伴随着敌对阶级的冲突,还交织着农民内部的矛盾。有着二十六垧地和一头驴的富裕中农王克俭,对集体生产发生严重抵触。"农业合作化运动,从一开始,就是一场严重的思想和政治的斗争。"① 《种谷记》描写的只是边区大生产运动中的一个角落,然而作品中复杂的社会关系和栩

---

① 毛泽东:《序言》,载中共中央办公厅编:《中国农村的社会主义高潮》,人民出版社 1956 年版。

栩如生的人物性格表明，早在减租减息的年代，农民开始摆脱千百年来个体生产习惯的束缚，投入集体生产，这中间就经历过一场相当尖锐剧烈的斗争。其间尤其是对富裕农民性格的刻画，为我们预示了它同未来社会主义道路不可避免的更加严重的对立和矛盾，这不能不说是小说的一个显著的成就。

如果说，《种谷记》是我国农业集体化处于雏形阶段的一幅农村生活的图画，那么，《创业史》所展示的便是我国农村惊天动地的社会主义革命斗争的历史。在经历了土地改革的急风暴雨后，农村生活在表面上稳定下来。然而在新的形势下，新的矛盾产生了。庄稼人创什么业的问题被提到生活日程上来，且成为土改后较长一段时间农村各种矛盾的焦点。围绕着这个问题，蛤蟆滩这个小小的村子产生了多么急剧而又微妙的阶级分化。在土改结束后逐渐显出"恢复起来的威势"的富农姚士杰，露出他凶狠尖利的獠牙，向贫雇农凶残地进行报复，顽固地抵制合作化。但在强大的人民共和国面前，他觉到了自己的衰弱，因而不得不采取更隐蔽的方式。然而，富裕中农郭世富就不同了。土地证一到手，世富老大就公然声称不能"歧视单干"，公开要求自发道路合法化。听听他在买回新稻种以后让人敲着锣满地里的吼叫吧："喜愿百日黄稻种的都来分啊，不限互助组不互助组，谁爱分谁分哎。"富裕农民在一个时期的挑战和猖獗，在作品中显露得十分尖锐！不仅如此，这一势力还在党内找到了自己的代理人。在土改中分得了好地的行政主任郭振山，随着生活地位的升迁，不再替贫雇农当家，只一心为迎头赶上富裕中农的生活光景而奋斗了。他从党内支持自发势力，打击互助组，更加深了两条道路斗争的复杂性。而郭世富、郭振山在生产上的雄厚实力，优裕的生活，对于一般尚未觉悟的群众，具有多大吸引力，这从梁二老汉因此而复活了那"三合头瓦房院长者"的美梦即可看出。个体农民顽固的私有观念，使他对儿子热心互助合作的崇高行为无法理解，因而贫农梁三老汉也成了集体化道路自发的反对者。总之，《创业史》对人物思想动向和感情波动的情势的挖掘，表现了作者提炼概括生活的艺术魄力。农村社会主义革命是比民主革命更广泛、更深刻的革命，它使人们都卷入这革命的浪涛中，波及到每个村庄，每个农户。农民当中的资本主义自发势力、自发思想和社会主义道路的斗争，是社会主义时期阶级斗争的深刻内容。这种自发势力、自发思想更多地存在于富裕中农身上，也存在于部分下中农和贫农中间。文艺创作要深入反映农业合作化这场伟大历史性变革，对此是不能回避的。

《种谷记》对阶级关系的描写，有成功的地方，但也存在不足。富裕中农王克俭这个人物从运动开始后，并看不到他对别人产生过任何影响，作为运动的阻力的作用并不明显，因而矛盾也不够尖锐，最终的解决也显得过于顺利。因此整个说来，作品对资本主义自发思想的丑恶及其危害的揭露还不够有力，发掘主题思想的深度受到了限制。在《创业史》里，柳青抓住农民中间围绕创业所存在的冲突作为主线，大胆地、真实地再现了特定时代人民内部矛盾的复杂内容。人物的经济地位和生活经历不同，矛盾的性质各异。富农姚士杰自然属敌我矛盾。而属于内部矛盾的老富裕中农郭世富、新中农郭振山和贫农梁三情形又有所区别。尽管他们之间有着这样那样的差异、矛盾，这种联盟是松弛而不稳固的，但只要因自发倾向而形成的这种联系确实存在，那么资本主义势力便会嚣张一时，敢于同社会主义较量，形成合作化道路上的巨大障碍。《创业史》第一部描写的看来是农村较为平静的一段时期，但两条道路的斗争却表现得如此剧烈、尖锐，大有紧锣密鼓，涛飞浪卷之势，其原因便在于此。

在反映农村斗争题材的作品中，有的作者很少触及人民内部矛盾，怕成为"暴露文学"，这是毫无根据的。只要是为了歌颂新生的社会主义力量，显示它巨大的生命力，矛盾写得越深透，主题便体现得更有力。问题在于，在揭示各种复杂矛盾的过程中，作品必须突出矛盾的主导方面。柳青在《创业史》中让梁生宝及其伙伴始终居于主动进攻地位，逐步取得斗争的优势。无论是活跃借贷，还是进山割竹，乃至由于敌人的破坏，面临拆组垮台的危机时刻，梁生宝从不示弱畏难，而是满怀信心，站稳脚跟，顶风破浪，一往无前，以至于逼得郭世富在竞赛中不得不暂时认输，郭振山也在一阵彷徨之后，迫于形势转向互助组这方面来。尤其重要的是，处于徘徊观望中的梁三等中间群众，对互助组由怀疑而信任，甚至进而实际投身到缔造社会主义大家业的战斗行列中来。梁三老汉的转变，是由他的阶级地位，特别是为互助组的巩固和发展所决定的，也即为党对合作化运动的正确领导所决定的。这个转变，深刻地体现了广大农民在党的领导下必定要走上新道路的历史必然性，从而从另一角度富有说服力地表明了新生力量无可抗御的威力。这一切充分说明，离开阶级斗争中各种阶级力量的消长变化，不从辩证发展的观点出发，作家对现实的反映是不可能达到独到的思想深度的。文艺工作者"要研究社会上的各个阶级，研究它们的相互关系和各自状况，研究它们的面貌和它们的心理，只有把这些弄清楚了，我们的文艺才能有丰富的内容和正确的方向。"柳青的创作是一个有力的佐证。

二

创造新型的革命农民形象，是柳青一直辛勤探索的课题。

在最初的短篇小说如《牺牲者》《一天的伙伴》等中间，柳青便曾尝试描写先进的革命战士和革命农民的形象。然而，它们大多写于《讲话》发表以前，作家对于人民群众尤其是其中先进分子缺乏认识和了解，因而作品中新人物的面貌显得模糊不清。如《废物》，描写八路军中一农民出身的马伏坚持要求上火线，后因身体虚弱不能赶上队伍，于是打开手榴弹保险盖与上来活捉他的敌寇同归于尽。小说所要表现的是一位对革命赤胆忠心的英雄战士的形象。什么是促使人物完成英雄业绩的精神力量呢？作品几次叙述他对部队的感情，是因为革命解决了他的生计："做在里面，吃在里面，这就是好家。……一个人一辈子还要怎么样呢？"显然作者当时对革命新人阶级觉悟的理解是很不明确的。因此，这一阶段作品中的英雄人物往往显得孤独以至乖僻，难以打动读者。

《种谷记》中出现了一批根据地农村的新人物。在雇农出身的农会主任王加扶身上，作者突出刻画了他走互助合作道路的坚定性和淳厚朴实的性格。写他积极响应党的号召，热衷于集体事业，为了变工种谷，辛勤地奔走和串连，以至顾不上个人的家庭、生活。婆姨同他的纠葛，有力地烘托出了他舍己为公的品质。组织种谷的筹划安排，生动地体现出他"有眼光，有气魄""看得准，拿得稳"的领导才干。此外，作家还将笔触伸入人物的理想世界，写他在变工前夕，对王家沟未来充满了近乎天真的憧憬。这幅蓝图是按照他所能知道的当时延安的情景来涂绘的，对于社会主义的设想是过于朴素的。但透过对人物理想的探索，小说表达了贫苦农民要求结束贫困生活的急切心情和对社会主义虽然朦胧却又发自内心的强烈期望。当时曾有人指责它是"可疑"的，是"作者硬加上去的"（雪苇《谈谈〈种谷记〉》），这是抹煞人物身上的新的因素。现在看来，这在王加扶身上不是多了，而是表现得仍然不够突出。主人公缺乏一种蓬勃的革命锐气，而较多地表现了作为普通农民朴厚、善良的一面，甚至作者对这方面作了不适当的追求，以至使人物在不少场合显得毫无主见，迟钝而软弱，如对落后婆姨的无奈，对小学教员的一再谦让，尤其是屡屡为地土富裕中农的谎言所蒙骗等。农民从封建束缚下解放不久，对于革命的认识和觉悟还不能一下即很成熟，作者较多地表现这些是不难理解的。但这毕竟不是新人最本质的特征。塑造农民中涌现出的先进分子的形象，作者更应深入发掘其内心潜藏着的对改变现状的强烈要求和崇高的革命思想，以革命理想的光辉照亮人物形象。《种谷记》在其他人物如维宝、福子等身上，也同样强调了缺少文化、脾气暴躁等外在特征，而很少突出他们的正面特质，因而损伤了这些人物应有的光采。

《种谷记》表明，当一个作家深入到工农群众中去，并开始有意识地注意和表现他们的优秀品质，却不是一下便能把握得准确的。他们往往容易"看到一点矛盾的形相"，并不能表现其本质所在。因此在处理题材展开具体描写时，便不能分别主要次要，以及哪些完全不必要，以割弃不必要的东西，使次要的帮助主要的突出起来。

在《铜墙铁壁》中，这一方面有了明显变化。在战争形势瞬息万变的十分艰险的情况下，主人公石得富为保卫粮食所进行的坚毅顽强的斗争是很突出的。他被俘后的斗争，更进一步展示了人物高度的革命责任感和政治觉悟。在敌人严刑拷打的折磨下，石得富丝毫没有泄漏有关粮食的消息，且还利用敌军内部倾轧机智地脱险归来。小说临近尾声，又写他不顾遍体重伤充当向导，使部队迅速夺取了战役的胜利。柳青在这部作品中为英雄安排了一个血与火的斗争环境，力图从惊心动魄的战斗中突出人物性格中本质的、感人的东西，创造叱咤风云的英雄形象。比起《种谷记》来，对革命农民的阶级特征的把握显然明确得多了。然而却又产生了新的问题，即对于人物的刻画，往往停留于一般阶级特征的描写，而没有与具体人物的个性特点融合为一体。作品缺乏对个性的具体深入的描绘，尤其是对人物心理过程写得过于粗略，从中难以窥见人物真实丰富的心灵面貌，也就缺少了更深的感人力量。要创造出艺术上成功的新人典型，作家的认识与表现还有待深化。《创业史》所塑造的梁生宝形象，便是柳青作了新的探索以后获得的重大成果。

在谈到这个人物之前，我们先来看一看作者写于《创业史》稍前的另一短篇《狠透铁》中的主人公。这篇近于中篇规模的小说，以1957年农村整风为背景，集中刻画了一个农村基层干部的形象。柳青赋予人物以非常鲜明的性格特征："狠"。这"狠"，是一种同阶级敌人决不妥协，坚持斗争到底的"狠"，是一种不顾官僚主义者及落后群众加之于自身的种种中伤、委屈，仍然为贫下中农的利益而工作不倦的"狠"。

在这一性格中间，浸透了这个从小熬长工而后为党所培养的新型农民，对党对社会主义事业的无限忠诚。这个人物扎实深沉的性格特征是鲜明而感人的。不管形象所达到的深度如何，作家在英雄形象创造上的尝试应该说是获得了良好效果的。

梁生宝形象是当代文学所创造的社会主义新人物画廊中最成功的艺术典型之一。从作家的创作历程来考察，这一形象的塑造所达到的成就，突出地表现在：作家既紧紧把握了他的阶级特征，而又通过具体描绘，显示了他的那种由具体生活道路和斗争考验而形成的鲜明个性。梁生宝淳朴、踏实和持重的性格，不只表现于作品对他幼年生活几件事所作的动人的叙述中间，更突出地表现为人物受到党的启发，认清生活方向以后，那种从小即为生活所磨炼出来的勤劳、诚实、向上的性格，因而具有了崭新的更加丰满的内涵，即坚决听党的话，兢兢业业按党的政策行事，不计个人一切，为崇高理想而坚韧顽强地奋斗等新时代先进农民的优秀品质。在他身上，农民阶级的纯朴和作为一个共产党人的觉悟结合在一起了。与描写石得富不同，在《创业史》第一部中，很难说作家赋予了人物以怎样惊天动地的业绩。对当时资本主义势力的疯狂进攻，梁生宝并没有正面加以狙击。作品着重描写的是梁生宝对家庭、对互助组所采取的态度，所做的一些日常平凡的工作。然而，像梁生宝同继父梁三老汉所发生的这场父子冲突，显然不是普通的家庭争吵，它表明，从社会主义改造一开始，作为中共预备党员的梁生宝，坚决拒绝了上一辈人那陈旧的关于家业的幻想，与旧传统旧道路实行了彻底的决裂。买稻种、分稻种、组织进山等，看来也只是在生产上、生活上克服困难的一些具体措施。然而，在贫雇农灾荒临门，富农乘机盘剥，富裕农民抵制借贷，贫农准备卖地的严重时刻，梁生宝朴实的行动有了不同寻常的意义，实际上成了对资本主义势力强有力的回击。人物的精神面貌上升到新的境界，使我们看到了广大贫下中农走社会主义道路的坚定性和百折不回的毅力。至于小说最后写到的吸收二流子白占魁入组，更使人物执行党的政策的自觉性和改造世界的豪迈气概进一步得到了振奋人心的体现。朴实的行动，朴实的内心生活，反射出鲜明而动人的时代光泽，使这个平凡而高尚的英雄人物站到了读者面前。

柳青的创作表明，那种把英雄典型的塑造只看作是各种先进思想的综合，显然是不正确的。典型形象永远是与鲜明突出的个性不可分离的。如果一个作家所追求的只是具有某种崇高思想品质的人物，而不是既有共性又有个性的人物形象，那就不可能创造出成功的艺术典型。梁生宝作为活跃在第一部中的青年主人公，只是一位成长中的新农民的形象。这一点往往被有些评论者所忽略，而把他说成是或者要求他是一个完全成熟了的英雄形象。在第一部中，作家不让梁生宝与对手"面对面搏斗"，而只写他带领互助组员从事艰苦的工作，这与当时历史条件有关，也必须考虑到人物在斗争中所处地位及其性格。

梁生宝与郭振山不同。他不是全村决策人，而只是一个八户常年互助组组长；他不是郭振山那样"伸胳膊踢腿，锋芒毕露"的角色，而是个"朴实庄稼人"。对当时复杂的阶级斗争形势，他只略有觉察，并无明确认知，即使后来在上级的指点下意识到了，也很难站出米发动一场有组织的政治斗争。因此要求作者在第一部中写梁生宝同资本主义势力正面接火，既离开作品特定情境，也不符合人物的性格、气质。按照这种一成不变的"规格"硬套人物，艺术形象便会失去它自身的光采。"四人帮"在文艺创造英雄人物问题上，肆意割裂共性与个性的辩证关系，一味强调什么"完美高大"，不顾特定人物性格，随意改变或拔高人物精神面貌，使典型化形而上学化，造成了文艺创作中的公式化、概念化和雷同化。我们必须肃清这方面的流毒。在评价作品时，应该沿着人物具体的生活道路，性格发展的轨迹去探讨人物的思想行动。如果脱离特定人物的性格，环境，从抽象原则出发去观察人物，那样不仅不能对作品作出中肯的分析，而且在创作实践上是十分有害的。

## 三

柳青小说的创作方法与艺术表现，也在创作实践中不断变化和发展。

柳青自小在农村长大，熟悉我国农村生活，对农民心理愿望有着比较丰富深刻的体验，从一开始创作，便更偏重于对现实生活作细致、真实的描绘。在《地雷》等短篇中，富于泥土气息的人物对话，对生活及人物心理的生动逼真的绘写，有些人物思想的变化被刻画得维妙维肖，神态栩栩。然而整个说来，前期短篇中称得上成功之作的不多。多数作品虽可约略看到作者对于新旧制度的爱憎感情，但其间往往表达得不够明朗，不少篇中还夹杂着低沉阴郁的调子。如《在故乡》描写一个被人称作"可怜地主"的老汉（上代为财主，时已败落，且本人懒惰异常），在除夕前上吊的故事，不厌其详地描写老头儿可怜的形象，埋殡时寂寞凄清景象，作者是批判还是怜悯，表现得比较含糊，因而使作品格调不高，仿佛一篇出自旧现实主义作家手笔的作品。嗣后所写《被侮辱的女人》《喜事》等篇，这种旧现实主义创作影响的痕迹依然存在。

《种谷记》以对生活、事件的详情细节的描写，和对人物性格及心理精细的剖析，初步形成了作家独特的艺术风格。在这部小说中，农村各类人物开始各各显露出自己的面目，其中自然以王克俭的描绘最为真切，几次变工不愉快的结局，桃花镇赶集群众大会上的自我解嘲……等等，把富裕农民的陈腐意识描绘得淋漓尽致，充满喜剧色彩。但作品对性格的时代的、社会的特征还没能提到典型概括的高度，加以多方面地揭示。同时，更由于缺乏充沛的革命理想主义，因而像王加扶、存起等新人物也显得不够鲜明。作品的描写往往失之于琐屑，繁冗，不少细节缺乏典型性，情节展开过于缓慢；某些章节对主题的表达关系不很密切，这一切，使作品不免显得过于细碎，滞重，缺少鼓舞人心的艺术魅力。柳青是深感到这一点的。他曾写道，"我在那本小说里的歌颂、谴责和鞭挞都是有限量的。我太醉心于早已过时的旧现实主义的人物刻划和场面描绘，反而使作品没有获得足够的力量。"① 实践证明，作家只有站在时代思想的高度，来感受、观察、分析、研究现实中复杂的现象，才能在深刻认识题材内在意义的基础上加以提炼、改造，使之具有丰富的社会内容和巨大的概括意义。

比之《种谷记》，《铜墙铁壁》的主题思想较为鲜明和集中。作品以沙家店粮站为枢纽，以西北战场形势的变化作背景，既突现了石得富的英雄性格，又使作品获得了明朗而富有教育意义的主题。读者从中分明可以觉到革命理想主义的逐渐高扬。反映在作品中的场面、细节的描写，如群众听到毛主席过黄河的消息时的种种悬念，民工见到领袖时的欢腾情景，石得富主动指挥群众掩蔽，及以后在雷雨中抱着账包守望在山头等，均成为服务于整个作品构思的有力手段，有助于表现英雄形象的本质特征和主题的突出。然而在这部作品里，作者深入细致地描绘生活的特点，并未得到充分的发挥。由于没有展开

① 《毛泽东著作教导着我》，《人民日报》1951 年 9 月 10 日。

人物间的性格冲突，尤其是没有具体描写区委书记与区长之间，以及粮站内部的思想冲突，深入人物的内心生活，探索各个性格的具体内容，因而作品表现了一定程度的概念化倾向，影响了作品反映现实的深度。作家努力理解和追索生活现象的实质，加强作品的思想内容自然是必要的，但这一过程不应离开现实生活中的大量印象、感受。思想、理想必须从现实生活中生发出来概括出来，而且在作品中必须同时与对现实的精确描绘有机地融合在一起，才能真正具有强烈的鼓舞性和战斗性。

《创业史》在艺术表现和形象塑造方面，显示了深刻的、独创的特色，成为柳青创作发展道路上的里程碑。长篇以对于农村各类人物典型性格的塑造，丰盈的细节描写，使我们明显地看到了柳青现实主义方法的更纯熟的运用；同时，在对现实作真实再现的同时，作家更多地渗入了共产主义的革命理想。理想的熔铸与精妙的生活画面，较密切地交融在作品中。从梁生宝形象来看，由于理想和现实的因素，是在人物性格中结合起来的，符合人物性格发展的逻辑，因而这个形象是鲜明的，有血有肉的。联系柳青一些散文特写，我们可以发觉，他所以能成功地写出梁生宝这样的先进典型，是他在现实中看到过无数英雄人物，并对他们的事迹进行提炼加工的结果。梁生宝是以镐河南岸某村庄的互助组长王家斌为原型的。王家斌在互助合作运动中的英勇事迹，乃至他那不大爱说话、善于思索的淳厚性格气质，都可在梁生宝身上发现。自然，作家并没有仅仅满足于这些现实生活的素材，而是作过艺术的提炼。在创作过程中割弃了某些次要的东西（如王在买地问题上的动摇），同时把现实中实际存在的和可能发生的美妙的东西熔铸在梁生宝身上，因此使英雄人物既扎根现实又放射出革命理想的光芒。事实表明，在文艺创作中，单纯强调现实生活的依据，而忽略了对理想的追求，就可能陷入鼠目寸光的自然主义。然而如不恰当地强调理想，而不从现实生活的感受出发，脱离现实的客观规律，那就绝不是革命浪漫主义。没有对现实的深入观察与精确描写，离开了现实主义的土壤，理想将无所依附，革命浪漫主义也将失去赖以飞翔的基础。按照"四人帮"的所谓"主题先行"和"三突出"等创作模式写出来的所谓英雄人物，同现实生活格格不入，根本不能唤起读者亲切自然的感受，同"两结合"创作方法是毫无共同之处的。

　　同时，正如不能否认除了英雄人物以外的其他典型的存在一样，我们也不应排斥在其他人物身上也可体现出"两结合"的根本精神。梁三老汉、郭振山就是很好的例子。像梁三老汉这样处于转变期中的老农形象，在建国以来同类题材的作品中常可见到。但《创业史》里的梁三老汉更为突出。这是因为，柳青深入到处于社会主义革命初期老一代农民心灵深处，精细入微地揭示出了人物感情世界中所经历的一切变化。这里，作家的探索不只停留于揭露旧社会在人物身上所划下的可悲的时代熔印，同时还表现了老汉内心潜藏着的积极因素。这一点在其他作品中并非没有出现过，且描写这类人物的转变往往是这些作品的共同趋向，然而，《创业史》描写的特色在于人物性格既有变化发展，同时又保持前后一致，思想转变自然顺畅，具有极强的说服力。这突出表现在，当作者在作品前半部分表现人物落后面的同时，亦始终扣紧作为贫农老汉的基本品质。在他对新事物表示种种责难的同时，作品丝毫没有将人物谐谑化，从中仍可窥见其淳朴忠厚的一面。而这里，便埋伏下了人物必然转变的契机。例如，当生宝告诉他讨利息的行为是剥削时，老汉不是对自己也感到老大吃惊吗？当他自动地走到分支书那里询问"姓共"的人同庄稼人的分别时，老人对党的信赖及希望理解眼前现实的心情不也同时得到了泄露么？最后梁三老汉责怪生宝不该叫二流子入组，表面看来这仍是作者对人物揶揄，然而骨子里却含蓄巧妙地写出了老人转变后对于互助组的当家作主的态度。……这只是几个例子，即此一端，也可看到在这个人物身上革命理想的渗透，表现得多么突出而又深邃，同时又多么符合生活的逻辑！

对于党员郭振山，作者则从社会主义革命的高度，深刻剖析了他蜕化的根源，揭示了这一性格所包蕴的现实意义。在这个人物的刻画中，柳青的出色之处，在于他以无比犀利的笔触，准确透彻地揭示了人物在蜕变过程中全部复杂的内心世界。这个人物充满了矛盾。其一，是他在实际生活中违背党的

意志，然而却又口是心非地把自己打扮成党的政策的体现者，
这便形成他在人们面前那种虚张声势、强词夺理的种种表现；
其二，是郭在梁生宝面前竭力维护作为革命"老前辈"的尊
严，而同时又对梁生宝满怀疑惧。既怕梁生宝揭发自己内心的
诡秘，又嫉妒他在群众眼里不断卜升的威望，因而不得不时常
在生宝面前拿板弄斧，冷嘲热讽；其三，是在郭内心作为富裕
中农的要求与党员的意识之间，亦屡屡发生激烈冲突，因而时
常陷于极度苦闷、进退维谷的境地。小说前后写他被迫改变态
度，但同时又预示读者冲突还会深化，以至人物在泥淖中也会
陷得更深。在这里，革命理想的渗透便在于帮助作家深入发掘
人物堕落的社会思想根源，照亮人物阴暗心灵的每个角落，从
而对人物性格的复杂内容作出入木三分的揭发和批判。

在努力运用两结合方法的同时，柳青创作的艺术风格亦趋
于稳定和成熟。《创业史》反映的生活内容十分广阔，人物众
多，各种矛盾纵横交错，复杂变化，但作品给予读者的印象突
出而完整。这里特别要谈到的，是作为小说家的柳青所具有的
细致地描绘生活的本领得到了长足的发展。《种谷记》里已经
显露的对于心理描写和细节描写的才能，在《创业史》中获得
了全面的充分的发挥。以心理描写而论，它为我国描写农民的
小说作出了可喜的尝试，各类农民在合作化年头的内心经历被
叙述得细腻而明晰。同时，作品中细节纷呈，妙趣横生，充分
表现了柳青对于生活现象的敏锐、细微的观察力和捕捉力。由

于作家立足点的提高和理想主义的加强，所有这些内心活动和细节的描写，被置于尖锐的矛盾斗争中，与人物性格鲜明的阶级特征相交融，不仅不给人以累赘沉闷之感，而且在很大程度上拓宽了人物精神领域，加强了作品的历史深度。诸如梁生宝买稻种时的衣食住行，郭世富上梁请客的热闹排场，清明节梁三老汉在童养媳坟上焚纸洒泪，郭振山同改霞母女的饭后闲谈，梁三老汉与即将进山的儿子在马棚里的话别，高增福为抒发深山劳动的豪情深夜沽酒……这些精心挑选的细节，历历分明地呈现出各各不同的性格，有些人物个性的细微的色泽都被镂刻出来，给予读者不可磨灭的印象。

综合上述，从柳青全部创作来看，他在艺术方法上曾经受到过现实主义文学较大的影响，在创作上更多地运用了现实主义文学对生活和人物写实的方法。然而从早期的短篇发展到今天的《创业史》，我们可以觉察到，柳青对于这一艺术方法并非只是毫无选择的硬搬，他作过不间断的批判和革新的工作。柳青说："要重视文学技巧，但不要把文学技巧神秘化。借鉴是需要的，但当你有了丰富的生活阅历的时候，前人对你才有更大的启发作用。"（《谈谈生活和创作的态度》）他在自己的作品中，逐渐抛弃了某些旧现实主义作者常有的旁观冷淡，对生活不分主次、巨细的摹写，而吸收了这一艺术传统中有益的成分，同时在对现实所作的具象描写中间，不断地加强了作品中革命浪漫主义的因素。对新事物的热情称赞和对旧事物的强烈抨击，革命发展中的现实和对于未来的憧憬，逐渐在作品中较密切地结合起来，因而不断增强着作品教育人、感染人的力量。虽然，我们不能说，现实主义创作的影响在柳青作品中已完全绝迹，作品中理想和现实的结合也已融合无间，然而，十分明显，在革命现实主义和革命浪漫主义相结合的广阔道路上，柳青已经取得了可贵的成就。

（原载《破与立》1978 年第 5 期）

# 论阿 Q 性格的反抗性及其意义

《阿 Q 正传》发表以来，阿 Q 性格中有没有反抗性，如何看待阿 Q 的反抗性，这个问题一直是论争的焦点之一。有人曾无限地夸大阿 Q 性格中反抗的一面，以至把他当作"革命农民"的形象加以颂扬。也有人竭力否认阿 Q 身上有什么革命性，把他纯粹看作一个否定的典型。在最近有关阿 Q 的多数文章中，趋向于后一种看法的较多。我以为，对这一问题的探讨，是全面把握阿 Q 性格及其典型意义的一个不可忽略的步骤，因而有必要进一步深入加以研究和讨论。

让我们回复到本世纪开始不久的小说所描写的那个黑暗的年代，沿着村庄黑漆漆的原野，去寻找那个流浪雇农所走过的历史的脚印……

一

未庄横在我们面前。

赵太爷、钱太爷们严密地统治着全村。他们拥有大量土地，对失去土地的农民进行着敲骨吸髓的盘剥。同时又享有至高无上的权威，对农民实行着中世纪式的最野蛮、最残酷的阶级压迫。赵太爷姓赵，别人便不能姓赵；说姓赵就得挨耳光。而在未庄人的心目中，除了赵太爷，谁说姓赵便是"胡说"，被打是自己"招打"。人们习惯于这样的信条："赵太爷是不会错的!"——未庄的精神文明于此可见一斑。广大农民呻吟在地主阶级的淫威之下，不仅生活困苦不堪，社会地位极其低下，而且统治者的愚民政策和长期以来剥削制度所培植的等级观念，又造成了人们怎样的愚昧和麻木!

阿Q的姓氏，籍贯早已"渺茫"，没有家，也无固定职业，"只给人家做短工，割麦便割麦，舂米便舂米，撑船便撑船"。对这样一个一无所有的雇农，未庄的人们"只要他帮忙，只拿他玩笑。"当他"和别人口角的时候"，（自然因这"玩笑"而起）阿Q便瞪眼道："我们先前——比你阔得多啦! 你算是什么东西?"——这便是阿Q"优胜纪略"的第一章。嗣后，阿Q因"癞"而屡遭侮弄，他便学会估量对手，"口讷的他便骂，气力小的他便打"，然而"总还是阿Q吃亏的时候多"，于是便变换方针，改为"怒目主义。"但"未庄的闲人们便愈喜欢玩笑他，"阿Q只得一反前忌："你还不配!"然而"闲人还不完，只撩他，于是终而至于打。"挨了打，阿Q却又另生妙计："我总算被儿子打了……"可是人们以后每逢揪住他时，偏又先一着逼他自己说"人打畜生",阿Q自认"虫豸",闲人还是给他"碰上五六个响头"。阿Q竟又一反自尊而为自轻自贱,"他觉得他是第一个能自轻自贱的人,除了'自轻自贱'不算外,余下的就是'第一个',状元不也是第一个么?"……阿Q便以如是等等逻辑克服了怨敌。最后,当银钱被抢之后,阿Q确实"有些感到失败的苦痛了"。但他旋即擎起右手痛打自己的耳光,"似乎打的是自己,被打的是别一个自己,不久也就仿佛是自己打了别个一般",于是乎还是转败为胜。

透过阿Q精神胜利的种种可笑行迹,人们最初看到的,是一个被侮辱、被损害者的灵魂。在统治者政治、经济、文化道德以至肉体上的层层压榨下,处在生活最底层的阿Q,被迫找出各种虚幻的因由来作自我解嘲,自我安慰,这中间分明传出一个被压迫者的无可告语的哀痛。然而,当我们再深入一步,透视这满布伤痕的灵魂的深处,便不能不感觉到阿Q对于不公平命运的愤懑和抗议。这种内心的反抗要求,因了现实中的软弱无力,便只能在阿Q的幻想中展开了。但是,如果到此我们所见到的阿Q的反抗纯然是架空的,那么,在"续优胜纪略"中,我们却仿佛看到了阿Q在现实中的反抗。然而,这是多么可悲,以至令人憎恶的"反抗"啊!挨了假洋鬼子一顿哭丧棒,阿Q竟转而对小尼姑发生敌忾了,反将一腔怨愤倾倒在小尼姑头上。因"这一战"却"似乎对于今天的一切'晦气'都报了仇",忘记了正面的仇敌,却向同命运的伙伴找寻报复，阿 Q 的糊涂和麻木达到了多么令人震栗的程度！

到这里，精神胜利法——阿 Q 性格的这个最明显的特征已活生生地呈现到我们面前。大家知道，阿 Q 便是以此而为世人所熟悉的。马克思在《路易·波拿巴的雾月十八日》一文中说："弱者总是靠相信奇迹求得解救，以为只要他能在自己的想象中驱除了敌人就算打败了敌人；他总是对自己的未来，以及自己打算建树，但现在还言之过早的功绩倍加吹嘘，因而失去对现实的一切感觉。"① 阿 Q 受到如此残酷的阶级压迫，却长时期地不肯正视这种压迫，甚至感觉不到这种压迫的痛苦，他一味在幻想中去战胜敌人，而不是在现实世界上去寻求摆脱这种压迫的道路。这是不折不扣的阶级失败主义。这种可鄙的性格特点，不仅不能改变阿 Q 可悲的境遇，反而由此招来更大的逼迫。一次次的蒙蔽自己，也就是一次次地消蚀着反抗的意志，成为他走向真正的斗争道路的牢实的羁绊。

然而，我们同时也要看到，阿 Q 的精神胜利法并不是"各阶级的各式各样的阿 Q 主义"的"集合体"。马克思主义历来反对把某种抽象空洞的观念作为认识的出发点，而主张任何一种观念形态，都是由一定阶级的客观存在的经济和政治地位决

---

① 马克思：《路易·波拿巴的雾月十八日》，《马克思恩格斯选集（一）》，人民出版社 1972 年版，第 607 页。

定的。精神胜利法不可能是抽象的，当它具体体现到某些阶级的人们身上时，便必然饱和着属于他自己的阶级的特征。作为一种掩饰缺点或失败的特征，精神胜利法的确在各个阶级人们身上存在过，并且今后还可能存在下去。但是对于反动剥削阶级来说，只是反映了他们维护自身的统治地位和愚弄欺骗劳动人民的政治需要。而对于人民群众来说，它只是由于深重的阶级压迫和精神奴役，加上农民小生产者的保守狭隘而造成的思想弱点。阿Q精神胜利法的形成，显然根源于尖锐的阶级对立，根源于未庄"精神文明"的残害。在他"优胜纪略"的每一页上都渗透着奴隶的血泪，记载着阿Q在社会重压下每一次的惨痛失败。

特别应当指出，精神胜利法并非阿Q性格的全部。把阿Q的性格同精神胜利法划上等号并不符合作品的实际。阿Q性格中除消极的、不觉悟的一端外还有另外的一端。这除了他那勤劳、能做、憨直、忠厚这些农民一般素质以外，便是他那潜在反抗意识和革命要求。"剥削的存在，永远会在被剥削者本身和个别'知识分子'代表中间产生一些与这一制度相反的理想。"[1] 阿Q对于为全村所尊敬的赵太爷、钱太爷，"在精神上独不表格外的崇奉。"在众人避讳姓赵的未庄，他敢于直言自

---

① 列宁：《民粹主义的经济内容》，《列宁全集（一）》，人民出版社1959年版，第393页。

己姓赵，"比秀才还长三辈"，这种对于地主阶级人物的蔑视自然并非出于什么明确的阶级意识，然而他在内心有不平、怀愤懑却是不可抹煞的。以后随着压迫的加重，他那幻想中的"胜利"不断地遭到生活本身的嘲弄和践踏。严酷的阶级压迫的事实，再也无法掩盖他那实际上的失败，弥合他那精神上的创痕，因而他性格中要求反抗的因素便有了发展，逐渐表现出挣脱精神胜利法束缚的趋向。小说情节更深入一层地展开，对此作出了更清晰的说明。

二

未庄一片沉寂，奴隶的屈辱与苦难日复一日地继续着。

然而，生活终于找到了阿Q头上——阿Q恋爱了。历来也很有点"正气"的阿Q，将到"而立之年"，却竟被小尼姑"害得飘飘然"了。这"飘飘然"的结果便是向吴妈的一场求爱。显然，这是阿Q不安于奴隶生活的一种表现。阿Q之被压抑的生活的愿望和未庄统治者的利益及伦理观念发生了尖锐的冲突。雇农阿Q要恋爱，"在礼教上是不应该有的"，而对象又是赵家的佣人，那就"简直是造反"了。阿Q朝吴妈的一跪，挨竹杠事小，却几乎断送了身边仅有的一切，只剩得最后的一条破裤子。而尤其叫他苦恼的是再也无人雇他做工。"阿

Q 肚子饿，这委实是一件非常'妈妈的'事情"。万能的精神胜利法者终于尝到了失败的滋味。阿 Q 从赵家赔罪出来，"渐渐觉得世上有些古怪了"。但"健忘"的法宝使他又立即忘却了发生不久的恋爱的悲剧。不能向赵太爷评理，他却迁怒到了另一个弱者小 D 身上。与小 D 一场龙虎斗，照例赢得闲人们的喝彩，但毕竟解决不了严重的生计问题，阿 Q 不得不出门求食去了。

> 他在路上走着要"求食"，看见熟识的酒店，熟识的馒头，但他却走过了，不但没有暂停，而且并不想要。他所求的不是这类东西了；他所求的是什么东西，他自己不知道。

不必如有些论者那样，把它说成是阿 Q 已在寻求什么别的意味深长的道路，以至把它看作是"处在革命前夜的农民强烈的革命要求的反映"。因为阿 Q 求什么是一目了然的；求的是"食"。然而为什么连他自己又"不知道"了？这就因为阿 Q 此时的糊涂已非同往昔：长期沉醉于精神胜利的梦幻之中的阿 Q，真正陷进惶惑和苦恼之中了。而且这是以往日的"健忘"加以排解的。阿 Q 被推着，拉着，从幻想世界落到现实的地面上来。翻过矮墙去"求食"，拔得两个萝卜却被老尼放出的黑狗赶了出来。在未庄，阿 Q 已无食可求，无路可走，于是只得进城，起初在举人家中帮忙，可是因为举人老爷"太妈妈的"了，阿Q因此又弄丢了工作，只得"站在门外接东西"，沦落为小偷，——这便出现了阿Q的"中兴"。被饥火熬煎着的阿Q从事偷窃，这只能是阿Q对多舛的命运的一种反抗，是他在生活越来越窘迫的情况下所能为自己找到的一条生路。然而，"发了财"回到未庄不久，阿Q的"疑点"即给秀才们传扬开去，地保上门取去了门幕，还要他按月缴纳"孝敬钱"，村人也由"敬畏"而"敬而远之"，以至于"斯亦不足畏也矣"——阿Q终于从"中兴"走到"末路"。至此，经过一度挣扎终究还是衰落下来的阿Q，再也不能靠精神胜利法苟延下去了，他已经来到一场厄运的前头。马克思说："要求抛弃关于自己处境的幻想，也就是要求抛弃那需要幻想的处境。"[1] 阿Q后来的要求"投降革命"，确实不是作者硬加上去的，而是有着性格发展的内在依据的。

阿Q怎么办？生活的光在哪里？

辛亥革命的消息传到了未庄，阿Q从末路上重又昂起头来。"革命也好罢"，阿Q想，"革这伙妈妈的命，太可恶！太可恨！……便是我也要投降革命党了"。便这样，阿Q被卷进了革命的风暴。然而，阿Q在革命中充当了什么角色呢？小说

---

① 马克思：《〈黑格尔法哲学批判〉导言》，《马克思恩格斯选集（一）》，人民出版社1972年版，第2页。

写着，阿 Q 走在街上，"不知怎么一来，忽而似乎革命党便是自己，禁不住大声嚷道：'造反了，造反了'！"接着便是土谷祠一顿"白盔白甲"的遐想，随后又用竹筷将辫子盘上头顶，但旋又悟到"要革命，单说投降是不行的，盘上了辫子也不行的，第一着仍就要和革命党去结识。"于是便找到假洋鬼子那里，但得到的回答却是"滚出去"！正当阿 Q 为"不准革命"而不知所措时，便被"革命"政府捉进县城。过了两次堂，最后被莫名其妙地当作抢犯而枪毙。这便是阿 Q "革命"的经过实情。阿 Q 的"革命"确实是非常"阿 Q 式"的。"革命党"是自封的，喊两句口号，盘盘辫子，又怎么就算得上真正革命？想加入假洋鬼子一伙更是梦想，直至最后被绑上杀场，他还昏昏沉沉地把自己当作"革命党"，无师自通地叫了半句"二十年后又是一个……"阿 Q 是至死也没能醒悟过来的。

对于如此一场"革命"，我们能说什么呢？整个说来，阿 Q 革命还很少或者根本谈不上有什么实际意义的行动。说穿了，"革命"对于阿 Q，着实还只是一场梦，待到好梦做完稍有醒觉，觉到别人"已经在那里吸他的灵魂"因而想喊"救命"时，却已经晚了。可以说，比起一般农民的自发斗争来说，阿 Q 的"革命"是更带有自发性质的。他还远没有明确的阶级意识，自觉的斗争目标，其中掺杂着许多传统的偏见旧习。然而，自发的成份实质上正是自觉性的萌芽状态。甚至原始的骚动也表现了自觉性的某种程度的觉醒。"如果说，阿 Q

的革命包含着他以往一系列愚蠢落后的意识，那么阿Q后来的"革命"，便是他以往受尽压迫的地位以及他性格中自发的反抗要求的合乎逻辑的发展，是他走向觉醒的一个明显标志。生活的变迁，革命的降临，终于使他长期郁积的忿火燃烧起来。试看小说描写到的下列场面：

> "老Q，……现在……"赵太爷却又没有话，"现在……发财么？"
>
> "发财？自然。要什么就是什么……"
>
> "阿Q哥，像我们这样穷朋友是不要紧的……"赵白眼惴惴的说，似乎想探革命党的口风。
>
> "穷朋友？你总比我有钱"。阿Q说着自去了。

听着阿Q对秀才们的简捷的回答，有谁能不为之精神一振呢？这时，只是在这一瞬间，人们不能不从心里发出轻松的笑声。阿Q从自身受压迫的地位出发，直觉地感到，使赵太爷、举人老爷们骇怕的事，于他阿Q必定有好处。因而他便俨然以"革命党"自居了。阿Q对革命真是达到了神往的境界。土谷祠一梦固然非常幼稚，明显带着空想的特点，因而将它赞美成什么"乐观而美妙的畅想曲"是不确当的。然而精神胜利的旧尘垢，还是掩盖不住一个饱尝压迫滋味的贫苦农民急迫的解放自己的强烈欲望。瞿秋白同志在《〈鲁迅杂感选集〉序言》中谈到："辛亥革命的怒潮，不在于一些革命新贵的风起云涌，而在于'农人野老的不明大义'，他们以为'革命以后从此自由'。不明大义的贫民群众的骚动，固然是给革命新贵白白当了一番苦力，固然有时候只表现了一些阿 Q 的'白铠白甲'的梦想，然而他们是真的光明斗争的基础。"这番话并非专为论述阿 Q 性格而发，当然不能据此便将阿 Q 作为"骚动的贫民群众"的代表，我们借来只是为了说明，阿 Q 对于革命的朦胧幻想，实质上正是反映了要夺取地主阶级财产，打垮他们的一切势力，变地主阶级所有制为农民阶级所有制的愿望。正如列宁所说，"平等思想是农民运动中最革命的思想"[1]。对于阿 Q 由于辛亥革命的爆发而激起的改变现状的革命平等观念，难道不应该给予同情和肯定么？有人根据阿 Q 的片言只语，一段不切实际的想象，即片面加以引申，以断定阿 Q 革命的目的是为使自己成为"操持未庄人们生杀予夺之权的统治者"，以便"任意地奴使别人"等等，这是与阿 Q 性格的本质相悖谬的。

阿 Q 在我们眼里隐去了。走过一段曲折痛苦的人生道路，这个似尘芥一般的"小人物"被无边的黑暗所吞没……

---

① 列宁:《俄国革命的长处和短处》，《列宁全集（十二）》，人民出版社1959 年版，第 341 页。

三

阿Q含冤死去，但作为阿Q典型的性格特征却活了下来，以其无比深邃的历史内容，震撼了无数被压迫群众的心灵。

我们知道，作为文艺作品的典型形象，它是人物的精神、性格及他的命运和遭遇的一个完整的"整体和统一体""需要有内在的丰富多彩性"。[①] 评价、分析一个杰出的典型形象是必须从整体上加以全面而细致的把握的。在阿Q性格中应该包含屈辱和反抗，落后和革命这样两个方面的因素。它们相互渗透、交织在一起，使阿Q性格呈现出极其丰富复杂的面貌。仅仅强调其中的某一方面而抹杀另一个方面，就会肢解和割裂人物形象，从而作出片面的错误的判断。就阿Q形象来看，落后面自然是主要的，占据了最突出的位置。这集中表现为精神胜利法。只要读过鲁迅在五四前后的杂文的人都知道，他对这种不争气的消极的人生哲学是何等憎恶。"中国人的不敢正视各方面，用瞒和骗，造出奇妙的逃路来，而自以为是正路。在这路上，就证明着国民性的怯弱，懒惰，而又巧滑，一天一天的满足着，则一天一天的坠落着，但却又觉得日见其光荣"[②]。精

---

① 黑格尔：《美学》第一卷，商务印书馆1982年版，第305、307页。
② 鲁迅：《坟·论睁了眼看》，《鲁迅全集》第1卷，第331页。

神胜利法是阻碍人民大众前进和走向革命的绊脚石，是消蚀革命斗志的毒剂，这是鲁迅深切认识到并为之痛心疾首的。作为一位伟大的革命启蒙主义者，鲁迅在《阿 Q 正传》中对这一顽疾是彻底否定并加以挞伐的。这对于唤起群众的觉醒具有极大的现实意义。

毋庸置疑，反抗的因素在阿 Q 性格中居于次要位置。然而，次要却不等于可以不屑一顾。恰恰相反，对于雇农阿 Q 来说，这毋宁说是他性格中根本的，甚至是更为本质的东西。尽管即使到小说结束，它也没有上升到矛盾的支配地位，可是透过种种浑噩的外壳，我们不难看到阿 Q 缓慢地却又明显地走向觉醒的征兆。矛盾的主要方面与次要方面决不是凝固不动的。阿 Q 性格的发展是这两方面激烈反复的冲突过程。它构成了小说整个情节发展的动力，并体现出比较一般的"暴露国民性的弱点"远为广阔深远的思想内涵。

茅盾晚年著文说："不可否认，鲁迅在描写阿 Q 的精神胜利法时，其讽刺的范围是十分广泛的，而且他是"联系那时的实际"，可以说是指着那时士大夫（所谓正人君子）的鼻子指斥的。然而，从阿 Q 这个典型看来，精神胜利法只是其一端——农民落后性；而在阿 Q 身上还有相反的东西，即要求革命的愿望，即在浑噩的外衣之下的乐观主义精神（不少人只看到他的浑噩的外衣，而忽略了他的乐观主义的内核），以及他的勤劳、朴质等等。如果只有精神胜利法这一特征，那么，阿 Q

就不是农民的典型而是那些所谓正人君子的典型了。"① 此文还原了原作长期以来被遮蔽的本意，提供了当下少有人论证的视角。阿 Q 生活在中国几千年漫长的封建制度行将最后崩溃的前夜，同时也是资产阶级旧民主主义革命风云卷涌的时代。从鸦片战争以来，帝国主义列强对中国人民进行着疯狂的侵略和掠夺，极端腐败的满清朝廷对外奴颜婢膝，对内则加紧榨取和奴役。重重压榨迫使濒于破产境地的农民不能再照原样生活下去了。各地农民运动酝酿并逐渐高涨起来。群众采取各种形式直至用武装暴动向帝国主义及其走狗清朝反动统治者展开了不屈不挠的斗争。尽管这些斗争没有能得到当时居于领导革命地位的资产阶级的重视和支持，然而农民群众反抗斗争的洪流，仍然把资产阶级民主革命推向了前进。阿 Q 是一个落后的尚未觉悟的流浪雇农，他同那些斗争坚决勇敢的先进农民是有区别的。但他不断滋长着的反抗现存社会的意向，不能不是从一个侧面反映着当时农民阶级改变自己生活命运的顽强追求。阿 Q 在他所处的特定环境——那个几乎窒息了的未庄所发出的"造反了"的叫喊，不能不说是体现了辛亥革命到来时多数农民要求革命的普遍愿望。鲁迅后来说，阿 Q 参加革命，"不算辱没了革命党"，"据我的意思，中国倘不革命，阿 Q 便不做，既然

---

① 茅盾：《关于阿 Q 典型的一点看法——给一位论文作者的信》，《上海文学》1960 年 10 月。

革命，就会做的。"事实表明，像阿 Q 这样受到统治阶级思想
观念严重禁锢和毒害的农民，都在自己特定的生活范围中表露
了不可遏制的革命要求，那么整个农民阶级对于推倒半封建半
殖民地社会的残酷统治，争求自己的翻身和解放，是怀着怎样
热烈的希望和迫切的心情，那不是完全可以想象的么？

问题还不仅在于此。如同很多评论者指出的，鲁迅在《阿
Q 正传》中提出了农民问题。然而，反映在小说中的这个重大
问题的具体内容以及它所达到的深度究竟怎样，却是应该加以
深入发掘的。固然，通过集中地解剖阿 Q 精神上的麻木状态，
来启发群众的觉悟，激发他们奋起抗争，《阿 Q 正传》具有着
震聋发聩的巨大作用。但是农民们怎样才能走向革命呢？而革
命，又怎样对待农民群众呢？这是一个十分尖锐而不能回避的
问题。

阿 Q 的性格和命运表明，尽管由于统治者的血腥统治和精神
奴役，造成了农民群众怎样的愚昧、麻木、保守、落后，——犹
如阿 Q 那样，但是他们依旧期求反抗，向往革命，特别是当阶
级矛盾日益激化时，这种要求便越来越强烈而不可阻挡。然
而，他们并没有能真正获得民主主义革命的觉悟，——正像阿
Q 未能最后完成他那性格的转化那样。因为，促使这种转化的
条件尚未成熟。这首先表现在，阿 Q 的反抗是纯粹自发性的，
因而显得脆弱无力。事实表明，对于农民阶级来说，他们不可
能自发地获得民主革命的意识和自觉的革命倾向，依靠自己的

力量找到一条推翻封建买办阶级统治的道路。那么，他们依靠谁呢？辛亥革命曾经给走投无路的阿Q透过来一线光明和希望。在未庄那个动荡的秋天里，他急急地找人领他去革命，结果却被"革命党"推之于门外。当他被假洋鬼子赶出来后，他满心愤恨地想：

> "不准我造反，只准你造反？妈妈的假洋鬼子，——好，你造反！造反是杀头的罪名呵，我总要告一状，看你抓进县里去杀头，——满门抄斩，——嚓！嚓……"

这段话不能简单地看作是阿Q原始报复心理的复活，或者好像回到了开始时对革命的盲目反对。实际上，这里正好道出了广大农民对扼杀他们革命愿望的资产阶级的愤激的抗议，反映出当时群众要革命而不得的绝望心情。革命没有给阿Q带来任何一点好处；并且阿Q连给"革命新贵"当"苦力"也不能，而是作了他们的牺牲。雇农阿Q最后仍然死在豪绅地主阶级的屠刀之下，这对资产阶级向封建势力投降牺牲农民利益，是一个多么辛辣的讽刺。中国的民族资产阶级是一个经济上薄弱、政治上软弱的阶级。在进行革命的过程中，他们把人民群众排拒于所谓"民主政治"的视野之外，根本漠视农民的革命要求和革命力量。革命不多久，便与封建势力相妥协，使政权落入豪绅地主阶级之手，广大群众陷于更加悲惨的境地。阿Q

"大团圆"的触目惊心的悲剧结局是对资产阶级旧民主革命的历史性判决，它雄辩地证明，资产阶级不可能满足农民阶级强烈反抗的要求，实现中国农村根本性的革命变革。以后革命历史的进程表明，只有新兴无产阶级及其政党——中国共产党才是农民争取解放的唯一的领导者和组织者。当无产阶级领导的新民主主义革命的帷幕揭开以后，亿万农民便在自己英明的领路人的指引下，彻底摆脱一切因袭的思想重担，朝着解放自己的大道迅跑，从而在中国民主革命中演出了有声有色、威武雄壮的历史场面。这些是当时的鲁迅没有能明确意识到并加以预示的。但《阿 Q 正传》以生动无比的艺术形象而展现的辛亥革命中阿 Q 不准革命的悲剧，极为深刻地反映了当时中国社会和中国革命的最根本的问题和最本质的方面，富有说服力地向人们提供了珍贵的历史教训，这对于广大被压迫人民，对于革命的政党，无疑具有极其深远的教育意义。

由此可见，对于阿 Q 性格中的反抗性的探讨不是没有意义的。阿 Q 性格中的落后性也好，反抗性也好，都是真实、典型的辛亥革命前后这一特定历史时期农民阶级的生活状况和思想特征的映现。这个深刻丰满的典型性格，在广阔的范围和巨大的历史深度上，提出了如何提高农民觉悟，领导帮助农民走向革命这一民主革命的重大课题，从而成为中国旧民主主义革命的一面镜子，有力地推动了新民主主义革命的发动和发展。《阿 Q 正传》便是这样出色地完成了自己的时代对处于黎明期的中国现代革命文学的历史使命，而阿 Q 也就成为我国新文学史上一个最生动、最深刻，具有最丰富的社会历史意义的艺术典型。

一九七九年十月于杭州

（原载《现代文艺论丛》1982 年第 2 期）

# 《〈鲁迅杂感选集〉序言》不应否定

瞿秋白的《〈鲁迅杂感选集〉序言》（以下简称《序言》）于 1933 年问世以后，在相当长一段时间内发生了较大的影响，被视为在现代文学史上用马克思主义观点对鲁迅作出了正确评价的第一篇文章。近年来，有些评论者对这篇著名论文加以全盘否定，认为该文阉割了鲁迅的革命精神，从根本上否定了鲁迅，甚至说是对鲁迅的毁谤和诬蔑。

《序言》对鲁迅的评论究竟是正确的，还是错误的；是基本上符合马克思主义观点，还是反马克思主义的，这不仅是对这篇论文本身的评价问题，而且关系到如何正确地认识和科学地论述鲁迅的思想及其发展这个重要问题。

一

在鲁迅书信集中，从 1933 年 3 月 20 日到这年的 5 月 14 日，在不到两个月时间内，提及编辑《鲁迅杂感选集》及瞿秋白为之作序的地方，有近十处之多。鲁迅日记中同杂感选集有关的文字也有好几处。可以说，编选杂感选集及写作《序言》都是在鲁迅的赞同、合作和支持下进行的。尤其是对《序言》，鲁迅已经看出了它的战斗的锋芒，以及必将产生的较广泛的影响。又，根据鲁迅非常接近的亲友的回忆，鲁迅对瞿秋白这篇论文是完全肯定，并且确实发生了深刻的感激情绪的。许广平在《秋白同志和鲁迅相处的时候》一文中记述鲁迅当时的反应是："说得太好了，应该坏的地方也多提起些"。①冯雪峰也谈到鲁迅曾在他面前这样谈起过《序言》："分析是对的。以前就没有人这样批评过。"又说："看出我攻击章士钊和陈源一类人，是将他们作为社会上的一种典型的一点来的，也还只是何凝一个人"②。日本作家鹿地亘在鲁迅逝世后不久写的回忆文章中说，当他向鲁迅问及有什么"有系统的鲁迅论"可以参考，鲁迅便推荐了瞿秋白的这篇论文。鲁迅还谦逊地表示：《序言》对他"稍稍过誉"了。不久，鲁迅还特地给他寄去杂感选集供他翻译日文之用③。所有这些都是有文在卷，有案可稽的，难道我们对此可以熟视无睹、一概否认么？

---

① 许广平：《秋白同志和鲁迅相处的时候》，《语文学习》1959 年 6 月号。
② 冯雪峰：《回忆鲁迅》，人民文学出版社 1957 年版；冯雪峰：《关于鲁迅在文学上的地位》，刊于 1937 年 3 月《工作与学习丛刊》之二《原野》，署名武定河。
③ 〔日〕鹿地亘：《鲁迅与我》，《作家》1936 年第二卷第二号。

那么,《序言》有些什么可以肯定的历史功绩呢?

首先,它高度评价、热情推崇了鲁迅的杂文。对于鲁迅的杂文,新文艺运动的敌人素有切骨之仇,自然不必说了,他们恶毒地诬蔑杂文是鲁迅的"死症",且曾赠以"杂感家"的恶谥。一些资产阶级文艺家也对鲁迅的杂感表示鄙视,认为那只是政治宣传,算不得艺术。《序言》联系中国社会激烈的阶级变动和斗争,深刻剖视了鲁迅杂文产生的社会背景,指出,"急剧的剧烈的社会斗争,使作家不能够从容地把他的思想和情感融铸到创作里去,表现在具体的形象和典型里;同时残酷的强暴的压力,又不容许作家的言论采取通常的形式。作家的幽默才能,就帮助他利用艺术的形式来表现他的政治立场,他的深刻的对于社会的观察,他的热烈的对于民众斗争的同情"。(以下引文凡未注明出处的,均引自《序言》)这就是说,鲁迅的杂文是紧张、激烈的阶级斗争的产物。它是适应革命的政治需要而产生的一种特殊的战斗形式。它的出现本身就是对黑暗与暴力的抗议和控诉。在发掘鲁迅杂文产生的社会原因的基础上,《序言》对鲁迅杂文的时代意义和典型化的艺术成就给予了高度的估价,认为它虽然不能代替文艺创作,却是一种"文艺性的社会论文"。它抓住普遍性的代表人物,形象地勾勒出帝国主义及其各式奴才的丑恶嘴脸和鬼蜮伎俩,深刻暴露了旧社会的锢弊和疮疽。"刽子手主义和僵尸主义的黑暗,小私有者的庸俗,自欺,自私,愚笨,流浪赖皮的冒充虚无主义,无耻，卑劣，虚伪的戏子们的把戏，不能够逃过他的锐利的眼光"。总之，他的杂感是"针对着这个地主资产阶级的虚伪社会，这个帝国主义的虚伪世界的"，它是"战斗之中不可少的阵线"，是对反动阶级所下的"战书"，因而也就成了"中国思想斗争史上的宝贵的成绩"。在《序言》以前，有谁曾对鲁迅杂文的社会背景和战斗意义，政治思想高度和艺术特色作过如此深刻的分析，给这种战斗文体的社会历史价值以如此崇高的评价的呢？没有。从这一点来说，《序言》是有开创性的，它对鲁迅杂文的充分肯定，不仅粉碎了敌人对鲁迅杂感的各种无耻诋毁，同时也体现了鲁迅服从战斗的迫切需要，坚定地利用一切武器为革命的政治服务的鲜明特征，这是很有教育意义的。

其次，《序言》充分肯定、深刻论述了鲁迅的革命道路。从五四以后，鲁迅就是在文化战线上，代表全民族大多数向着敌人冲锋陷阵的英勇旗手。如同毛泽东同志所指出的，"鲁迅的方向，就是中华民族新文化的方向。"① 然而，从20年代到30年代在社会上真正认识鲁迅的伟大，了解鲁迅思想的人并不多。少数阅历比较丰富，眼光比较锐利的作家（如沈雁冰等）对鲁迅的作品及其意义作过中肯的评价，但对鲁迅思想的理解和分析是很不够的。更不要说对鲁迅思想发展道路作系统的研

① 毛泽东：《新民主主义论》，《毛泽东选集》（一卷本），人民出版社1966年版，第691页。

究了。到了 1928 年，一批革命作家竟然把鲁迅当作革命文学运动的障碍，说他有什么"非革命的倾向"，"笔尖只是涂抹着灰色的幻灭的悲哀"，是"有闲阶级"，"厌世家"，"落伍者"，"布尔乔亚的代言人"，甚至还有人漫骂他是"封建余孽"、"二重反革命"等等。直到论战结束"左联"成立不久，还有人在左翼刊物上把鲁迅说成是"小资产阶级的有人道主义倾向的作家"，态度"总是傍徨"，"总不坚决"，一直起着"消极作用"。① 从这里不难看出，在革命文艺队伍内，有些人对鲁迅的认识之不足是达到了怎样惊人的地步。

《序言》联系从 1911 年到 30 年代初 20 年间中国思想领域的风云变幻，对鲁迅的生活道路和思想演变过程作了初步然而是正确的阐述。鲁迅一生跨越了新、旧民主主义革命两大阶段。在各个重要历史转变关头，阶级关系错综复杂，各种思潮此伏彼起。鲁迅虽然出身于没落的封建士大夫家庭，"背着士大夫阶级和宗法社会的过去"，然而他不倦地追求真理，艰苦地探索着真正能够通向人民群众彻底解放的革命道路。随着新旧民主革命的交替和阶级斗争的不断深入，知识分子队伍的三次伟大分裂，鲁迅的思想发生着深刻的变化。早在辛亥革命以前，从忧国忧民的思想情绪出发，他受到进化论和个性主义的启发，投身民主主义的思想启蒙运动。五四运动，尤其是 1925

---

① 阳翰笙：《中国文艺运动》，《文艺讲座》第一册，1930 年 4 月。

年大革命以后，中国无产阶级领导的新民主主义革命的彻底的不妥协的战斗姿态，促使鲁迅思想中集体主义、唯物主义的因素不断滋生发展，并且日益以此作武器，去执行那时彻底反帝反封建的文化革命的任务。最后，在第一次国内革命战争失败以后，经过阶级斗争的实践和系统地学习马列主义理论，他更坚定了无产阶级的立场，挣脱了进化论和个性主义的羁绊，终于完成了世界观的转变，发展成为伟大的马克思主义阶级论者，无产阶级的坚定战士。《序言》从对鲁迅思想发展的探索和解剖得出了如下的结论，鲁迅"从进化论进到阶级论，从绅士阶级的逆子贰臣进到无产阶级和劳动群众的真正友人，以至于战士，他是经历了辛亥革命以前直到现在的四分之一世纪的战斗，从痛苦的经验和深刻的观察之中，带着宝贵的革命传统到新的阵营里来的。"在《序言》以前，有谁对鲁迅思想发展作过如此深刻的概括，从政治上、思想上给予了如此崇高的评价？没有。在这一点上，《序言》也是有开创意义的。如果考虑到当时鲁迅的后 6 本杂文还未写出，而《序言》对鲁迅的无产阶级世界观的赞许就更其难能可贵。瞿秋白对鲁迅发展成为共产主义者的思想历程的论断，正确地揭示了小资产阶级知识分子向无产阶级转化的革命途径和客观规律，同时有助于澄清当时社会上乃至革命文艺界中不少人对鲁迅的误解，清除其散布的不良影响。

自然，瞿秋白对鲁迅的论述从我们今天的眼光看来，不是完全没有可以指摘之处的。比如，对鲁迅对我国革命事业的贡献，尤其是后期成为共产主义者以后的辉煌业绩写得不够充分，对五四文化革命的性质的分析，以及这场革命对鲁迅思想的推动讲得不够全面等。毫无疑义，真正对鲁迅作出最全面，最深刻，最科学的评价的，是我们伟大的导师毛泽东同志。毛主席的《新民主主义论》《在延安文艺座谈会上的讲话》，才真正确定了鲁迅在我国现代革命史和文学史上的地位。然而我们不应忘了列宁的教导："判断历史的功绩，不是根据历史活动家没有提供现代所要求的东西，而是根据他们比他们的前辈提供了新的东西。"① 评价瞿秋白写于 30 年代的这篇《序言》，我们也不能违背这个原则。我们不能不看到，当时的左翼文化运动在严重的白色恐怖之下，受到了空前残酷的压制和摧残。在这样险恶的环境中，瞿秋白站出来，排云拨雾，辨明是非，阐明鲁迅及其杂文的价值，帮助人们认识鲁迅，捍卫和发扬鲁迅的战斗传统，这对于左翼文艺运动的蓬勃开展，是具有重要的意义和深远的影响的。尽管文章有不少不尽确切或由于当时不便明言而托为比喻的词句，然而论文的主导倾向和战斗意义是一目了然的。对此轻易加以否定，或者表示不屑一顾，这不是真正的历史唯物主义者所应采取的正确态度。

---

① 列宁：《评经济浪漫主义》，《列宁全集》第二卷，人民出版社 1959 年版，第 150 页。

二

　　某些批判文章对《序言》的否定，集中在有关鲁迅思想发展问题上。其中一个问题就是：进化论和个性主义是不是鲁迅早期思想的"基本"？否定论者认为进化论和个性主义在早期鲁迅思想中不占主导地位，说是"基本"就会把鲁迅贬低成了资产阶级唯心主义者和个人主义者。

　　这样的批评是很难令人信服的。进化论和个性主义是鲁迅早期用以指导战斗的思想武器，这是历史的事实。最好的证明就是他在这段时期所写的一系列论著。从 1903 年最早的论文《中国地质略论》及稍后写的《中国矿产志》，就是用进化论来阐述地球和生物发生发展的历史的。1907 年发表的《人之历史》，又系统地介绍了达尔文的生物进化学说及其发展的历史，并用进化论解释了人类的起源问题。他认为达尔文的学说是"生物学界之光明，扫群疑于一说之下者也"。《文化偏至论》《摩罗诗力说》《破恶声论》等长篇论文，在宣传进化、变革的同时，肯定了尼采"非物质、重个人"的主张并认为它能"作旧弊之药石，造新生之津梁"。显然，这些文章对阻碍民主革命发展的封建思想所展开的尖锐批判，主要是以进化和个性解放的观点作为依据的。鲁迅自己后来说过："我一向是相信进化论的，"以后学习了先进的革命理论，终于"救正"了他"只信进化论的偏颇。"① 又说"那时候（指1907年前后），相信精神革命，主张解放个性，简直是浪漫主义，也还是进化论的思想。主张反抗，主张民族革命，注重被压迫民族的文学作品和同情弱小者的反抗的文学作品之介绍，也还是叫人警惕自然淘汰，主张生存斗争的意思。"② 所有这些话不应看作是鲁迅的谦虚，而是对他自己思想变迁的"径路"的认真回顾，是他严肃的自我解剖。毋庸置疑，进化论和个性主义对鲁迅思想的影响是深刻而又长久的。除了早年民主革命的实践这个根本原因之外，对他早期确立革命民主主义立场关系很大的，也无过于此了。

这样说是否会将鲁迅早期的世界观全部说成是唯心主义的呢？不能得出这样的结论。以进化论而言，它在历史上曾经有过很大的革命意义，而鲁迅的进化论在当时尤其是唯物的、战斗的。如所周知，进化论的出现在马克思主义诞生以前是有很大革命意义的。达尔文的"物竞天择"的理论，第一次揭示了生物由低级到高级的发展进化的规律，戳穿了上帝创造万物、一切都是恒定不变的谬论。革命导师对此曾给以充分的肯定。恩格斯指出："他极其有力地打击了形而上学的自然观，因为

---

① 鲁迅：《三闲集·序言》，《鲁迅全集》第4卷，第6页。
② 冯雪峰：《回忆鲁迅》，人民文学出版社1957年版，第20页。

他证明了今天的整个有机界，植物和动物，因而也包括人类在内，都是延续了几百万年的发展过程的产物"①。马克思甚至还说："达尔文的著作非常有意义，这本书我可以用来当作历史上的阶级斗争的自然科学依据。"② 鲁迅在这个学说中吸收了什么呢？进化论的唯物主义的自然观促使他认识到世间一切事物都是发展的、变化的，人类社会也是永远向前发展的。"进化如飞矢，非堕落不止，非著物不止，祈逆飞而归弦，为理势所无有"③。谁要阻碍社会的发展，就会"入于苓落"，走向衰亡。同时，从进化论的生存竞争论，鲁迅又认识到，事物的发展不可能是一帆风顺的，而要通过不断的斗争来实现。一个民族只有敢于斗争，才能战胜强暴，获得生存的权利。毫无疑义，这些观点对统治了中国两千年的"天不变，道亦不变""中庸之道"等陈腐信条都是极大的冲击。鲁迅从革命民主主义立场出发接受进化论，从中吸取了唯物的、辩证的因素，从而形成了旧事物一定要死亡，新事物一定要兴起的思想，产生了对祖国和人类未来的信心和坚定地改革不合理社会的革命意志。

尼采的理论同达尔文的学说情况有所不同。它本来就是西方资产阶级没落阶段的思想体系，是为垄断资本主义利益服务

---

① 恩格斯：《社会主义从空想到科学的发展》，《马克思恩格斯选集》第三卷 1972 年版，第 420 页。

② 《马克思恩格斯书信选集》，第 127 页。

③ 鲁迅：《坟·摩罗诗力说》，《鲁迅全集》第 1 卷，第 67 页。

的。鲁迅当时没有接触马克思主义，对尼采超人学说的反动本质不可能有正确的认识。因而为它对传统思想、道德、文化的表面否定所迷惑，以为它可以作为反抗资本主义物质文明的武器，并从而提出了"掊物质而张灵明，任个人而排众数"的解放个性的主张。然而，鲁迅的思想同尼采是有本质区别的。尼采的"超人"是为了"抵制新兴阶级的群众的集体的进取和改革"，而鲁迅的"倾向尼采主义，却反映着别一种社会关系"。当时中国社会现状是"大部分的市侩和守旧的庸众，替统治阶级保守着奴才主义"，成为"改革进取的阻碍"。这时最迫切的任务就是要把广大群众从不觉悟的精神状态中解放出来。因此鲁迅提倡"张灵明""任个人"，希望有"独具我见之士""匡纠流俗"，促使人们入于"自觉之境"。"人既发扬踔厉矣，则邦国亦以兴起"。① 很清楚，鲁迅提倡个性解放，"目的正在于号召反抗，推翻一切传统的重压的'东方文化'的国故僵尸"，使民族获得新生。这同尼采鼓吹"权力意志"至上论，让帝国主义者奴役弱小民族、主宰世界，恰好是尖锐对立的。正由于出发点不同，鲁迅发展个性、打破传统的呼声，因而"客观上在当时还有相当的革命意义"。"……群众这样落后怎么办？对于这个问题，当时革命的思想界里有一个现成的答复，就是说，群众落后是天生的，因此，不要他们起来革命，等编练了

---

① 鲁迅：《坟·文化偏至论》，《鲁迅全集》第 1 卷，第 46 页。

革命军队来替他们革命……而鲁迅所给的答案却有些不同，他是说，因为民众落后，所以更要解放个性，更要思想的自由，要有'自觉的声音'，使它'每响必中于人心，清晰昭明，不同凡响'，这虽然也不是正确的立场，然而比'革命的愚民政策'总有点儿不同罢"。这段精辟的分析说明，由于不同的历史时代和社会关系，鲁迅虽然从西方资产阶级反动时期的哲学中取了营养，却完全不是那种狭隘的以个人为中心的观念，不是资产阶级的"害人利己主义"。而是立足于被压迫民族的苦难的历史现实上面，和被压迫被奴役的人民大众有着血肉的关系，而这，也就正是鲁迅的思想超出于当时一般进步知识分子的地方。

从以上不难看出，对于鲁迅接受进化论和个性主义，《序言》是从不同的历史条件作了具体分析的。自然，这种分析还不够细致和完善，然而从根本精神来说，《序言》并没有曲解鲁迅，而是触及到他早期思想的实质和它的真髓，显示了鲁迅作为革命民主主义者和启蒙主义者的特色。

有的同志认为，鲁迅早期思想的基础应该提唯物主义，他的思想发展的轨迹是从唯物主义到辩证唯物主义和历史唯物主义，这自然也不是不可以。实际上，鲁迅的进化论本来就包含着唯物论的因素，而经过鲁迅改造过的个性主义，同尼采的主观唯心主义也是很不一样的。说进化论和个性主义是鲁迅早期思想的基础，这同主张用唯物主义来概括鲁迅早期思想很难说有什么根本性的矛盾，然而它更能够具体而切实地反映出鲁迅当时思想的实际和它的特点，包括他的思想的强点和弱点。如果看不到鲁迅进化论和个性主义思想中的唯物主义的内容，确实是会导致对鲁迅的贬低和歪曲的。如前所述，《序言》在论述中突出了鲁迅思想同时代和人民的紧密联系，强调了他的执着于现实的战斗精神，而并没有因此而将鲁迅同达尔文主义和尼采哲学混为一谈。但另一方面，一味强调鲁迅早期思想上的唯物主义，而忽视了其中相当浓厚的唯心主义成分，那也是不实事求是的。从鲁迅漫长的思想历程来说，这段时间毕竟只是起点，当时他还不能从无产阶级的世界观来观察事物，分析社会，这是毫不奇怪的。无论是提进化论和个性主义，还是提唯物主义、朴素唯物论或战斗的唯物主义，这些同马克思主义的辩证唯物论和历史唯物论都是有原则界限的。它们是两种截然不同的思想体系，两种截然不同的世界观。这个界限是不应该加以模糊和抹煞的。如有的同志主张，鲁迅在十月革命以前的历史观——也即他的社会历史观点"基本上是唯物主义"的，这样的看法是很值得讨论的。

　　什么是唯物主义的历史观呢？恩格斯说："唯物史观是以一定历史时期的物质经济生活条件来说明一切历史事变和观

念、一切政治、哲学和宗教的。"① 可以说，在马克思主义以前，把唯物主义运用于社会现象的这种唯一的科学的历史观是不可能有的。早期鲁迅思想中的主要弱点也就在这里。我们知道，达尔文进化论在自然界的认识上是唯物的，而对社会的看法则是唯心的。鲁迅从进化论中形成了发展的、唯物的宇宙观，然而，他还不能超越进化论，从物质生产是社会全部生活和发展的基础的高度来对社会现象作出科学的解释，不能用阶级斗争的观点来分析社会的矛盾斗争，往往过分强调了科学理性和精神的作用。对文艺的看法也有类似情形。

"知精神现象实人类生活之极颠，非发挥其辉光，于人生为无当"②。他以为中国之所以落后，受人欺侮是由于国民性软弱，缺乏理想，安于现状。因此首要的任务是利用文艺进行思想启蒙。他指出，文艺改造社会的力量是很大的，"人得是力，乃以发生，乃以曼衍，乃以上征，乃至于人所能至之极点"。只要文学家"动吭一呼，闻者兴起，争天拒俗"，就可以"起其国人之新生，而大其国于天下"。③ 鲁迅提倡文艺和人民革命事业是联系在一起的，有其强烈的反封建内容。但由于他的社会思想是进化论的，因而便把文艺当成了改造社会的根本途

---

① 恩格斯：《论住宅问题》，《马克思恩格斯选集》第二卷，人民出版社1972年版，第537页。
② 鲁迅：《坟·文化偏至论》，《鲁迅全集》第1卷，第54页。
③ 鲁迅：《坟·摩罗诗力说》，《鲁迅全集》第1卷，第66页。

径，这显然是颠倒了社会意识和社会存在的关系。那时他还不知道，思想启蒙运动在民主革命中虽然是必要的，但它不能脱离群众的阶级斗争。只有被压迫阶级奋起进行斗争，改变生产关系和社会制度，才能有历史的发展和社会的进步，人的精神面貌也才可能逐渐得到根本的改变。另外，尽管他同尼采的反动"超人"理论有本质差异，但他的"尊个性而张精神"，毕竟没有超出资产阶级个性解放的范畴。因此，他往往看到某些先觉者的作用，而看不到人民群众集体力量的伟大作用。他说过："故是非不可公于众，公之则果不诚；政事不可公于众，公之则治不郅。惟超人出，世乃太平。苟不能然，则在英哲"。这类话主要是针对当时摧残个性，实行蒙昧主义的封建僵尸统治而说的，但在对待个人与群众的关系上，显然存在着夸大少数知识分子个人的作用，忽视群众力量的偏颇。《序言》认为，早期乃至前期的鲁迅容易看到群众的弱点，却往往不易看到群众革命的潜力，因此常常不能摆脱怀疑群众的倾向，一时不免引起对革命的悲观失望，这是符合鲁迅实际的。

事实证明，从进化论到阶级论，从个性主义到集体主义，从唯心史观到唯物史观，这是一个质的飞跃，是必需要有一个转变过程的。列宁就曾指出，无产阶级革命导师马克思在创立科学社会主义理论以前，"按其观点来说，当时还是一个黑格尔唯心主义者"①。直到经过国际工人运动的实践和理论上的长期研究、探索以后，他才"从唯心论转向唯物论，从革命民主主义转向共产主义"②，从而完成了世界观的根本转变。这就告诉我们，任何一个伟大的无产阶级革命家也不可能是天生的马克思主义者。只有在革命实践中，在批判地继承前人思想的基础上，逐渐克服各种唯心主义世界观的负累，才能成为马克思主义者。《序言》如实地反映了鲁迅早期思想上的唯心主义，显示出鲁迅思想发展的曲折性复杂性和艰巨性，这不仅没有减损鲁迅思想的光采，相反的，鲁迅坚持真理、修正错误、艰苦探索、不断前进的品质却得到了更真切的体现。

关于鲁迅早期思想中究竟是什么占主导地位，这是一个相当复杂的问题，可以百家争鸣，展开充分的讨论。瞿秋白的分析和概括即使不很全面和深入，但他毕竟对鲁迅思想发展道路首先作出了认真的探索，对他早期思想的主要的、战斗的一面作了充分的评价，同时也实事求是地指出了他当时不可避免的历史局限，这是应该肯定的。我们可以讨论和批评他论述中的某种缺陷或错误，但不能因此便全盘否定整个《序言》。

---

① 列宁：《列宁全集》第 21 卷，人民出版社 1959 年版，第 28 页。
② 列宁：《列宁全集》第 21 卷，人民出版社 1959 年版，第 59 页。

## 三

其次一个问题是：阶级论能不能概括鲁迅后期思想所达到的高度？否定《序言》的文章一致指出这是把共产主义者贬低成了资产阶级思想家或革命的同路人。因为列宁说过：谁要是仅仅承认阶级斗争，那他还不是马克思主义者。

是的，早在马克思以前，某些资产阶级历史学家就曾谈到过阶级斗争的历史发展。但是他们由于阶级的、历史的局限，往往看到的只是阶级和阶级斗争的一些表面现象，根本不可能发现阶级产生的历史根源和阶级斗争发展的客观规律。他们承认阶级斗争是有限的，他们只能在资产阶级向封建阶级作斗争的时候承认阶级斗争，而当资产阶级取得政权以后，资产阶级和无产阶级的矛盾日益激化，特别是当无产阶级斗争发展到政治斗争，威胁到资产阶级统治地位的时候，他们便反对阶级斗争，而鼓吹阶级调和了。正是在这个意义上，列宁说，只是一般地承认阶级斗争而不承认无产阶级专政，"他可能还没有走出资产阶级思想和资产阶级政治的圈子"，是"把马克思主义改为资产阶级可以接受的东西"①。然而马克思主义者对阶级斗

---

① 列宁：《国家与革命》，《列宁选集》（第三卷），人民出版社1960年版，第199页。

争一向是十分重视的。正是列宁一再指出："阶级关系——这是一种根本的和主要的东西，没有它，也就没有马克思主义。"[①] "阶级斗争的原则是社会民主党的全部学说和全部策略的基础。"[②] 马克思主义阶级论，是最彻底的阶级论，是无产阶级观察全部阶级社会的指导思想。它是社会发展规律的理论总结，是整个马克思主义的核心部分和基本观点。它根本不同于马克思以前的一切阶级观点。它理所当然地包括着必须推翻资本主义制度、建立无产阶级的国家机器这一无产阶级专政的学说在内。因此，掌握了马克思主义的阶级观点，也就是意味着立场、观点和方法的根本转变。《序言》中所讲的阶级论，毫无疑义，就是指的这种马克思主义的阶级论。只要不是死抠条文，拘泥于字面，那么，《序言》对鲁迅后期思想本质的概括是准确而深刻的。这具体表现在以下几方面：

第一，《序言》确认后期鲁迅对中国社会的性质和阶级关系作出了正确的分析和估量。"如果在以前，鲁迅早就感觉到中国社会里的科举式的贵族阶级和租佃官僚制度之下的农奴阶级之间的对抗，那么，现在他就更清楚的见到那种封建式的阶级对抗之外，正在发展着资本和劳动的对抗"。封建主义和帝

---

① 列宁：《俄共（布）第十次代表大会》，《列宁全集》第三十二卷，人民出版社 1959 年版，第 240 页。

② 列宁：《小资产阶级的策略》，《列宁全集》第十二卷，人民出版社 1959 年版，第 156 页。

国主义买办资产阶级势力是互相勾结在一起的，他们的利益同广大人民是尖锐冲突的。在半封建半殖民地中国社会，最根本的矛盾就是封建主义、帝国主义和买办资产阶级同无产阶级和人民大众的阶级对立。"以前'父与子'的辈分斗争只是前一阶段的阶级斗争的外套，现在——封建宗法残余的统治搀杂了一些流氓资本的魔术，——不但更明显的露出劳动和资本的阶级战斗，而且反封建残余的斗争也不再是纯粹的'父与子'斗争的形式"。这充分说明，鲁迅不只一般地看到某些阶级矛盾的表面现象，而且，对社会矛盾的实质有了深刻的把握，对不同历史阶段阶级斗争的具体内容和形式作出了正确的判断。

第二，《序言》确认后期鲁迅确立了消灭一切剥削制度的无产阶级革命的理想。后期鲁迅已经"从进取的争求解放的个性主义进到了战斗的改造世界的集体主义"，也就是发展为要求整个地摧毁旧世界，以求得无产阶级和劳动人民的彻底解放。早在五四时代，鲁迅曾大声疾呼要扫荡食人者，掀掉吃人筵席。认为这是"青年的使命"。《序言》说，"而现在，这句话里的'青年'两个字上面已经加上了新的形容词，甚至于完全换了几个字"。这几个字就是"须到……（无产——笔者）阶级革命的风涛怒吼起来，刷洗山河的时候，这才能脱出这沉滞猥劣和腐烂的命运"。"青年"在这里换成了"无产阶级革命"，这就意味着鲁迅明确地站在无产阶级的立场，号召掀起革命的狂飙，以埋葬地主买办阶级的罪恶统治。这里不是实际上阐明了鲁迅已认识到无产阶级专政的历史必然性么？

第三，《序言》确认后期鲁迅对于无产阶级和劳动人民革命力量有了正确的认识。在鲁迅前期思想上对劳动群众的革命力量估计不足，特别对无产阶级的领导作用缺乏明确认识，因而时有寂寞彷徨之感。然而当鲁迅世界观质变之后，他对无产阶级的革命特征和历史作用，对无产阶级革命的任务和目的，便有了充分的理解和高度的信心。《序言》突出论证了这点，指出"新兴资产阶级的领导展开了真正推翻帝国主义和僵尸，推翻流氓资本和地主官僚的新结合的远景"。就是说，鲁迅已认识到"惟新兴的无产者才有将来"，无产阶级的领导是取得革命胜利的根本保障。"贫民小资产阶级和革命的智识阶级终于发现了他们反对剥削制度的朦胧的理想，只有同着新兴的社会主义的先进阶级前进，才能够实现，才能够在伟大的斗争的集体之中达到真正的'个性解放'"。这是鲁迅通过长时间探索而达到的一个十分重要的结论。鲁迅对无产阶级领导的重要性的认识，对于小资产阶级知识分子必须同广大工农相结合的深刻理解，充分说明他在后期的思想已上升到了历史唯物主义的高度。

从以上对社会性质，对革命，对革命的主力等问题的看法，《序言》所说的鲁迅的阶级论的内涵究竟是什么，不是很清楚么？只要不是孤立地片面地加以摘引，而是完整地加以体会和分析，那么《序言》为我们所勾画出来的正是一个马克思主义者的真实形象。说《序言》否定了鲁迅的共产主义思想是完全缺乏根据的。

## 四

第三个问题是：社会实践是否是鲁迅思想发展的动力？《序言》说，鲁迅是"从痛苦的经验和深刻的观察之中"走向"新的阵营"的。否定论者认为这个论点强调了"生活直感""经验"对鲁迅的作用，是"排斥理性，取消思维"，是以神秘的直观能力否定了对于事物的本质的科学认识，否定了马克思主义对鲁迅思想发展的作用。

认识来源于实践，这是马克思主义的一个最基本的原则。鲁迅为什么能够成为新文艺运动的旗手，并最后成为共产主义战士，原因自然是多方面的，但一个十分重要的因素就是他十分注重实践，努力同人民大众相结合。《序言》在论述鲁迅思想发展时，从一开始就论述了鲁迅同农民群众的联系，揭示出他的革命民主主义思想的阶级基础和社会根源。在早年生活中，由于封建家庭的败落，使鲁迅在儿童时代就混进了野孩子的群里，呼吸着小百姓的空气，吃到了小百姓的奶汁。由于亲近了劳动人民，鲁迅很早就体验到中国农村阶级压迫的现实，看到了劳动人民勤劳、质朴、坚毅的优秀品质，接受了人民群众思想感情的熏陶和教育。因此他从不摆绅士阶级的臭架子，能较快地"斩断'过去'的葛藤"，"深刻地憎恶天神和贵族的宫殿"，而这对他以后背叛本阶级，走上同革命人民相结合的道路关系极大。从青年时代起，鲁迅投入了民主革命的旋涡中心。辛亥革命的失败，五四以后新文化运动内部的分化，五卅前后同欧化绅士的较量，随着阶级斗争的激烈发展和革命力量的重新组合，鲁迅的思想经历了一回又一回的变迁。他从现实斗争中不断地接受深刻的教育，因而对革命的认识也就日趋深化。这段时期他所写的杂文之所以那样锋利深刻，击中时弊，自然同他 1925 年前后初步接触了无产阶级革命导师的著作，受到马列主义的影响有关，然而当时这方面的涉猎、学习毕竟是不够系统和深入的。而主要的还是在袭击宗法社会和封建伦理道德的实践中，使他"渐渐了解到封建的等级制度和中国社会里的层层压榨"。这才产生了他的《华盖集》正续编里那些"猛烈地攻击阶级统治的火焰"的杂文。《序言》指出"这不是社会科学的论文，这是直感的生活经验"，这既符合鲁迅当时的实际，也道出了鲁迅杂文从现实出发、同现实斗争紧密结合的鲜明特征。

恩格斯曾说过："要明确地懂得理论，最好的道路就是从本身的错误中、从痛苦的经验中学习。"[①] 这在鲁迅身上表现得

---

① 恩格斯：《致弗·凯利—威士涅威茨基夫人》，《马克思恩格斯选集》第四卷，人民出版社 1972 年版，第 458 页。

再明显不过了。正是现实斗争促进了鲁迅思想矛盾的发展。1927 年大革命失败对于鲁迅的深刻影响是为人们所熟知的。鲁迅曾信仰过进化论，总以为将来必胜于过去，青年必胜于老人，而在"四一二"这场血的游戏中，目睹同是青年而分为两大阵营，或者投书告密，或者助官捕人，因而他的思路轰毁了。《序言》指出，鲁迅这期间的思想"反映着一般被蹂躏被侮辱被欺骗的人们的彷徨和愤激"。这表明血淋淋的阶级斗争对鲁迅刺激之大，教育之深。正是从这里他十分深切感受到了进化论在现实的阶级斗争面前的无能为力，因而毅然地抛弃了旧的武器，而逐渐找到了阶级论这个新的武器。

自然，单凭感性认识，并不能产生世界观的突破和飞跃。深入革命实践和学习掌握理论是树立无产阶级世界观的不可或缺的两个重要方面。《序言》并没有否认革命理论对鲁迅的作用，在论述关于无产阶级革命文学的论争中，《序言》就这一点作过明确的说明。"这时期的争论和纠葛转变到原则和理论的研究，真正革命文艺学说的介绍，那正是革命普洛文学的新的生命的产生。"这场论战促使鲁迅从马列主义著作中去寻找解答。于是他翻译了科学的文艺论，明白了先前的文学史家们说了一大堆，还是纠缠不清的疑问，因而"救正"了他只信进化论的偏颇。在阐明学习理论的重要的同时，这个事例着重体现了鲁迅学习理论是适应斗争的需要，是为了解决实际问题的这个特点。作为一位伟大的思想先驱，鲁迅总是首先根据自己的实践经验，从实际出发来判明事物的本质和发展进程，而不是满足于了解几个抽象的概念，也因此他的思想前进的步子迈得那样扎实，他那些长期斗争积累的许多宝贵经验，一旦被马列主义的普遍真理所照明，便上升到无产阶级思想的高度，使他的世界观发生根本的变化。

由此可见，《序言》强调社会实践对鲁迅思想发展的决定作用，不仅没有排斥理性，取消思想，而是将理论的学习与社会的实践统一起来，从而阐明小资产阶级知识分子向无产阶级转化的根本途径。这一点，对于我国新文艺运动是至关重要的。正如《序言》所指出的，"新兴阶级的文艺思想，往往经过革命的小资产阶级作家的转变，而开始形成起来。"正是创造社，太阳社一批小资产阶级革命作家提出了无产阶级革命文学的口号，在现代文学史上最早打出了无产阶级的旗帜，这是有革命意义的，这个历史功绩是不应抹杀的。然而，当时的这些革命文学家都还不能把理论同实践结合起来。如同《序言》所说，"他们和农村的联系更稀薄了，他们没有前一辈的黎明期的清醒的现实主义，——也可以说是老实的农民的实事求是的精神。"由于脱离实际，脱离群众，因而他们往往首先卷进革命的怒潮，但是也会首先落荒或者颓废，甚至叛变。《序言》的这个批评，对于当时某些急进的革命文艺家的病根的症结是切中要害的。小资产阶级主观唯心主义的世界观对于左翼文艺运动所造成的损害是相当严重的。《序言》针对这种情况，强调和提倡鲁迅实事求是的实践精神,理论与实际相结合的作风,无疑是具有重要的理论意义和实际意义的。对于广大革命文艺家来说,这是必须继承的十分宝贵的革命遗产。

综合上述,不难看出,《序言》是一篇初步运用马列主义观点评价鲁迅的论文。对于这样一篇观点基本正确,在历史上起过一定作用的文章,前段时间为什么会出现一棍子将它打煞的现象呢?这是很值得人们深思的。在"四人帮"唯心论形而上学猖獗之时,在学术界这种反常的现象岂止一篇《序言》?诸如,以一个人后期的某些错误而否定其前期的一切;人一有了问题,说过的正确的话也都成了错话;明明是对的,或大体是对的,为此也要千方百计把它说成是错的。按照这种逻辑,还有什么真理,还有什么历史可言呢?历史是不能以某种需要为借口而任意打扮的。在历史上起了积极作用,为实践所证明是对的,那就应该肯定;起了消极作用,被实践证明确实是错了的,那就要否定。这才是一个真正的革命者的态度,历史唯物主义者的态度。

一九七八年九月

(原载《文学评论》1979 年第 1 期,《新华文摘》1979 年第 3 期)

# 老舍和他的《骆驼祥子》

老舍是我国五四以来一位成就卓著的小说家和剧作家。在40多年间，老舍一直勤奋地从事创作劳动，其作品的丰富与多样，在现代作家中间是不多见的。建国以前他以写作小说为主，后来则主要致力于戏剧。解放后他一连写了十多个多幕剧，热情地歌颂党，歌颂毛主席，歌颂新社会，歌颂劳动人民，因而被誉为"人民艺术家""文艺界的劳动模范"，受到了党和人民的褒奖。

老舍在创作上的成就，并非一蹴而就的。早在五四运动后不久，老舍便在新文化的旗帜下，开始练习用白话文写小说。到1924年，长篇小说《老张的哲学》《赵子曰》《二马》相继问世。在处女作《老张的哲学》中一开始即显露了作家特有的诙谐气质与讽刺才能。小说暴露和嘲笑了那个"许马贼作将军，许赌棍作总长"的畸形的社会风貌。这一点在《二马》和《赵子曰》中则表现得更为真切、有力。如茅盾后来在谈及它们时所说："在老舍先生的嬉笑唾骂的笔墨后边，我感得了他对于生活的态度的严肃，他的正义感和温暖的心，以及对于祖国的挚爱和热望。"老舍早年的创作即鲜明地表达了对帝国主义和封建买办势力的痛恨，体现了一个民主主义者的正义立场。然而，当时老舍所描写的主要对象只是小市民与知识分子，还不是当时社会上真正的"苦人儿"——劳苦大众。因而这些作品对整个社会的揭露与批判便受到很大限制，作者后来自认它们"未搔到痒处"，确是很中肯的。

1930 年，中国共产党所领导的革命运动正由低潮推向高潮，蓬蓬勃勃地开展起来，同时左联成立，革命文学运动十分活跃，这都给予老舍的思想和创作以很大影响。这段时间可以说是老舍创作的"爆发期"，标志着老舍现实主义的日趋成熟。从这些作品可以发觉，对于作家所生活的时代，老舍的笔触越来越锋利，越来越深入到社会的本质。他以无情的、俏皮的笔调剥露毛博士（《牺牲》）、夏家父子（《柳屯的》）、穆女士（《善人》）、马裤先生（《马裤先生》）等，这群市侩、洋奴的卑琐无耻的嘴脸。而特别引人注目的，是作家更多地关注那些挣扎在旧社会牢笼中的劳苦群众的命运，以深厚的同情直接描绘这批苦人儿的生活境遇。他将自己大部分的篇幅交给了打拳的、卖唱的、拉车的等等属于"底层"的人们，为他们伸冤诉苦，做他们诚挚的友人。

《骆驼祥子》写于 1935 年，这是老舍创作发展道路上的里程碑，它的思想艺术成就在现代文学史上是值得大书一笔的。小说成功地塑造了一个受压迫受奴役但一时又尚未觉醒的劳动者的真实形象，并且通过他自我奋斗失败的悲惨遭遇，揭示了中国各种恶势力与劳动人民之间的深刻矛盾，有力地控诉了那个窒息人的吃人的黑暗制度。小说对主人公祥子的性格的发展写得十分鲜明与丰满。小说开头，出现在读者面前的祥子是那样年轻、强壮，精力允沛，充满生气。"他就很像一棵树，上下没有一个地方不挺脱的。"他不多说话，却很要强，有心计，有理想，有强烈的进取心。他要努力凭借自己的劳动，开辟出一条独立生活的道路。同其他安于屈辱的命运，得过且过的洋车夫不同，他要求拉上自己的车，过上自食其力，不受剥削的生活："再不受拴车的人们的气，也无须敷衍别人；有了自己的力气和洋车，睁开眼就可以有饭吃。"祥子确实是顽强的，为了买上一辆车，他流血流汗，苦熬苦挣了三年，表现了坚韧不拔的意志。车子买到手了，祥子胜利了吗？现实的无情打击，很快便证明这一切都是徒劳的挣扎。第一次，经过千辛万苦买来的新车被乱兵抢走；第二次，到曹家拉包月，省吃俭用积蓄下来的钱又被侦探诈骗了去；第三次，用虎妞的钱买了车，不久虎妞难产而死，又不得不将赖以糊口的人力车卖掉重新租车来拉。为买车，祥子三起三落。一次又一次意外的打击，使他买车独立生活的希望越来越渺茫，因而逐渐心灰意懒，消极颓唐。起先他还学"拉磨的驴"，虽然对买车已经冷淡，但手脚还是不肯闲着。渐渐地便染上各种恶习，用烟酒来麻醉自己，变得自私、偷懒、油滑，乃至完全沉沦下去，虽然没有即刻死掉，却成了一具没有灵魂的躯壳。

这里，小说的成功之处在于把祥子的性格的变化与对罪恶的社会制度的揭发紧紧扭结到一起，因而对现实作出了尖锐的、发人深省的批判，达到了作者以往作品所未曾有的深度。我们看，祥子自从在乡村失去土地进城谋生以后，遇到些什么人呢？是军阀混战中肆意掳掠的匪兵，专事压榨的地痞流氓，诈骗威吓群众的侦探，还有不给仆人饭吃的阔太太，愚弄落后群众的二奶奶，乃至贪吃、好玩、充满剥削意识、处处要支使和控制他的虎妞（她自己固然也是受害者之一）等等。祥子的一系列遭际表明，不是某一个人，而是旧势力、旧意识所凭依的整个社会把他步步逼向毁灭之途。当祥子被孙侦探赶出曹家以后，作者写他想"找个地方坐下，把前前后后细想一遍，那怕想完只能哭一场呢，也好知道哭的是什么"。但老实的祥子怎么想得清楚这一切呢！因此，他连哭也哭不出来。这是怎样深沉的痛苦和悲哀啊！这一事实本身正说明了社会压迫的沉重，加浓了祥子身上的悲剧色彩。试看小说开篇时的祥子，到小说结束时几乎使读者感到完全陌生："他低着头，弯着背，口中叼着个由路上拾来的烟卷头儿，有气无力的慢慢的蹭，……"这便是祥子最后的一幅令人怵目惊心的肖像。他毫无目的地向前蹭着，这比死还要可怜、可悲！作者说："苦人的懒是努力而落了空的自然结果，苦人的耍刺儿含着一些公理。"祥子后来的麻木、怪戾，正凝结着他大半生的血和泪，艰辛和屈辱。在祥子堕落的背后，赫然站着那个阴森可怖的旧社会！显而易见，作者的全部艺术描绘都是用来控诉那个强取豪夺的血淋淋的吃人制度的。

从《骆驼祥子》还可看到老舍对劳苦大众命运与出路的苦苦思索和探求。我们知道，造成祥子悲剧的原因，还有主观上的因素，即作为破产农民出身的个体劳动者的目光短浅和狭小的精神世界。祥子以为凭着个人刻苦和忍耐，就可改善自己的生活地位，此外再没有任何远大一点的目标，更看不到劳动人民集体的伟大力量。这样他的奋斗便显得十分软弱无力，完全成了盲目的、无望的挣扎。他越是刻苦和努力，而失败也来得更快、更惨重。小说借小马儿祖父的嘴说："干苦活儿的打算独自一个人混好，比登天还难。一个人能有什么蹦儿？看见过蚂蚱吧？独自一个儿也蹦得怪远的，可是教个小孩子逮住，用线儿拴上，连飞也飞不起来。赶到成了群，打成阵，哼，一阵就把整顷的庄稼吃净，谁也没法儿治它们！"这番话是耐人寻味的。小说对祥子个人奋斗道路的否定，实际上正意味着对另一条集体奋斗的道路的肯定。自然，由于作者当时"没看到革命的光明，不认识革命的真理"，加上当时图书审查制度的严厉，因此他没有在作品中明确点出"穷人应该造反"（《骆驼祥子》后记）。然而，祥子的苦斗及其失败的结局已深刻表明，在反动统治阶级横行的社会里，劳动者想由个人奋斗来摆脱贫困与奴役，求得自身解放，是不切实际的幻想。即使像祥子这样要强、刻苦，也总逃脱不了悲惨的命运。显然，小说所含蓄地表现的这一真理，对于广大人民群众，无疑是具有不容轻视的教育意义的。

老舍小说的艺术历来为人们赞赏。由于作者同他小说中的人物有过密切的往还，对下层人民的生活、心理，以至外貌、谈吐、衣着及行业特点等都了解、揣摩得透熟，因而描绘起来如数家珍，得心应手。他特别擅长于通过生动准确的细节对人物性格作多方面的挖掘，细腻入微地剖析人物的思想情感。如祥子买车一节，看似平常，若非高手写来定然单调、乏味，而在老舍笔下却趣味横生。祥子买到新车以后，小说写他："手哆嗦得更厉害了，揣着保单，拉起车，几乎要哭出来。拉到个僻静地方，细细端详自己的车，在漆板上试着照照自己的脸！"然后又是："坐在了水簸箕的新脚垫儿上，看看车把上的发亮的铜喇叭。"旋又想起将买上新车这天当作自己的生日，而为要作"双寿"，便得吃顿好饭，拉个体面人，且又决不能是个女的，……所有这些动作、想头，都无不表现了祥子憨直纯朴的性格特征，处处表现着人物以往的经历及此时此地的内心憧憬。同时，在展开故事情节时，作为小说的叙述人，作者虽运用的是第三人称方式，但口吻更接近第一人称。他往往用人物的感觉、思维，以至声调语气来描述眼前的事件，带着浓厚的感情色彩，使之构成一个情景交融的诗一般的境界。如祥子逃出来向北京城走近时，看去只是一些破败零落的古城风貌，然而这对北京城满怀希望的祥子却全然不同。你看，祥子踏上了细软污浊的灰土，竟想"爬下去吻一吻那个灰臭的地"。来到城边，坐在河岸上，祥子竟落下几滴热泪。祥子是如此忠厚，愿望也毫不过分，生活是不该拒绝他的；然而北京城并没接纳这个无家可归的苦人，且最终还是将他吞噬了！此中完全可见作者的一腔不平。

再者，作为当代一位语言艺术大师，老舍非常熟悉劳动大众的语言，能纯熟地运用经过提炼的北京口语写作，并在此过程中形成了自己独特的语言风格。其特点首先是：单纯、明快、干净、利落，很富于生活气息和表现力。以对话而言，他小说里的对话不只是交代情节用的，而是侧重于表现人物的性格、情绪。我们只要听到刘四说，"给我滚！快滚！上这儿来找便宜？我往外掏坏的时候还没有你呢，哼！"就知道这是个强横霸道，不知羞耻的老流氓。至于祥子，在整部小说里，总共也没说上几句话，每次说话又很简短。如他对高妈说："见了先生，你就说，侦探逮住了我，可又，可又，没逮住我"，这样的不连贯的对话，却把人物老实巴结的个性活灵活现地勾画了出来。再就叙事写景而言，他总是尽量少用字，力求以朴素、精炼的语言表达丰富的内容。比如写祥子在烈日和暴雨下拉车的苦况，"风，土，雨，混在一处，联成一片"，"辨不清哪是树，哪是地，哪是云，四面八方全乱，全响，全迷糊。"像这类描写十分简洁，有力地烘托出暴雨初降时的气氛和祥子在这阵骤雨中惊恐、迷茫的心理，非常生动逼真，又毫无拖泥带水、繁冗啰嗦之感。又如"整个老城像烧透了的砖窑"，灼人的阳光像"火镜的焦点，晒得东西要发火"，雨星"像在地上寻找什么似的，东一头西一头地乱撞"等等，比喻得那样贴切、形象，使人仿佛身临其境，与人物同愁共忧。幽默，也是老舍语言的一大特色。他擅长于运用讽刺、夸张的笔调来嘲笑、抨击旧势力、旧意识，往往使读者在阅读时莞尔而笑。《骆驼祥子》中对杨先生一家人争吵的描写："以杨先生的海式咒骂的毒辣，以杨太太的天津口的雄壮，以二太太的苏州调的流利……"是被人们一再作为讽刺语言的范例来称道的。

总之，生动细致的人物刻划，活泼幽默的语言，形成了老舍小说独特的艺术风格。老舍小说在民族化、群众化方面所作出的贡献，直到今天，对于广大作家仍有不少可供借鉴之处。

（原载《语文学习》1979 年第 3 期）

# 鲁迅在厦大

## ——访问盛配先生

不久前，一个偶然的机会，我与余凤高同志在盛配先生处见到了鲁迅在厦门大学时拍摄的一张十二寸照片。照片题为"厦大浙江同乡会欢送鲁迅先生赴粤摄影十六年一月"。这是一件弥足珍贵的文物。画面已经褪成暗黄色，有些人像也剥落模糊。然而居中的鲁迅先生仍然清晰可辨。前排左起第五位坐地的一个17岁青年就是盛配。盛配先生今年72岁了。50多年来，他一直珍藏着这件纪念品，深切地怀念着那位曾经给他难忘教诲的中国新文化运动的先驱。

1926年夏天，盛配在杭州安定中学毕业，正准备报考高等学校。这时，鲁迅离开北京南来的消息传开了。鲁迅要到厦门大学任教，在青年中引起了强烈的反响，有着强烈的吸引力。当时，从北京大学、青岛大学和南京的金陵大学、上海的南洋大学、河南的中州大学，都有一批批学生转学到了厦大。盛配就是当年慕鲁迅之名从浙江去投考的三、四十人中的一个。

盛老先生现在还清晰地记得第一次见到鲁迅先生的深刻印

象。一天，他到厦大邮务代办所去。在门前，他见到矮矮的穿黄色制服的孙伏园和一位比他略高的中等身材的人也正站在那里看信。当时的信箱是一个一个的格子。学生五、六人合一格，教师则每人占一格。正当盛配在找自己信格时，听到一句带着浙江口音的"普通话"："怎么，没有周树人的信吗?"这一来，盛配等几个同学便惊异地回过头来，眼前这位穿着那么朴素的人原来正是国学院教授、大文豪鲁迅呀! 在此以前，盛配曾多次见他从自己宿舍的窗前走过。那时，大家并没注意，还都把他当作是学校里的工友呢!

对盛配印象最深的还是 10 月 14 日鲁迅先生的那次纪念周会上的讲演。

这天一大早，就看见群贤楼的布告栏上贴了一张布告："明天（十四日）上午九时，将请国学院教授周树人先生在纪念周会上演讲……"吃了早饭不多久，盛配就迫不及待地来到群贤楼二楼的大礼堂，在第一排抢先占了个位置，心想与鲁迅先生离得近些，可以听得更真切些。

周会开始了。照例是校长林文庆主持。林文庆是从美国爱丁堡大学镀金回来的买办文人。每次周会上，他开口闭口总是"Confucius"（孔子），并自称是"现代的孔夫子"。他讲话时，先用普通话，可是说不上几句，便又改讲厦门话，但厦门话仍旧说不多，于是"therefore"（为此），接下去就是通篇的英语，大谈复古，尊孔，解释取自《大学》中的厦大校训"止于至善"，宣扬"君子独善其身"等古训。这次，林文庆恭维了鲁迅几句之后，便叫大家倾耳"听他伟论"。

鲁迅讲话时，丝毫没有专家学者的派头。他不立在讲台后面，而特意站在讲台的左前角，好使自己与学生们更亲近些。鲁迅讲的内容，是"少读中国书，做好事之徒"，讲了30分钟。在座的人本来以为教授讲演总是勉励学生勤奋读书，但他讲的却是要大家不要只是一味捧书本；而要关心世事。他的这番讲演，使林文庆在主席台位置上如坐针毡，脸色十分难看，可对于感觉敏锐的青年学生们却引起了深沉的思索。

厦大学生自治会办过一所平民学校，学生是学校工友及周围农民的孩子。这所学校的创办是经鲁迅提议的。学校成立时，鲁迅去那里作过演讲，以后还常常捐款，帮助整修房屋和购置图书。一个堂堂大学教授如此关心平民学校，这在当时是很罕见的。在厦大学生中间还有过这样的传闻：学校附近有一爿小店，卖的东西不多，无非是糖果、柚子、文旦之类。店东家是个老太婆，人生得肥肥胖胖的，走路都不大走得动。鲁迅时常到小店去买吃物，逐渐地与她熟悉起来。她那本地"普通话"，鲁迅能勉强听懂一半。老太婆有一个女儿，十五、六岁，看上去聪明伶俐，每天在店里帮着照看。鲁迅很喜欢这个女孩。有一次向店东家说起，应该培养这个女孩，让她进学校念书。老太婆说家里穷，读不起书。鲁迅听了为之十分惋惜。以后便每月给老太婆一点钱，女孩因而入学读书了。从这个传说不难看出，鲁迅处处为贫民子弟着想，这在当时给人们的印象是很深的。

鲁迅对厦大后来越来越不满意，当时甚至称厦大是个"鬼圈"。对于校内现代评论派的人物尤其看不惯。一天，林文庆校长在鼓浪屿笔架山自己的住宅设宴招待鲁迅。在座的除鲁迅外，还有顾颉刚等。顾当时是厦大国学研究院名教授。他是搞考据的，受到胡适的影响较深。在《古史辨》中曾发表过"禹是一条虫"的没有可信依据的议论。这次宴会吃的是西餐。有一道菜是蟹。很大一只青蟹，就盛在一只盘子里。吃时，将壳翻到盘边上，里面切成一片片的。鲁迅与顾颉刚坐得近。当主人将蟹壳翻转以后，鲁迅不无讽刺地对顾说："顾先生，你考察考察看，这是什么世纪的东西啊！"一时间坐席上有些尴尬，顾露出了不高兴的神态。

由于厦大学校的腐败，鲁迅终于在这一年年底提出了辞职书，辞去学校一切职务，准备赴广州中山大学。学校当局一再表示挽留，先是由职员送来聘书，鲁迅掷了回去。后来由教务长送来，鲁迅仍不收。最后林文庆亲自上门，但鲁迅仍然拒绝了。1月7日，浙江同乡会要欢送鲁迅先生。这批学生都是跟着鲁迅来厦门的，如今鲁迅要离开厦大了，大家心里自然不免感到依恋和惆怅。那天，他们买了不少饼干、糖果，摆在大礼堂楼上的桌子上。正当布置尚未就绪的时候，鲁迅却早早来到会场，显出很高兴、很随便的样子。在开会致词的时候，坐在鲁迅旁边的年青的盛配叫了一声"周先生"，有点调皮地问道："我很想问问你，为什么人家要一天到晚地叫你鲁迅呢?"鲁迅指着盛配亲切地答道："你这个人啊，鲁迅是笔名，用得很多，很久了，人家就叫鲁迅，我自己也叫鲁迅，这有什么好奇怪的啊!"说着便笑了，大家也为鲁迅随和、风趣的话逗笑了。欢送会一结束，同乡会的职员便邀鲁迅先生到楼下摄影留念。鲁迅一点也没推辞，便同大家一同下楼，来到礼堂东北部的空地上拍了照。

半个多世纪过去了，这张照片始终保存在盛配身边。鲁迅那质朴而又崇高的精神风貌也一直留存在他的记忆之中，永不磨灭。

一九八〇年五月九日

（原载《鲁迅研究资料》1981 年第 8 辑）

# 文艺创作的源泉和生命

## ——《在延安文艺座谈会上的讲话》学习札记

40 年前，毛泽东同志发表了《在延安文艺座谈会上的讲话》（以下简称《讲话》）。在这部伟大的文献中，毛泽东同志运用马列主义，正确地解决了五四以来革命文艺运动所未能解决的问题，精辟地论述了文艺与革命，文艺与群众，文艺与生活，文艺与民族文化传统等关系，给无产阶级文艺的发展指出了明确的道路。从此，我国的文艺事业就在《讲话》的光辉指引下，沿着工农兵方向，生气勃勃地发展、壮大。40 年来的革命实践证明，毛泽东同志在这篇文献中所提出和阐明的革命文艺的基本思想，并没有失去其真理的光辉，仍然具有强大而长久的生命力。

《讲话》包涵的内容极其丰富和深刻，每一次重读，都会得到新的启示，受到新的教育，从而产生新的力量。这里，我们感受特别深刻的一点是关于文艺的源泉的论述。这是整个毛泽东文艺思想体系和创作论的一块基石。深入地研究和领会这方面的思想，对于提高文艺创作的质量，具有迫切的现实意义。

　　我们知道，决定创作好坏成败的因素是多种多样的。作家的政治倾向、思想修养、艺术造诣、创作经验以及个人的才能禀赋等等，都起着重要的作用。但是，创作的源泉却是根本的因素，是第一位的东西。没有源泉，压根儿就谈不上艺术加工，谈不上创作。那么，创作的源泉究竟从何而来呢？是从诗神那里取来的灵感，还是作家头脑中固有的呢？《讲话》根据社会存在决定社会意识的唯物论反映论原理，对此作了正确的回答："作为观念形态的文艺作品，都是一定的社会生活在人类头脑中的反映的产物。"社会生活"是一切文学艺术的取之不尽、用之不竭的唯一的源泉"，并且强调："只能有这样的源泉，此外不能有第二个源泉。"这就清楚地说明了一切文学艺术对于社会生活的依赖关系。社会生活是第一性的，观念形态的文艺是第二性的。作家的头脑只是文学艺术的加工厂，而不是它的发源地。没有被反映的社会生活，就不会有反映社会生活的文艺。生活不仅为文艺创作提供取之不尽、用之不竭的创作素材，而且是作家进行创作活动的直接推动力。作家没有创作冲动就无法进行创作，而创作冲动是作家在生活实践中所形成的一种真挚而强烈的思想感情。这就是说，是生活对作家的多次冲击，是作家对生活的反复感受和对生活的高度责任感，才会激发起作家感情上的波澜，产生欲罢不能、不吐不快的创作欲望。我国古代卓越的现实主义作家曹雪芹在《红楼梦》第一回里，就明确地谈到他的小说的生活来源。他说《红楼梦》中写的"事迹原委""兴衰际遇"，都是"半世亲见亲闻"。这就是说，曹雪芹是把自己直接或间接体验到的客观生活材料，加以概括加工，敷衍铺陈，采用"假语村言"，写出了总体上既不失其"真"，"复可破一时之闷，醒同人之目"的伟大艺术品。《红楼梦》是作者生活的那个时代现实生活中人人事事的典型再现。鲁迅笔下的阿 Q，作为文学史上的一个不朽典型，也不是脱离生活任意编造出来的。鲁迅说："阿 Q 的影像，在我心目中似乎确已有了好几年。"（《华盖集续编·阿 Q 正传的成因》）又说，人们"从洋车夫和小车夫里面，恐怕可以找出他的影子来的"（《且介亭杂文·寄〈戏〉周刊编者信》）。可见，作者塑造阿 Q 这个典型经过了长期观察和酝酿，在作者心目中阿 Q 并不是一种抽象的概念或精神，而是一个有充分生活依据的、具体的、活生生的人。《红旗谱》的题材、人物、情节长久地萦绕在作者梁斌的脑际，曾在他的短篇、中篇、剧本中不止一次地出现。他在 1935 年就写了反映高蠡暴动的短篇小说《夜之交流》，直到 1958 年才最后完成《红旗谱》。刘心武的《班主任》也是由于"无数在我心中时时拱动的生活场景，大量牵动我感情丝缕的人和事，经过多次交融、剪裁、提纯、冶炼……"才写成的（《有根花才香》）。总之，任何作家的创作，都是受一定社会生活制约的，都不能离开他们的生活经历和生活范围。如果脱离了生活这个源泉，作家纵然有天马行空的本领，有超群出众的才能，也是写不出有艺术生命力的文学作品的。

文学是跟着生活跑的，生活永不停息地发展、变化，促进了文学不断地发展、变化。每个时代每个阶级都有自己的文艺，也就相应地要求从自己的时代和阶级的生活中寻找创作的源头。《讲话》在提出文学作品是一定的社会生活在人类头脑中反映的产物的同时，合乎逻辑地提出了"革命的文艺，则是人民生活在革命作家头脑中的反映的产物"，并着重地加以阐明和发挥，从而号召："中国的革命的文学家艺术家，有出息的文学家艺术家，必须到群众中去，必须长期地、无条件地、全心全意地到工农兵群众中去，到火热的斗争中去，到唯一的最广大最丰富的源泉中去，观察、体验、研究、分析一切人，一切阶级，一切群众，一切生动的生活形式和斗争形式，一切文学和艺术的原始材料，然后才有可能进入创作过程。"在这里，毛泽东同志明确地指出革命的文艺的性质，既受所反映的生活内容的限定，又受作家的立场、世界观的限定。而归根到底是特定时代的社会生活要求产生与之相适应的文学艺术，因此，无产阶级文学的出现乃是历史的必然要求。正如高尔基所说："社会主义现实主义，只有反映劳动实践所产生的各种社会主义创造的事实时，才会在文学中出现。"（《和青年作家谈话》）既然革命的文艺要描写人民群众的生活斗争，要为无产阶级和人民群众的利益和解放服务，那么文艺工作者就必须到人民群众的生活斗争中寻求创作源头，熟悉和了解自己的表现对象和服务对象。既然无产阶级文艺的产生是和社会生活中存在着社会主义性质的实际事实分不开的，那么它就应该有自己的描写对象和歌颂对象。《讲话》简拒地指出要描写和歌颂"新的人物，新的世界"。一个作家如果无视生活中实际存在的这些社会主义性质的事实，不以最大的热情加以反映和歌颂，难道不是一种失职的行为吗？

1942 年以后，出现了一批真实地反映党领导下人民革命斗争的富有时代特征的作品，如赵树理的小说《小二黑结婚》《李有才板话》，李季的叙事长诗《王贵与李香香》，贺敬之和丁毅的新歌剧《白毛女》，以及后来获得斯大林文学奖金的丁玲、周立波反映土改的长篇小说《太阳照在桑干河上》《暴风骤雨》等。这些联袂而来的崭新的文艺佳作，标志着我国五四以来现代文学发展的一个新阶段，而这些作品的诞生，就正是解放区文艺工作者深入工农兵火热斗争，与群众相结合的结果。作家们遵循毛泽东同志的指示，积极投身于革命战争，参加生产运动，参加土地改革，以及各种群众斗争与实际工作，从中切身体验了党的各项方针政策的威力，熟悉了群众的生活与心理，并从群众的文艺形式和语言中吸收了营养，因而在创作上才有了可喜的收获。正如孙犁所说，"作家投入战斗，深入生活，像延安文艺座谈会以后这样的热情，这样的规模，这样的收获，在中国历史上是没有的。延安文艺座谈会，开扩了祖国文艺的幅员，指导了革命文苑的耕种，使文艺劳动得到自由宽阔的工作场所，并学得了保证收成的工作方法。"（《领会和收获》，见《文学短论》）。

这里，特别值得注意的是，深入群众生活是一个长期的过程。一个作家要保持自己的艺术青春，不断地写出好的作品，就必须永远生活在群众之中，同群众保持着血肉联系，跟着时代前进的脚步。时代和生活的风云变幻，必然引起社会的、伦理的、道德的变化，引起人们心理活动和外在行为的变化。这些变化有的是明显的，有的是隐蔽的；有的是缓慢的，有的是急剧的；有的是到处可见的，有的是处于萌芽状态的。作家只有长期地生活在群众之中，才能及时地捕捉住能表现这些变化的一些典型性的东西，来反映出社会和人的心理变动。就拿塑造社会主义新人形象来说吧，这确实是当前文学创作中的一个迫切任务。正如高尔基所说："应该提出、寻出和揭露出新人物的正面性格。新人物昨天才诞生。他昨天才参加新生活……他看不见自己，他要了解自己，他要文学反映它，而文学呢，也义不容辞。"（费定：《回忆高尔基》）这就是说，社会主义新人是生活中刚刚露出的具有无穷生命力的嫩苗。作家只有在生活中进行长期的观察、体验、研究、分析，才能"寻出"他们，并准确地勾勒出他们的正面性格。如果离开了生活，闭门编造，就会把一些并不属于新人性格特征的东西错加在他们身上，其结果只能是对新人形象的歪曲。蒋子龙为什么能在历史向新时期转变，工业现代化向前迈进的时候，及时地发现和创造了乔厂长这样大干"四化"的革新者，尖锐地揭露和批判那些生了"精神萎缩症"和"政治衰老症"的干部呢？根本的原因是他长期地生活在工厂，"工厂的历史和工厂的干部、工人，在我脑子里都是活的。别人说的片言只语到我的脑子里就和整个工厂的历史，每一个活生生的人连在一块了，我一下子就掌握了工厂和人在这两个月中所发生的变化，而且都是形象的、具体的。"（《跟上生活前进的脚步》）正因为他的创作根须深深扎根于生活之中，他就能从生活的矿石提取出生活的钢，创造出像乔厂长这样坚硬的、实在的、有血有肉的时代典型。任何作家一旦失去了对生活的忠诚，忘却了对人民的命运的关心，曲解了对文学崇高使命的认识，他的创作源泉就会枯竭，艺术青春就会枯萎，也就会被生活所淘汰。

《讲话》强调社会生活是文艺创作的唯一源泉，不仅从认识论的角度上说明文艺与生活的辩证关系，而且对作家坚持实践第一的观点，加强自己的思想锻炼也有着重大的指导意义。《讲话》明确地指出文艺作品中反映的社会生活是经过作家的头脑加工、改造过的社会生活，这就必然地打上作家主观意识的烙印。也就是说，作家的立场、世界观，对于创作的成败起着决定性的作用。正是从这个意义上，《讲话》号召作家"一定要在深入工农兵群众、深入实际斗争的过程中，在学习马克思主义和学习社会的过程中"，把立足点移到无产阶级这方面来。因此，作家深入群众生活，就不只是为了积累丰富的创作素材，更重要的要注意对群众思想感情的了解和积累，真正地和群众的思想感情打成一片，只有这样，才能准确而深刻地反映群众的生活斗争，创造出为群众所欢迎的作品。就拿了解人和熟悉人来说，要把几个人物的外貌特征、言谈举止描绘出来并不难，要知道他们的不同身世、社会关系、经济状况、日常生活也不难。但要挖掘出人物在想什么、追求什么、他们的忧愁和欢乐、他们微妙而美好的心灵世界，那就不是一件轻而易举的事了。"文学是人学"，对于文艺创作，这方面的知识和积累是更其重要的。这便要求作家、艺术家必须真正与群众打成一片，心心相印，息息相通，才能够做到。《许茂和他的女儿们》的作者周克芹曾谈到了这方面的深切体会。他说："有人问我《许茂和他的女儿们》有什么秘密，我说，什么秘密也没有，不过是由于长期地同基层干部与群众战斗在一起，积累些与时代、与农民群众比较一致的感情罢了。""长期和他们生活在一起，使我越来越深切地体会到，农民是了不起的，是最可信赖的，值得作家为他们掏出赤子之心。我的责任是将我积累的对农民的热爱和深情诉诸于艺术形象。"① 这些话确实是作者从他的生活实践与艺术实践中得出的珍贵的经验之谈，发人深思。

诚然，衡量一个作家的立场观点、思想感情的是他的作品，即他的作品反映现实的正确性和深刻性。常常有这样的情

———————————

① 《生活之路就是我的创作之路》，见《文艺报》1981年第24期。

形，一个作家在深入群众之后写出了几篇好的作品，然而以后却写出了不怎么好甚至是坏的作品。这里一个重要的原因即是作家借群众成了名以后却又脱离了他们。显然，那种以为与群众结合过一时就够一辈子受用的想法是不对的。这便要求我们作家从不间断地保持与群众的联系，与广大人民同呼吸，共休戚，这才有可能不致发生创作的停滞和倒退现象，而逐渐走向成熟。在这方面，柳青的事例是最有代表性的。从《讲话》发表以后，柳青就是第一批下到基层生活的作家之一，他在陕北米脂县当文书三年多，然后即写出了描写农村生产合作运动的优秀长篇小说《种谷记》。全国解放后，进城不久，他不贪恋大城市安逸的生活，又参加到第一批深入生产斗争生活的作家之列，在陕西长安县皇甫村安家落户，从 1952 年到 1966 年，一头扎下去就是 14 年，他在那里过着普通农民的生活，同广大社员一起，参加了第一个互助组的巩固工作和第一个初级社的建社工作。正因为他亲身经历了长安县农业合作化运动的充满斗争和曲折的全过程，所以写出了《创业史》这部被誉为反映我国农村社会主义革命的史诗的小说。柳青道："要想写作，就先生活"，"对于作家，一切根源于生活"，"生活培养作家，生活改造作家，生活提高作家"[①]。柳青无疑是我们一切愿意为人民服务、为社会主义服务的作家的榜样。

---

① 《在人民中生根》，见《人民日报》1978 年 7 月 20 日。

现在，有些青年作者以为，只要大量阅读古代的外国的文学名著，借鉴他们的创作经验，就可以提高自己的艺术水平。这种看法是并不切合实际的。《讲话》指出，"过去的文艺作品不是源而是流，是古人和外国人根据他们彼时彼地所得到的人民生活中的文学艺术原料创造出来的东西"。对于一切优秀的文学遗产，我们必须批判地吸收其中一切有益的东西。然而借鉴别人的作品只是为了学习反映生活的经验，提高自己的表现能力，而借鉴的对象和内容却不能成为创作自己作品的源泉。对于古人和外国人的作品的毫无选择的硬搬和模仿，势必会走向脱离现实斗争、脱离群众的歧路，而不可能创造出准确反映现实，描绘人民群众的作品来的。今天，我们要反映我们这个伟大转折的历史新时代，塑造社会主义新人的典型形象，提高文艺作品的质量，固然有一个提高艺术表现能力的问题，但是更重要的，还是要进一步解决文艺工作者深入生活，和新时期人民群众相结合的问题。对于广大作家尤其是中青年作家来说，进一步提高深入生活和改造思想的自觉性，深入"四化"建设各条战线中去，建立扎实的生活基地，这是促进创作繁荣的十分重要的一环。只有这样，文艺创作的源泉才能像长江大河一样，奔流不息，永不枯竭。

（与庄筱荣合撰，原载《东方》1982 年第 2 期）

# "立足点"琐议

毛泽东同志《在延安文艺座谈会上的讲话》明确指出，文艺工作者必须"在深入工农兵群众，深入实际斗争的过程中，在学习马克思主义和学习社会的过程中，把立足点移到无产阶级这方面来。"只有这样，我们才能有真正无产阶级的文艺。这就是说，革命的文艺创作是要以正确的思想、立场作生命的。对于我们，正确的立足点的确定，是十分要紧，不可等闲视之的。

目前，在有些同志中间，常常可以听到这样一种反映：创作凭什么？只要有生活感受，写自己熟悉的东西，就能够写出好作品，只要写得真实，读者爱看，作品就有价值。如果提出创作应以正确的立场、观点作指导，要求作者重视思想意识的修养，就会被有些同志看作是多余的饶舌，是不利于创作的"条条框框"。这种现象不能不引起我们的注意和深思。

文艺创作是社会生活在作家头脑中的反映。作家通过对现实生活的观察，有所择取，有所舍弃，有所集中，有所熔铸，创造出典型的艺术形象，也就必然要反映出作者自己对生活的解释，对人生的态度，对未来的憧憬，一句话，总是要反映出作者自己的世界观。那种毫不寄托作者爱憎褒贬的作品是不存在的。车尔尼雪夫斯基说："再现生活是艺术的一般性格的特点，是它的本质；艺术作品常常还有另一个作用——说明生活；它们常常还有一个作用：对生活现象下判断。"一个严肃的现实主义作家，不能只是满足于"再现生活"，还要能"说明生活"。这就要求作家运用时代的先进思想去认识生活，以高瞻远瞩的目光去分析社会现实。只有这样，作品才能揭示生活的本质，给人以思想的启迪和道德情操的陶冶。

诚然，文艺创作必须从现实生活出发，忠于现实生活，否则，作品不可能有真实感人的艺术力量。然而，真实，并不是衡量文艺创作的唯一标准和目的。现实主义的创作原则要求作者在深刻地分析、认识生活的基础上，把握住本质的真实，通过集中，提炼，把生活的真实与时代精神反映出来。

为什么同样的生活，在不同作者笔下反映出来的面貌却全然两样。这里，关键的一点便是如何看待生活的问题。写作时，作者的感情、立场、审美观在起着主导的作用。同是反映十年动乱的作品，有些作者之所以没有写成功，甚至有严重失误，其原因便在于作者对所描写的生活现象缺乏正确的分析和深入的理解。这些作品对于社会主义制度下的各种矛盾、弊病、挫折等产生的根源，以及它们必将被克服和战胜的趋势，没有能作出正确的、充分的反映；同时，对于受损害的主人公那种愤世嫉俗、个人奋斗、无政府主义等各种非无产阶级思想观点，却采取了同情和赞赏的态度。因而读了这些作品之后，更多的是失望和沮丧，它并不给人以变革现实的勇气和力量，带来的是一种无可奈何的怅惘情绪。从根本上说来，这便是胡耀邦同志在剧本创作座谈会上所指出的，是由于作者"离开马克思主义的世界观，离开党的正确路线和方针政策的指导"的结果。

那么，强调以马克思主义的立场观点去分析生活，指导创作，是不是会束缚作者的手脚，助长公式化概念化的倾向呢？这其实是一种误解。我们所说的把握正确的世界观并不是搬弄名词概念，真正的马克思主义世界观应该成为我们思想感情的血肉，与我们的心灵溶为一体，成为我们的自觉意识，并支配我们的感觉和思维活动。如果它确已经过我们的消化，成为支配我们思想行动的指南，那么，它就不仅不会变为刻板的公式，使作品成为概念的图解，恰恰相反，它不但能帮助我们更好地理解现实的本质，也能使我们对于时代的一切富于特征的典型现象、典型人物更加敏感和更有热情。《青春之歌》的作者杨沫说："我能够写出一点反映三十年代知识分子成长过程的作品，这不仅因为我有一点那个时代的生活，更重要的是，党改造了我的思想感情，使我有了一个比较犀利的用马克思列宁主义阶级观点看人看事的武器……"老作家丁玲也说过："我的作品中的人物，也是渐渐在改变的。像莎菲这样的人物，看得出慢慢在被陶汰。因为社会在改变，我的思想有改变，我渐渐看到比较更可爱的人了。因此我笔下的人物也就慢慢改变了性格。我说这些话，就是说明生活对于一个作家，特别是世界观对于一个作家是多么的重要。"这些话凝聚着作家们丰富的创作经验，为我们提供了有力的佐证和深刻的启示。

（原载《东海》1982 年第 5 期）

# 《鲁迅年谱》若干史实补正与质疑

## （早年部分）

关于鲁迅年谱的撰述已有多种。对鲁迅生平事迹、社会关系、思想演变、文学创作诸方面，各家年谱搜集甚丰，颇多发见。然而读后仍觉稍嫌粗略，记述尚欠清晰和详确。有些材料因难于考察，编者即有意跳过，也有的与史实有出入或有明显差讹。我们认为，作为一部完备的鲁迅年谱，除了要有正确鲜明的观点外，还必须尽力作到细密、严谨。有时虽只相差一年半载，甚或仅一两月，但牵一发而动全局，可使鲁迅生平中的全盘事迹发生错乱，因而决不能加以忽略，更不可想当然地草率落笔，而要详加考索和著实。现就手头所有几种年谱，先摘出早年部分数则，有的稍予补正，有的只是提出质疑，谨供年谱作者及鲁迅研究者参考。

## （一）鲁迅几岁开蒙

现在看到的几家年谱，大多肯定鲁迅7岁（1887年）开蒙。其根据是在《朝花夕拾》那篇《五猖会》里，鲁迅自述他开蒙读的是《鉴略》，而"我们那里上学的岁数是多拣单数的，所以这使我记住我其时是七岁"。《朝花夕拾》是一部自传性的往事回忆录，是我们了解鲁迅早年生活的重要文献。由于鲁迅早期传记的资料并不很丰富，鲁迅自己提供的就更其珍贵，因此说 7 岁开蒙，显然依据是较为充足的。

然而，在许寿裳所编《鲁迅先生年谱》（《宇宙风乙刊》1940 年二卷七期）中，却有另一种记载："（民国）前二十六年，1886 年（清光绪十二年）丙戌，六岁"，"是年入塾，从叔祖玉田先生初诵《鉴略》"。这里既记干支，又载公元，写得很明确，并非按足岁而造成差异。许氏年谱虽称简略，然而作谱审慎，曾数度与周启明、周建人、鲁太夫人朱安及许广平校核，历来为鲁迅研究者所看重与引用。那么，关于鲁迅开蒙的年龄为何要定为六岁呢？

另，周建人在《学习鲁迅，立志作革命接班人》一文中说："周家的孩子，规定是六虚岁上学。"[①] 在 1979 年发表于《北京师范大学学报》的《回忆鲁迅片断》一文中，他又再次郑重说明："绍兴的孩子大多是六岁进塾，鲁迅也是六岁开始学习的。启蒙老师是玉田老人，根据周家的传统，开蒙课本是历史读物《鉴略》。"封建时代，一般世家子弟 6 岁入学确是不算早的，5 岁入学者亦不罕见。因此建老的回忆也不无道理。

---

① 见《回忆鲁迅》，上海人民出版社 1976 年版。

关于开蒙年龄，同鲁迅早年学习、生活关系颇大，笔者只是提出疑点，切望能由鲁迅亲友进一步查考，并寻觅更多资料加以核实。

### （二）从花塍、子京读书和入三味书屋

鲁迅的开蒙塾师是周玉田，这是没有问题的。后来他是怎样转到别的私塾去的呢？

对此，各家年谱记载不一。上海复旦、师大、师院合撰的年谱记述，鲁迅7岁进本宅私塾读书，"叔祖玉田开蒙，继由叔祖花塍教学。"1891年（11岁），"改入本宅叔祖周子京所设私塾，读《孟子》"。子京文理不通，教出许多笑话，约一年即辍学。1892年2月（12岁），"进三味书屋从寿镜吾读书"。在鲍昌、邱文治合撰的年谱中，却是：1891年（11）岁，"鲁迅仍在周玉田塾中读书。"不过又在括号内注出："据周作人回忆，本年前后，他曾与鲁迅同在叔祖周花塍塾中读过一段书，鲁迅自己未曾谈及，姑存此备考"。对此似有保留。1892年（12岁）初，"鲁迅离开周玉田的私塾，到新台门另一个族叔祖周子京的私塾读书。"至"年底"，方进三味书屋。而在《天津师院学报》1976年刊出的纪思编的年谱，又与以上两谱所叙不一。它提出鲁迅在1890年（10岁）改从叔祖周子京读书，到12岁（未注明月份——陈）进三味书屋。这三家年谱记述从花塍、子京读书及入三味书屋的时间均有歧异。再查王观泉及兰

州大学、吉林师大等所编年谱，亦仅记录鲁迅于 7 岁开蒙，1892 年进三味书屋，其余概不涉及。

关于周花塍其人材料甚少，在观鱼著《回忆鲁迅房族和社会环境 35 年间（1902—1936）的演变》（人民文学出版社 1959 年版）一书是有记载的："二（排行第二——陈）花塍公，会稽县学生员，入学后无意进取，家居设塾，训蒙以终"。周遐寿在《鲁迅的青年时代》（中国青年出版社 1957 年版）中写道："大约七八岁的时候同了鲁迅在花塍公那里读过书"。这时鲁迅是几岁呢？在同书中，作者说："在我刚七八岁有点知识懂人事的时候，他已经过了十岁"。鲁迅比作者大三岁。由此我们可以推定，鲁迅在花塍公处求读，大概是在 1890 至 1891 年间。另，在鲁迅的文字中之所以没有提及花塍公，大概是在那里读书时间不长，因而没有较深的印象。据已故的陈云坡调查，鲁迅在玉田处读书后，曾从花塍公读书时间仅约 3 个月（陈云坡《鲁迅家乘及其轶事》，原件藏北京图书馆）。

周遐寿在《鲁迅的故家》（人民文学出版社 1957 年版）中又述及，鲁迅在"桔子屋"（子京的私塾——陈）读书，"可能支持了一年"。后因鲁迅父亲嫌子京文理不通，讲《孟子》时闹出许多笑话，故而中止。在《鲁迅的青年时代》中，作者说明这事"可能"发生于"光绪壬辰（1892）年"。"这之后他便进了三味书屋跟寿镜吾先生读书去了。总之，癸巳（1893）年他已在那里上学，那是不成问题的，但曾祖母于壬辰除夕去世，新年匆忙办理丧事，不大可能打发他去入学，所以推定往三味书屋去在上一年里，是比较可信的。"

对这段文字需要作些讨论。据不少鲁迅亲友回忆，寿镜吾招收新生的情形是："他决不滥收学生，照例要先有人介绍，说清楚了学生家庭情况，他头点点了，才可以按照规定的日子去上学。他会这样告诉要去上学的人：正月十八开学者，桌子、椅子背得来！他很严格，正月十八一过就不再招收新生"①。既然如此，前引所谓"上一年里"，一般不大可能在上年年底，而应在1892年的正月。由此向前推算，那么，入子京私塾也大致在1891年到1892年年初。

另，许寿裳所撰年谱，在"（民国）前二十年，十八年壬辰，1892"项下，明白地写着："正月，往三味书屋从寿镜吾先生怀鉴读。"而这段文字的执笔人，同样是周启明②。现在我们作这样的解释，那么进三味书屋的时间似乎是可以大致统一起来了。

如果上面的推算大致不差，那就可以把鲁迅幼年读书的时间地点，列出顺序如下：

　　1887年正月（不排除1886年的可能），入叔祖玉田

---

① 许钦文：《鲁迅的幼年时代》，浙江人民出版社1956年版，第11页。
② 许广平：《鲁迅年谱的经过》，《许广平忆鲁迅》，广东人民出版社1979年版，第136页。

私塾；

1890 至 1891 年间，入叔祖花塍私塾；

1891 至 1892 年间，入叔祖子京私塾；

1892 年 2 月，入三味书屋，到十八岁离开绍兴赴南京以前（1893 年秋因避难乡下中途停学半年多）。

## （三）影写《荡寇志》绣像

鲁迅小时候即喜爱绘画，这与他后来的艺术活动很有关系。那么，他是在什么时候开始学习绘画的呢？

鲍、邱在年谱里记述，1892 年，在三味书屋，鲁迅常在课间课余阅读各种野史笔记，或者用荆川纸描摹古典小说上的绣像，他把《西游记》《荡寇志》的绣像画了一大本，后来卖给了一个同学。复旦等的年谱则把时间定在 1893 年秋，鲁迅到了舅家，"看到了《荡寇志》中画得相当工细的绣像，特买来明公纸逐张影描，约有百页，订成了一册。"

这两种说法各有所本。前者依据鲁迅《从百草园到三味书屋》。该文中鲁迅自述了自己在寿老先生读书入神的时候就画画儿，"用一种叫作'荆川纸'的，蒙在小说的绣像上一个个描下来，像习字时候的影写一样。读的书多起来，画的画也多起来；书没有读成，画的成绩却不少了，最成片段的是《荡寇志》和《西游记》的绣像，都有一大本"。后者，则主要来自周启明《鲁迅的青年时代》。该书在"避难"一节中具体说明《荡寇志》这本书是大舅父家的。"因为是道光年代的木刻原板，书本较大，画像比较生动，像赞也用篆隶真草各体分书，显得相当精工"。"恰巧邻近杂货店有一种竹纸可以买到，俗名'明公（蜈蚣）纸'，每张一文制钱，现在想起来，大概是毛边纸的一种，一大张六开吧。鲁迅买了这明公纸来，一张张的描写，……鲁迅在皇甫庄的这段时期，他的精神都用在这件工作上，后来订成一册，带回家去，一二年后因为有同学见了喜欢，鲁迅便出让给他了"。在《知堂回想录》里对此又有所补充："在大舅父卧房间壁的一间屋内，是我们避难时起居之处，鲁迅便在那里写《荡寇志》的插画，表兄绅哥哥也和我们在一起，有时帮助了写背面题字；至于图画则除鲁迅之外，谁都动手不来了。《荡寇志》，是一部立意很是反动的小说，他主张由张叔夜率领官兵来荡平梁山泊的草寇，但是文章在有些地方的确做得不坏，绣像也画得很好，所以鲁迅觉得值得去买了'明公纸'来，一张张影描了下来"。比之前者，这两段回忆更加具体，详尽，对于书的主人、来历、式样、画像字体、影描的纸张和数量等等，提供了一系列细节，似乎更接近于实际。《朝花夕拾》既是自叙性的回忆文章，又是文艺性散文，为了叙述的集中与生动，有时可能要作些必要的艺术加工，有些琐事的描叙不一定都与实际相吻合。年谱如全部照录该书记载，恐怕也不一定准确。

### （四）鲁迅二弟生于何年

关于鲁迅二弟周作人的生年，各家年谱写法也有出入。王观泉及鲍、邱合撰的年谱定为 1884 年，鲁迅是四岁。复旦等则定作 1885 年，鲁迅为五岁。

据周启明《鲁迅的青年时代》："鲁迅小时候的事情，实在我知道的并不多，因为我要比他小三岁"。按这推算，他的出生，一般应在 1884 年。但如他出生于这一年的岁末，那也可能是在阳历 1885 年年初。查近年来新出版的《知堂回想录》，有如下明确的记载："我于前清光绪十年甲申十二月诞生，实在已是公元 1885 年的一月里了"。（承绍兴鲁迅纪念馆裘士雄同志相告，周作人的长子周丰一同志说，他的父亲生于 1885 年 1 月 16 日，卒于 1967 年 5 月 6 日）年谱如能注出干支，载明年和月，那就不会出现现在这样的差异了。

这里附带要指出，年谱中的年龄当前颇有不统一的地方。农历与公元，虚龄与足岁均未一致。我国历来年谱编写均按虚龄计算，标明干支。个人意见还是从旧式为宜。

### （五）鲁迅父亲的身分

各家年谱对鲁迅父亲的身分均定为秀才，一概作生员看待。如鲍、邱的年谱写为："父周凤仪，……曾考中会稽县学生员，但其后数应乡试未中，在家闲居"。复旦等校写为："父亲周伯宜……秀才，闲居在家"。

事实上，周伯宜的秀才后来是被革免了的。据新近发现的明清档案文件，鲁迅祖父周福清所为之关说的"五姓子弟"中，"小儿第八"即鲁迅之父周伯宜。事发之时，他正以周用吉的名字在杭州参加乡试，不久即和马家坛一起被崧骏（浙江巡抚）查出"一并扣考"。当周福清自首之后，他又与马家坛一起被拘捕审讯。据崧骏后来奏称：廪生马家坛，生员周用吉，讯非知情，业已分别斥革，应与讯不知情之家丁陶阿顺均毋庸议"。这说明，虽然无罪开释，但青年时代争得的秀才身分却被革夺了[①]。这也许就是鲁迅在《自叙传略》中说父亲是"读书的"，而不说是"秀才"的缘故吧。年谱如要写"生员"，似应对后来的变迁加以简要说明。

### （六）鲁迅参加家族的一次会议

上海复旦等校的年谱记载，1897年，鲁迅曾以长子身份代表本家参加过一次全"台门"内的家族会议，对长辈的无理欺压表示反对。这里说鲁迅是以"长子"身份赴会也是不够确切的。

---

① 钱碧湘：《关于鲁迅祖父档案材料的新发现》，《光明日报·文学》1979年9月5日。

据周启明《鲁迅的青年时代》，新台门从老台门分出来，本是智仁两房合住，后来智房派下又分为兴立诚三小房，仁房分为礼义信，因此一共住有六房人家。鲁迅系是智兴房，由曾祖父苓年公算起，以介孚公作代表。当时介孚公仍在杭州狱中，周伯宜又于 1896 年病逝，鲁迅便以长孙的身份出席这次本家会议。到后来发觉议决有与智兴房利益不相符合的地方，鲁迅便提出须要请示祖父始能签字。显然，年谱中用"长子"二字是欠斟酌的。

### （七）何时从水师转入陆师

鲍、邱的年谱写为，"约十月，鲁迅对江南水师学堂失望，改考入南京陆师学堂附设的矿务铁路学堂"。复旦等校则写作 1898 年 11 月下旬，从江南水师学堂退学；1899 年 1 月下旬改入矿路学堂。这两种说法似都不很清楚与完备。

据近年来发见的资料，上海出版的《中外日报》于 1898 年 10 月 28 日和 1899 年 2 月 27 日，曾在《外埠新闻·南京》一栏内报道过矿路学堂录取新生及开学的消息。该校发榜日期是戊戌年即 1898 年的 10 月 26 日。当时因"西国技师"未曾到宁，因而直到翌年即 1899 年 2 月 17 日始正式开学[①]。由此可

---

① 姚锡佩：《鲁迅去南京求学前的若干史实》，《鲁迅研究资料》，1980 年第 4 期。

以确知，鲁迅是在 1898 年 10 月被陆师矿路学堂录取，而正式进入该校为 1899 年 2 月。

### （八）由什么机构保送出国

鲁迅赴日本留学，由哪里保送？鲍、邱和王观泉以及吉林师大的年谱均叙述为：经江南督练公所审核和选派。

鲁迅在《且介亭杂文末编·因太炎先生而想起的二三事》一文中明确写为："我便是那时被两江总督派赴日本的人们之中的一个"。近来已有同志查出，江南督练公所成立于光绪三十年十二月，即公元 1905 年 1、2 月间①。鲁迅去日本留学是在 1902 年，其时，江南督练公所尚未成立。又，据《养寿园奏议辑要》卷十四：《遣派武备学生赴日片》，当时武卫右军学堂毕业生中曾选出 55 人，前往日本留学，是由当时直隶总督袁世凯保送的，由此类推，陆师附设学堂毕业生留学，自然就该是由当时的两江总督刘坤一出面保送了。

### （九）何时从日本回国

鲁迅从日本归国的确切日期，有的年谱说是 1909 年 7 月，有的则写为同年 8 月。究竟哪一个月呢？

---

① 蒙树宏：《鲁迅是哪个单位保送去日本留学的》，《上海师范大学学报》1980 年第 2 期。

据许寿裳年谱，鲁迅是旧历六月归来的，这一点似乎并无异议。查旧历岁次，己酉年（1909）阴历六月为公历 7 月 17 日至 8 月 15 日。另，据《知堂回想录》："域外小说集第一册于己酉（1909）年二月出版，接着编印第二集，在六月印成（知堂这里系沿用阴历——陈），这时鲁迅已经预备回国，到杭州的两级师范去教书"。由此可知，《域外小说集》第二集印成时，鲁迅尚未启程。而该书至 1909 年 7 月 27 日始出版，由此可以推定，鲁迅从日本归国当在阳历八月了。

### （十）怎样到绍兴府中学堂

鲁迅在 1910 年夏离开杭州浙江两级师范学堂以后，怎样到绍兴府中学堂，以及担任的职务、课程，各家年谱记载也有差别。

鲍、邱合撰年谱叙述如下："七月间，向杭州浙江两级师范辞职，应蔡元培之请，回故乡绍兴府中学堂任教，任该校学监（教务主任）及博物学（其后又兼任生理卫生学）教员。"王观泉写为："八月，回故乡绍兴府学堂担任监学兼生理教员。"复旦等校又写成：九月，"入绍兴府中学堂任监学，兼教生物学，当时该校监督由杜海生兼代的，后改任陈子英。"

鲁迅《自叙传略》有如下记载："我一回国，就在浙江杭州两级师范学堂做化学和生理学教员。第二年就走出，到绍兴中学堂去做教务长。"对照这段自述，上述文章写法大体上不能说错，但也还有值得进一步明确之处。

所谓应"蔡元培之请"一事，显然不确。查高平叔编撰的《蔡元培年谱》，蔡先生从 1907 年即离国赴德，起初在柏林学习德文，编译书籍，1908 年进莱比锡大学听课和研究，直到 1911 年 11 月才归国。这些年，他一直都在国外，怎么可能向鲁迅发出那样的邀请呢？况且，蔡元培一般被看作是山会师范学校的创办者，而与府中关系并不密切。

再看鲁迅于 1910 年 8 月 15 日致许寿裳函，其中说："今年秋故人分散尽矣，仆无所之，惟杜海生理府校，属教天物之学，已允其请……"从这里可以确知，鲁迅到府中并非由蔡元培约请，否则，是不会说"仆无所之"的。附带提一下，有的回忆文及传记中认为，鲁迅起初是应蔡元培之请，进山会初级师范的。这也不大可能。其理由除蔡元培不在国内外，这封信也是一个佐证。同时，由此也可知道鲁迅到府中，是在该信发出之后，即 8 月下旬或 9 月初，开始仅为教员，所教课目为"天物之学"，即生物学。

同年 11 月 15 日，鲁迅致许寿裳的另一封信中又说："仆自子英任校长后，暂为监学，少所建树，而学生亦尚相安。"查《浙江省立绍兴中学五十周年史稿》（章景鄂撰于 1933 年），陈浚（即陈子英）继杜海生任监督是在 1910 年阴历 8 月（公历 9—10 月间），因此鲁迅担任监学，似应在担任生物教员之后。

另，据该校课程设置表，当时生物（又叫博物）课程内容包括四方面：生物学大纲；动物学；植物学；生理卫生。因此，从鲁迅所任课程看，其职务还是以写生物教员为宜。

### （十一）《古小说钩沉》的辑录何时开始

复旦等校记载，1910 年 9 月以后开始辑录周至隋散佚小说，后编集为《古小说钩沉》。王观泉在年谱中亦记载是年 8 月到府中后，始辑录唐以前小说，后成书《古小说钩沉》。这两家均一致认为是在回到绍兴以后开始这一工作的。鲍、邱合撰的年谱则写为，早在 1910 年上半年，在杭州两级师范教书时，"课余时间博览群书，进行《古小说钩沉》和《会稽郡故书杂集》的辑录工作"。

笔者倾向于后一种说法。在《华盖集续编·不是信》一文中，鲁迅驳斥陈源之流所谓《中国小说史略》是抄袭盐谷温《支那文学概论讲话》的诬蔑，其中有这样一段："……其中廿六篇，我都有我独立的准备，证据是和他（指盐谷温——陈）的所说还时常相反。……六朝小说他据《汉魏丛书》，我据别本及自己的辑本，这工夫曾经费去两年多，稿本有十册在这里。"这便是指的《古小说钩沉》。该书全部辑录工作是于 1912 年 2 月完成的。如按"两年多"推算，这工作自然是应在 1909 年下半年至迟 1910 年初即开始了的。同时，据鲁迅当年在杭州两级师范教书时的同事回忆，鲁迅这段时间在课余经常前往当时设在大方伯的浙江图书馆。馆里有一间屋子乱七八糟地堆着书，可以随便去翻阅。鲁迅曾不厌其烦地去搜检过多次。这该是辑录古小说工作的开端吧。

### （十二）何时到南京教育部任职

王观泉在年谱中定为："1912 年 3 月中旬鲁迅到南京任职"。复旦、吉林师大等校亦大致定为 3 月。鲍、邱则定为，"约 2 月下旬某日"。

笔者以为二月下旬较为可信。鲁迅在辞去山会师范职务的《周豫才告白》（刊于是年《越铎日报》2 月 16 至 24 日）中说："仆已辞去山会师范学校校长。校内诸事业已于本月十三日由学务科派科员朱君幼溪至校交代清楚。凡关于该校事务，以后均希向民事署学务科接洽，仆不更负责任。此白。"出此可以知道，鲁迅离绍赴宁，应在 2 月 13 日以后。然而这中间又有一番耽搁。据《鲁迅的故家》中说，辞职后，曾托蔡谷卿介绍，想到上海书店当编辑。"不久寄了一页德文来，叫翻译了拿来看。他在大家公用的没有门窗的大厅里踱了大半天，终于决定应考，因为考取了可以有一百多元的薪水。他抄好了译文，邮寄上海，适值蔡子民的信来到，叫他到南京的教育部去，于是他立即动身，而考试的结果如何也不去管它"。据《蔡元培年谱》，蔡作为临时政府大总统孙中山的专使 2 月 18 日率代表团离宁北上迎接袁世凯去了。因此，蔡的邀请信应在

2月18日前发出。这样，动身到南京便大概在2月下旬。而从"立即动身"来看，则可推定不大可能迟到3月份了。

近来还有另一种推测。据许寿裳《亡友鲁迅印象记》（人民文学出版社1953年版），鲁迅到达南京后，"我们白天同桌办公，晚则连床共话，暇时或同访图书馆……后来蔡先生被命北上，迎接袁世凯去了……"由此便确定，鲁迅进入南京教育部是在蔡元培北上迎接袁世凯之前。而蔡迎袁在2月18日，因此鲁迅抵南京当在2月13日至18日之间。这种推算似不很可靠。其一，13日办理移交，是否三两日中即离开？其二，前所引述周启明说的联系当编辑事如何进行？其三，即使14日就动身，径直赴宁，然而从许寿裳的语气中，他俩已相聚较久，这怎么可能发生在18日以前的两三天之中呢？许这里的记忆似略有差误。

此外，近年来也还有另一说法，即鲁迅离绍并未直接赴南京，而是在浙江省教育司工作过一个多月。此说源于张宗祥的《回忆鲁迅先生》。文中说："'木瓜之役'以后，鲁迅便到绍兴去教书，我也到北京去了，又过一年，我回杭州，鲁迅仍在绍兴，秋天武昌就发生革命，杭州也独立了。在年底时，沈钧儒组织教育司，设在九峰草堂，我参加了，第二年鲁迅也来参加了，他管的是全省中学。"这一说似不可信。前已说明，鲁迅在2月下旬始能离绍，而与许寿裳从南京返绍兴准备北上，是在4月中旬（见许寿裳《亡友鲁迅印象记》），这中间只有不到两个月的时间，怎么可能在杭州又逗留那么长的时日呢？周建人明确表示："据我所知，鲁迅在离开绍兴去南京之前，没再到过别的地方，也没有在杭州工作过一段。他是直接从绍兴去南京的"（《关于鲁迅的若干史实》）。这里要补充的是，据《知堂回想录》，作者曾在 1912 年 2 月，经友人介绍到教育司，担任本省视学（六、七月间）。笔者以为，很可能是张宗祥误将此事移到了鲁迅头上，以致造成事实的错乱。

（原载《鲁迅研究论文集》，浙江文艺出版社 1983 年版）

# 《子夜》与"中国社会性质论战"

## 一

关于文学与时代、与社会的关系，别林斯基说得很透彻："我们当代的艺术是什么？——评判和分析社会，因而是批评。……对于我们当代，如果艺术作品只是为描写生活而描写生活，并不具有以时代的主要精神为原则的某种强有力的主观动机，如果它不是痛苦的哀号或狂蓄的赞美诗，如果它不是问题和对问题的解答，那么艺术作品便是僵死的。"①

茅盾曾一再表白，《子夜》"这部小说的写作意图同当时颇为热闹的中国社会性质论战有关"（新版《子夜》后记），那么，《子夜》在这次论战中究竟起了什么作用，对于我们今天有些什么启示，这是颇值得注意并加以研究的。

---

① 《别林斯基全集》第 6 卷 271 页，转引自《吉林大学学报》1980 年第 3 期。

为什么 1930 年前后会发生这场论战呢？

1927 年，在大革命的高潮中，蒋介石集团叛变革命，导致第一次国内革命战争的失败，从此国民党新军阀代替北洋军阀，在全国范围内建立了最黑暗的反动王朝，实行最残酷的法西斯独裁统治。时局的急遽变化在一部分人中间卷起了失望和怀疑的漩涡，在另一些人中间则激起了紧张的思考和探求。而探讨中国社会的性质，明确中国往何处去，是当时人们普遍关心的严重而迫切的课题。革命的理论工作者结合历史实际和当时的具体情况，论证了由于帝国主义的侵略，中国已沦为帝国主义及其御用的军阀豪绅地主买办阶级统治下的半殖民地半封建社会。托派分子则打着科学理论的旗号，鼓吹中国社会已经是"资本主义社会"。也有些所谓中间派别主张中国走独立发展资本主义的道路。这场论战十分激烈，从经济学界到历史学界，从哲学界到其他文化界，各种刊物都竞相发表文章，有的还出版专著，进行了规模空前的辩论。它涉及中国革命发展道路的重大问题，具有深刻意义。

茅盾在大革命失败后一度陷入苦恼与愤懑之中。然而他并没有停止过对中国社会和革命前途的探索。在党领导的工农革命的鼓舞下，他不久克服了悲观失望情绪，坚定了无产阶级立场，投身左翼文学运动。

他花了相当长时间，深入地观察、研究了当时上海的社会现实，特别是民族资产阶级的状况，从而产生了"大规模地描写中国社会现象的企图。"在构思小说的过程中，他对当时社会性质的论战十分关注。在对大量感性材料进行艺术概括时，有意识地对争论的观点加以比较、鉴别，从而加深和拓宽了作品的主题，他自己说："看了当时一些中国社会性质的论文，把我观察得的材料和他们的论文一对照，更增加了我写小说的兴趣。"① 毋庸置疑，《子夜》实际上就是作家以小说形式对中国社会性质问题的宣言，是一篇形象化的中国社会性质的论文。它以民族资本家的命运为中心，触及到民族资产阶级与买办资产阶级的矛盾，民族资产阶级与工人阶级的矛盾，民族资产阶级与国民党统治的矛盾，以及民族资产阶级内部的矛盾，描写了军阀混战，工业萧条，公债市场上的投机，工人罢工，农村破产和农民武装暴动，以及党领导下艰苦的城市地下斗争，左倾机会主义路线的危害等多方面的社会现实，大革命失败之后中国社会的各方面都写进去了。在千头万绪的社会矛盾和生活场面构成的广阔复杂的时代背景上，小说创造了民族资本家和买办资本家等许多栩栩如生、血肉丰满的人物形象，再现了典型环境中的典型性格，从而深刻地反映了 1930 年那一时期半封建半殖民地中国社会的一些本质特征。"这样一部小说，当然提出了许多问题，但我所要回答的，只是一个问题，即是回答了托派，中国并没有走向资本主义发展的道路，中国

---

① 矛盾：《〈子夜〉是怎样写成的》，《新疆日报》1939 年 6 月 1 日。

在帝国主义的压迫下，是更加殖民化了。"（《〈子夜〉是怎样写成的》）这个形象的论断是如此确凿有力而又丰富生动，具有巨大的艺术说服力。这是《子夜》的极大成功，是茅盾对于我国现代革命史和现代革命文学的特异贡献。

二

社会性质争论的焦点是，帝国主义列强的侵略对民族资本主义的发展起了促进还是阻滞的作用，托派理论家们认为，帝国主义在中国"绝对"地破坏了封建势力，促使了资本主义经济的发展，"使中国整个国民经济中的资本势力扩大"，"中国资本主义发展到了代替封建经济而支配中国经济生活的地步"，因而"中国在世界范围内已经发展到资本主义国家了"。[①]

茅盾在他这部长篇小说中是怎样回答这个问题的呢？

《子夜》中吴荪甫与赵伯韬之间的角逐贯穿故事的始终，是小说情节发展的主线。吴荪甫在当时的民族资产阶级中间，不是没见识、没手段、没胆量的等闲之辈，可以称得上是出类拔萃的人物。他出身于"世家"，游历过欧美，有一套管理工厂企业的知识和本领，充满着大规模发展企业的强烈欲望和勃

---

① 任曙：《中国经济研究绪论》，上海新生命书局1931年版。

勃野心。他不但在上海开了丝厂，还在家乡那个十万人的双桥镇经营电厂、当铺、钱庄、油坊、米厂、布店，作为他发展企业的后方基地。他的目的是要以"关系中国民族的前途尤大"的丝业建立中国自己的工业体系。吴荪甫不仅有发展企业的宏愿，而且"富于硬干的胆力"，"办事敏捷而又老练"。他和王和甫、孙吉人组织了益中信托公司，接办了陈君宜的绸厂、朱吟秋的丝厂，又以廉价一口气并吞了8个日用品工厂。他将平庸的资本家一个个地打倒，将他们的企业置于他的铁腕之中。但是同买办阶级的代表赵伯韬一较量，他却失败了。这是为什么呢？同赵伯韬相比，论教养，论才干，论魄力，赵也许并非吴的对手，但斗起来，吴荪甫还是败北了。显然这里起作用的不是个人的性格，而是社会的、阶级的因素。赵伯韬不是他一个人的问题，他本身是中国半封建半殖民地社会的特殊产物。他有美国金融资本家作靠山，有国民党反动统治作后台，因而可以在社会上任意横行，胡作非为。正是凭了他的权势和经济上的优势，为了公债投机的需要，他可以用金钱贿赂军阀交战双方，可以呈请国民党财政部以所谓禁止卖空为名，帮助他操纵公债的涨落，也可以控制交易所理事会和经纪人会，以增加保证金压迫对方。而吴荪甫呢？却只能凭借他个人的手腕和能耐，在没有后盾和援助的情况下独立支撑（他所依靠的亲友，后来也都纷纷倒戈）。这怎么斗得过敌手呢？

毛泽东同志说："帝国主义侵略中国，反对中国独立，反对中国发展资本主义，就是中国的近代史。"[①] 同西方资本主义国家不同，中国是半殖民地半封建国家。帝国主义根本不许可它也像资本主义国家一样发展资本主义。他们垄断中国的经济命脉，尽一切可能扶植一切根深蒂固的封建买办势力，处心积虑地扼杀民族工业，因此中国民族资产阶级在其形成过程中，深切地感觉着窒息的痛苦，是根本不可能有发展前途的。托派胡诌什么"帝国主义和中国资产阶级是不分开的好兄弟"，不应给他们"划分界线"，要"一视同仁"。《子夜》突出地写了吴荪甫与赵伯韬之间的尖锐矛盾，淋漓尽致地勾勒出一幅帝国主义、买办资产阶级吞并民族资产阶级的活生生的图画，不就是对这种论调的辛辣、有力的批判么？

同吴赵的斗争相关联，小说还安置了另一条隐伏着的却并非不重要的线索，这就是封建势力同吴荪甫的矛盾。托派在掩盖帝国主义对中国民族资产阶级的压迫的同时，还竭力宣扬中国的封建经济、封建势力已受到"绝对地破坏"，在社会上已不起作用。"在中国农村经济中很显然地一切经济生活都为资本主义公律所支配"。[②] 事实怎样呢？人们知道，帝国主义的侵入，打破了我国的自然经济，某种程度上促进了商品经济的发展。然而，正如他们不顾中国真正发展资本主义一样，他们也

---

① 毛泽东：《新民主主义论》，《毛泽东选集》（一卷本），第 673 页。
② 严灵峰：《再论中国经济问题》，《动力》杂志 1930 年第 2 期。

是不愿改变封建关系的。而且总是力图支持国内的封建势力，以作为他们支配中国的柱石。所以封建主义在中国的势力还是根深蒂固，不可低估的。《子夜》在吴赵矛盾的情节发展中，把封建军阀的混战作为一个重要的背景，就是为了说明这一点。国民党新军阀，本来就是代表着城市买办阶级和乡村豪绅阶级利益的。由于帝国主义因划分势力而产生的矛盾，各派军阀进行着连绵不断的战争。1930 年 5 月爆发的蒋阎冯大规模的中原大战是其中最为突出的。小说告诉人们，正是这场战争，造成了农村经济的急剧崩溃，破坏了吴荪甫发展企业所需要的原料来源和销售市场，并且给他增加了沉重的捐税负担。还不止此。如果说封建军阀的战争没有能帮助民族工业的发展，却造成了公债市场的活跃。小说借一个投机家的口说："别项生意碰到开火就倒楣，做公债却是例外。包你打一千年的仗，公债生意就有一千年的兴隆茂旺。"国民党新军阀为了打内战而滥发公债，使得大量资金转向投机活动，这对于时常为资金短缺而苦恼的民族资本家来说，是非常不利的，而同时又诱使他们也投身到投机事业中去，并最终被大买办资本家所吃掉。吴荪甫不就是这样被压垮的么？在这些地方，小说明确地揭示出封建制度的存在，封建势力的猖獗对于民族经济的严重束缚和威胁。如果同对买办资产阶级的描写作比较，那么小说在这方面是表现得还不够深刻的。书中三个地主形象（曾沧海、吴老太爷、冯云卿）都显得朽败无力，不堪一击。这不足以表明他们仍然是统治中国的官僚、军阀反动势力的重要社会基础。然而，应该看到这毕竟是作品的一个次要方面，而不是作品的重点。这个缺陷对于全面展现社会面貌和批驳托派论点的力量虽然不无影响，但就作品所要反映的主要内容来说，作家的意图是达到了。

总之，《子夜》通过藤萝交葛的复杂矛盾生动地表明，帝国主义和封建主义种种直接间接的，有形无形的压迫，是使民族经济陷于四面楚歌、山穷水尽的境地的社会历史根源。吴荪甫与工农大众也存在深刻的矛盾。然而正是由于帝国主义、封建主义的加紧压迫，它才被迅速激化起来的。曾经有人认为，《子夜》把吴荪甫写成了一个英雄式的人物，是对资产阶级的美化，这是脱离作品主题和构思的无稽之谈。把吴荪甫描写成民族资产阶级中间的一个出众人物，他后来的失败才更加显示他那悲剧命运的历史必然性，从而更有力地揭露出帝国主义及其走狗对于中国民族资产阶级的残酷扼杀。托派使用诡辩的方法将民族资产阶级与买办阶级混为一谈，宣扬中国资本主义得到长足发展，这是故意掩盖反动势力摧残中国民族经济的罪恶，掩盖帝国主义、封建主义和官僚买办资本主义和中国人民大众之间的矛盾，是经不起社会实践的检验的。从《子夜》中，我们不是自然而然地就可得出这样一个结论来么？

## 三

在社会性质问题上，陈独秀在中共中央六中全会后与托派唱同一个调子，认为在大革命中是资产阶级赢得了民主革命的胜利，"在政治上对各阶级取得了优越地位"，"取得了帝国主义的让步和帮助，增加了它的阶级力量之比重"；"封建残余在这一大转变时期中受了最后打击，……变成残余势力之残余"。[①] 当时某些资产阶级文人学士则认为"国民党的一党专制，不能把中国政治引上常轨"，共产党为"中国目前之大患"，一旦得势，也是"一丘之貉"[②]，因而打着"民主政治"的幌子，鼓吹既反对共产党，也反对官僚买办资产阶级，要依靠民族资产阶级势力建立欧美式资产阶级专政的论调，他们之间是异曲同工，一脉相通的。

中国民族资本主义不可能发达，除了帝国主义和封建势力相勾结这个根本原因而外，还由于民族资产阶级自身的妥协性，它不可能将发展民族经济和民主自由的要求坚持到底，因而也就不可能将民主革命引向胜利。这是茅盾在《子夜》中通

---

① 陈独秀：《关于中国革命问题致中共中央信》（1929 年 8 月 5 日），见《中国革命与机会主义》，上海民志书局 1929 年版。

② 罗隆基：《论中国的共产》，《新月》第 3 卷第 10 期，1930 年。

过艺术形象所作出的又一阐释。

吴荪甫要求发展民族工业，固然是从谋取阶级私利出发的，然而毕竟包含着抵制帝国主义侵略、发展民族经济的希望，而这在当时历史条件下是具有进步意义的。然而如同毛泽东同志所指出的，中国民族资产阶级即使在革命时，也不愿意同帝国主义完全分裂，并且他们同农村中的地租剥削有密切联系，因此他们就不愿和不能彻底推翻帝国主义，更加不愿和不能彻底推翻封建势力。吴荪甫花了很大心血来建筑他的"双桥王国"，要用资本主义的方式来改造农村。然而事实上他在那里也在采用封建高利贷的方式吸吮农民的膏血。这清楚地表明了他同封建主义的血缘关系。他同帝国主义有矛盾，但由于经济上的薄弱，又不得不经常借重买办资本家赵伯韬的财力和势力。吴荪甫是以实业家自诩的，他有发展民族工业的宏大志向，一向反对拥有大资本的杜竹斋之类的专做地皮、金子、公债，然而为了增加企业活动的资本，他自己居然也涉足公债市场，大肆投机。就在他组织信托公司、准备扩充实业的同时，具有讽刺意味的是他这时也正同赵伯韬秘密洽淡组织公债多头公司。为了发展资本主义，他呼吁"政治要上轨道"，使"国家像个国家，政府像个政府"，要建立一个民族资产阶级的国家。因而他"盼望北方军事会议的军事行动赶快成功"。然而当他获悉老赵做的是公债空头，"他是唯恐北方的军事势力发展得太快了"。尽管吴荪甫是不知不觉陷进这种矛盾中去的，然而其中的症结所在是一目了然的！对于资本家说来，"归根到底，唯一的决定性的因素还是个人的利益，特别是发财的欲望。"（见恩格斯《英国工人阶级状况》）吴荪甫的矛盾性格作了这句话的最恰当的注脚。

由于吴荪甫野心超过实力，私利又超过公益，因而处处便显得既倔强而又怯弱，在自负自信的后面跟踪而来的却往往是犹豫摇摆。在交易所胜负未定时的焦急暴躁，在企业每况愈下、经济枯窘时的寻欢作乐，追求刺激，在同赵伯韬谈判时的强作镇静而内心恐惧不安……小说这些细腻逼真的描写发掘出了人物身上隐藏着的更本质的方面。在三条火线沉重的压迫面前，他时常感到前途像雾一般迷茫和灰暗：眼前是"半浮在空中的荒唐虚无的海市蜃楼"，周围都是"变形了的轮廓模糊的人物"，"正如他现在坐这汽车在迷雾中向前冲呀"！"于是一缕冷意从他背脊上扩散开来，直到他脸色发白，直到他的眼睛里消失了勇悍尖利的光彩"。这种复杂的心理，随着悲剧情节的推进，而愈来愈明显，以至最后陷入绝望的深渊。当赵伯韬的绞索勒紧之后，办企业的热狂便在他的血管里冷却，而准备"有条件的投降"。不久也就安息到外国资本主义的怀抱，而走完了他从民族资本家而买办化的一段路程。当他决定走这条路以后，"他倒心定些了"，"现在他有了'出路'。虽然是投降的出路，但总比没有出路好多罢！"如此荏弱、懦怯，甘心屈膝，虽然主人公自己是觉察不到的，但中国民族资产阶级的妥协动摇性在这里的具象表现，对于读者来说，达到了令人震栗的程度！

中国的民族资产阶级脆弱到如此程度。说它能将民主革命引向胜利道路，这是可以想象的么？

更其重要的，是吴荪甫同工人群众又存在着严重的对立。这也正是他之对敌对阵营妥协的更深刻的根源。帝国主义不肯放松对民族工业的压迫，吴荪甫便转而在企业内部开刀，变本加厉地剥削工人：延长工时，克扣工人米贴，裁减工人等等，不一而足，他明明知道广大工人由于受重重压榨已痛苦不堪，因而奋起反抗，他却责怪工人不体谅他"世界产业凋弊，厂经跌价"的苦衷。怠工的消息传来，他恼羞成怒。"像发疯的老虎似的咆哮着"，疯狂地发泄对工人阶级的仇恨。他起先采取"硬做不如软来"的策略，依靠屠维岳这条鹰犬，收买工贼，分化工人队伍内部，破坏工人团结。后来又雇用流氓打手，叫来反动军警进行武力镇压。如果说，在凶狠毒辣的赵伯韬面前，他经常表现出畏缩和动摇，而面对女工们的反抗，他却毫不让步。这是因为他害怕工农群众远远超过对帝国主义和买办势力的恐惧，这就充分显示了资本家贪婪、凶残、怯弱、伪善的本质。

《子夜》呈现在人们面前的就是这样一个复杂的矛盾性格：他一方面受压迫被排挤，尽力要冲破帝国主义和封建势力的包围，另一方面却与帝国主义和封建势力之间存在着千丝万缕的联系；一方面与反动统治阶级存在着深刻的矛盾，另一方面又极端仇视和害怕人民群众的革命斗争。吴荪甫就是这样一个典型的民族资本家的形象，他性格的两面性正集中地反映了民族资产阶级在 30 年代初的阶级特征和时代特征。

历史表明，中国民族资产阶级虽然可以参加反帝反封建的革命，但是中国民主革命的政治指导者已经不是中国资产阶级，而是属于中国无产阶级了。在《子夜》中，茅盾花了很大气力来描写工人阶级的斗争是十分必要的，因为，离开了工人阶级这方面，就不可能正确全面地反映中国社会的性质，尤其是它的发展方向。在《子夜》中，茅盾没有回避革命运动内部的缺点，他对当时统治党内的左倾盲动主义作了无情的批判，揭发了它对革命事业的危害。在工运的描写上，也写了它在初期存在的不可避免的弱点。工人群众开始显得幼稚，斗争不够有力。但经过几个回合的反复，在斗争中他们逐渐成长起来，斗争越来越坚决，战斗意志越来越顽强。在先进女工陈月娥、朱桂英等身上，工人阶级不畏强暴、勇往直前的斗争精神和深厚的阶级感情，得到了一定的表现。小说最后出现了丝厂总同盟罢工的宏伟场面，工人群众对地主买办阶级统治的愤怒像火山一样爆发出来。它同当时党领导的遍布农村的红军运动汇成一股不能阻挡的洪流，使统治阶级受到极大的震撼。显然，在作家眼里，正是他们代表着中国的未来，处于风雨飘摇之中的民族资产阶级的前景是黯晦的，而工人阶级正以新的历史主人的姿态出现在政治舞台上，并将冲破一切艰难险阻，彻底埋葬子夜一般黑暗的旧时代，迎来一个新时代的黎明。这里，《子夜》以它对阶级力量的正确估价而透出了革命乐观主义的光芒。

这样说，是不是作品已经充分地表达了当时工人阶级已达到的觉悟水平，尤其是艺术达到完满的程度呢？不，正如作家所一再表示的，这一方面是"显得薄弱"的，因而"没有表现出中国革命的伟大……没有宣告革命必胜的结局"。① 茅盾对自己的要求是严格的，但我们不应据此对小说中的工运描写一笔抹煞。周恩来同志说："有人问，为什么鲁大海不领导工人革命？《日出》中为什么工人只在后面打夯，为什么不把小东西救出去？让他去说吧，这意见是很可笑的。因为当时工人只有那样的觉悟程度，作家只有那样的知识水平，这是合乎那个时代进步作家的认识水平的。"② 对于如何看待 30 年代作品中的工人运动的描写，这是有指导意义的。《子夜》比之《日出》《雷雨》，这方面的表现要有力得多，因而更不应该受到轻视。

## 四

从《子夜》对社会关系的艺术剖析，可以充分看出茅盾在书中对中国社会向何处去这一重大问题所持的正确立场。文化革命中某些"批判材料"竟然认为《子夜》"首开写资产阶级

① ［法］苏珊娜·贝尔纳：《走访茅盾》，《新文学史料》1979 年第 3 期。
② 周恩来：《对在京的话剧、歌剧、儿童剧作家的讲话》，1962 年 3 月。

的恶劣先例",指责作者"为中国资产阶级树碑立传",是"为民族资产阶级向无产阶级争夺中国革命领导权制造反革命舆论",这样的论断完全是颠倒黑白,荒谬之极。

1932年底,茅盾在写完《子夜》不久谈到他从事创作时"未尝敢忘记了文学的社会的意义",又说:"一个做小说的人不但须有广博的生活经验,亦必须有一个训练过的头脑能够分析那复杂的社会现象;尤其是我们这转变中的社会,非得认真研究过社会科学的人每每不能把它分析得正确。而社会对于我们的作家的迫切要求,也就是那社会现象的正确而有力的反映!"①《子夜》的创作显然就是在这种认识的指导下进行的。茅盾力求站在无产阶级立场,用马列主义观点来分析反映客观现实,极其敏锐而富于远见地提出并回答重大的社会问题。《子夜》的主题思想之所以如此尖锐而又深刻,给予以"左"的和右的不同形式出现的关于中国社会性质的种种谬论以沉重的打击,其根本原因即在这里。《子夜》可以说是一种堪称中国社会三十年代"卓越的现实主义历史"。②

值得注意的是,当时托派以无产阶级代言人姿态出现,歪曲马列主义"不断革命"思想,硬说中国已经是资本主义,要革命,就必须对资本家革命。谁不同意他们的主张,便给扣上

---

① 茅盾:《我的回顾》,《茅盾自选集》,天马书店1933年版。
② 恩格斯:《致玛·哈克奈斯》,《马克思恩格斯选集》第四卷,第462页。

"资产阶级同情派""小伙计""应声虫"等大帽子，武断地说什么"只叫打倒帝国主义而不叫打倒中国资产阶级……还不是很巧妙地拥护资本主义么?"（均见任曙《中国经济研究》）托派这套用马列主义词句包裹起来的历史唯心主义的谬论，完全掩盖了当时中国社会形势的实质。按照这种理论，帝国主义也好，大地主买办阶级也好，就不是我们的革命对象了。这就从根本上取消了反帝反封建的任务，取消了民主革命的统一战线，从而使无产阶级孤立起来，最终也就取消了无产阶级对革命的领导权，其用心是十分险恶的。

茅盾在长篇中通过吴荪甫这个具有丰富性格内涵的独创性的艺术典型表明，"中国在帝国主义压迫下，是更加殖民地化了"，中国人民大众，包括民族资产阶级在内要获得解放，只能是在共产党领导下，团结一致地进行彻底反帝反封建的民主革命，才能摆脱帝国主义的奴役，结束半殖民地的悲惨命运。这就给苦苦地寻求着社会性质答案的人们一个明彻的结论，对党所领导的人民革命给予了强有力的支持和鼓舞！它戳穿了托派在"不断革命"的幌子下反对党的民主革命总任务、总路线的罪恶阴谋，同时打破了当时某些中间派希望振兴民族工业，富国强兵，走欧美资本主义道路的梦想，给那些在迷途中徘徊的人们敲响了警钟。

（原载《齐鲁学刊》1981年现代文学专号）

# 向青年朋友推荐十本好书

## 一　青春是美好的——《青春之歌》

50 年代后期，在长篇小说创作的热潮中，《青春之歌》以其炽热的激情和巨大的艺术魅力，吸引了千千万万的读者，激起了广大青年的热烈反响。时隔 20 多年的今天，重读这部作品，仍给我们以深刻的启迪。

《青春之歌》以"一二·九"学生运动为背景，真实地刻画了 1935 年前后一代青年的精神风貌。林道静是作品的主人公。她善良、真诚，有幻想、也有失望，有欢乐、也有痛苦。在她身上打着小资产阶级知识分子的烙印。在时代的召唤和党的影响下，她冲破家庭的束缚走向广阔的社会天地，站到时代的前哨，在漫长曲折的革命道路上，从一个追求个性解放的普通女性，发展成为坚定的共产主义战士。卢嘉川刚毅、勇敢，在浓重的白色恐怖下从不放弃工作和斗争。他爱过，但为了革命事业克制了个人的感情；他希望过，但最后不惜把一腔热血洒在苦难的祖国大地上。余永泽是一个落伍者，他的血也曾经奔腾过，但个人欲望很快使他堕入故纸堆中，他寻找着自己的路——他的地位、他的所谓价值。在青年前进的行列面前，他只是冷笑着旁观，不知不觉迷航在个人奋斗的雾海中。其他人物，如王晓燕纯洁而幼稚，罗大方热烈而坦率，戴愉怯儒而卑劣……从这些活生生的人物形象中，现在的年青人可以了解到他们未曾经历过的那暴风雨般的时代；了解到他们前辈的生活、挣扎和斗争，了解到前辈们是走过了一条怎样的崎岖的道路的。

特别重要的，是作品写出了这些人物性格发展的历史。林道静从一个单纯的、富有幻想而有正义感的姑娘，经过接受共产党人的影响，如饥似渴地阅读革命书籍，终于走出了沼泽地，在革命洪炉中不断磨炼自己。而大学生余永泽则越来越陷进沼泽深处，投向胡适之流买办文人的怀抱。同是旧时代的青年知识分子，为什么一个迅速成长、走向光明，而另一个却日趋堕落、沉向深渊？从书中不难得到鲜明的答案。共产主义理想给了前者以新的生命，资产阶级腐朽的世界观则把后者引入死胡同。

人们常说，青春是美好的，然而什么才是真正美好的青春呢？《青春之歌》向我们表明，追求个人的私利，满足于一己的幸福，这样的青春是渺小的，可悲的。只有把智慧和力量献给民族解放和革命事业，这样的青春才是真正有价值和值得赞美的。《青春之歌》在当时曾给青年人以有益的教育和影响，我们相信在今天也必将如此。

（原载《浙江日报》1983 年 10 月 24 日）

## 二　革命红旗传千秋——《红旗谱》

梁斌的长篇小说《红旗谱》，以其传奇的色彩、雄浑的笔触，深刻地反映了中国农民的斗争和成长道路，为 1927 年前到"九·一八"后党领导的冀中农民革命斗争，描绘了一幅史诗般的壮丽图画。

从这里，你可以感到古老的冀中平原在颤动，你可以听到滚滚的滹沱河水在沸腾。小小的锁井镇上空，翻滚着时代的变幻风云。早在清末，朱老巩为反对恶霸冯老兰侵吞官地进行过英勇抗争，然而古钟终于被砸，老巩气死，女儿被辱自尽，儿子出逃关东。这一页血泪史表明，由于缺乏正确的领导，自发的农民运动势孤力单，只能以失败而结束。25 年后，朱老忠、严志和以及他们的后辈江涛、大贵等一道，在地下党的组织下，开展了如火如荼的反抗反动政权的反割头税运动。他们不再像祖辈那样赤膊上阵或对质公堂，而是在党的旗帜下团结广大群众开展有组织的斗争。这场声势浩大的农民大示威，使土豪劣绅、贪官污吏闻风丧胆，显示出暴风雨般迅猛异常的强大威力。作品对农民斗争道路和历史命运深刻的艺术概括，向人们昭示了一个神圣的真理：中国农民只有在共产党领导下，才能从自发反抗走上自觉斗争，有了党这个"靠山"，农民革命才能取得真正的胜利。

《红旗谱》的成就，还在于刻划了许多生动鲜明的农民形象。这里有见义勇为、绿林好汉式的朱老巩，有善良软弱、后来又终究奋起的严志和，也有聪明勇敢、年轻有为的江涛，朴质爽直、敢做敢为的大贵，活泼伶俐、热情追求革命的春兰。在农民英雄的典型朱老忠身上，集中地体现了这个时期革命农民的精神面貌。他正直刚强、豪爽义气，对穷兄弟慷慨热诚，对阶级敌人无比痛恨。当他接触了革命，受到了共产党影响，他身上那种农民英雄的传统品质便提高到了更光辉的境界。在他身上，闪现着革命英雄主义的光辉。

如果说，现在的建设洪流是过去斗争的继续，那么，站在今天的河床上回首望一望昨天那一段像漩涡般剧烈翻滚的江涛，我们会更深刻地体会到今天从事"四化"建设的力量的源泉，从而为明天开拓更宽广的天地。阅读《红旗谱》，将激励我们特别是广大青年沿着党所指引的方向，高擎红旗，为革命英雄的谱系续写新的篇章。

（原载《浙江日报》1983 年 10 月 31 日）

# 三 又一曲青春之歌——《青春万岁》

《青春万岁》是当代作家王蒙写于 1953 年的一部长篇小说。作者创作这部作品时还不到 20 岁，然而由于他同主人公们年龄相近，有着共同的生活、爱好和感情，对他们具有深切的了解，因此，他能敏锐地抓住一代青年的精神本质，鲜明地呈现出新中国成立初期充满朝气和活力的社会风貌。

作品以北京某中学一群女学生的生活为内容，生动细致地描写了她们在毕业前的学习和友谊，她们的矛盾和痛苦，她们的快乐和成长。这是一群多么天真单纯的姑娘：郑波解放前夕参加过地下活动，办事认真踏实，略显得成熟些；李春人很聪明，功课好，但她瞧不起别人，像个骄傲的小公主；吴长福这个胖姑娘，快活、憨厚，然而幼稚，爱向别人问作业答案，任人摆布；苏宁出身于剥削阶级家庭，受到过当国民党军官的姐夫的凌辱，心灵的创伤常常使她忧郁痛苦；呼玛丽是个孤女，在神甫的欺骗诱迫下，她成了上帝的"羔羊"，准备在对"天主圣父"的忏悔中度过一生；至于杨蔷云则是小说重点刻画的人物，她热情纯洁，感情真挚。苏宁病了，她主动去探望，帮苏宁补课；郑波考试得了好成绩，她又真诚高兴地祝贺，但她办事急躁，想问题又过于简单。作品所刻画的人物看上去就是这样平凡，然而在这一批非常可爱的年青人身上，却为我们深刻揭示了青春和人生的真谛。

50年代初，我们国家即将跨入大规模的经济建设。在这历史转折时期，青年人充满了对未来的憧憬和为祖国献身的渴望。即将跨出中学校门的姑娘们时刻萦念着的是："在未来的伟大的社会主义建设中，我是去边疆探矿，还是在显微镜下研究花蕊？是穿着白色的医生的服装，还是拿着粉刷擦粉笔？"她们为自己知识贫乏，不能适应形势的需要而痛苦，而着急，准备，再准备，努力，再努力。这些姑娘们的脚步紧跟着沸腾的时代前进，一步也不肯落后：苏宁没有停留在对往事的痛苦回忆中，呼玛丽没有停留在对上帝的畏惧中，李春不再像孔雀那么炫耀自己，杨蔷云不再那么简单毛糙，郑波摆脱了爱情的缠绵，吴长福的成绩也不断上升……怀着对未来，对社会、对祖国的强烈责任感，她们终于跨出了人生道路上关键的一步。

"我们的青春像火焰般鲜红，燃烧在充满荆棘的原野。我们的青春像海燕般的英勇，飞翔在暴风雨的天空……"青春，是生机和朝气的象征，它给人们革命的激情和无穷的力量，鼓舞人们去忘我地劳动、工作和战斗。读着这部清新而又质朴的作品，会感到自己的心灵不知不觉地与这群少女纯洁的感情融在一起，变得纯真美好起来了，我们会感到生活中充满着阳光，阳光里闪动着缤纷的色彩；我们同样地会感到自己的生命充满着青春的热，青春的活力！

（原载《浙江日报》1983 年 11 月 7 日）

## 四 革命英雄主义的颂歌——《保卫延安》

1947 年 3 月，国民党军队向革命圣地延安发动疯狂进攻，妄图扑灭中国革命力量。一时间，陕甘宁边区浓云密布，腾起熊熊战火。面对反动派的进攻，我西北野战军纵横于几千里高原之上，穿插在数十万敌军之中，终于摧垮了不可一世的敌人，取得西北战场具有决定性意义的胜利。长篇小说《保卫延安》，就是真实地反映这场伟大战争的一部优秀军事题材作品。

透过层层硝烟，带着一身火药味的战士们向我们迎面走来。连长周大勇年纪虽轻，但他坚定、勇敢，具有钢筋铁骨般的意志。他矫健的身影时而在蟠龙镇的炮火中闪动，时而在长城线的风沙中出没。延安撤退时他流下过滚滚热泪，战友牺牲时他曾感到阵阵悲伤，但是在他身上，更多体现着的是战士的刚强。这是一个吸着党的乳汁，在战火中锻炼成无坚不摧的革命英雄的典型，他的眼睛炯炯有神，同样，他的优秀品质和指挥才能也光彩夺目。作品同时还刻画了各种性格的活生生的革命战士形象：团政治委员李诚常"克人"，看上去过于严肃，然而内心却蕴藏着对战士、对人民火一样的热情；王老虎平时沉默寡言，打起仗来却机智顽强、猛不可挡；还有乐观果敢的游击队长李玉山，临危不惧的李振德老汉……这些生龙活虎的勇士们，组成了一个牢固的整体，像一股灼热的铁流，以压倒一切的气势，冲垮了敌人的战线。看着书中英雄们的一言一行，音容笑貌，你会被他们那种伟大的革命英雄主义、集体主义精神所激动，你更会深深体会到这种精神的移山倒海的巨大力量。

这部小说是以周大勇连队的战斗活动为主要线索的，但又不限于写一个连队或一次战役。作者高屋建瓴，总揽全局，以豪迈而又洗练的笔墨展现了茫茫苍苍的黄土高原上宏伟的战争场面。作品一开始描写延安撤退时的情景，一切仿佛在预示着前景黯淡。但接着作者笔锋一转，出现了"沉静地站在地图前"的我西北野战军统帅彭德怀的高大形象。他根据党中央的战略决策，运筹帷幄，指挥我军穿插自如，把几十万敌人拨弄得晕头转向。蟠龙镇上，敌军在炮火下灰飞烟灭；沙家店中，敌军在锤击下土崩瓦解。在彭总身上，我们看到了一位杰出的军事家的形象，感到了党中央、毛主席对整个战局和历史发展所起的重大作用。如果说从艰苦作战的战士们身上，我们体会到一场革命战争的基本动力，那么，从野战军及各级指挥员的身上，我们则体会到这场战争胜利的关键所在：那就是毛泽东同志正确的战略思想和党中央的英明领导。

战场烽火证明的真理，在和平的蓝天下具有同样的意义：坚持党的领导，充分发挥人民的集体主义、英雄主义精神，是我们的事业取得胜利的根本保证。《保卫延安》这部小说在今天的现实意义也不正在于此么！

（原载《浙江日报》1983 年 11 月 14 日）

## 五　东方巨人不可悔——《东方》

在本世纪 50 年代初的抗美援朝战争中，你可以看到，中国这个沉睡的巨人稳健地站起来了。她头顶苍天，脚踏东方大地，抖落一身尘埃，充满信心地展望光辉的未来。魏巍的长篇小说《东方》，便是一首东方巨人的气势磅礴的颂诗。

抗美援朝战争是一场极其残酷激烈的战争。小说写了两个阵势分明的对垒：一面是打到鸭绿江边的美国侵略军，他们凭借飞机、坦克、大炮等现代化装备，疯狂地向北推进，企图把朝鲜变为侵略中国的跳板，一举把新中国扼杀在摇篮里。而国内的阶级敌人也蠢蠢而动，抢夺农民胜利果实，打击陷害积极分子，妄图乘机复辟变天。另一面，是志愿军的英雄郭祥、乔大夯、花正芳、邓军等，同朝鲜人民在前线并肩浴血奋战，抗击侵略者；以凤凰堡村杨大妈为代表的后方人民，着手建设社会主义，全力支援前方。《东方》以这两种力量的较量为背景，经纬交错，织成一幅绚丽多姿，波澜壮阔的历史画卷。这场特殊的战争锤炼着战士们的大无畏精神，激发着战士们的智慧和创造力。在缚龙里、黑云岭、白云岭一次次撼人心魄的战斗中，勇士们像一股复仇的飓风，犀利的闪电，将敌人的嚣张气焰压了下去，打得敌军丢盔弃甲，节节溃退，最终不得不承认"在错误的时间错误的地点打了一场错误的战争"。敌我力量的迅速变化令人信服地表明站起来的新中国不可侮！中国人民是热爱和平的，但也不怕战争。当需要用正义战争去扑灭侵略者燃起的战火时，中国人民必定能克服艰难险阻，逐渐掌握战场的主动权，夺取反侵略战争的辉煌胜利！

决定战争胜负的根本因素是人。我们的军队正是有了英勇善战的战士，才坚如磐石，无往而不胜。《东方》着力刻画的郭祥及其战友们的英雄形象，给了读者深刻的印象。郭祥是一位身经百战的青年连长，具有为革命奋不顾身、万难不辞的品质。青坪里，单枪斗敌机；缚龙里，带火扑敌；黑云岭，舍身跳崖；"死亡地带"，沉着地拆卸定时炸弹，在凶险和死亡面前，他从不犹豫畏缩，显示出非凡的果敢和惊人的力量。护士杨雪心地纯朴，虽然在爱情上有过过失，但个人生活的波折并没使她消沉，她投身于紧张的工作和战斗，像对待亲兄弟一般照顾伤员，最后为掩护朝鲜儿童而献身。还有敦厚勇敢的大个子机枪手乔大夯，老资格的"调皮驴子"王大发等等，这些人物有血有肉，生动地展现了革命队伍昂扬的精神风貌。列宁说："革命战争如果真正能够吸引被压迫劳动群众来参加它和关心它，能够使这些群众意识到自己是在反对剥削者，那么，这种革命精神就会唤起创造奇迹的积极性和才能。"这些活生生的人物，生动地表明了这场正义战争如何锻炼和造就了创造奇迹的革命战士。

抗美援朝战争至今已经过去三十年，今天读着这部以昨天的反侵略战争为题材的作品，你可以强烈地感受到一种为祖国、为正义事业而奋不顾身地战斗的革命英雄主义精神。正是这种精神，使我们的新中国在旧的废墟上挺立了起来。现在搞建设，有了这种精神，我们的"四化"将会更快地实现，祖国就会更快地进入世界先进国家的行列。

（原载《浙江日报》1983 年 12 月 19 日）

## 六 战斗者的人生——《钢铁是怎样炼成的》

人生的意义究竟是什么？少年朦胧地体会人生，老年人清醒地回顾人生，而青年人则热切地探讨人生。有人把人生比作朝霞般鲜艳夺目，有人把人生看成黄昏般灰暗阴沉，多少人希望过，又有多少人失望过。"享乐主义""虚无主义""实用主义"……各种杂乱的世界观为人生涂抹上一层神秘色彩。其实，最复杂的事物往往也是最简单的，看一看奥斯特洛夫斯基的长篇小说《钢铁是怎样炼成的》，你就会清楚地了解到什么是真正的人生。

作品的主人公保尔·柯察金，生活在苏联十月革命、国内战争、经济复苏和社会主义建设这段充满激烈斗争和动荡的时期。少年时代，他反抗过神学教师，偷过白匪军官的手枪，他像野孩子那样嬉闹顽皮，在敌人的枪口下，他救出地下布尔什维克朱赫来，这一行动促使他投奔红军，成为他人生道路上的转折点。从此，他在战马、炮火间磨炼自己，在到处是血迹的俄罗斯土地上纵横驰骋，来不及思考，来不及犹豫，他用闪光的钢刀实践着他"消灭敌人、保卫革命"的崇高意愿，战争结束后，保尔走上了筑路工地，在连绵的秋雨、泥泞的道路和寒冷的风雪中向自然和饥饿开战。伤寒又一次毁坏他的身体，但发亮的铁锹却继续开掘着人生的意义，长期艰苦的斗争生活，使保尔全身瘫痪、双目失明。人生难道还有比陷入一片黑暗之中更痛苦的么？他曾想自杀，但重新跨入战斗行列的强烈愿望使他振作起来，他拿起笔开始从事文学创作，锋利的笔尖在稿纸上书写着他生命的历程。从保尔·柯察金身上，我们看到了一个先进青年英勇奋战、彻底革命的一生，看到了一个无产阶级革命战士的光辉形象。他热爱祖国，对党的事业一片赤诚，在斗争的暴风雨中炼就了顽强的意志和革命乐观主义精神，不论在工作岗位还是在弹雨之中，不论遭到爱情的挫折还是无可挽回的伤残，他都用自己的行动和旺盛的革命斗志在阐释着人生的意义：人生是严肃的，具有钢铁般的色泽，人生的领域是广阔的，有坦荡的平原和宁静的湖泊，也有峥嵘的山巅和呼啸的大海；人生的意义在于——永不停歇地为崇高事业而奋战。

《钢铁是怎样炼成的》是一部生活的教科书，是革命人生观的好教材。人们将一遍又一遍地温习作者在书中留给后人的一段至理名言："一个人的生命是应当这样度过的：当他回首往事的时候，他不因虚度年华而悔恨，也不因碌碌无为而羞愧——这样，在临死的时候，他就能够说我整个的生命和全部精力，都已献给世界上最壮丽的事业——为人类的解放而斗争。"

（原载《浙江日报》1983 年 11 月 21 日）

## 七　幸福就是为祖国而战——《卓娅和舒拉的故事》

一个严寒的清晨，希特勒匪徒将老乡们驱赶到村子的广场上，那里放着一个绞刑架。德寇用绞索紧系着一个年轻黝黑的姑娘的咽喉，姑娘用双手把绞索松了一松，用尽力气大声喊道："同志们！我不怕死！为自己的人民而死是幸福的！"这时刽子手猛力用皮靴把她脚下的木箱踢开……

这个为国捐躯的英雄，是苏联卫国战争中 18 岁的女游击队员卓娅。《卓娅和舒拉的故事》这本书就是以卓娅和她的弟弟舒拉为主人公的。作品从卓娅出生前后写起，一直写到舒拉的牺牲，真切感人地记录了英雄成长的历程。

和我们现在许多年青人一样，卓娅和舒拉是在和平的岁月里成长起来的，有着很多和我们相同的感情与经历。欣欣向荣的社会主义新时代，培育了他俩纯真、美好的品行。卓娅爱看书，曾经为《牛虻》的主人公流下过激动的泪水；舒拉爱绘画，曾渴望为受刑的民主斗士车尔尼雪夫斯基画像。卓娅认真，热诚，办事一丝不苟，舒拉则有着男孩子的天性，活泼、勇敢，向往着革命英雄的业绩。卓娅比舒拉更爱思考，她的几本日记本，保留了她的一颗真挚纯洁的心灵。她经过严肃认真的学习和思考，终于探究到了生活的意义：幸福是"正直地活着，辛勤地劳动，并且热爱和卫护这个名为苏联国家的广大的幸福的土地"。

英雄人物的优秀品质不是天生的，而是长期努力培养出来的。由于在平凡的日常生活中，卓娅和舒拉严格地锻炼自己，树立了革命的人生观，因此在重大的斗争关头，便经受住严峻的考验，创造出伟大的英雄业绩。1941 年希特勒匪徒燃起的战火打破了宁静的和平生活。卓娅毅然加入游击队，勇敢地深入敌后。在袭击敌人不幸被捕后，坚贞不屈，在风雪中英勇就义。舒拉在姐姐牺牲后，加入苏军坦克部队，奋勇杀敌，于胜利前夕牺牲在硝烟弥漫的战场。法西斯战争夺走了两个青年英雄的生命，但是却永远摧毁不了他们的精神！从他们的英勇献身的事迹中，我们看到了一个闪光的真理，那就是他们一切的爱与恨，一切的欢乐与忧伤，都是深深扎根在祖国的土地上，溶汇往人民事业的海洋中间。当祖国和人民遭到践踏时，他们就毫不犹豫地挺身而出，向凶恶的侵略者搏斗，直至流尽最后一滴血。和平中生长的花朵并不脆弱，在纷飞的战火里，他们变得更美、更芬芳了！

　　这是一个真实的故事。英雄的母亲怀着深沉的思恋，写下了这部书，泪水与信念渗透在字里行间。它只写了姐弟两人，并没有曲折的情节，但读了它，你会想到很多，很多，关于爱、关于理想、关于幸福、关于生活……让爱国主义精神在我们新一代年青人的身上植根和生长起来吧！

　　　　　　　　　　　　（原载《浙江日报》1983 年 11 月 28 日）


## 八　壮志不屈，气贯长虹——《红岩》


　　重庆附近的歌乐山，岗哨林立，电网纵横。多少次鸣响的枪声，震破无月的夜幕；多少回呼啸的山风，传送出悲壮激昂的口号声。从抗战后期到解放前夕，美蒋反动派在这里惨无人道地屠杀共产党人和爱国者，白公馆和渣滓洞名副其实地成了残酷的人间地狱。1949年越狱逃出的罗广斌、杨益言，作为"中美合作所"罪行的见证人，于60年代初完成了40万言的长篇小说《红岩》。它以生动而朴实的描写，让世人看到了这个魔窟里发生的一切，并热情地歌颂了共产党人崇高的革命气节。

人们常说："疾风知劲草，烈火见真金。"在最黑暗、最艰苦的环境里，革命者表现出生命不息，战斗不止的光辉品格。他们虽然身陷囹圄，到了这个"进来了就别想活着出去"的地方，但却有组织地团结起来，把生死置之度外，和敌人顽强斗争。在渣滓洞，皖南事变中被捕的新四军战士龙光华，气宇轩昂，保持着军人的仪容，毫不理会反动特务的监视。为了给战友取水，他英勇地与特务格斗。他是挺立在牢房的门口牺牲的，他的一只手紧紧抓住牢门，仿佛要把它折断：他是多么渴望得到一支枪，渴望投入火热的战斗啊！为了争取给龙光华开追悼会，难友们不顾敌人的威逼利诱，进行绝食斗争，迫使敌人接受了条件。元旦，在敌人枪口底下，他们无拘无束地进行联欢，脚上戴着铁镣跳起秧歌舞，叠起高过狱墙的罗汉，唱着游击队歌曲，舞动着红纸做的鲜艳的红旗。热闹的欢笑声和冷酷的脚镣声响在一处，显示出共产党员大无畏的战斗气概和革命乐观主义精神。在斗争组织得十分严密的白公馆，成岗用一支小小的铅笔头，继续出版着使敌人丧胆的《挺进报》；在狱中图书馆的地板下面，齐晓轩，老袁等人在领导着狱中斗争，并周密地组织着越狱行动；地下党员华子良身负已牺牲的党的领导干部的重托，长期装疯癫，忍辱负重，在准备越狱最紧急的关头挺身而出；许云峰在与外界隔绝的地牢里，用手和铁镣挖掘着从狱中出逃的秘密通道……这一切都表明，乌云能锁住歌乐山上的阳光，却永远不能阻止共产党人的战斗。这是一场在张着口的坟墓前的生死斗争，是一场对黎明前最黑暗统治的最后拼搏！

那么，是什么力量鼓舞着他们呢？从《红岩》的英雄人物身上，我们可以看到他们的那种对革命的坚定信念和献身精神。许云峰被捕，是为了掩护市委书记李敬原；江姐被捕，是为了掩护华为；成岗被捕，是为了尽快完成《挺进报》的出版。当他们走向死亡之际，正是解放军挥戈横渡长江，攻克南京，解放上海，并向重庆进军之时，眼看就要天亮，胜利的炮声震撼着监狱的牢墙，可是烈士们却永远看不到鲜红的太阳、滚滚的嘉陵江水了。他们义无反顾地走向刑场，是他们无所留恋吗？不，共产党员也是人，他们热爱大地与生命，热爱蓝天与自由，他们留恋亲人，留恋祖国，然而正是为了让更多的人得到这一切，他们才无私地贡献出自己的生命。在他们心中始终怀着一个不可动摇的执念：国民党反动派的统治正在历史的车轮下粉碎，人民必将胜利，伟大的党必将胜利，祖国将会抹上绚丽的色彩，革命的前途一片光明。

历史告诉我们，岁月可以冲淡暗红色的血痕，但烈士们的革命精神却不是时间可以冲刷掉的，在新的时代，必将焕发出更加璀璨的光华！

（原载《浙江日报》1983 年 12 月 5 日）

## 九　创业者的赞歌——《创业史》

在当代文学中，反映社会主义农村题材，能称得上"史诗"的作品，是柳青的"创业史"。这部长篇小说通过西北黄土高原地区的一个村落——蛤蟆滩解放后的变化，为我们描绘了一幅 50 年代初期中国农村历史性变迁的巨幅画卷。

作品情节是围绕着"创业"而展开的。在旧社会，梁三老汉希图创立自己的家业，一家人起早贪黑，苦熬苦干二、三十年，但希望却成泡影，风雨如晦的旧中国沉重的压力，迫使梁三老汉发出几声叹息，像土拨鼠一样默默地活着。这一页旧的创业史是失败史，也是血泪史，它告诉人们，在反动统治下，农民是没有任何出路的。解放后，梁三老汉重新直起腰，有了自己的土地，这时他那临近熄灭的个人发家理想又重新燃旺起来。然而，他的儿子、年轻的中共预备党员梁生宝为代表的年青人，却一边劳动，一边商量着互助合作，向往着整个社会主义农村的繁荣昌盛。这样，在创什么业这个问题上，父子之间便产生了矛盾；而且不仅在老汉的草棚院里，整个蛤蟆滩人的苦恼和欢乐也都离不开这个尖锐问题。富裕中农郭世富在三合头瓦房院门口盖起了新房，依凭他那优越的经济地位要在生产上赛垮互助组；富农姚士杰利用春荒时机以粮食大放高利贷，逼迫贫苦农民重新向他低头，在他的挑唆下高增福互助组垮了台；村里的行政主任郭振山觉得社会主义太渺茫了，不如创小家业保险，因而搞起了投机买卖……尽管矛盾错综交织，斗争尖锐复杂，然而，社会主义的新生力量并不畏缩。在汪洋大海一般的自发资本主义势力包围中，梁生宝互助组在县委支持下，克服重重困难，最后压倒了自发倾向，走上巩固发展的道路。《创业史》从一个村庄的变化，形象地表明社会主义新事物具有巨大的生命力，在党的领导下，坚持走社会主义道路，是使中国农民走向富裕和幸福的正确途径。

作品着力描写的农村新人梁生宝，是一个既富于踏实的工作精神，又有着旺盛的革命干劲的年轻党员。旧社会留给他的是苦难的童年和创业的悲惨经历，而新中国却赋予了他崭新的思想和豪迈的事业。为中国农村的兴旺发达而艰苦创业的精神，使梁生宝焕发出动人的光辉。为解决春荒问题，他组织困难户进山割竹；为巩固扩大互助组，他四处奔波，说服了动摇的群众；面对父亲的寻衅阻挠，他毫不动摇；面对自发势力的进攻，他坚决抗争；面对爱情的失意，他又以事业为重，努力克制自己……在这些日常的生活中间，闪耀着对社会主义事业的憧憬和追求，闪耀着"我们整个国家的形象"的光彩。

《创业史》所反映的年代，至今已有 30 年了。中国农村也曲折而艰难地前进了 30 年。这中间发生了变化的事情很多，但农村要走社会主义道路这一根本的方向并未变化，依旧有越来越多的新型农民在成长，在前进。"创业难"，创立社会主义现代化农业更宏伟，也更艰难，在这方面，《创业史》今天仍能给我们以深刻的启迪和鼓舞。

（原载《浙江日报》1983 年 12 月 12 日）

## 十　爱国主义的壮丽凯歌——《高山下的花环》

5 年前，正当我国人民沿着党指引的方向，开始新长征的时候，越南当局在我国南方边疆不断入侵挑衅，破坏我国边疆人民的和平和安宁，我国人民被迫发起自卫反击，严惩了越南侵略者。中篇小说《高山下的花环》，就是为这场正义之战谱写的一曲响彻云霄的壮丽凯歌。

正义的战争常常能使人的感情发生"核裂变"，而这些

"感情爆片"都闪耀着它独特的光彩。这篇作品之所以那样打动人的心弦，在于它以性格各异的形象显示了"绿色的军衣"里的"五彩的心灵"，展现出新一代最可爱的人对祖国、对人民极其丰富、真挚而强烈的感情。尖刀连长梁三喜，是来自老根据地沂蒙山区的农民儿子，一直保持着劳动人民吃苦耐劳、善良朴实的本色。他关心战士，体贴同志，哪怕是对三心两意的赵蒙生和调皮散漫的段雨国，他都那样宽厚、耐心；但一旦得知赵蒙生在临战前夕进行调离活动时，他却拍案而起，倾泄了胸中强烈的革命义愤。对远在山村的年迈母亲和年轻妻子，他充满惦念和团聚的渴望，可是为了连队工作，他几次打好行李又不得不一再推迟休假。战斗打响了，他时刻想到的是自己肩负的保卫祖国的重任，义无反顾地率领连队勇猛拼杀，最后为保护战友而血洒疆场！在给妻子的信中他一再嘱咐，如果他牺牲了，家人要多想想国家的难处，不要向组织伸手，一定要把欠账一一设法还清。因此，在壮烈牺牲的一刹那，他右手紧紧揣着左胸上的口袋，念念不忘那张欠账单……读到这个撼人心魄的场面，有谁能不为他那对祖国的一片深情和慷慨无私的献身精神而潸然泪下！炮排排长靳开来，被人称为"牢骚大王"，对于一切不符合革命利益的言行，他敢于嘲笑怒骂，直言不讳，表现出革命战士是非分明、嫉恶如仇的阶级感情。在这个豪迈、朴直的战士心里，个人的荣辱得失是没有任何位置的。当面临缺水、干渴、战斗力受到削弱时，他宁愿触犯"纪律"，冒着枪林弹雨首先冲上去割取甘蔗，因而献出了生命。

在敌我交火的战场上，生与死，苦与乐也在发生着剧烈的冲突。为人民牺牲，还是求个人安逸，这是对人生观最严峻的考验。作品不仅讴歌了忘我的爱国勇士，也以犀利的笔锋鞭挞了追逐私利、贪生怕死的市侩哲学。高干子弟赵蒙生，为了达到调回大城市的目的，在母亲的导演下演出了一幕"曲线调动"的活剧。就在部队开赴前线的当天，他却要"合法"地开小差，这是多么怵目惊心！当他母亲把走后门的电话打到雷军长的前沿指挥所时，"雷神爷"大义凛然，对那种利己主义的卑劣行径予以有力抨击。在革命道义的感召下，"将门之子"赵蒙生麻木的灵魂苏醒了，他在战火冶炼中洗去了耻辱的污垢，净化了灵魂，获得新生。事实表明，高昂的爱国主义在我军占有绝对的优势，革命的人生观有着无可抗御的威力。

雷军长在战斗结束时耐人寻味地说道："这真是位卑未敢忘忧国！像梁三喜他们，尽管十年动乱给他们留下了难言的苦楚，但当祖国需要的时候，他们一个个以身许国……我们的民族是伟大的。这就是伟大之所在！我们的事业是有希望的，这就是希望之所在！"这是对于书中英雄人物崇高精神境界最恰当的赞语。在新时期的宏伟斗争中，梁三喜、靳开来、雷军长这些人民军队指战员的光辉形象，必将引导我们战胜前进路上的千难万险，信心百倍地走向鲜花般绚丽的明天。

（原载《浙江日报》1984 年 1 月 3 日）

**注**：1983 年 10 月共青团浙江省委倡议开展"读好书争为四化献青春"活动，以上十篇短文系应《浙江日报》之约而作。

# 鲁迅：现代中国文坛巨子的流年碎影

## 寂　寞

1912 年的中国是一个动荡不安的国家。1 月南京临时政府成立，孙文就任大总统，发表共和宣言。2 月清帝退位，孙文不得不让位于袁世凯。3 月发生南北首都之争，制定临时约法。5 月迁都北平，御用共和党成立。历史在中国似乎要走上正规的发展道路了，可事实上，清朝作为终结了的一页翻过去了，下一页却仍然是空白。各实力派都推出各自的代表人物，以图在这空白的一页上留下自己的草图。孙文不过是由于其影响而被摆到大总统的位置上的，根本没有自己的实力，而后又被一脚踢开。他的草图才开了个头，刚留下几个手印，就被袁世凯干净利落地一把抓了过去。孙文清醒过来，于是组成国民党，想与袁世凯分庭抗礼，然而还是缺乏实力，又被袁世凯的大军赶到海边去了。

当然，清王朝的灭亡还是不无结果的。辫子剪了，即使那些冥顽不灵、坚持不剪辫子的也被扫荡辫子的队伍追得东躲西藏；街头巷尾，高竖着五色国旗，显示"五族共和"；杀人不再是砍头，而是吃一颗小小的"花生米"，爽快得很；拍照留影，人们穿上西服以示"咸与维新"；"皇上万岁"的恭谨的呼声被一片"民国万岁"的欢叫声淹没，前所未有的总统选举拉开大幕；各地时常流传着毁孔庙、撤孔像、去孔位的事，孔子的诞日不会再放假了，选举日却放假一天……

不过，这一切对当时年已 32 岁的鲁迅并不新鲜。1881 年 9 月 25 日，鲁迅出生于浙江绍兴的一个士大夫家庭里。幼年时候，家里曾有四、五十亩水田和住宅，但是在他 13 岁以后的几年，由于祖父入狱，父亲多病，家庭破产，生活陷于困顿。旧家式微，使鲁迅看够了世人的冷眼和侮蔑；又出于他早年常到外婆家，接触到了农村现实，在感情上与农民有着亲密的联系，因此可以说，从少年时代起，他的脑海里本来就较少旧观念的束缚。正如他的辫子早在 1903 三年就已剪掉了一样，海外留学早已使"人"的观念在他心中扎了根。数千年来积累起来的成法束缚了人性的发展，封建伦常和礼教阻碍了真正的"人"的成长。鲁迅提倡发展个性，主张人性解放，要求越过一切保守主义的障碍，去扫除那些腐朽的反动的旧事物。在旧时代中他可能只是个普通的读书人，而在新时代里，由于他所接受的先进的思想文化，因而在不知不觉中站在了思想先驱的地位。然而，他起初并没有明确意识到这点，甚至当他被好友许寿裳举荐到南京临时教育部任职的时候。年轻时代他有过激奋，可经历了几次失望，特别是辛亥革命夭折的打击后，他已变得相当沉静，更何况他已是一个有了妻室，到了而立之年的成年人了。

在南京教育部，除了一般公务外，他的生活并不空闲。不是关心社会、政治的动荡，那时他对此几乎毫无热情，而是热衷于到龙幡里的"国学图书馆"去借阅资料，在一大堆发黄的线装书里沉浮漫游，忙于辑录，搞得一身霉味。2月里清朝皇帝宣布退位是中国历史上的一件大事，而鲁迅在2月里的大事是完成了他苦心经营多时的《古小说钩沉》，并为之作了一篇序。

教育部在南京初建时，名符其实是一个空架子。硝烟还在弥漫，政坛上明枪暗箭正热闹，还没有人顾得上教育部。当时的教育部只有总长蔡元培，次长景耀月，加一个会计员，后来蔡元培又找了蒋维乔作为秘书长，连房间都没有。堂堂中华民国算是有了个掌管全国教育的机构。蔡元培坐着人力车，满城里东奔西跑，总算找到了房子，开始招兵买马，教育部才初具规模，5月又迁到北平。然而，教育部的人事制度很不周全，什么人都塞进来，十分庞杂混乱。在北平的办公室里，部员们有的下棋，有的品茶，有的念佛经，有的唱京戏，几个有着特殊癖好的人，正小心仔细地用拂尘有节奏地掸着身上的灰尘……

虽然鲁迅对这一切颇不以为然，并时有微词，但毕竟是一笑了之。他固然与那帮无聊官员有天壤之别，可平心而论，他在北平的最初几年相当平庸，并无多大建树，也没有一定的奋斗方向。他在日记中辛辣地讽刺过祭礼，但他也做过金事，虽然"区区"，还不入鞠躬或顿首之列，到了春秋二祭时，仍然也做了执事，将"帛"或"爵"递给鞠躬或顿首的诸位先生。他最热心的还是古代文化，那段时间，他买的书大都是这方面的，《齐物论释》《徐青滕水墨画卷》《观无量寿佛经图赞》《鸡窗丛话》《元明古德手迹》《汉石经残碑》等等，他与世无争，很少外出，出门便总是到琉璃厂和几个小市去买纸、买书、修书和搜集碑帖拓片。

那时，鲁迅正值壮年，是一个人的黄金岁月，而他却面容瘦削，脸色苍白，患着牙疼、胃病、气管炎、神经衰弱，经常出入医院，像是已经开始走上人生的下坡路了。缺乏行动，缺乏热情与活力，也没闪现多少灵感、才气或思想的火花，他的生命似乎在郁闷中消去……

可那些年却是充满了活力。乱世出英雄，真真假假的英雄都以不同的面目在历史舞台上露面。宋教仁染上了"议会"的狂热，东奔西跑地去拉选票，结果被袁世凯派人用子弹行刺于上海火车站；黄兴等掀起第二次革命，在袁军大举攻伐下先后败北，孙中山流亡日本；康有为在隐迹多年之后又冒出来，提出以孔教为国教，一举成为保守势力的魁首；孙中山组织国民党重举革命民主派旗帜，章士钊在东京创办《甲寅》月刊，鼓吹反清革命；徐枕亚出版文言言情小说《玉梨魂》，"鸳鸯蝴蝶派"翩翩而出；袁世凯复辟，做着皇帝的美梦；云南蔡锷组织护国军，掀起讨袁运动，同时，陈独秀在上海创办《青年杂志》，提倡民主与科学；1916年，蔡元培出任北大校长，《青年杂志》改名《新青年》，陈独秀、刘半农、钱玄同等日益引人注目起来……

相形之下，鲁迅太普通了，不过是教育部里一个无足轻重的小官吏，他唯一的一次让人刮目的行为是张勋复辟时，他当即愤而辞职。显然，对现实与未来他毫无把握，对过去他却十分清醒。他明白，翻过去的一页是注定要翻过去的，那是黑暗陈腐的一页。是的，他不是个弄潮儿，但也并非是个落伍者，他不过在那一段风风雨雨的变动中，暂时做了一个局外人。这时，他就像是一个顺江流而行的人，看着江中与激流挣扎的人们，手里却捧着本线装书，偶尔也俯身从沙滩上捡起一两片拓片。江中的一切，他实在怀疑得很。政坛风云与天下大势，他不甚了了。

政权的接换正接近尾声，新文化刚刚开始起步，还没轮到他。他也没意识到这点，只是在研究古书之余，颇有些寂寞与颓丧。夏夜，蚊子多的时候，他独自坐在绍兴会馆大院里的槐树下，从密叶缝里看那一点一点的青天，不知名的小虫在墙角悄吟，不时有晚出的槐蚕冰凉地落在头颈上……

胡适、陈独秀 1917 年提出的文学革命日益发展，有人想到鲁迅了，那便是钱玄同。

他俩是老同学，1908 年在东京小川町民报社章太炎家中，和许寿裳、周作人、钱家治等，同听章太炎讲课。两人关系不错，钱玄同曾给鲁迅起过一个"猫头鹰"的绰号，而鲁迅呢，因为钱玄同说话最多，而且总在席上爬来爬去地忙个不停，就给他起了个绰号"爬来爬去"，又称"爬翁"。

1916 年前后，两人同在北京，关系密切起来，几乎每隔两三天，钱玄同就到会馆找鲁迅聊天。两人碰在一起就说不完，兴致极高，别人在旁只有洗耳恭听的份儿，没有插嘴的余地。有时，鲁迅刚寄出给钱玄同的信，信还在途中，玄同已飘然而至，于是两人同到附近的近百年的老店广和居去叫小吃。像炸丸子、酸辣汤之类，都是爱吃的。

某夜，戴着近视眼镜、胖乎乎的钱玄同穿着竹布长衫，腋下挟了个黑皮包走进会馆，坐下来了，可因为怕狗，似乎心房还在怦怦地跳动。

他翻翻鲁迅桌上的古碑的钞本，皱皱眉问："你钞了这些有什么用？"

"没有什么用。"

"那么，你钞他是什么意思呢？"

"没有什么意思。"

"我想，你可以做点文章……"

鲁迅摇着头，苦笑一下："假如一间铁屋子，是绝无窗户而万难破毁的，里面有许多熟睡的人们，不久都要闷死了，然而是从昏睡入死灭，并不感到就死的悲哀。现在你大嚷起来，惊起了较为清醒的几个人，使这不幸的少数者来受无可挽救的临终的苦楚，你倒以为对得起他们么？"

"然而几个人既然起来，你不能说决没有毁坏这铁屋的希望。"

鲁迅沉默了，终于答应写些文章，不久便有了《狂人日记》的问世。这是 1918 年。

## 呐 喊

其实，鲁迅并不仅仅是由于朋友的几句话而振作起来，投入新的战斗的。

1917 年以后兴起的新文化运动，热烈地提倡新道德、新文化，鼓动人们摆脱一切旧礼教、旧传统的束缚，使鲁迅感觉到文化场上不再是一个寂寞无声的荒野，对于反封建的民主斗争，不由产生了新的希望。这就是他在《呐喊》自序中所说的："说到希望，却是不能抹煞的，因为希望是在于将来，决不能以我之必无的证明，来折服了他之所谓可有"；同时还有一个新的因素，即十月革命的胜利。对于这场革命的伟大意义，当时鲁迅并无深刻理解，但他凭着一个文学家的敏感，已意识到它的"不同凡响"：

> 看看别国，抗拒这"来了"的便是有主义的人民。他们因为所信的主义，牺牲了别的一切，用骨肉碰钝了锋刃，血液浇灭了烟焰。在刀光火色衰微中，看出一种薄明的天色，便是新世纪的曙光。（《热风·五十九》）

正是在这新世纪的曙光照耀下，使他对许多问题看得较为清楚了，对于未来增强了信心，同时也变得积极和乐观了。

《狂人日记》出乎意料的成功，使鲁迅猛醒过来，重新找到了自己在生活、在社会中的真正位置。他的文学生涯真正展开了。这使他在教育部的后期愈显得相形逊色，不值一提。《孔乙己》《药》《风波》……他连续创作小说，同时也写些短论，像《现在我们怎样做父亲》《我之节烈观》等，并开始翻译外国小说，这一切与他年青时在日本的一段奋斗连接了起来。

他已经 38 岁了。不狂热，但很自信，冷峭的外表下潜藏着成年人涌动的激情。38 年的人间生活的沉淀，留下了深厚的积累，在心灵的深处埋着，现在松动了，重见天日。他的作品一开始就以成年人的面目出现，稳扎、深沉，被压抑的热情与冲破压抑的挣扎赋予作品一种内在的紧张感，显示出历史的与现实的深度。鲁迅以犀利的解剖刀，透过一幅幅似乎平静安详的田园诗般的社会图景，揭示了封建等级观念和封建伦理道德观念杀人吃人的残酷本质，剥去了罩在这些观念上面的神圣灵光。在近代，很少有人像鲁迅那样，站在反封建思想革命的立场，反复地表现出封建思想观念对于下层群众的窒息作用和扼杀作用，从而有力地表明了中国思想革命的极端重要性和必要性。

其中最成功的自然是《阿Q正传》。这是一部足以与世界名著相提并论的作品。"阿Q相""阿Q精神""精神胜利法"从此风靡知识界，并被广泛地用来讽刺那种妄自尊大和自欺欺人的精神状态。就像于连、欧也尼·葛郎台、浮士德、乞乞科夫、安娜、高老头等等人物被认可一样，全世界都承认了阿Q。《阿Q正传》的不朽意义，在于它从辛亥革命本身的弱点和不觉悟群众的因果联系中，十分广阔地总结了这场革命失败的深刻教训。在阿Q身上，精神胜利法等思想观念和他受压迫受剥削的阶级地位怪诞的、不合理的喜剧性结合，生动地告诉人们：政治革命如不伴随深刻的思想启蒙，必将像辛亥革命一样半途流产。

以《狂人日记》为起点，《呐喊》为标志，鲁迅成为新文化运动以来第一个真正的白话作家。中国现代小说是在鲁迅手中开始，也是在鲁迅手中成熟的。沈雁冰1923年《谈〈呐喊〉》一文中说："在中国新文坛上，鲁迅君常常是创造新形式的先锋，《呐喊》里的十多篇小说，几乎一篇有一篇的新形式，而这些新形式又莫不给青年作者以极大的影响。"在简洁、凝炼、谨严、丰厚等方面，鲁迅的小说可说达到了短篇小说艺术的极致。他有一种近乎神奇的本领，往往几笔，就能使人物栩栩如生，神情酷肖。像阿Q、祥林嫂、孔乙己、闰土等这样多出色的典型，都是在短短的篇幅中创造出来的。由于作者深厚的民族文学素养，这些作品不可避免地渗透着中国传统艺术的特点。他在创作时很少用工笔画细致地描写环境和景物，而致力于通过人物自身动作、语言来精练地写出人物，这种白描手法，实际上也正是对民族传统手法的创造性运用。鲁迅小说在思想性和艺术性的统一上，达到了世界第一流的水平。作为短篇小说作家，鲁迅已进入莫泊桑、契诃夫等世界最优秀的大师的行列。

毋庸置疑，鲁迅的创作也从欧洲文化、文学中汲取了养分。中国现代小说一开始不仅带着清新的文学气息和浓郁的民族风味，同样也在一开始便带有一种倾向：中世纪最末一代人培养起来的新世纪第一代人，启蒙于古老的中国文学，又接受了西方文化的影响。遥远的西方不再是朦胧、不可企及了，世界在眼前展现，而视野扩大造成的反思，使这代人更深切地体验到中国的落后、闭塞，体验到漫长的中世纪文化的古老、陈旧，东方文化对平和、同一性的追求，在这种感性体验下，变得一钱不值。而现实传统的沉重的束缚，反激起了强行突破式的呐喊与挣扎，他们试图以西方文化否定、取代传统的一切内容与形式，自由、平等、个性解放成了此后几十年文化领域升腾不息的主旋律……

不过，鲁迅主要不是由于对新的渴望而是由于对旧的痛苦体会与愤懑才投入创作的，对现实的政治命运，他关心过，并无明显的热情。1919 年 5 月 4 日这天，在历史书上都要写上好几页，而在鲁迅的日记上却依旧平平静静，一如往日："四日，昙。星期休息。徐吉轩为父设奠，上午赴吊并赙三元。下午孙福源君来。刘半农来，交与书籍二册，是丸善寄来者。"孙伏园向鲁迅说起天安门大会场的情况，但鲁迅的反应是淡淡的，他怕青年人上当，担心他们会吃亏……政治需要鲜血以激人奋起，也需要一些注定要吃亏的激进作为成功的铺垫，这是文学家的鲁迅当时还不明白的。

《新青年》上发表过他的几篇杂文，相比其他的作者，他的文笔要平心静气得多，于他自己只是偶发一点感慨。谁也没料到以后鲁迅竟会以此为生，而且那质直坦率的文风会发展为令人望而生畏的辛辣机智的"鲁迅风"。那时，鲁迅的形象是一个深沉的中年人，是作家和教授，他的主要精力也是放在创作与翻译上，此外，对金石拓本他也还有着浓厚的兴趣。

远在千里之外的故乡与老母隐隐牵动着他的心思。绍兴老家新台门的房子已卖给朱文公的子孙，交屋限期为 1919 年底。

于是在 7 月，他在北平用 3500 元钱买下了八道湾 11 号的房子，并亲自指导了修建。11 月与周作人迁到那里。12 月，为接母亲与三弟建人，他告假由津浦路回乡，月末同回北平。这次故乡之行来去匆匆，家族的衰落使之蒙上浓厚的悲剧气氛。看来，他打算把北平作为永久的居住地了。可是一大帷人住在一起确实不是个好办法，大家族聚族而居的古老方式正日渐被现代人忘却。作为思想先驱的鲁迅是个叛逆者，但在处理自己的家事和人情世故上，还是以相当传统的方式进行的，他在尽一个长子的义务与职责。

八道湾 11 号是个大宅，房间多，空地大，抬头是北方的一碧青天。院内有一个长 3 尺、宽 2 尺的荷池，里边游着蝌蚪，满院"地溜"转的小鸡，摆着八字步的松花黄的小鸭和长着通红耳朵的白兔，使寂静的宅院多了些生气。在房前鲁迅还亲手栽种了两株丁香、一棵青杨。起风的时候，青杨在风中傲然直立，萧萧作响……

这段时期是较为安定的，著名的《阿 Q 正传》就是在此诞生的。但这平静很快被兄弟的不和所扰乱。两人的不和这时显然不是由于政治或文学上的分歧，主要是因为一些家庭问题，特别是经济关系。

绍兴的周家出了两个文学天才。两人都到日本留学，曾携手走过一段人生道路。可两人的性情却不太相同。鲁迅为人严谨、峻急、深沉，而周作人则随和、平淡、散漫。鲁迅所经历的困苦比作人多，而周作人则要顺当些，也多一些绅士名流的派头与嗜好。周作人的妻子是日本人羽太信子，然而遗憾的是，日本女性素有的温柔随顺在她身上荡然无存，她是个市侩气的女人。她和周作人结合的结果是形成了一个由她控制的绅士与市侩家庭。生活缺乏条理，花钱大手大脚，没有分寸。鲁迅十分不满，但他还是想勉强维持下去，因而多次借款。1920年的借款数达千元以上。可有时鲁迅刚借到钱，坐了黄包车回家，就看见医生的汽车从家里开出，带起一路尘土，他不由得叹息："我用黄包车运来，怎敌得过用汽车带走的呢？"传统的严谨生活终究抵挡不了周作人夫妇现代生活的冲击，裂痕早已出现，分手也是势在必行。1923年7月14日，鲁迅单独起伙吃饭，19日周作人亲自送上绝交书："我以前的蔷薇的梦原来都是虚幻，现在所见的或者才是真的人生。我想订正我的思想，重新入新的生活。以后请不要到后边院子里来，没有别的话，请你安心、自重。"这样过日子自然是十分尴尬的，8月2日，鲁迅离开八道湾，迁至砖塔胡同21号。

传统家庭需要一种金字塔式的结构，一家之长身居顶点，往下按年龄资辈层层分列，同时家长又以传统的礼教作为具体手段对整个大家庭实施权力与控制。而当传统的伦理道德被摧垮，个性解放成了一时之尚，人人具有独立的各自为政的能力与追求时，旧式家庭毫无疑问要面临危机与解体。鲁迅的抉择是明智的，虽然于个人感情上是痛苦的。

# 彷　徨

在日常生活中，砖塔胡同时期的鲁迅变得平静、开朗起来，平时上班、上课、写小说，闲下来聊聊天，和邻居的小孩交谈。他把邻里那两个生肖属"猪"和"牛"的孩子称为"野猪"和"野牛"，两个孩子就老介介地回敬鲁迅，叫他"野蛇"。他还给他们买积木、画画、讲故事、讲笑话、讲绍兴女人吵架时的"剪刀阵"，给他们买夜点心桂花元宵吃，有时空下来，他还一本正经地教孩子们做体操，他那瘦弱的身体做出的体操动作，可以想见是多么雄壮有力了。

但在思想上，他很感寂寞。新文化营垒的变化使他再度感到失望和孤独，彷徨不安。

19 世纪末，20 世纪初，清政府向日本欧美派出大量留学生，原来是企图加强国力，维护王朝统治。谁料这些年青人却是留着辫子去，剪了辫子回来，成了推翻清王朝统治的重要力量。这对清王朝来说无疑是一个始料不及的失策，而就历史来说则又是必然的。1911 年的革命推翻了清朝统治机构，可社会面临着实质性的改造，即理想、文化的改造。2000 年的历史积淀在新文化运动中被底朝天翻了个个儿。女娲用泥捏出的人抖抖满身的积尘，露出了赤裸裸的肉体，生命复苏了。从国外回来的留学生们大显身手。陈独秀、胡适、钱玄同、刘半农、李大钊、周作人等成了激进派，以《新青年》为阵地大肆张扬文学革命。然而众多的参与者在一时的汇合奔流之后，显出了各自的不同面目。胡适长期受到西方文化的熏陶，他曾就学于康乃尔大学和哥伦比亚大学，是实用主义哲学家杜威的门徒，所接触的几乎都是中上层人士，目光一直没有投向挣扎在社会底层的工农大众；刘半农曾留学法国，专攻语言学，是巴黎大学文学博士，他深爱国画，书室中琳琅满目全是名家的作品……这些名流教授投入新文化运动，固然有其激进的思想倾向，但多是偏向于文人学者的方式的。而陈独秀、李大钊等则有着强烈的政治意识和民族观念。他们都有着各自的行为轨迹，在某些方面交叉汇合，而到一定时间又必然显示各自的发展，这便是：胡适、刘半农等在取得一定成功后，便半途而止，一显所谓学者本色，提出整理国故，开始了他们的"正事"：学问；李大钊等则远不满足已取得的成功，他们思考的是政治与社会现实，从一般文化领域中上升到对整个国家前途、命运的思考与探求之中，明确地传播起社会主义、共产主义来。这里正表现出了自辛亥革命以来中国思想界、文化界的"第二次的伟大的分裂"（瞿秋白语）——新文化内部的分化。五四以后的新文化统一战线，是以反帝反封建作为政治基础的。胡适受生物"点滴"进化论与实验主义的影响，认为中国贫弱的原因与文化教育落后有关，于是立誓 20 年不谈政治，立志以文化救国。

这种历史观上的二元论，是形而上学的，这使他不可能追随新文化运动继续前进，甚至逐渐地滑向了历史的反面。

在文学革命初期，鲁迅并没有完全投入到运动中去，他只是个参与者。本质上说，鲁迅也是一个文人，他的思考有浓重的文学气息，可是对于历史的深刻洞察和与大众的感情联系，造成了他强烈的现实感与精神上的迫切感，使他思想的深度、广度都突破了一般文人范围，具有思想家的敏感与锐利。

到新文化运动后期，鲁迅沉郁的文人气质和狭小的生活范围，使他不能像李大钊他们一样直接投身于革命事业，同样，他的清醒与敏锐又使他不会像胡适、钱玄同、周作人他们那样止步不前。周作人、钱玄同等在1924年办起了《语丝》，开展了一些社会批评和文明批评，与黑暗作些原地踏步式的捣乱，虽有进步意义，但"他们自己一有地位，本身又便变成黑暗了，一声不响，专用小玩意，来抖抖的把守饭碗。"（鲁迅《我和〈语丝〉的始终》）鲁迅作为《语丝》的一员，写了很多辛辣的杂文，抨击封建复古势力的丑恶行径，揭穿为反动统治阶级效劳的叭儿狗们的嘴脸，可是在《语丝》同人中他却是孤立的。北京时期的《语丝》的编辑工作他并未参加，而由周作人掌握。鲁迅对《语丝》内幕很了解，同人的精神与生活面貌于他也很难容忍。他从不出席他们每月一次的饭局，甚至不无讥讽地写道："人们可以经常从东安市场中的茶局或饭铺的雅座门前，看见挂着一块上写语丝社的木牌，倘一驻足，也许就可以听到疑古玄同先生的又快又响的谈吐。"

　　想走的已经走了，而且走得很远了，那里没有文笔与墨香，倒飘着淡淡的血腥味，隐隐之中看得见绞首架。不想走的都坐下了，泡杯茶，指点江山，在研究学问之余发发牢骚，拍死几只偶而落下的苍蝇。而鲁迅独自站着，穿着竹布长衫，面容憔悴，头发直立，像是很久没剃了……"寂寞新文苑，平安旧战场。两间余一卒，荷戟独彷徨。"于是，在北平西三条胡同的"老虎尾巴"里，《彷徨》《野草》一篇篇出世了。

　　《彷徨》是一部抒情性和讽刺性极浓的深沉的作品，充满抑郁之气，直接体现了鲁迅忧郁型的气质。《幸福的家庭》等几篇似乎想来些轻快之笔，透透气，但终究还是在《祝福》《孤独者》《伤逝》等的悲剧气氛下归于沉郁。在对封建制度，封建礼教的腐朽本质的认识、分析和揭露批判上，《彷徨》比《呐喊》中题材相似的有关小说又进了一步。《伤逝》中涓生的挣扎，《在酒楼上》吕纬甫的颓唐，《孤独者》中魏连殳的自戕，不免令人战栗。这是处于民族危机中半殖民地社会一个真正爱国者、彻底的民主主义者对于国家民族命运的忧虑，对于社会黑暗的愤懑。鲁迅在作品中表现出的苦闷和彷徨，并不是动摇，而是伙伴发生变化，新战友不知在哪里的苦闷。这是五四运动退潮后统一战线分化的产物，明显地带着那个时代的特点。

　　《野草》里弥漫着梦幻的色彩。恐怖、迷人、可爱、美丽、苍白，不可思议。人们不知所措地被卷入了坟墓、死人、山阴道、野花、云、天、竹、狗、暗夜、黄昏、血痕、死火、地狱……之中，"绝望之为虚妄，正如希望一样。"这句话是一个奇妙的怪圈，反映了鲁迅内心的矛盾，即不可抑止的失望与虚无的情绪，以及对这种失望与虚无的怀疑与否定。鲁迅意识到自己与实际社会生活的疏远，他说过："我所见过的人们、事件，是有限得很的。"他的这种自我认识是正确的。事实上，新文化运动的高潮虽过去了，可新文化的精神并没有消失，其中的水分扬净了，变为现实的力量和实实在在的问题，从社会上层更切实、更广泛地渗透到社会生活深层中去了。这是一个很难把捉的历史进程，站在今天的堤岸上看，当然很清楚，而在当时却是不容易的。

不过，鲁迅的执拗、决不回头的气质和心理特点还是在《野草》中得到极为深刻的展示。在《过客》中，我们可看到这样的鲁迅：

客：老丈，你大约是久住在这里的，你可知道前面是怎么一个所在么？

翁：前面？前面，是坟。

客：（诧异地）坟？

孩：不，不，不的。那里许多许多野百合，野蔷薇，我常常去玩，去看他们的。

客：（西顾，仿佛微笑）不错。那些地方有许多许多野百合，野蔷薇，我也常常去玩过，去看过的。但是，那是坟。（向老翁）老丈，走完了那坟之后呢？

翁：走完之后？那我可不知道。我没有走过。

客：不知道?!

孩：我也不知道。

翁：我单知道南边，北边，东边，你的来路。那是我最熟悉的地方，也许倒是于你们最好的地方。你莫怪我多嘴，据我看来，你已经这么劳顿了，还不如回转去，因为你前去也料不定可能走完。

客：料不定可能走完？……（沉思，忽然惊起）那不行，我只得走。回到那里去，就没一处没有名目，没一处没有地主，没一处没有驱逐和牢笼，没一处没有皮面的笑容，没一处没有眶外的眼泪。我憎恶他们，我不回转去！

看来，鲁迅命里注定要走一条与众不同的道路，一条充满着黑暗和荆棘，流血和痛苦的探索者的道路。

## 爱　　憎

在鲁迅和那些"高升"或"退隐"的教授学者们关系疏远

的时候，一群年轻人成长起来，成了鲁迅的热烈崇拜者。这些年轻人都是些贫寒的大学生，有的连大学门也进不了，仅仅得到一个旁听生的资格。当时有钱有势的学生都住着公寓，房里麻将声不断，门口有带水电灯的"包月车"，把那些阔学生拉到"城南游艺园"看戏，到八大胡同吃花酒，……而他们却住着贫民区里破旧的民房，在昏暗的油灯底下用功、争论问题，过着8个铜子到12个铜子一天的生活。这里边有在苏俄短期留学回国的韦素园和曹靖华，连中学也未终业，当时在北大中文系旁听的台静农，靠编译短文以谋取生活用费和学费的李霁野，因铁路职工学校停办而失业，到处奔走谋求工作的许钦文，还有不论何事都要亲自考察一下，"一身空空，四海为家"的高长虹，和高长虹一起从事狂飙突进运动的安那其主义者向培良等。这些年轻人大多成了新崛起的《未名》《莽原》两社的生力军。鲁迅当时虽然在从事创作，但对声名显赫的纯文学团体似乎并不热衷，他与创造社、文学研究会关系不错，但也不甚密切，他领导了未名、莽原两社，着眼的是外国文学的翻译和开展社会批评，并且通过这方面工作，扶掖新生力量，以期给寂寞的中国文学界带来生气。

那时，年青人川流不息地在鲁迅的西三条胡同里进进出出，谈人生、谈社会、谈文艺，编辑、修改文章等。但有一个女学生的出入却不仅仅是由于这些事。她还常常帮鲁迅抄抄稿子，招待一下客人，泡上茶，颇有些不同寻常的意味。

这种暧昧在后来公开的《两地书》里得到了揭示。俩人从1925年3月就开始了通信。鸿雁频繁往来，每隔三、五天一信，关系微妙而迅速地发展着。首先是称呼变得日益随便、亲切，鲁迅的落款由"鲁迅"变为"迅"，她则从学生变为"小鬼"，开始的信中都是板着面孔谈论天下大事，后来却在严肃中多了几分戏谑，三两句笑语中又传递了多少暗示？文人看来是最适合用文字往来进行感情和思想交流的。灵魂的自信弥补了文人常有的瘦弱身体上的自卑，上帝以这种合乎逻辑与道义的法则平衡了人间的悲与喜。现实生活中的鲁迅看去貌不惊人，最初在女师大上课时穿着打补钉的褪色的黑马褂，头发粗黑，又长又直，被女学生笑为："怪物，好似出丧时那乞丐的头儿。"但在文字中，鲁迅得到一显身手的地方。这是一片属于他的绿色原野，他在这里可以纵横驰骋，任意往来，时而放马平川，热烈奔放，时而勒缰踱步，潇洒自如，质朴而机智，严谨又不乏诙谐幽默。他的多侧面的个性与丰富的内心世界充分地表现出来。

这种关系的发展使鲁迅面临着另一个现实问题：这就是西三条胡同中鲁迅身边的另一个女性朱安。

他们是1906年7月奉母之命结婚的。那天，鲁迅装假辫，戴红缨大帽，身着罩有纱套的大袍，脚登靴子，在新台门的神堂上和上穿红纱单衫、下着黑绸裙、一副古装打扮的朱安拜了堂。然后像木偶般由人簇拥着，踏着地上铺着的象征传宗接代的袋皮上了楼。这中间有个小插曲是：朱安那双缠过足的小脚对于鲁迅来说实在太碍眼，补救不及，于是只好穿上一双大鞋子以图蒙混过关，可不幸这双大鞋在下轿时却不知趣地出乎意料地当众溜了下来，把年轻的鲁迅气得脸色发白。朱安是典型的中世纪产儿，善良、内向、平和，然而古板、沉默，没有一点女性哪怕是普通人的魅力与生命力。而鲁迅的灵魂深处却是一个彻底的叛逆者，追求着未来与生命的大沉酣与大欢喜。这样的结合使双方都经受了难以想象的痛苦。

这种婚姻在一个新旧交替的时代并不奇怪。当时有许多人在老家都有一个包办的妻子，而在城中又娶了一个爱情的妻子。两个妻子同是女性，却代表了两个时代，一个男人由此跨越了两个相距遥远的时代，应该说是幸运，还是不幸呢？

文人的个性大都是内在型的，内心行为与外在行为有一种明显的不一致，有时甚至是一种反差，外在行为愈是虚弱无力，内心的硬度愈是强化。这是文人的悲剧，也是文人之为文人的重要因素之一，且可以算作喜剧吧。鲁迅在某种程度上也具有这种特征。灵魂深处对传统的叛逆性并不能代替现实中对传统的继承性，对自由、生命的追求摆脱不了道德的约束，冷静、傲然是因为同情心与怀疑。他没把朱安留在乡下，而是一同带到了北平的八道湾11号，继而是砖塔胡同，再是西三条胡同。

然而忍耐、同情心与道德考虑，又反激了感情上的厌倦情绪，他对朱安出奇的冷漠。分开来住自不必说，他几乎很少和朱安说话。有一年冬天朱安给鲁迅做了一套新棉袄，放在他床上，然而鲁迅却置之不理，坚决不穿，即便托他的老朋友相劝也归无效。这在朱安能不伤心么？

本来，两人与老母共居一处，各走各的人生道路，两不相干，倒也平安度日，没甚大的争执，更何况朱安挺能干，烧得一手好菜，会做些针线活，能照顾鲁迅与母亲的生活。但那个年轻女学生的出现，打破了这沉闷的平衡。她叫许广平，是女师大的学生，也是积极参与学生爱国运动的激进派，年轻人的活力与锐气，女性的魅力与细腻的心灵，与朱安真有天壤之别。生命之流冲击着鲁迅深井古潭般凝重的感情，在许广平面前，他不再是教授、作家，他只是个男子。爱与欲望的无形的火焰暗暗舐着身心。何去何从，鲁迅一时难以作出决断。

这同时，另一串事件爆发了。

女师大校长杨荫榆曾留学美国，获得过哥伦比亚大学文学硕士的头衔，可惜却不能胜任一校之长。她的保守倾向和泼辣手腕使她与学生格格不入，被学生戏称为"寡妇主义""婆婆""国民之母之母之婆"，最后导致 1924 年末开始的"驱'羊'运动"，由于杨荫榆的强硬抗拒与实施暴力，继而发展为一场声势浩大的学生运动：女师大风潮。鲁迅在这场运动中站在正义一边，积极支持学生，先后写了《忽然想到·七》《"碰壁"之后》《流言与谎言》等一批杂文，把杨氏所推行的教育路线斥之为"寡妇主义",并指出这种教育给青年女子造成的灾难远甚于昔日道学先生占据教育阵地时的状况。鲁迅明确地表示了与女师大革命青年并肩战斗的坚定立场,给予顽固的守旧势力以及以"正人君子"面目出现的帮凶们以无情的回击。正如许广平后来所说,"《华盖集》里的文章,不是简单写在纸上的文字,那是和敌人进行白刃战中使用过的真刀真枪,即使今天读起来,仍使人感到寒光凛冽,锋利无比。"(《许广平忆鲁迅》)

女师大学潮刚告一段落,1926 年 3 月日本海军第 15 驱逐舰队的两艘驱逐舰进攻大沽口,国民军被迫还击。16 日日本借口国民军违反《辛丑条约》,与英、美、法、意、荷、比利时、西班牙等向段祺瑞执政府发出最后通牒,限 48 小时之内作出答复。北平学生闻讯组织起大规模的学生请愿运动,遭到执政府卫队及数百人的大刀队的肆意砍杀。执政府门前血花飞溅,死伤枕藉,惨不忍睹。死者 47 人,伤 150 余人,酿成震惊中外的三·一八惨案,女师大学生刘和珍、杨德群也在遇害之列。

1926 年 4 月 12 日《语丝》周刊第 74 期上,鲁迅发表了《纪念刘和珍君》一文,热情赞扬爱国青年临危不惧的反抗斗争精神,愤怒揭露帝国主义、反动军阀政府的凶残,痛斥御用文人无耻的谎言和卑劣的行径,悲愤之情溢于言表,撼人心魄:"惨象,已使我目不忍睹了,流言,尤使我耳不忍闻。我还有什么话可说呢?我懂得衰亡民族之所以默无声息的缘由了。沉默呵，沉默呵！不在沉默中爆发，就在沉默中灭亡。"

"三·一八"以后北平的政治空气急剧紧张，段祺瑞政府密令严拿惩办李大钊等 5 名"赤党"。5 月 16 日《京报》披露："通缉令所罗织之罪犯竟有五十人之多"，如"周树人、许寿裳均包括在内"。一时间，教育界平日为人注目及自忖不安稳的人，都四处奔逃。鲁迅在友人的敦劝之下，借贷数百元，从 3 月底到 5 月，相继在西城锦什坊街 96 号的莽原社、旧刑部街的山本医院、东交民巷的德国医院、法国医院，度过了一段动荡不安的避难生活。

政治形势的险恶与威胁，促使鲁迅作出离开北京的决定。8 月 26 日下午，他与许广平同车南下。他到厦门，许广平往广州。

西三条胡同 21 号里，只剩下了老母和朱安，陪伴着鲁迅种下的青杨、丁香。朱安对以前的邻居的孩子说："过去大先生和我不好，我想好好服侍他，一切顺着他，将来总会好的，……我好比是一个蜗牛，从墙底一点一点往上爬，爬得虽慢，总有一天会爬到墙顶的。可是现在我没有办法了，我没有力气爬了。"一度热闹的西三条胡同又冷清下来，经常登门的青年学子不见了，夜晚只有煤油路灯若明若暗地闪烁……

# 反　　思

　　20 年代中叶以后，作为作家的鲁迅渐渐沉默下去。这是一种意味深长的沉默，这一沉默的结果是：以小说作为开端的鲁迅，最后以杂文作为自己的终结。这实质上是鲁迅由作家发展为社会批评家，从而完成了文化巨子形象的过程。

　　年轻时代的鲁迅并不缺乏政治的热情：在日本筹划《新生》，在绍兴办过《越铎日报》，但政坛风云变幻莫测，使他惘然失措，在以后许多年里一直采取静观的态度。《狂人日记》的轰动把他推到了世人瞩目的社会名人的位置，他重新回到社会中来，但是慢慢地、一步一步地，始终有保留地走入了现实的河流，而喧嚣奔腾的女师大风潮，鲜血淋淋的"三·一八"惨案，则把他卷入了斗争的漩涡，同群众性政治运动有了密切的呼应。

　　鲁迅那种敏感、怀疑、易怒的天性和他的孤独者常有的叛逆心理不自觉地暴露出来。这具有一种让人畏惧的内在进攻性。透过这种叛逆性格，我们看到了什么呢？……隔着比他高一倍的当铺的柜台，他送上衣服或首饰去，在侮蔑与冷言冷语里接了钱，再到和他一样高的药铺柜台上给久病的父亲买药……仿佛是走异路、逃异地，把灵魂卖给鬼子一样，在人们的奚落声中，也在母亲默默的哭泣中，带了 8 元钱的川资前往南京水师学堂……东京樱花烂熳的时节，他远离了正学跳舞的留学生们，踽踽独行，形单影只，好不容易在冷漠的空气中寻到几个同志，兴致勃勃要办《新生》，却不料逃走了资本，只剩下不名一文的三个人，像立于无边际的荒原，感受着未尝经验的寂寞……社会的势利、冷酷、歧视，这一切在鲁迅意识深处造成的潜在压抑感，在鲁迅依靠杂文从文学形式的束缚中解放出来后，终于化为一种冷静而又狂热的强大力量，在以后的岁月里日渐显出它们的威力。

现代文明培养了鲁迅准确的自我意识，他对自己的脾气相当清楚，也未尝不认识到自己个性的缺陷与局限性，但他明白，社会需要的不是"洞世之见，观照一切……立论公允妥恰，平正通达"等等，而是需要切合实际，一针见血的抗争，而且刻不容缓。佛教有大乘、小乘之分，后代多以大乘为正宗，大乘讲求超脱的空灵境界，而小乘拘于苦行的现实境界。鲁迅显然是赞赏小乘的。他着眼的不是过去或未来，而是现实。

当然，这并不意味鲁迅对未来失去了信心。遥远的西伯利亚，古老的俄罗斯原野，朦胧中闪着北极光绚丽的色彩，隐约地激动着他，同时他又亲眼见到了广东的革命形势，在鲁迅从厦门到广州最后到上海这一阶段，鲁迅明显地向左翼接近。

厦门、广州时期鲁迅的心情是比较平静的。从古老的故都出来，从北方的飞尘中出来，到了清新的海滨，南方的明朗景物使鲁迅精神为之一爽。

厦大建在郑成功的演武场边，由西而东，排着五座洋房：囊萤楼、同安楼、群贤楼、映雪楼。另一排筑在南边滨海的小山上，有兼爱楼、笃行楼、博学楼、化学馆、生物馆。鲁迅住在生物馆三楼东南边的国学院陈列室。从窗口眺望，远处的大担、二担、南太武山若隐若现，对面是风景秀丽的鼓浪屿，茫茫海水连着蓝天，白鸥飞翔。入夜以后，一片黑暗，可听见涛声阵阵。海浪平静的夜晚，远处五老峰下的古刹南普陀寺传来隐隐钟声，如果没有雾，还能望见那里闪烁的几点灯光……

这儿的年轻人对鲁迅很热情，来访的人一批又一批。陈列室里常常飘着糖果的清香和缕缕的烟雾。

有时，鲁迅也和同事到海边走走，在浪花飞溅的海滩上拾几枚贝壳。鲁迅对自然美不甚注意，他感兴趣的是山坡上古老的城墙和荒草丛中的几尊小铜炮，因为它们令人想起郑成功抗击外寇的硝烟弥漫的岁月……

厦大每周有一次纪念周会，由校长亲自约请的教授发表演说，讲演的题目不外乎《论孔教的真义》《孔子何以是圣人而不是神人》一类。鲁迅到厦大不久，也轮到了。这次周会照例由校长林文庆主持。林文庆是从美国爱丁堡大学镀金回来的买办文人。每次周会上，他开口闭口总是"Confucius"（孔夫子），并自称是"现代的孔夫子"。他讲话时，先用普通话，可是说不上几句，又改说厦门活，但厦门话仍说不多，于是"therefore"（为此），接下去就通篇的英语，大谈复古，尊孔，解释取自《大学》中的厦大校训"止于至善"，宣扬"君子独善其身"等古训。这次，林文庆恭维了鲁迅几句之后，便叫大家倾耳"听他伟论"。

鲁迅讲话时，丝毫没有专家的派头。他不立在讲台后面，而特意站在讲台左前角，好使自己与学生们更亲近些。鲁迅讲的内容是"少读中国书，做好事之徒"，讲了30分钟。在座的人本来以为教授讲演总是勉励学生勤奋读书，但他讲的却是要大家不要只是一味捧书本，而要关心世事。他的这番讲演，使林文庆在主席台位置上如坐针毡，可对于感觉敏锐的青年学生们却引起了深沉的思索。

鲁迅本有在厦门教书两年的打算，可并不如意。厦门是个可爱的地方，但厦大并不可爱。鲁迅到厦大不出一两月，原来的想法就在动摇了。当时的厦大实际上是一些文人的避难之地，北方残酷的军阀统治使许多学者在林语堂等的邀请下到了厦门。但是他们并不都有长期打算，不过作为权宜之计，过渡一下而已。鲁迅的好友孙伏园等到厦门不久，就相继到外地奔波，而在国学院里主要是朱山根、白果等人。这些人大多属于胡适、陈西滢门下。厦大国学院成了他们兴风作浪的地方。他们看校长的脸色行事，随风使舵，你枪我剑，犹如一部《三国演义》，好看煞人。

鲁迅对厦大后来越来越不满意，甚至称厦大是个"鬼圈"。对于校内"现代评论派"的人物尤其看不惯。一天，林文庆在鼓浪屿笔架山的住宅设宴招待鲁迅，在座的除鲁迅外，还有顾颉刚等。顾是厦大国学研究院名教授。他是搞考据的，受胡适的影响较深。在《古史辨》中曾发表讨"禹是一条虫"的没有可信依据的议论。这次宴会吃的是西餐，有一道菜是蟹，就盛在一只盘子里。吃时，将壳翻到盘边上，里面切开成一片片的。鲁迅与顾颉刚坐得近，当主人将蟹壳翻转以后，鲁迅不无讽刺地对顾说："顾先生，你考察考察看，这是什么世纪的东西啊！"一时间坐席上有些尴尬，顾露出不高兴的神态。

在弥漫着污浊空气的厦大，鲁迅自然是孤独的，尽管这段时间没有爆发什么大的矛盾和争论，但他深感寂寞。与许广平的通信便成了他精神的唯一寄托。那些日子，他们之间通信频繁，一封接一封，根本等不及对方回信。厦大的教员常常看到鲁迅在取信的地方转悠，焦急地盼着广州的来信。

除了写信之外，鲁迅每天所做的另一件事便是阅读当地和外埠的各种报纸。他关心着北伐战争的消息，每隔几天，还要将自己得到的北伐的情形向许广平作一番描述。这是他在9月14日给她的信中所写的一段话："此地北伐顺利的消息也甚多，极快人意。报上又常有闽、粤风云紧张之说，在这里都看不出。不过听说鼓浪屿上已有很多寓客，极少空屋了，……"从这些文字中不难想见"国民革命"的胜利进军使鲁迅感到振奋和向往。

鲁迅对厦门不耐烦，早就想走。顾全到林语堂的交情与面子，他还是勉强教了一学期的书，终于在 1927 年 1 月离开厦门乘轮船前往广州中山大学。

广州被称为"革命的策源地"，其实政治色彩十分复杂。中山大学里有国民党左派、右派，也有共产党员，有公开的，也有隐蔽的，令人眼花缭乱。"四·一二"政变前的空气表面上松弛，其实很紧张。鲁迅是当时公认的所谓"无党派"的名人，身处这样的环境，免不了与各种人接触。他很谨慎，总的倾向是接近左翼特别是一些进步的学生，这是毫无疑问的。

广州对鲁迅的态度是相当戏剧化的。鲁迅前脚刚一下火车，后脚跟就来了一"炮"。2 月，广州《国民新闻》副刊《新时代》上登出"鲁迅先生往哪里躲"一文，把广州青年领袖的角色一担子没轻没重地往鲁迅肩上压去："鲁迅先生，广州从来没有什么'纸冠'给你戴，只希望你不愿做'旁观者'，继续'呐喊'，喊破了沉寂的广州青年界的空气。这也许是你的使命。如此社会，如此环境，你不负担起你的使命来，你将往哪里去躲？"各方人士都笑脸相邀，热闹闹大开欢迎会，仿佛迎接战场上下来的英雄一般。鲁迅身材瘦小，更兼体弱多病，"一支破笔代替不了钢枪，一杆烟枪制造不了战争"，他"如何担待得起"？在中大的欢迎会上，他第一回讲演就庄严声明自己不是"战士"，也不是"革命家"。不料，主持大会的校长朱家骅随机应变，接得巧妙："这是鲁迅太谦虚，他确是一个战斗者、革命家。"于是礼堂里响起一阵掌声。不只是被当了"战士"，更苦的还有：访问的、研究的、谈文学的、侦探思想的、要做序的、题签的、请演说的，络绎不绝登门求见，闹得不亦乐了。鲁迅叹息道："我尤其怕的是演说，因为他有指定的时候，不许拖延。临时到来一班青年，连劝带逼，将你绑了出去……"

鲁迅毕竟是冷静的，他并不喜欢"劈劈啪啪"热闹的掌声，"想到敝同乡秋瑾姑娘，就是被这种劈劈啪啪的拍手拍死的，我莫非也阵亡不可么？"他没有被捧得晕晕乎乎，阿Q似地跳起来"革命"，他仔细地观察着周围的人们。广东新起的国民党官僚，像陈公博、顾孟余、朱家骅、汪精卫、戴季陶等人对他煞费苦心地进行拉拢，请客的名片、请柬天天不断，鲁迅应接不暇，干脆把它全部送回收发室的信插里，外面写上"概不赴宴"四个大字。与此相对照，对于一些进步的青年学生，他倒乐于接待他们的来访。他支持并赞助了共青团主办的刊物《做什么》的出版，年轻的共产党员毕磊几乎与鲁迅朝夕见面，对这个"瘦小精干"的湖南青年，鲁迅留下了深刻的印象。

蓄谋已久的"清党"开场了，进步学生有被捕、被杀的，有失踪、逃跑的，欢笑声顿时化为一片呻吟，广州到处是白色恐怖。中大在事变发生这一天，"士的党"（右派学生）在校内贴满了反共的标语，有的涉及到鲁迅。当天下午全副武装的警察包围中大，士的党全体出动，协助警察逮捕共青团员、共产党员40余人，毕磊也在内。这突如其来的变故，使鲁迅愤慨万分。翌日，他两度从白云楼寓所赶到中大召集各系主任紧急会议，设法营救被捕学生，经过力争，不但毫无结果，而且逮捕继续进行。全校进步学生和教职员448人被开除，被捕学生受尽酷刑，惨遭屠戮。鲁迅坚决辞去中大一切职务，表示对国民党反动派血腥暴行的愤怒抗议。

辞职以后，鲁迅的处境更其恶劣了。香港的报纸说他"因为清党已经逃走"，"到了汉口"，意在暗示他是"共产党的同道"。广州的报纸竭力不使有"鲁迅"二字出现，或是奚落他为"杂感家"、"特长即在他的尖锐的笔调，此外别无所称"。过去来"访问的，研究的，谈论文学的，侦探思想的，要做序，题签的，请讲演说的"，现在都不见了踪影。原来要他做序的书，"托故取回"，期刊上他的题签，"已经换掉"。每天所遇到的是"侦察的眼光，或扮演的函件，或京式的流言"。这种"到时大热闹，后来静悄悄"的迹象是很不妙的。然而这个"肚大两头尖"的"橄榄形"遭遇，却使他从中悟出了许多至关重要的道理。

"四·一二"这一惊心动魄的事件，比起他所经历的"民国以来最黑暗的一天"的"三·一八"惨案还要残酷得多。鲁迅向来尊重事实的教训，这次的大屠杀是他生平所经历的最大的一次事实的教训。

早在 19 世纪末的南京矿路学堂读书时，赫胥黎的《天演论》对青年鲁迅发生了很大的影响，进化论开始给他打开了一条新思路。他根据生物进化的原理，推论人类的进化是通过生命的新陈代谢实现的，从而也就产生了"青年必胜于老年"，依靠青年一代改造人生的思想。在"四一二"政变中，鲁迅不得不面对这样残酷无情的现实：反革命的青年杀人丝毫也不比反革命的壮年老年差，手段是同样的狠毒。这一血淋淋的教训，使他把眼前发生的一切与自己的思路联系起来思索：

> 我一向是相信进化论的，总以为将来必胜于过去，青年必胜于老人，……然而后来我明白我倒是错了。这并非唯物史观的理论或革命文艺的作品蛊惑我的，我在广东，就目睹了同是青年，而分成两大阵营，或则投书告密，或则助官捕人的事实！我的思路因此轰毁，……（《三闲集·序言》）

鲁迅深深地感到了他一向崇奉的进化论思想与客观现实的尖锐矛盾，毅然纠正了自己"只信进化论的偏颇"，服膺马克思主义阶级论这一真正科学的思想，他的宇宙观终于进入新的境界。

1927 年 9 月 27 日，鲁迅结束了白云楼半隐居的生活，离开这个没有什么可留恋的南方城市，同许广平登上"山东"轮前往上海。

## 谏　　诤

　　鲁迅曾经做了 15 年之久的教育部官员，又兼任了十多年的教员，在广州时还做过教务主任。到上海后，他开始了以写作为职业的生活。同时也正式结束苦行僧式的独身生涯，与许广平同居。鲁迅第一次真正得到了温暖的家庭生活，享受到男女天伦之爱。他的气色好多了，不像以前那么沉郁、苍老，人也略胖些，身上的穿着比以前要整洁得多。女性的温柔抚慰着孤独的他，以至当许广平后来想出去工作时，鲁迅不愿意了，他说："这样，我的生活又要改变了，又要恢复到以前一个人干的生活中去！"

　　1927 年，中国政治风云突变，国共两党合作破裂，阶级斗争越益趋于表面化。国民党利用了共产党的幼稚，在北伐成功后又杀个回马枪，来消灭自己隐伏的危险对手。中国共产党在巨大损失下，转入地下与农村，保存有生力量，并发动广大基层群众，以期东山再起。政坛上生生死死的搏斗使文化界得到透气的机会。当时的政治中心在广州、北平，一南一北，而上海作为租界地与经济发达的大都市，以自由洒脱的风度平和地微笑着，吸引了南来北往、在枪林弹雨中疲于奔命的大批文化人。一时间，郭沫若、郁达夫、成仿吾、李初梨、林语堂、徐志摩、梁实秋……尽到此落脚，在一片宽慰的叹息中，料理着蓬乱不堪的羽毛，然后伸直了脑袋转动着，四边张望。身且安、冠已整，可登大雅之堂了。语丝社的，新月社的，前期创造社的，后期创造社的，外加许多孤臣孽子、散兵游勇，各自观点有异，思想不同，文笔之间难免刀枪相碰、弓杯蛇影。

隐隐之中酝酿着一场论争。

最先发难的是创造社。前期创造社是一个具有强烈反抗性，同时个人主义自由气息也较浓厚的纯艺术团体，而后期创造社则在成仿吾等领导下成了一个带有强烈政治色彩的革命文艺团体。在他们的四面出击中，文艺领域一场有声有色的大战拉开了序幕。

被创造社"鞭挞"的首先就有文坛两位大家：鲁迅、茅盾。接着轮到语丝社、太阳社，新月社更是断无逃脱的幸运。

各方人士立刻反击，据理力争。但由于性质不同，各方在有意无意中又有联合，比方太阳社和创造社互相指责，但又共同对付鲁迅。而在批驳新月社上，鲁迅与创造社、太阳社又是目标一致的。

过去，鲁迅与创造社的关系谈不上密切，可也算是不错的。当初离开广州时他还特地向创造社诸人告别。在给李霁野的信中他还说："创造社和我们，现在感情似乎很好。他们在南方颇受压迫了，可叹。看现在文艺方面用力的，仍只有创造、未名、沉钟三社，别的没有，这三社若沉默，全中国真成了沙漠了。"创造社对鲁迅也不无表示。1927 年 1 月 1 日《创造周报》上公布的特约撰述员名单，第一人就是鲁迅。

然而事出意外，创造社突然向鲁迅不宣而战。像什么"资产阶级代言人""中伤革命""第一个有闲，第二个有闲，第三个还是有闲"啦，"小资产阶级的根性""时代落伍的印贴利更追亚的自暴自弃"啦，直至"封建余孽""不得志的法西斯蒂"……都落到鲁迅头上。

鲁迅当即进行反击。先后写了《"醉眼"中的朦胧》《我的态度气量和年纪》《文坛的掌故》《文艺与革命》等杂文，文笔辛辣机智，回击得干净利落，毫不动摇，而他的心情实际上为这场变故十分郁闷痛苦。在写了第一篇回击文章《"醉眼"中的朦胧》的第二天，他在给台静农的信中说："我在上海，大抵译书，间或作文，毫不教书，我很想脱离教书生活。心也静不下来，上海的情形，比北京复杂的多，攻击法也不同，须一一对付，真是糟极了。"一个"糟"字，反映了鲁迅心中多少难言的悲苦！

创造社要抵挡，新月社也要对付，创造社把他推到右边加以痛斥，而新月社的梁实秋又断定他拿了某某党的卢布。当年鲁迅为李大钊的文集作序时曾说：李大钊的文章是"赤者嫌其白，白者嫌其赤"，而今恰好成为他自己的处境的写照。

值得注意的是，就在冯乃超等人向新月派进行反击时，鲁迅并没袖手旁观。梁实秋等所代表的新月社，是五四以后不断成长着的新文艺中分化出去的右翼。他们宣扬人性"永远不变"，文学就是"表现这最基本的人性的艺术"，是"全人类"的，是"永久性"的。鲁迅在《"硬译"和"文学的阶级性"》等文章中，给予了严正的答辩。他写下了那段深刻的至今不断为人们所引用的名言："自然，'喜怒哀乐，人之情也'，然而穷人决无开交易所折本的懊恼，煤油大王那会知道北京捡煤渣老婆子身受的酸辛，饥区的灾民，大约总不会种兰花，像阔人的老太爷一样，贾府上的焦大，也不爱林妹妹的。"当冯乃超称梁实秋是"资本家的走狗"时，梁用自己还不知道自己的主子是谁加以辩白，鲁迅立即出来"帮乃超一手"，著文指出，你不知道主子是谁，正好说明你是属于所有资本家的，所以遇见所有的阔人都驯良，遇见所有的穷人都狂吠，是一条"丧家的资本家的乏走狗。"

后期创造社对文坛的影响可说是政治上大于文学上。革命文学受到推动，旺盛起来，也至少"挤"鲁迅看了许多马列主义书籍，在1928年一年中，鲁迅的二百多笔书帐，有关这方面的书达60多种，有：《布尔什维克之表里》《列宁给高尔基的信》《什么叫阶级意识》《从空想到科学社会主义》《中国革命的诸问题》《马克思的辩证法》《对法西斯主义的斗争》《社会主义文学丛书》等等。他还翻译了卢那察尔斯基的《艺术论》

《文艺与批评》，普列汉诺夫的《艺术论》等，鲁迅由此对马克思主义逐渐有了深入的把握，用新的认识论重新武装自己。

后期创造社倾向政治，这从成仿吾等后来走上革命道路、从文人变为革命者就能看出。他们在政治上一向是有相当自信的，并颇为自负，直接从马克思主义经典著作里学到理论，便带着自以为掌握了真理而奉命执行真理的居高临下的眼光，扫视整个文艺界的现实。这并无不可。他们的失误在于：第一，他们和创造社的老前辈一样，是浪漫型的，热情、狂傲、偏激，好走极端；第二，在论争中不时采用了人身攻击的手段，而这正是引起鲁迅愤慨的一个不可忽视的因素。

创造社猛烈然而幼稚的攻击因政治而起，也因政治而止。1929年春，为消除隔阂，一致对敌，党中央的周恩来同志，中宣部长李立三同志作了大量工作。江苏省委宣传部负责人李富春亲自找创造社、太阳社的作家谈话，要大家尊重和团结鲁迅。创造社停止了与鲁迅的争论，并于1930年3月组成了中国左翼作家联盟。鲁迅、沈端先、冯乃超、钱杏邨、田汉等7人被选为常务委员。在具有历史意义的成立大会上，鉴于论争的教训，鲁迅提醒"左翼"作家倘若不和实际的社会斗争接触，不明白革命的实际情形，很容易变为"右翼作家"。这番话语重心长，有的放矢，对于缺乏"前一辈的黎明期的清醒的现实主义"（瞿秋白语）的革命的罗曼蒂克作家，无异于一帖医治顽症的苦口良药。

# 挞　伐

1929 年，正当世界从第一次世界大战的重创中恢复元气的时候，正常的经济运转因为超负荷而在一个环节发生断裂，由此引起一串连锁反应，造成资本主义世界的经济崩溃。全球陷入了一片恐慌之中，企业倒闭，商店关门，到处是大拍卖，失业者的长队延伸在一度繁华的大街上，自杀屡见不鲜，家庭、职业、收入顿时烟消云散，吃喝玩乐尽成幻影，连作家也排在领取救济面包的行列里，有的在街头行乞，试图靠他们训练有素的语言技巧打动行人。

在经济萧条的压迫下，30 年代保守派纷纷垮台，一批年富力强、富有野心的政治家上台。其中孕育了几个能量极大的危险人物，像德国的希特勒，意大利的墨索里尼。日本在亚洲也蠢蠢欲动。1931 年，日本军国主义者策划"九·一八"事变，占领我东北三省，于次年 3 月成立伪满洲国。1932 年又发动上海淞沪战争，企图进占上海。1935 年又制造冀东事变，威胁天津、北京，形成居高临下，俯视华北、华中之势。局势岌岌可危。

面对强邻的嚣张气焰，国民党当政者采取的是"攘外必先安内"的政策。他们倾全力剿共，对付主张抗日的共产党和爱国人民，而对日军屈膝投降，把数十万军队南撤，使几千里锦绣河山沦于敌手。

在"九·一八"事变前夕，在国民党中宣部及上海市党部策划下，发起过一个"民族主义文学"运动。具有讽刺意味的，这个文学团体并不是由捏笔杆的文人组成的，而是由拿手枪的特务组成的。他们花钱请人代写宣言，借"民族主义"作幌子，散播反苏媚日意识，为反动当局的卖国投降张目。鲁迅在"九·一八"之后不久，写了《"民族主义文学"的任务和运命》一文，痛斥这种"流尸文学"置民族的独立尊严于不顾，甘心充当帝国主义侵略马前卒的无耻行径。他们那种"呜呼呵呀死死活活"的作品，矛头并不是对着日本军国主义，而是借以掩饰"不抵抗主义，城下之盟，断送土地这些勾当"，犹如落葬行列里送死人入土的哭声和军乐，任务是"用热闹来掩过了这死，给大家接着就得到'忘却'"。

事情正如鲁迅所揭露的那样。国民党为着掩盖不抵抗主义的真相，驱策一批文化走狗为他们的妥协投降作辩护。与此针锋相对，鲁迅在这段时期，以文艺性的政论——杂文为武器，直接地公开地揭露和抨击帝国主义侵略中国的强盗行为和国民党政府的卖国罪行，画出一幅幅殖民主义及其走狗的鬼脸图。《"友邦惊诧"论》《文章与题目》《以夷制夷》《逃的辩护》《我们不再受骗了》等等，就是一批脍炙人口的名文。

这里，我们对鲁迅的杂文作一番认识不是没有必要的。在鲁迅的一生中，特别是后期，他倾注了他大部分生命和心血于杂文写作之中。对于这一点，瞿秋白作过精当的阐释。他认为，急遽的剧烈的社会斗争，使作家不能够从容地把他的思想和情感熔铸到创作里去，表现在具体的形象和典型里，同时残酷的强暴的压力，又不容作家的言论采取通常的形式。于是，作家的幽默才能，就帮助他利用艺术的形式来表现他的政治立场，他的深刻的对于社会的观察，以及他热烈的对于民众斗争的同情。(《鲁迅杂感选集·序言》)

恰如秋白所言，鲁迅的杂文是干预现实最为直接的形式。在杂文中，鲁迅的双眼紧紧地盯住他周围的现实，盯住他所爱和所恨的一切，历史、现实的沉痛教训，使他不得不对反动势力深怀戒心，不得不时时刻刻提防着他们祸国殃民的阴谋诡计。他的杂文到处有对于人民敌人和黑暗势力的深刻的憎恶和愤怒的火焰，也到处有人民自己的力量和祖国光明前途的反映。对此，萧红有过一段精彩的描述。她说：

> 鲁迅的小说的调子是很低沉的。那些人物多是自在性的，甚至可说是动物性的，没有人的自觉，他们不自觉地在那里受罪，而鲁迅却自觉地和他们一齐受罪。如果鲁迅有过不想写小说的意思，里面恐怕就包括这一点理由。但如果不写小说，而写别的，主要是杂文，他就立刻变了，从最初起，到最后止，他都是个战士，勇者，独立于天地

之间，腰佩翻天印，手持打神鞭，呼风唤雨，撒豆成兵，出入千军万马之中，取上将首级如探囊取物！即使在说中国是人肉的筵席时，调子也不低沉。因为他指出这些，正是为反对这些，改革这些，和这些东西战斗。（见聂绀弩《萧红选集》序）

鲁迅是最富有历史知识的人，他的社会经验又很丰富。因此，在他的杂文里有着多得说不完的对于中国历史和社会的深邃的分析和论断。其中如"正视现实""韧性战斗""联合战线""无情面地解剖自己""拿来主义"等等思想，便凝聚着我国人民多年革命实践的经验和教训，具有久远的认识价值。

鲁迅有非一般人所能及的地方还在于他的文学才能是那样丰盈饱满，不拘是哪一种形式，哪一种体裁，总掩不住他作为一个文学家的特色，即使在散文尤其是本质上是一种议论文的杂文中也要表现出来。他在杂文中刻画出一系列中国"社会相"的类型形象，构成了具有巨大历史内容的社会讽刺画卷。像他所勾勒的"叭儿狗""媚态的猫""革命小贩""商定文豪""二丑""帮闲""西崽"等等，概括了某类社会的"共相"，已经成为我们民族生活中流行的"共名"。作为一位高等的画家，他善于把一般的叙述和抽象的说理化为生动的形象。有许多事情，如让别人来写，往往写得平淡、枯燥，引不起兴趣。但经他一说，却非常生动有趣，既富有吸引力，又易于理解。强烈的形象性，以及由此而形成的直感印象的力量，正是鲁迅杂文区别于一般社会科学论文的地方。可以说，鲁迅以他的 16 本杂文，结束了杂感作为散文支脉的隶属地位的历史，而成了一种与纯文学散文并驾齐驱的另一种独立的文体。

# 情　义

鲁迅曾几次被人擅自列为"战友"，又被轻率地"开除"。事实上很少有人真正理解鲁迅。

文人的自信、自负、自卑，普通人的平易、亲近、幽默，批评家的机智、嘲讽与怀疑精神，作家的沉思与深邃的思想，诗人的感情与丰富的想象，还有男人的直率与愤怒，形成了鲁迅让人似乎难以捉摸的性格。

他的气质是凝重的，铅灰色的，属于典型的忧郁型。时代、环境、境遇所造成的叛逆心理使他偏要突破这种忧郁进行顽强抗争，于是在他那些看上去虚无、悲观的文字里，我们分明看到他顽强、坚韧、死不回头向前走的形象，可在他最冷嘲热讽、最刻薄的文字中，我们难道没有隐隐地听到灵魂上的痛苦的呻吟？

鲁迅性格的最基本特征是他的现实性。从出入当铺，换钱去买结子的平地木、原对的蟋蟀、过冬的芦根以救治父亲的病开始，步入艰辛曲折的人生，从而赋予他着眼现实、执着现实的思维方式。他相信的是现实，忠于的也是现实。他始终是在现实的基础上追求真理。这使他始终如一，有着不可多得的独立的人格与思想。创造社诸人是找到了真理而回头对付现实，鲁迅并不轻易认为找到了真理，他只是在寻找真理并日益接近以至逼近真理。创造社的人是站在天上，鲁迅自始至终站在大地上，天上看得更远，地上则站得更稳扎。从五四新文化运动到革命文学论争和最后的"国防文学"论战，鲁迅一直以此为立足点。许多人不理解鲁迅这一点，所以看到鲁迅的这一面便把他供为"前驱""革命者""战士"，加以膜拜；见到另一面就倾刻将他打入十八层地狱，贬为"余孽""遗老"。

谁理解鲁迅？在二三十年代有两个人：一个是瞿秋白，另一个是郁达夫。

瞿秋白是个从政的文人，身材颀长，戴副深边眼镜，面容清癯，风度潇洒安详。早年他经历了和鲁迅相同的家道衰落，从小康坠入困顿，寄居亲戚家里，备尝人生艰辛，以至潜心于黄老哲学和佛学。后考入俄文专修馆，又到苏联访问，走上革命道路，显然有志于政治活动。然而，他的从政生涯颇不顺利，在一度担任中央领导工作时犯了盲动主义错误，又受王明排斥，从此便搞起了文化工作。政治斗争的艰苦和他个人命运的起落，使他的文人本色回复且浓重起来。30年代初他在上海搞文化运动期间，与鲁迅有密切的接触，建立了亲密的友谊。

鲁迅写过一副"录何瓦琴句"的对联赠给秋白:"人生得一知己足矣,斯世当以同怀视之"。这一对联的原句作者"何瓦琴"不是别人,原来就是秋白本人。1933年春末,秋白写了著名的《〈鲁迅杂感选集〉序言》。文中指出:

> 鲁迅从进化论到阶级论,从绅士阶级的逆子贰臣进到无产阶级和劳动群众的真正的友人,以至于战士,他是经历了辛亥革命以前直到现在的四分之一世纪的战斗,从痛苦的经验和深刻的观察之中,带着宝贵的革命传统到新的阵营里来的。

这番议论凝结着作者本人的深切感受,是深中肯綮的,无怪鲁迅后来与别人谈起时说:"分析是对的,以前就没有人这样批评过。"

如果说鲁迅与瞿秋白的关系是顺理成章容易了解的话,那么,鲁迅与郁达夫的相互理解则是出人意料的。鲁迅与郁达夫的思想差异很大,生活方式也极不相同。鲁迅是连别人喝咖啡的时间都用来工作的,郁达夫却过惯了自由散漫的文人名士的生活,得逍遥时且逍遥。当时在上海,他和王映霞到处双双出现,街头常可见一位服装华丽、风姿绰约的少妇,身边跟着蓝布长衫、弱不禁风的瘦男子,像哪个公馆里的少奶奶带着听差上街来了。但鲁迅和郁达夫也有共同之处,都喜欢喝酒,都离不开香烟，而且尽是干柴烈火，烟量颇大，每天 50 支以上。奇怪的是，严谨的鲁迅竟容忍了郁达夫（左联成立时鲁迅提名郁达夫为发起人一事已是众人皆知的事实），而浪漫的郁达夫则深刻地理解了鲁迅。关于鲁迅的"刚"，他一语道破鲁迅是"宁为玉碎"；鲁迅的"多疑"，他说："与其说是他的天性使然，还不如说是环境造成来的恰当，因为他受青年、受学者、受社会的暗箭实在太多了，伤弓之鸟惊曲木，岂不是当然的事情吗？"鲁迅的"冷"与"热"，别人仅认为这是"刻薄"，郁达夫却看到：鲁迅在冷皮下一层"潮潮发酵的，却正是一腔沸血、一股热情"；他还看到，鲁迅是"一个富于感情的人，只是勉强压住，不使透露出来而已……"

要知道鲁迅是一个"富于感情的人"，我们只要举出他与几位年轻后辈的关系就够了。

鲁迅与柔石的交往，起初最多的是创立朝花社，出版《朝花旬刊》。这个主要由柔石等青年办的文艺团体，致力于介绍外国进步的美术作品，尤其是木刻艺术。在筹组时经费即遇到困难。鲁迅不愿让其他人再多负担，除自己应付的一份外，还另拿出一部分钱，算作许广平的一股，这才使朝花社勉强支撑着活动起来。中间有一段时间，卖出的书收不回钱来，只好一再添本。虽然柔石一面赶译书卖钱充作股本，有时也来不及，于是鲁迅又掏腰包，以至他垫出的钱，至少占了全社股本的一半。最后由于有人捣乱，终至书卖不出去，闹成亏空，还是鲁迅担负了巨额的赔款，才得以了结朝花社的债务。在共同的工作中，鲁迅与柔石在思想上、生活上更近了。鲁迅把柔石看作是"一个惟一的不但敢于随便谈笑，而且还敢于托他办点私事的人"，而柔石对鲁迅也一直怀着爱戴和敬仰的感情。他在1929年12月的一天日记中写道："好几次，我感觉到自己底心是有些非常的不舒服，也不知为什么。在周先生家里吃了饭，就平静的多了。……鲁迅先生的慈仁的感情，滑稽的对社会的笑骂，深刻的批评，更使我快乐而增长知识。"

　　1931年1月17日，柔石等到上海东方旅馆去参加一次会议，因叛徒告密而被捕。柔石从狱中写出便条通过周建人转给了鲁迅。这就是《为了忘却的纪念》中保存下来的柔石狱中遗书。鲁迅愤激之余时刻记挂着这个有着"台州式的硬气"的年轻人："天气愈冷了，我不知道柔石在那里有被褥不？"2月7日，有人在募款积极营救柔石等，鲁迅为此捐款百元。而就在这天夜里，柔石等被秘密处决。在证实了遇害的消息后，据史沫特莱回忆，她去看望鲁迅时，只见他面色灰暗，满脸胡髭；头发错乱，面颊深陷，一双眼睛中发着高热的光。他的声音里充满着一种可怖的仇恨。鲁迅递给她一叠文稿，说："把它译成英文设法在国外发表吧！"这就是众所周知的《黑暗中国的文艺界的现状》一文。4月，左联创办《前哨》，第一期是"纪念战死者专号"，是为纪念柔石等烈士而秘密编印的。封面的"前哨"二字，是鲁迅亲笔题写的，他为这一期写了《中国无产阶级革命文学和前驱的血》及《柔石小传》。8月15日，鲁迅日记中记有："夜交柔石遗孤教育费百"。9月，《北斗》杂志创刊，鲁迅选用珂勒惠支的《牺牲》作为封面画。他说，这是"只有我一个人心里知道的柔石的纪念"。直到1933年2月7—8日，在柔石等左联五烈士逝世两周年时，鲁迅还是不能忘却，写下《为了忘却的纪念》这篇至文，文中对年轻战友的痛惜和难以自已的怀念，令人心颤，感人至深。

年轻的女作家萧红与鲁迅的关系，也是现代文学史上的一页佳话。萧红20岁时从封建家庭逃出，开始了她那浪迹天涯的漂泊生活。她说过："我总是一个人走路，……好像命中注定要一个人走路似的。"生活的艰困和婚姻的不幸，使她的灵魂屡受创伤。在上海，她带着她那抑郁而又倔犟的个性，闯进了鲁迅的生活。鲁迅很喜欢萧红，待她如亲人，如娇女，而且对她那早熟的艺术才华十分赏识。他看了用复写纸抄写的《生死场》的原稿，便吃惊于这个20刚出头的东北姑娘对生活"细致的观察和越轨的笔致"，更吃惊于看上去有点纤弱的萧红，却能把北方人民"对于生的坚强"，"对于死的挣扎"，描绘得"力透纸背"。他立即给萧红写了封信，信中说："……做得好的，——不是客气话——充满着热情，和只玩些技巧的所谓'作家'的作品大两样。"他为《生死场》作了序，经过精心校阅、编订，把它列入《奴隶丛书》之三出版。以后，每逢和友人谈起，他总是推荐萧红，认为萧红在写作上是"更有希望的","比谁都更有前途"。他还特地在梁园豫菜馆设宴招待萧红、萧军,并邀请了茅盾、聂绀弩、叶紫、胡风等文艺界人士,从而把萧红引入文坛。

作为长者,鲁迅多次提醒萧红在上海的环境中,不要把自己从北方农村带来的"野气"改掉,不要沾染上"扭扭捏捏,没有人气,不像人样"的江南才子气。同时,他又告诫她:"装假固然不好,处处坦白,也不成,这要看是什么时候。和朋友谈心,不必留心,但和敌人对面,却必须时刻防备。"① 萧红、萧军初到上海,人地不熟,他很为他们二人的安全担心。有一次他特地通知他们,"霞飞路的那些俄国男女,几乎全是白俄,你万不可跟他们说俄国话,否则怕他们会疑心你是留学生,招出麻烦来。他们之中,以告密为生的人们很不少"。② 拳拳之情,不难想见。

由于战争的动乱,颠沛流离的生活,萧红最后在贫病交迫中结束了她年轻的生命。然而在中国新文学史上,她以充满个性的笔触留下了引人瞩目的篇章。在这个女作家所走过的寂寞、坎坷的道路上,没有鲁迅无微不至的爱护和提携是不可思议的。

---

① 《鲁迅全集》第十三卷第 79 页。
② 《鲁迅全集》第十二卷第 572 页。

# 信　赖

　　1935 年秋天，《译文》编辑黄源为《译文丛书》事，在南京饭店宴请鲁迅和巴金等。鲁迅因《译文丛书》和他译的《死魂灵》（第一部）将由巴金主持的文化生活出版社印行而感到高兴。巴金这时正在计划编辑《文学丛刊》第一集，因而便对鲁迅说："周先生，编一个集子给我吧。"鲁迅想了想就点头答应了。过了两天，鲁迅托黄源转告巴金，给他《故事新编》，就是还有三四篇没有写好。于是鲁迅在 11 月写了《理水》，接着 12 月写好《出关》。当时，鲁迅身体不好，几乎每天发热，但书店广告登出来了，说《文学丛刊》第一集 16 册要在旧历年内出齐。鲁迅看到广告着急起来，他告诉黄源，他不愿耽误书店的出版计划，他得赶写，于是在 12 月又赶写出《采薇》和《起死》，并于月底编好集子，将原来的《不周山》《眉间尺》分别改题为《补天》《铸剑》，将原来《新编的故事》正式定为《故事新编》，并写了序言。

　　这是继《呐喊》《彷徨》之后鲁迅的第三部也是最后一部小说集。它们在选材和手法上是别开生面的。鲁迅说过："《故事新编》是神话、传说和史实的演义。"所谓"演义"是我国传统对历史小说的称呼。不过，鲁迅这 8 篇作品并非是所谓

"博考文献，言必有据"的历史小说，而是借着古书上的一点因由，加以点染，以绘成嘲讽现实的画面。他所着眼的仍然是：现实。

写于20年代的《铸剑》写王政的暴虐，分明有着讽刺现实的成分，而黑衣人宴之敖者的复仇精神，也远远超出了古代抗暴义士的思想，而寄托着作者自己的情操——它是鲁迅不妥协斗争意志的反映。30年代写的《非攻》《理水》，前者叙写墨子的反对战争、为民请命，后者颂扬大禹的埋头苦干、为民除害，这些都是"中国的脊梁"，是足以增强中国人的民族自信心的。《采薇》写武王伐纣，伯夷叔齐不食周粟饿死首阳山，是对国难当头某些人逃避现实、害怕斗争的写照；《出关》写老子西出函谷，用以讽刺"一事不做，徒做大言的空谈家"。

借古人的躯壳来激发现代人之所应憎与应爱，将古代和现代错综交融，这是鲁迅的独特创造，《故事新编》在我国现代文学史上具有独创的艺术价值。书中把现实生活细节引入历史故事，从历史小说的成规来看，似乎"不免油滑"，但却极大地加强了作品的讽刺效果。如《理水》中描写文化山上的学者，当飞车送来粮食时，上下对话用的是英语"古貌林""好杜有图""OK"，这类描写对依赖洋主子豢养的帮闲文人，是维妙维肖的。鲁迅自己说，这"油滑"，"'有一利必有一弊'而又'有一弊必有一利'"。经过实践检验，它确能使有些"文人学士""不免头痛"，这就证明还是利多于弊，所以鲁迅在给友人信中，更自觉地表示"想保持此种油腔滑调"了。

在鲁迅完成《故事新编》中的最后几篇作品的时候，随着民族危机更加深重，国内政治形势也起着重大变化。国民党政府消灭革命军队的企图一再受挫，又面临了国内日益高涨的抗日的强烈呼声，打内战受到舆论谴责，蒋介石处境十分尴尬。

在这相持不下的时候，上海左翼文化界于1935年提出了"国防文学"的口号，引出一场论争，在这场论争中，左联长期以来的内部矛盾终于表面化了。

"国防文学"口号的基本精神是："要号召一切站在民族战线上的作家，不问他们所属的阶层，他们的思想和流派，都来创造抗日救国的艺术作品，把文学上的反帝反封建的运动集中到抗敌反汉奸的总流。"（周扬《关于国防文学》）鲁迅、冯雪峰等则觉得这个口号存在着"在文学思想的意义上的不明了性"，提出"民族革命战争的大众文学"这一口号，意在使之"更明确、更深刻、更有内容"，突出表明无产革命文学的"阶级的领导的责任"。

这场争论的症结何在？实质上左联历来存在两种不同倾向的人，一是具有现实头脑和文学修养的政治派，周扬、夏衍等当时都已是党的地下工作者了，另一是有政治头脑和进步倾向的现实派，像鲁迅、茅盾等。左联成立时发表的《纲领》和鲁迅《对于左翼作家联盟的意见》就显然是各有所侧重的。

政治服从现实，但不仅仅是一般事实存在的现实，更重要的还有策略、力量对比、宣传组织等一系列宏观考虑。这是仅服从于事实真实的文人所较少虑及的。这是文人的人格与骨气，也正是从政与从文的一个不同之处。

"国防文学"与鲁迅等提出的"民族战争中的大众文学"相比，是比较笼统和含糊的，带有一定的宣传色彩，是和当时抗日统一战线的口号相映衬的，与党的军事、政治策略同步。

而"民族革命战争中的大众文学"则是明确的和有立场的，强调统一之中的独立性，立足于对历史和周围现实的自身体验。

这是一个问题的两个侧面：大的对外的方面，宣传国防文学，强调联合，对内的自己方向性上，则把握应有的独立性与领导权。

争论双方不乏有识之士，问题未尝不能得到解释，但左联长期以来由于这两种各有侧重的立场——现实的，政治的，加上一些具体琐事，互相都积累了成见，因此各不让步，酿成一场成绩不大却劳民伤财的论争，双方的感情与精力都受到伤害。左联悄悄解散，却跑出来两个宣言：文艺家协会宣言，文艺工作者宣言。各自为政，挂起招牌，但从没做过具体的工作；直到10月初发表的由21人签名的《文艺界同人为团结御侮与言论自由宣言》，才多少具有了积极的行动意义。

在这场时间不长的论战中，鲁迅是很动感情的，《答徐懋庸并关于抗日统一战线》一文中谁都感得到其中的怨愤之气。

然而应该指出的是，他对革命政党的信任并不消减。1936 年 6
月的一天，接到托派分子陈仲山的来信。信中以尊崇鲁迅为
名，离间鲁迅与党的关系，并攻击抗日统一战线为"出卖革
命"。鲁迅当时正值大病，冯雪峰去看他，他病卧在床，雪峰
还没坐下，他就忙从枕头下摸出托派的信递给雪峰，愤恨地
说："你看！可恶不可恶！"并说："等我病好一点的时候，我
来写一点。"过了两天，鲁迅病情仍不见好，但他亲自口授，
由冯雪峰笔录，写了一封《答托洛斯基派的信》公开发表。他
在信中明白宣告：

> 那切切实实，足踏在地上，为着现在中国的生存而流
> 血奋斗者，我得引为同志，是自以为光荣的。

这封信既回答了托派，也是他第一次公开表明，他无条件的信
赖中国共产党，拥护抗日民族统一战线。

1976 年，冯雪峰病重弥留之际，周扬前去探望。两个当年
站在论争对立面的重要角色 40 年后于生离死别之际，忆老友
尽逝，叹往事如烟，不禁互相拥抱，抽泣失声。在这一片老年
人温情脉脉的余晖中，两人各自承认自己的失当处。当年的论
争及恩恩怨怨，几十年间一直袅袅不绝于耳，于此终于冰融
雪消。

# 尽　瘁

"在生活的路上，将血一滴一滴地滴过去，以饲别人，虽自觉渐渐瘦弱，也以为快活。鲁迅在《两地书》（九十五）里的这番话，确实成了他生命的写真。

年轻时他身体很好，但从 20 年代中期以后，在日记中便常有"胃痛""发热"的记载。1929 年夏天至秋天，"发热"连续不断，他"不大喜欢嚷病，也颇漠视生命，所以也几乎没有人知道"（致杨霁云信，1936 年 8 月 25 日）。当时，他只以"感冒"治之，自服阿司匹林了之。1930 年 9 月起，渐至医院诊治。自 1934 年，出现"胁痛"，1935 年起则"咳嗽颇剧"，自此病情急剧发展。

每次病后，他总躺在藤躺椅上，每不免想到体力恢复后，该动手写什么文章，翻译或印行什么书籍。想定之后，就结束道："就是这样罢——但要赶快做。"1935 年，他写了近 60 篇杂文和序跋，4 篇历史小说，翻译了《死魂灵》第一部、童话《表》《俄罗斯的童话》契诃夫短篇小说集《坏孩子和别的奇闻》，编定《故事新编》《花边文学》《且介亭杂文》《且介亭杂文二集》。

1936 年的 9 个月中鲁迅足足大病了 6 个月。3 月起出现

"气喘"，五六月有高热，8月"痰中见血"，9月体温高至38度5分，医生连续来家注射26天，10月初体重只88磅。但在这年，他仍校印了《故事新编》《药用植物》《死魂灵百图》《珂勒惠支版画集》《苏联版画集》《苏联作家七人集》，翻译了《死魂灵》第二部及写杂文、序跋、答信40篇左右。

周围许多友人力劝鲁迅保重，离国休息一年半载，他却不愿意。年初，他早年的学生胡愈之秘密从香港来上海，向他转达苏联朋友邀请他到苏联去游历，既可以疗养肺病，又可避免国民党的迫害。鲁迅却不愿意离开："很感激苏联朋友的好意，但是我不去。……我五十多岁了，人总要死的，死了也不算短命。……我在这儿，还要斗争，还有任务，去苏联就完不成任务。敌人是搞不掉我的。……他们对我没有别的办法，只有把我抓去杀掉，但我看还不会，因为我老了，杀掉我，对我没有什么损失，他们却损失不小，要负很大责任。敌人一天不杀我，我可以拿笔杆子斗一天。"（胡愈之《谈关于鲁迅的一些事情》）

"爸爸，人是那能死脱的呢？"一天夜里，海婴躺在父母之间，发了疑问。

"是老了，生病医不好死了的。"

"是不是侬先死，妈妈第二，我最后呢？"

"是的。"

"那侬死了这些书那能办呢？"

"送给你好吗？要不要呢？"

"不过这许多书那能看得完呢？如果有些我要看些，我弗要看的怎么办呢？"

"那你随便送给别人好吗？"

"好的。"

"爸爸，你如果死了，那些衣裳怎么办呢？"

"留给你大起来穿好吗？"

"好的。"

这是在鲁迅病重前的一段对话，是同小孩子的一段玩笑话。

鲁迅去世前两、三天，是下午，天有些闷热，海婴放学回家，独自走在路上，突然耳朵里听到遥远的空中有人对他说："你爸爸要死啦！"

他惊讶地环顾四周，附近并没有什么人，抬头望天，天空蔚蓝静穆。

这是幻听，不过已不是玩笑。

10 月 19 日清晨，海婴从酣睡中醒过来，天色很亮，阳光比往常要红，他十分诧异地穿好衣服跑出去，却见保姆许妈眼睛红通通地说："弟弟，今朝你不要上学去了……爸爸呒没了……"

海婴奔下楼去，奔入父亲房中。一切都很平静，风吹进来，父亲安详地躺着，像过去清晨入睡一般。可他的心脏确已停止了跳动。

鲁迅是 5 时 25 分逝世的。

鲁迅死前很沉默。他只是静静地躺着，艰难地喘息着，有几次抬起头来，看着身边的许广平但什么不说又躺下了，许广平给他揩手上的汗，他紧紧握住她的手，依然什么也不说。半夜里，他饮过茶，解了手，人似乎有些烦躁，有好几次推开棉被。女看护告诉他心脏十分贫弱、不可乱动，他就不太推了。5 时，他头稍向内，喘息像是减轻了。永恒的黑暗正渐渐把他卷走，越来越远……

他是应该活得更长久些的，何况当时他得的只是肺结核，这种并不难治愈的疾病。然而环境是那样的恶劣，工作那样繁重，而他终于耗尽了全部心血倒下了。

他想到过死，也在文章《死》中留下了他的遗言："想到欧洲人临死时，往往有一种仪式，是请别人宽恕，自己也宽恕别人。我的怨敌可谓多矣，倘有新式的人问起我来，怎么回答呢？我想了一想，决定的是：让他们怨恨去，我也一个都不宽恕。"这真是鲁迅式的遗言：坚持到底，死不反悔。

鲁迅晚年，脸上瘦得棱角分明，风貌变得非常险峻，神气凛烈，像一头"受伤的狼"。不高兴时，他会在半夜里喝许多酒，像野兽的奶汁养大的莱谟斯一样，跑到没有人的空地去蹲着或睡倒，在黑暗里舔干自己的伤口。

他怀疑世界，又渴望为这被怀疑的世界理解。

他的心灵历程是孤独的，但这是一个巨人的孤独。在他的心底深处，装着整个民族的忧乐，他的心同所有被压迫人们的心一起跳动。

……

鲁迅去世后，爆发了"七·七"卢沟桥事变，"八·一三"上海事变，日军大举进攻中国，抗日战争全面展开。同时，德国进驻奥地利，占领捷克斯洛伐克，又进击波兰，第二次世界大战爆发。后来是，德苏开战，太平洋战争，斯大林格勒保卫战，诺曼地登陆，广岛、长崎的原子弹。国内，八年抗战，日本投降，国共再次分裂，国民党军队进犯解放区，不久又被解放军所击溃，逃窜台湾，中华人民共和国成立。再后来是，朝鲜战争，三反五反，肃反，农业合作化，反右运动，"文化大革命"，十一届三中全会……沧海桑田，星转斗移，一霎时过去多少风流人物。然而，现代文化界的巨人鲁迅——依然。经历了恶意的贬责，善意的误会，无知的膜拜，阴险的曲解，历史的迷雾散开了，真诚地前进的人们由《呐喊》《彷徨》《野草》《华盖集》《二心集》《且介亭杂文》……而看到真的鲁迅，看到时代是怎样在泥泞中痛苦地走向光明，看到未来将迈向何方。

1986 年 2 月于杭州庆丰新村

（原载《浙江十大文化名人》，浙江人民出版社 1987 年版）

# 从新时期小说看妇女观念的嬗变

当我们从谌容的《人到中年》中看到了妇女生活的双重负担，从张洁的《方舟》中看到了女性命运的悲怆，从张抗抗的《北极光》中看到了女性精神觉醒的阵痛，从张辛欣的《在同一地平线上》中看到了女性强烈的自我意识，从陆星儿的《啊，青鸟》中看到了女性依靠自己的力量为幸福所作的不懈寻求，从遇罗锦的《一个冬天的童话》中看到女性为自己精神的解放和独立所作的义无反顾的斗争，于是，我们获得了一种从未有过的审美愉悦，我们惊喜地从那些细腻善感的女性心理中体味到了一种男性的，对于自我力量的信心和对目标的执拗追求。当代的妇女已不再满足于已经取得的政治地位和经济地位了，她们迫切需要实现女性作为"人"的独立的自我意识，对于男性的依附心理发出了强烈不满。

女性最早是以神的形象走进文学殿堂的。在人类文学的童年期——东方上古神话、欧洲希腊神话的历史中，作为原始社会母权制征服自然力的象征的女神，在那个社会的生产和生活中占有绝对的统治地位。然而，随着生产力的发展，她们的社会地位也便随着父权制的确立和向奴隶社会的过渡而每况愈下，直至一夫一妻制的社会家庭方式的产生，女性的地位由女神一落千丈为女奴，从此，妇女开始了她们漫长的苦难历程。马克思早在一百年前就说过："每个了解一点历史的人也都知道，没有妇女的酵素就不可能有伟大的社会变革，社会的进步可以用女性（丑的也包括在内）的社会地位来精确地衡量。"①仅就中国不到一百年的 20 世纪文学而言，那些祥林嫂、子君们，莎菲、鸣凤、繁漪们，林道静、江姐们，李香香、小芹、李双双们，在现代文学史上她们都是属于各自所处的时代的妇女形象，从她们的身上，我们完全可以看到那个时代文明的进步程度。在本世纪 80 年代，中国大地上发生了深刻的变化，文学也因此而呈现出了全新的姿态。女性形象中有不少的是科学家、学者、政治家、企业家、运动员，她们做出了和男子同样令人瞩目的成就。从表面上看，她们已经争取到了自身的解放。然而就在这时，张洁的《爱，是不能忘记的》《方舟》、谌容的《人到中年》、张抗抗的《北极光》等小说，对她们的工作、事业、婚姻，尤其是家庭生活方面发出了强烈不满。她们用愤愤不平的声音告诉我们：在男女政治、经济地位相对平等的社会活动中，要想在事业上有所成就，实现自我价值，女性必须付出比男性更高、更沉痛的代价。

---

① 《马克思恩格斯全集》第三十二卷，人民出版社 1975 年版，第 571 页。

《人到中年》里的陆文婷，以"精力旺盛著称"，却猝然倒下了。作为一个对事业有着强烈追求的陆文婷，本可以和自己有同样强烈的事业心的丈夫一样，将铺盖夹在自行车上到别处去寻找一张安静的书桌，然而她却不能，因为自己是一个妻子，一个母亲——一个女人。

稍后两年发表的张洁的《方舟》，同样是一部曾经使广大女读者的心灵受到强烈震撼的作品。和谌容的《人到中年》不同，张洁在《方舟》中描写的是因为婚姻的不幸而失去家庭的知识妇女，陆文婷在劳累一天之后，还有一个爱自己、与自己相通的丈夫的肩膀可以靠一靠，听他为自己吟诵裴多菲的爱情诗，在这一点上，陆文婷是幸福的，精神是充实的。然而，《方舟》中的三个女性所缺少的恰恰是这一点，柳泉在受到侮辱和戏弄之后只能把满腹的委屈哀怨发泄在眼泪和那个法律上已经不属于她的儿子身上；荆华在受到打击和一个老处女难以逃避的恶语中伤之后，也只能把痛苦倾注在刨子卷起的木花上；而梁倩在事业的追求遭到破灭和名存实亡的丈夫的无理取闹之后，也只能独自坐在摄影棚里，面对着眼前虚假的山川湖泊沉思。虽然她们没有家庭劳动的沉重负担，但要承受事业上的负担，承受陈腐偏见的歧视和一双双无形的手泼给女人的浊言污水的精神折磨。显然，这比体力的劳累要沉重得多。当我们读到三个女性用发颤的手举起酒杯，"为了女人，干杯!"时，就不会感到诧异了。

现在，我们从并非反映妇女问题的《人到中年》和着意描写妇女痛苦的《方舟》中，都明显地看到妇女沉重的生活负担和比生活负担还要沉重的不平等意识。证明在妇女政治、经济地位与男子相对平等的当代社会中，观念上的男女不平等就成了非常突出的社会问题，它影响着作家们对女性形象，特别是知识女性形象的塑造。反映了新时期的知识女性在其精神世界中，已呈现出实现自我价值的追求形态，宣告着当代妇女观念正发生着巨变。

那么，当代社会变化着的妇女观念具有着什么样的特点呢？

概括地说，它们或者像荆华那样出于对真理的追求，或者像梁倩要为后人留下一部不错的电影，或者像榕榕为不被生活抛弃，或者像陆文婷为提高我国的眼科医学，或者像芩芩为丰富自己，或者像张辛欣《在同一地平线上》中的"我"为追求自己的独立。新时期知识女性都有极强的事业心，呈现出为人生理想而不懈进取的追求形态。总之她们再不满足于中国妇女千百年"贤妻良母"的传统理想模式，而是走出家门，面对由于生产力的进步男女体力上差异的意义越来越小的当代社会，清醒地发现了自己生存的价值和意义，她们将自己对丈夫儿女的奉献推而广之为为全社会的无私奉献。这不仅是妇女的进步，还是当今社会的进步。

但是由于当代社会尚未为女性的自我伸张提供有利条件，因而得不到男子（常常就是自己的丈夫）的理解，于是，她们在追求的过程中便不得不作出某些惨痛的牺牲,像梁倩使自己的儿子对自己越来越疏远,像榕榕不得不与自己新生的婴儿半年半年地分离,像"我"(《在同一地平线上》)婚姻的破裂。如果我们把这些反映知识女性生活的小说的全景作一次俯视,会发现故事情节大都摄取于婚姻家庭领域。也许是这个视角能最敏感、最全面、最近距离地反映社会妇女的特征,有家庭的女性较之单身少女蓄含着更多的社会内容,所以历史上的文学大家都热衷于在这个视角里寻找灵感,寄寓思想。当我们想进一步探究其原因时,就会发现矛盾的发起者是女性,提出离婚的也是女性,其根源往往是目光不可涉及的心灵隔膜。就拿《方舟》来说,软弱的柳泉因忍受不了丈夫的卑琐庸俗和不幸福的夫妻生活,宁肯割舍心爱的儿子也要离婚出走;梁倩因为讨厌丈夫的堕落市侩,毅然同他分居;而《北极光》中的芩芩则不满于在法律上已经是自己丈夫的傅云祥的胸无大志、无聊空虚,在新婚之前走进照相馆的最后一刻,又终于冲了出来。对此我们决不能简单地指责她们对婚姻的草率从事,缺乏"从一而终"的传统美德。恰恰相反,我们觉得女性从来没有像现在这样严肃认真的注重感情生活,开始对自己的命运前途负责,不再依恋于旧有的人生依附关系。人生观、婚姻观、社会价值观等都发生了巨大变化,妇女们离她们所描绘的伊甸园已经不远了。

陆星儿的《啊,青鸟》写的是榕榕和舒榛结合与离异的故事,在那个贫困的年月里,他们能相爱结合,以后舒榛读了大学，两人的爱情发生危机。这时，榕榕就奋力考上了大学，在以后的追求中，榕榕不但追回、更新了爱情，而且还找到了人生真谛。这是个平淡无奇的故事，但陆星儿没有让榕榕处在软弱无力、任人取舍的位置上，把她塑造成一个柔情、善良、忠于爱情却又不幸被人抛弃，令人同情的当代秦香莲，而是用赋有时代精神的有力笔触，刻画了榕榕对幸福执着追求的倔强的性格特征。她紧紧地抓住自己命运的缆绳，依靠自己的力量去思考、去追求、去争取。幸福的青鸟只有自己去寻找才会属于自己，决不能奢望别人找到了给自己送来。这个道理终于被榕榕和她的同时代人所认识。正如榕榕所说的："选择怎样的爱情，选择怎样的幸福，是在选择一条怎样的人生道路啊。"在我们对众多的新时期知识女性形象作了如上的昭示以后，应该看到，新时期知识女性要求在同等的精神层次上与男子对话，而不愿做男子的附庸的新风貌，不仅宣告着妇女观念的巨变，而且代表了一种社会意识的进步。

值得指出的是，新时期众多反映知识女性追求的小说，其作者大多是女性，这一现象显示着女作家的追求样态。她们用独有的内心世界去观照生活、观照文学，较之男作家则是更为直接、更为细腻。由此，笔者以为，那些小说中知识女性渴望男女平等的呼声是从生活中的知识女性的心底里发出来的。

（原载《江汉论坛》1988 年第 12 期）

# 第三只眼睛看西方世界

## ——《美欧游踪》随记一二

在我们中的大多数都习惯用一只眼睛看世界时，出现《美欧游踪》这样一本小书是很有意思的。作者表示他希望不抱任何偏见地记述他的海外印象。

徐朔方先生的美欧之行，始于1983年，次年回国，再次年完稿，出书却在去年年底。全书不足8万字，分上下两辑，一写美国，一写西欧，也正是我们政治意义上所谓的"西方世界"。

有头脑的中国人承认，西方世界在他们的眼里从来没有被公正地"不带任何偏见"地描述过，看西洋镜是一种，打洋鬼子是另一种，此外没有第三种。难得徐先生在此用平直近乎写实的笔墨不动声色地完成他的第三种叙述。

我们可以在《美国人》一文中体味其深刻。一向的我们总以美国为西方文化的代表，而在徐先生看来美国更是世界文化的缩影。美国既有可口可乐和大腿舞，也有星罗棋布的高等院校和研究所；既有失业和贫富悬殊，也有择业和竞争的相对自由；美国容纳了世界各个民族，也包涵了他们的所有特性。因而"美国既不是普通人的天堂，也不是他们的地狱"。

公正而不抱偏见，想是学者风度的一大体现。追求真理的知识者在注视了对手的成功与失败之后，他的唯一的选择往往是：看自己怎样赶上，并且超过，如果可能的话。

丰富的学识和足够的机智，这两样加起来则体现着学者游记的另一项优越。出国看西洋镜的人不少，而能像徐先生一样对洋鬼子的历史、地理、建筑和文艺掌故如数家珍的恐也不多。聪明的读者必能从中得到些许东西，即使是饭后的谈资也罢。比如人家跟你讲起马拉松赛，根据徐先生的考证你就可以告诉他，玩这种命的人被蒙骗了呢，那位狡猾的希腊人根本没有一口气跑 42195 公尺这回事。

游美欧的徐先生还是一位幽默风趣的长者。开卷第一章写《我的美国房东太太》，字里行间总让人想起三毛写她的婆婆大人。与一位孤独而有怪癖的异国老妇周旋，幸亏作者具备了宽容、忍让、含蓄和自嘲等一系列中国公民的传统美德。同样有趣的另一篇文字《白白地去了一趟赌城》，这古怪的题目是不是很容易被想象成一位摊开双手耸起肩膀或者还歪着个脑袋的美国人的漫画，而实在作者是想告诉你他从普林斯顿去赌城怎样分文不花的故事，因为作者是那些面对赌棍心静如水，最后白捞十元赌本安然而归的极少数"顽固分子"之一。

思想中正而不偏左右，语言平直而不乏含蓄，加之深邃的见解和广博的学识，这些就足以构成《美欧游踪》对读者的特别的魅力了——你不妨细细地验证一番。

(1989 年)

**注**：《美欧游踪》，作者徐朔方，江西人民出版社 1988 年出版。

# 浙籍现代作家研究述评

　　在五四以后的我国现代作家中，以鲁迅为首的浙江籍作家十分活跃，向为世人所公认。《中国新文学大系》附载作家小传共 142 人，浙江占了 34 人，近四分之一。他们以自己的创作表现出反帝反封建的炽烈热情，在艺术上又大多具有各自鲜明的个性和造诣。这一以鲁迅为首的作家群体在我国整个现代文学的长河中辐射出璀灿的星光。对他们的思想遗产和艺术经验进行系统的整理总结和深入研究，对浙江乃至我国整个现代文学研究，具有重要作用。

　　对浙籍现代作家的研究，很难准确地判定究竟始于何时。不少作家踏上文坛不久，评论也是旋踵而来。20 年代末，柔石的《二月》刚写毕，鲁迅即为之撰写"小引"，30 年代中期鲁迅又为殷夫诗集《孩儿塔》作了序言。这两篇文章对出生于浙东的两个作家和诗人给予热情的赞许，对他们在现代小说和诗歌中的卓异成就和地位作了恰切的评估。在鲁迅所写的《〈中国新文学大系〉小说二集导论》中，对五四以后的新文学社团及其成员更是作了全面而生动的评述，其中提到同时代的浙籍作家就有俞平伯、罗家伦、汪敬熙、魏金枝、许钦文、王鲁彦等多人。沈雁冰（茅盾）在 30 年代发表的《王鲁彦论》《徐志摩论》更是对两位浙籍作家的煌煌大论。郁达夫在《〈中国新文学大系〉散文一集》的导言中，对鲁迅与周作人的散文在思想、文体、风格诸方面作了比较，发表了精辟见解，对丰子恺、川岛、叶永榛、郑振铎等浙籍作家散文的艺术风韵都有一语解颐的论断，也是常为人们所乐于称引的。然而就总体而言，对浙籍作家的研究是薄弱的。单从研究成果的数量看，对于其他浙籍作家的研究是不能与鲁迅研究、茅盾研究相比的。这种相对寥落的情况一直延续到新中国成立之后。除了偶或在报刊读到几篇浙人撰写的纪念文字，几乎难以见到真正研究性的文章。十一届三中全会以来，随着政治思想领域的拨乱反正，对浙籍现代作家的介绍、记述、评论逐渐开展起来。1981年由杭州大学中文系现代文学教研室编选的《浙江现代作家创作选》（浙江人民出版社 1981 年出版）是国内第一本浙籍作家作品的选本。随后，浙江陆续出版了郁达夫作品系列 7 种，《林淡秋选集》《夏丏尊文集》《徐志摩诗全编》《戴望舒诗全编》等。大型研究资料汇编如《陈学昭研究专集》《徐迟研究专集》《许钦文研究专集》《许杰研究专集》等也先后问世。这些文集、选集和资料的出版，扩大了浙籍作家在社会上的影响，也为省内开展对乡贤文学业绩的整理研究作了必要的准备。

　　十余年来浙江各地开展了各种研究本土作家的学术活动，一时蔚为风气。1982 年 5 月，省文学学会当代文学研究会在杭州召开艾青诗歌研究学术报告会，会后选编成《艾青研究论文集》（新疆人民出版社，1983 年）。义乌县文联于 1983 年 5 月举办冯雪峰学术讨论会。大家赞扬了雪峰在 50 年革命历程中特别在受到不公正批判、误解时所表现出对党的耿耿忠心和宽厚胸襟，充分肯定了雪峰诗歌、杂文及文艺理论在现代文化史、文学史上的地位。富阳县文联于 1985 年 9 月举办纪念郁达夫殉难 40 周年学术讨论会，不少论文提供了新的有关郁达夫的生平史料，日本学者铃木正夫在会上以确凿证据首次披露郁达夫最后遇害的真相，国内外报刊争相作了报道。宁波师院于 1980 年 10 月和 1985 年 10 月分别召开柔石和巴人学术讨论会。

　　对本土作家的广泛兴趣，给现代文学研究注入了新的活力，在此基础上逐渐形成一支在省内外有一定影响的研究队伍，包括大专院校教师和部分研究、出版机构研究人员、文艺编辑等。杭州大学中文系适应教学工作之需，在浙籍现代作家研究上起步最早，开风气之先。他们从新时期开始即确定以浙籍作家为重点，根据各人爱好和积累，有计划地选择两三位作家进入深入钻研，因而在各自领域内较快地取得成果。除个人的论文专著外，集体编辑出版了《浙江现代作家创作选》，《浙江现代文学百家》（浙江人民出版社，1988 年），以及《浙江新文学名家研究》（厦门大学出版社，1989年）。近年来涉足这一领域的人越来越多，研究对象也日趋广泛。浙江师范大学、浙江大学及各地师专的教师，以及浙江省社会科学院文学研究所的研究工作者都在自己所选定的课题内取得了突出的成绩。他们主要对以下作家进行了重点研究。

## 一、柔石研究

柔石是为革命捐躯的烈士和作家，因而50年代北京、上海等地报刊都有评介他的文章，内容多为介绍生平，缅怀其精神品质。浙江自1979年后开始对他作全面的研究，郑择魁曾在《文学评论》《新文学史料》上发表论文多篇，内容扩展到对柔石的思想变迁、创作社会心理内涵、艺术个性以及在现代小说史上的地位等。郑择魁、盛钟健合著的《柔石的生平和创作》（浙江文艺出版社，1985年）是这方面最有代表性的成果。这本专著的特点是史料丰富和翔实，同时，对柔石思想、创作道路和小说的艺术特征都有具体细致的剖析，从中可以窥见作为革命作家的柔石在创作上刻苦砥砺和坚韧攀越的顽强精神。该书出版后受到国内外学术界好评，美国《中报》"中国文谭"专栏雨寒的书评认为，此书"是至今为止，系统研究柔石的第一部书，从材料的翔实，论点的中肯和论述的有力来看，作者是付出了许多心血"。国内《书林》《中国现代文学研究丛刊》等四种刊物发表了许杰、冯望岳等的书评,认为该书填补了"国内学术界的贫弱环节","不仅是柔石研究的重大成果,而且是左联五烈士生平和创作研究新阶段的标志"。在柔石研究方面,宁波师院的教师亦用力甚勤,如贺圣模的《从不经意处,看出这人》一文(《宁波师专学报》,柔石研究专辑,1980年第2期),对柔石前期思想发展作了探索,文中以柔石家属提供的书信、遗物为主要依据,记述了柔石如何逐步"意识到自己的前驱的使命"的思想轨辙。张科的《鲁迅与柔石》(宁波师专学报》1980年第2期)一文,较系统地整理了有关两位年岁悬殊、经历迥异的革命作家之间的深厚友情,探讨了这种友谊的思想基础及发展过程。

## 二、艾青研究

艾青研究以往停留在具体作品的赏析和诗歌艺术形式的评骘,而很少作综合的整体审视。近年来有了新的拓进和突破。骆寒超的《艾青论》(浙江文艺出版社,1980年),是第一部全面系统地研究艾青的专著。全书分六个阶段,对艾青半个世纪以来的创作道路作了深入的论析。对艾青在新诗史上的地位、艺术个性及其衍变进行了认真的探讨。论著在不影响"传"的大体完整的情况下，主要致力于"论"上；在论述时作者不拘囿于诗人本身，而是放到现代诗歌发展的历史长河中，从与同代诗人的比较中，明确而精辟地映衬出诗人艾青的历史贡献。论著还敢于打破一般常见的艺术分析的套路，以自己特有的表述方式去把握诗作的底蕴和艺术上的精湛造诣，大到艺术构思、形象，小至动词、名词、句子、诗行等等，作者一一详加比照和辨析，这在艾青研究的原有课题上前进了一大步。正如古远清的评论指出："骆寒超重写的《艾青论》，由于坎坷的生活道路的锻炼，使他具有了直入艾青艺术世界的穿透力，因而他避免了别人的某些弱点，把艾青研究向前推进了一步。"（《探索》1986年第6期）对艾青研究较有分量的论文不少，均刊载于《艾青研究论文集》。如雨石的《现实主义和象征主义结合的"宁馨儿"》一文，鲜明地指出艾青诗歌创作吸收了象征主义对生活精神感受的养分，同时他对生活的思考又远比象征派深沉，社会内涵更为恢宏。蔡良骥的《艾青诗歌的绘画美》一文，揭示了艾青把诗的心灵化和绘画的造型性巧妙地融于一体的特色。方牧的《论艾青的抒情史诗》一文，从广义的综合的政治和社会抒情立论，强调艾青诗在时代的纬度和历史的经线之间达到史（事）、情、理的统一。这些论文对艾青诗作作了具有新意的论述，对深化艾青研究有所裨益。

# 三、夏衍研究

在屈指可数的现代剧作家中，夏衍是引人注目的一位，但对他的研究比起曹禺、田汉来要少得多，且认识多有歧异。浙江近年来有了新的开拓。陈坚在《中国现代文学研究丛刊》上发表《夏衍剧作的艺术风格》（1981 年第 2 期）一文，是新时期最早综合论述夏衍剧作的论文。随后，陈坚又在《新文学论丛》《文艺论丛》等刊物上发表论文多篇，并与会林、绍武合编《夏衍研究资料》（中国戏剧出版社，1983 年）。陈坚所著《夏衍的生活和文学道路》（浙江文艺出版社，1984 年）一书，是国内出版较早影响较大的一部夏衍研究专著。该书对夏衍的生平、创作（包括戏剧、电影、报告文学、长篇小说、文艺评论、杂文政论）作了系统评述，全面地勾勒了夏衍作为一名战士和作家的真实形象。作者立足于社会的、时代的背景，在与现代戏剧、电影发展的联系中，展示了夏衍对中国现实主义戏剧艺术的拓展和深化。对夏衍有争论的作品，该书作了较有说服力的辨析，提出了自己的新见解。日本学者阿部幸夫在《东方》杂志 1985 年第 4 期发表专论，认为该书"堪称是一部按照创作顺序，以一种简洁优美的笔调写成的经得起验证的力作，是了解夏衍不可或缺的文献"。该书于 1989 年获全国首届优秀话剧理论专著奖。近年来陈坚还发表《试论夏衍解放前的杂文》(《文艺论丛》第十七辑，1983)、《揭示心灵的奥秘》(《话剧文学研究》1987 年第 1 期)、《夏衍剧作知识者形象剖视》(《浙江新文学名家研究》) 等系列论文，从形象涵义及文体创造、艺术分析上对原有专著有所深入和发展。近几年来，还有几位年轻作者开始涉足夏衍研究这一领域。黄旦的《论〈法西斯细菌〉的喜剧色彩》(《抗战文艺研究》1985 年第 4 期) 和《夏衍的"联想"说和他的历史剧》(《杭州大学学报 1987 年第 4 期);温兴斌的《论夏衍剧作的现实主义深化》(浙江师大学报 1987 年第 2 期) 等文，前者从审美观念和创作方式对夏衍戏剧的型态和创作构思提出较新颖的见解，后者则对夏衍现实主义创作的发展脉络作了具体的探视。

## 四、戴望舒、徐志摩研究

对戴望舒、徐志摩这两位复杂而又特殊的诗人，以往论坛毁誉参半，聚讼纷纭，近年来人们给予很大关注，对他们作了重新认识和评价。郑择魁与王文彬合著的《戴望舒评传》(百花文艺出版社，1987 年)，是国内学术界为戴望舒而作的第一部传记。该书沿着诗人的足迹，探寻诗人心灵和创作的历程，让人们从中看到诗人如何从雨巷出发，为了崇高的思想和完美的艺术而孜孜追求了一生。其中对戴的家庭、幼年及香港时期的史料有不少新的发掘，对戴诗能从中国新诗发展及中外诗歌交流中予以估衡，因而评传给人以一定历史感。作者不仅有宏观把握，且有不少精确的微观分析，对诗作朦胧意象的内在丰富性剖析得具体而入微。

在徐志摩故乡海宁从教的顾永棣，近年来致力于徐志摩研究卓有成绩。他于1983年编了《徐志摩诗全编》（浙江文艺出版社初版后又加以增订），全书分7辑，收诗234首，除诗人手订的《志摩的诗》等3部集子外又新编了3辑诗，这是一部比较齐全的徐志摩诗作全集。该书出版后，海内外多家报刊发表了消息和评论。随后作者又在时间、条件异常艰难的情况下完成《风流诗人徐志摩》（四川文艺出版社，1988年）。该书以诗人爱情生活为主线，展现了徐志摩变幻不定的一生经历，是一部饶有特色的长篇传记文学。

## 五、鲁彦、许钦文研究

乡土文学在现代文学发展上应有一定地位，但评论界历来对其较为冷淡，这种状况现已有所改变，一些过去不受注意的乡土文学作家开始进入研究视野。郑择魁著《鲁彦作品欣赏》（广西人民出版社，1986年），选入鲁彦小说散文11篇加以赏析。作者所选篇目代表了鲁彦创作的个人风格，显示了乡土文学的特色。本书前言《鲁彦的生平和创作》及《鲁彦年表》两文写得扼要而亲切。该著作可说是从作品的思想性和艺术性的结合上研究作家的良好尝试。

刘一新的《许钦文小说的特色》（《杭州大学学报》，1982年第4期）、钱英才的《许钦文小说艺术特色》（《杭州师范学院学报》，1989年第4期）、谢德铣的《许钦文和他的小说》（《齐鲁学刊》，1986年第5期）等，是学术界首次对许钦文的小说艺术所作的探讨。作者认为许钦文作为鲁迅一手培养成长起来的作家，他的小说能从工农大众生活中选取题材，活泼地写出民间的生活，同时对下层知识者日益衰落的景况也给以形象的展示，讽刺艺术的运用表明了他的爱憎态度，浓郁的乡土风格更使他在中国新文学史上赢得一席地位。钱英才所撰的《许钦文年谱简编》（《杭州师范学院学报》1985年3—4期），是迄今学术界对许钦文研究所作的第一份年谱。他另一著作《许钦文评传》一书也即将出版。

## 六、郁达夫、许杰、林淡秋研究

郁达夫研究在学术界一度成为热点，硕果累累，相比之下浙江成绩不够突出；但其中不乏有一些具有真知灼见的力作。

沈绍镛对郁达夫的研究较早，80 年代初，发表《关于郁达夫的一封信稿》（《杭州大学学报》1981 年第 3 期），对他发现的郁达夫致其长兄郁华的一封信笺《致长兄曼陀》第一次公开，并作了具体考证，肯定系郁达夫所写，这封信稿现已被人们所承认。以后又发表《郁达夫与屠格涅夫》（《杭州大学学报》1986 年第 1 期，《中国现代文学研究丛刊》第 3 期摘要转载），文章介绍了郁达夫对屠格涅夫的"偏嗜"并受其影响而跨上文学之路，具体说明郁氏小说与屠格涅夫微妙的联系。彭晓丰的《郁达夫与卢梭》（《中国现代文学研究丛刊》，1984 年第 4 期），从创作态度、取材范围、创作方法、风格特征等四方面加以比较，具体考察卢梭对郁达夫创作有着重要影响，分析中注意在影响过程中郁氏对卢梭各方面的吸收同化，同时也表明由于各自文化背景、心理积淀不同所造成的歧异与变革，颇见眼光和功力。陈其强积多年对郁达夫的资料搜集和研究所得，编写了一部传记形式的《郁达夫年谱》（浙江大学出版社，1989 年）。该书采用以事系时的实证方法，从作家的生活行踪、创作实践、文学主张与人际交往中，揭示出郁达夫的人品与文格。它不仅进一步充实了郁达夫研究的资料储备，还纠正了过去一些流行的史料上的失误。

许杰、林淡秋过去少有评论，浙江这几年对他们的研究颇有收获，多少弥补了现代文学史研究中的一个缺憾。余凤高的《论许杰创作中的一次"转向"》（《中国现代文学研究丛刊》

1984 年第 3 期），在探讨许杰 1925 年创作发生重大变化时，认为不应只从流浪青年的生活描写这一题材着眼，而且他当时还受到弗洛伊德主义的影响；而当他接受进步社会科学理论之后便摒弃了夸大性意识的心理分析，重新回归现实主义。张艺声的《许杰的乡土文学及其造型工程》（《台州作家论》）一文认为，许杰的艺术创造就总体建构而言，是"为人生而艺术"的现实主义流派，但他又把西方现代派技巧与现实主义主体工程巧妙结合起来，创造了别具一格的乡土文学，这正是许杰的"美和力之所在"。这与前者的看法似略有差异。钱文斌的《论林淡秋的小说》（《浙江新文学名家研究》）指出，林淡秋从一开始即致力于对生活的深入观察、开掘和提炼，让思想倾向和政治追求溶化于现实主义画面之中，即使他前期作品也没有当年不少青年作家常有的公式化概念化弊端。夏崇德的《试论林淡秋短篇小说》（《台州作家论》）将林淡秋的小说以抗战为分界划为前后期，认为后期小说比之前期，生活视野更开阔，艺术笔触更深远，在现实主义道路上有了新的突进。

除上述而外，董校昌的《关于"湖畔诗社"的几点史实》，吴国群的《孙席珍评传》，李广德的《试论邵洵美的诗和诗论》，张乐初的通俗读物《雪峰纪事》等等，也都受到了人们的关注。前一阶段浙籍现代作家研究的进展较快，但研究的广度和深度上尚待拓进。如对许多著名作家的论述还有待从更高角度作宏观理论把握，而对有些知名度不高却又颇具个性的作家，我们却所知甚少，亟待搜集资料作认真整理。对浙江在新文学史上出现如此众多的文学家这一现象，还很少从社会、文化、心理等视角作综合考察，找出其中的原因，总结出规律性的特点。从地方环境、地域文化和地方历史的角度来研究地方作家，这种研究方法有待我们探索和尝试。

（原载《浙江社会科学》1991年第 2 期，本文系《浙江省哲学社会科学志》之一章，鲁迅研究、茅盾研究另有专章。）

# 附 录 柯灵先生、金近先生来函手迹

**柯灵先生就《浙江现代作家创作选》（浙江人民出版社1981年出版）来函**

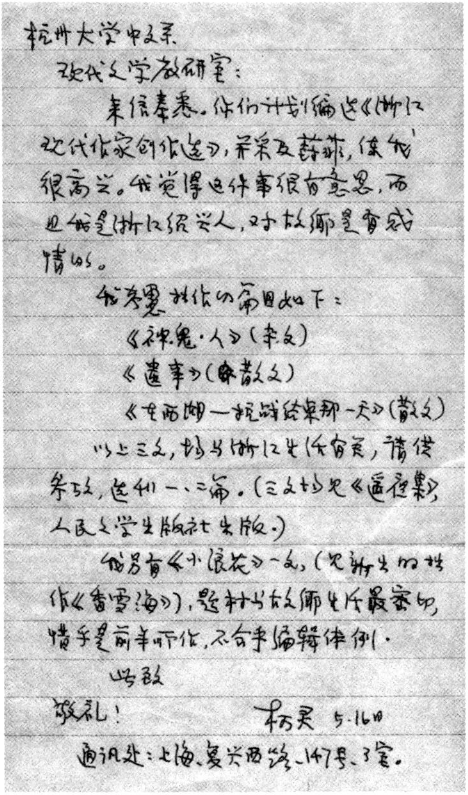
杭州大学中文系
现代文学教研室：
来信奉悉。你们计划编选《浙江现代作家创作选》，并采及葑菲，使我很高兴。我觉得这件事很有意思，而且我是浙江绍兴人，对故乡是有感情的。
我考虑拟作的篇目如下：
《神·鬼·人》（杂文）
《遗事》（散文）
《在西湖——抗战结束那一天》（散文）
以上三文，均与浙江生活有关，请供参考，选用一、二篇。（三文均见《遥夜集》，人民文学出版社出版。）
我另有《小浪花》一文，（见新出的拙作《香雪海》），题材与故乡生活最密切，惜乎是前年所作，不合本编辑体例。
此致
敬礼！
柯灵 5.16日
通讯处：上海、复兴西路、147号、3室。

## 金近先生就《浙江现代作家创作选》来函

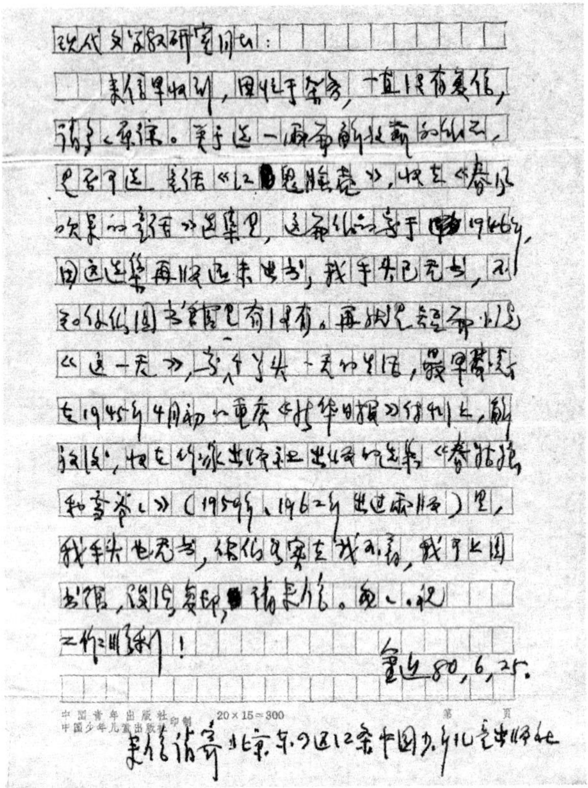

# 《现代文学佳作欣赏》序

从五四以后成长发展起来的中国现代文学，走过 30 余年的路程，时间虽不算长，却名家辈出，佳作如林，多姿多彩，各具特色的作品姹紫嫣红，美不胜收。阅读、学习现代文苑里的一些精品，对于中专生以及中等以上文化水平的年轻人来说，是提高欣赏和写作能力的有效途径。由沈锡荣、万伯春二位同志主编的《现代文学佳作欣赏》，是在这方面给读者以引导和帮助的一本切实有益的辅助读本。

本书在选材上是颇费了一番心思的。作为中等专科学校的语文教师，有感于目下中专语文教学范畴过窄、学生知识面不广的现状，因而本书入选的作品比起一般的中学及中专的语文课本要宽广一些，多样一些，我以为这是完全可以理解并值得称道的。

我们知道，所谓文学欣赏，实质上即是读者对作家在作品中所创造的审美价值的一种领悟。由于人们的认知能力、情感体验和审美情趣不一样，对文学作品的鉴赏能力就会产生差异。诚如美国当代文学理论家埃德蒙·威尔逊在《文学的历史性阐释》中所说："……也许有人会反驳说，难道人们不是常常从最拙劣的作品中得到慰藉和欢乐么？诚然，粗浅和局限之人的确会从粗浅和局限的作品中体验到这种感情。教养有素和渊博之人则在较好、较复杂的作品中才能体会到这种情感。"在本书选目中，我们既可以看到像鲁迅、郭沫若、茅盾、丁玲、赵树理、孙犁、刘白羽等的深刻反映社会面貌、弘扬时代主旋律的作品，也有像胡适、郁达夫、张爱玲、林语堂等表现较为复杂的人生态度和文化意识的篇什。这既可以让读者能从这里初步了解现代文学发展的大致轮廓，更可以从丰富多样的作品中开阔精神的视野，得到知识的和思想的某种参照和启迪。

再者，在选材上编者还很注意作家风格、流派的多样化和题材的广泛性，重视选入那些独具风采、构思精巧、情文并茂，有助于提高读者艺术感受能力和审美档次的佳作，像周作人、朱自清、丰子恺、梁实秋、沈从文那样浅白晓畅、行云流水一般的散文，冰心、戴望舒、徐志摩那样细腻敏感、柔婉秀丽的诗作等等。编者的这种选择，是需要一定的勇气和审美眼力的。

本书在每篇本文后面均附有一段简明的评析文字，可看作是对作品的解读，有助于读者体会作品的要旨和突出的艺术造诣。解读是一件颇不容易做的事。既不能泛泛而谈，不得要领，又不能广征博引，过于艰深。本书力求从读者对象的实际水平出发，照顾到他们阅读、鉴赏及学习写作的需要，着眼于启发诱导，而文字语简意赅，浅显易读，无异于给予读者一把接近和解读作品的钥匙。

作为长期从事现代文学教学和研究工作的人，对于本书的出版，我是尤感欣喜的。五四以后的现代文学作品距离我们越来越远了，由于表现的题材领域，审美意识追求和传达方式的特殊性，造成了今天人们理解和欣赏上的困难。我在大学讲坛上讲到郭沫若时，就曾有学生以为《女神》中的一些诗句，是诗人夸大其辞，乃至歇斯底里，像是发作了精神病，不懂是什么意思。有感于此，我曾尝试写过一本《中国现代文学知识百题》。现在，浙江省中专语文教育研究会的同志本着他们勤恳的敬业精神和脚踏实地的工作态度，又编选出这样一本现代文学的辅助读本，我觉得这项工作有着铺路架桥的意义，是值得赞许的，相信它在实践中定会收到预期的效果。

1994 年春于杭州

（原载《现代文学佳作欣赏》，沈锡荣、万伯春主编，成都科技大学出版社1994年版）

# "嗜好鲁迅"的人

## ——怀杨秉钧先生

假期里暑热蒸人，做不了事，清理抽屉里的信札，意外地发现了杨秉钧先生生前的一张便笺。字不多，抄录如下：

陈老师：

上次携去的《鲁迅正传》如阅完请便中带来。

北京吴福辉有信来谈及"复社"事，兄如有暇或有兴趣，不妨驾临一叙，这里可提供一些资料。

近日炎帝肆威，黄犬吐舌，我是日处斗室，等待上帝宠召。

不尽所言，并颂教祺。

杨秉钧书　90.7.22

看着熟悉的笔迹，心中一阵怅然。日子过得真快，杨老先生被上帝"宠召"已两年有半了！生前他不爱别人讲他的好话，虽然多次想写他，旋即便打消了念头。现在读着这张短笺，禁不住还是提起了笔。

我们是在"文革"后期结识的。一天与当时任《西湖》编辑的董校昌兄闲谈，他说浙大附中有位老人专收藏鲁迅资料，数量之多全杭城无人可及。于是经他介绍，我便去了孝女路未央村杨宅。其时，杨先生也不过 50 出头，面目清癯，讲话声音轻缓；然而一谈起鲁迅，他声音便提高了，眼里也溢出了异样的光彩。他和老伴住一间 20 平方米的斗室，只一张旧书橱，书籍、杂志大多装在一只只纸板箱内，都用旧报纸一捆捆包扎好，上面有一个本子，记着编目。当我一提到某一资料时，他旋即将本子打开，随后即将那本书翻了出来。资料确实丰富，从初版《呐喊》《域外小说集》，到 1938 年第一版《鲁迅全集》，1958 年的 10 卷本，鲁迅书信、日记、译文等，包括李何林 1930 年《鲁迅论》在内的各种各样评述鲁迅的书籍、刊物，以及当时刚出不久的红面鲁著单行本……林林总总，几乎是应有尽有，真可称得上是一个鲁迅资料库！当我脱口说出时，老人脸上露出淡淡的微笑。

有两册书及几期 30 年代的期刊当时难得见到，待要开口借阅却又犹豫起来。他看出来了，很爽快地说："我买书就是为了用的，你尽管拿去看好了。"

就这样开始了我们之间的交往。像本文开头那便笺中说的那样，我差不多每半月或一个月，便到未央村去坐一坐，聊聊鲁迅，临走时借几本书，有时他也托我为他借点资料。他比我大 20 岁，却丝毫没有一点长辈的矜持。时相过从，对他更多了一层了解。起先我以为他在中学是教语文的，想不到他却是负责总务基建工作的。那么，他怎么会迷上了鲁迅呢？据他说，早在抗战期间，他就开始读鲁迅。当时异族入侵，内外煎迫，民生凋敝，每读鲁迅文章，便觉得好多事都被他说中了，鲁迅眼光太厉害了！他说自己在生活中不爱别的，就喜欢鲁迅。人家好酒，好烟，他"嗜好鲁迅"！他们夫妇（夫人是小学教员）靠微薄工薪生活，有 3 个孩子，经济并不宽裕。平日生活极其简朴，总是件褪色的中山装，一双旧布鞋，吃点心是杭城常见的小方块蛋糕。然而买起书来就不同了。只要听说哪里出了有关鲁迅的新书或刊物，他会千方百计购到手，不管价格多少，出手异常大方。他常常在书店转，有的书杭州没有，他会寄信到外地书店，或径直汇款到出版社邮购。每回儿子到京沪出差，身边少不了有他购书的单子。举个例子：50 年代出过一本观鱼著的《回忆鲁迅房族和社会环境 35 年间的演变》，他到处寻觅这本对了解鲁迅早年生平很珍贵的资料。我从友人处为他借到是书，他竟花了一个月将近 20 万字的书全文抄录下来。然而每当查阅，总感不顺眼，于是又要我再找来全文复印，并仔细切边，装订成册，以了宿愿。是时，杨夫人不幸猝然病故，老人精神上深受打击。在那些凄恻欲绝的日子里，他对鲁迅的依恋仍然不减。我猜想，也许在他抚摸这些书时，多少可使他创痛的心稍得一些缓解和慰藉吧！

冬天的一个黄昏，他从书店回家，遇上一阵大雨，得了感冒，原有的肾炎随即加重。病危时，他告诉女儿在他亡后将3套鲁迅全集每个孩子放一套，其余鲁研资料则留给笔者。我在病榻前甚感不安，而他轻轻地说了一句："勿介意，取之于斯，用之于斯……"

面对书橱里一排排鲁迅著作，眼前浮现出杨先生瘦骨嶙峋的身影。窗外是炎烈的骄阳，夏蝉在树丛绿荫里鸣叫，衬出周围一片岑寂。记得鲁迅谈到人往往注意特别的精华，而不在乎平常的枝叶。他说："删除枝叶的人，决定得不到花果。"我想，像杨先生这等人格、学养，也不是那么容易达到的吧？

（原载《浙江日报》1994 年 10 月 22 日）

# 感伤主义，还是爱国主义

## ——也谈秋雨散文

余秋雨的散文在当今学术界引起了轩然大波。有人不恰当地对他推崇备至，称其为"大师"，"大手笔"；但随着"余秋雨热应该降温"的呼声，对他的指责也多了起来。这本是文艺批评的一种正常现象，然而现在却似乎有这样一种趋势：仿佛对他批评得愈凶，便显得批评者学问愈高。更有甚者，给余的散文戴上"感伤主义和伪浪漫主义"的帽子，并以"缺乏哲人的洞见力，缺乏一个艺术家的感受力"①，而全盘加以否定。这样的批评是否客观、公正？笔者对此难以苟同，试略抒己见。

我认为秋雨散文的一个重要贡献是用散文随笔的形式对民族文化所进行的深沉反思。一种对于悠久民族文化的观照，对群体人格结构的批判成为秋雨散文的诱发点、寄托点和归结点。沉重而理性的文化反思贯穿着整个文本的描叙和抒情，成为其散文创作的核心和特色。余秋雨曾说过，他是以人类历史

---

① 《文学自由谈》1996年第1期《文化的悲哀：余秋雨的学问及文章》。

为价值坐标体系，去发现和对待各种文化现象的。他将自然风物作为观照文化的契机和载体，从中发现民族文化的生机和活力，对当前社会潜在的精神危机进行理性的批判，从而构筑起一道瑰丽的文化风景线，以别开生面的方式打开了读者的心灵之门。而这些作品的主要接受者是广大青年读者，从《文化苦旅》到《山居笔记》，他那强烈的文化感受打动了许多莘莘学子，给予了他们种种人生智慧的启悟，这是无法抹煞也不可无视的。早在"苦旅"之初，作者就发现我们的民族曾经有过一个活力充沛的时代，这突出地表现在敦煌的莫高窟艺术。在那处处涌动着生命力的艺术殿堂中，尤其是面对"让你失态，让你只想双足腾空"的唐代文明，作者被融入一个美妙的艺术天地中，感受到中华民族强大生命力的奔涌，感受到人类对生命、对文化的依恋和追求。然而，面对这样的盛世文明，后世的不肖子孙却无知地糟践它，侵略者疯狂地吞噬它。在《道士塔》中，作者讲述了一出愚昧和野蛮遏杀文明的悲剧。王道士的愚昧决不仅仅是一种个人行为，而是普遍的国民根性的表征，反映了整个民族文化的萎顿和精神疆域的畸变。通过这样一组对比，我们不能不为"一个古老民族的伤口在滴血"而惊骇、而愤慨。以莫高窟为起点，正是找到了对中国文化反思的最佳切口。作者由此定下了悲怆的基调，并一以贯之，在整个中国地理版图中表现出忧患民族的现实和对文化停滞的悲怆。

从风沙烟尘的大西北敦煌起步，到大西南的柳侯祠、都江堰，再到东南的吴山越水，作者一路探寻着我们古老民族的复生力量和文化更新的鲜活血脉，同时面对一堆堆文化的断壁残垣发出苍茫的浩叹。毋庸置疑，这中间隐含的深层意义，便是感时忧国的爱国主义情感。在《玉城记》中，"开封就像我们整个民族，一再地在灾难的大漠上重新站立，立誓恢复淤泥下的昔日繁华。但是，淤泥下的一切属于记忆，记忆像银灰色的梦，不会有其他色彩。……只有远远高于现实的构建，才有能力召唤后代"。《上海人》中又写道："你可以说它是中华民族耻辱的渊薮，但是，一个已经走到了近代的民族如果始终抵拒现代冲撞，就不耻辱了么？你也可以说它是中国人走向现代的起点，但是哪一个民族走向现代的步履会像上海那样匆促、慌张、自怯、杂乱无章？"作者纷杂的思绪，充满矛盾和哲理意味的思辨，都出自同一个基点——民族的忧患意识，秋雨散文也正由于被赋予了这爱国主义的主旨而具有了一种凛然大气。

这就是批评者所指责的"感伤主义"和"伪浪漫主义"么？

所谓感伤主义，在西方文学史上，是 18 世纪后期欧洲启蒙运动中，取代古典主义的一种文艺思潮，因斯特恩的《感伤旅行》而得名。它反对纯理性主义和古典主义的国家观念，提倡刻画内心世界，强调个性和个人的精神生活，为浪漫主义开了先河。其中不少作品内容比较空虚，流露出浓重的悲观失望和消极厌世情绪。试问秋雨的散文同这样的"感伤主义"有什么共同之点呢？

是的，秋雨散文在表现文化忧思的同时也时时流露出痛苦、幽愤乃至感伤的情绪；然而，问题不在于感伤本身，而在于作者为什么而感伤，这种感伤是否使人向丑恶的现实妥协？或是培养人们对于世事的清高或规避的态度？如果这种感伤中融入了不满、否定、呼唤、祁求，激起人们勇于去打破和改变现状种种精神因素，这种感伤就不应等同于消极的感伤主义了。如前所述，我们是很难将秋雨散文与它划上等号的。

此外，有些学者以一种历史考据的眼光来看待秋雨散文，将着眼点放到对历史事实的考索验证上，进而对作者对历史事件、人物、掌故的解释提出质疑乃至否定。的确，文化散文应当讲求科学性，要有文化品味。在这方面不少专家的意见是相当中肯的。然而，以笔者浅见，散文是文学作品，它所要求的并非是机械地再现史实。散文毕竟不同于严谨的史学评论。我们不能要求散文家像历史学家一样一丝不苟、周密细致地写历史，应当强调作家的主体情感和独到的思考，允许他用自己的视角来看问题，将自己的见解融入作品中去，在历史描叙中加入诗意的想象和激情。像对柳宗元、苏东坡等历史人物，余秋雨在散文中侧重于发掘人物的心灵信息，表现传统知识分子的人格结构和精神气质，以传达出作者自身的人格理想。柳宗元在贬谪和惨苦境遇中，竟还满脑子"莫负圣明"的意识，对朝廷充满了幻想和忠诚。"不应有生命实体，不应有个体灵魂"，主体性的缺乏和依赖性的强烈，使得这位伟大的文学家和政治家的人格生命骤然黯淡。这一形象中便渗透着作者对现实社会个体生命价值的种种思考。作者笔下的苏东坡在品尝艰难坎坷之后，竭力探寻生命底蕴，询问自身存在的价值。一次次的被贬，但始终能在复杂政治漩流中保持人格的完整，体现出随缘自适、旷放明达的胸襟。这正是作者心目中典型的理想人格。显然，他已经不完全是原来意义上的苏东坡，从文学的创作主体意识上看，我们不妨可以说，这是属于余秋雨的苏东坡，属于现代人的苏东坡。

散文作为一种形象的艺术，主要凭借作者的激情、想象来激活思想和形象。余秋雨在创作的某些环节中未能很好地把握理念与形象间的尺度，有些地方抽象概念过度，也有些地方在史实的把握和运用上不够严密，然而从多数篇目来看，作者出色的造型、抒情能力，平易畅达潇洒优雅的语言，证明他的作品仍不失为知感交融、才情并茂的审美创造。从其社会和审美价值来看，总体上应为上乘之作。我们不能因为其中历史事实、掌故的少数舛误，便将其一棍子打煞。更何况有些批评意见，如写都江堰不能只写其防洪用途，必须写出它的第二功能运输；写苏州，写了马医科巷，就不能不写俞曲园的春在堂等等，像这类意见，似乎是过于苛求了。对散文作品进行批评，应立足于作品本身，按照这一文体的性质规律来展开，而不能脱离文本对作者作分外的要求，这是无须赘言的。

感伤主义，还是爱国主义

　　80 年代后期，散文小品沉湎于身边琐事的微吟轻叹，浮靡之风盛行一时，余秋雨的散文立足于时代，怀抱赤热爱国情怀，呼唤沉甸甸的历史感和文化关怀意识，这对于散文界不能不说是一种突破，一种超拔。自然，呈现在读者面前的秋雨散文并不是很成熟的，笔者以为学界应当以正常的心态，冷静的眼光，将秋雨散文放到文学发展的坐标中予以评价，这才庶几符合实际，并对探索散文的径路有所助益。

　　　　　　　　　　　（原载《浙江文化报》1996 年 6 月 20 日）

# 重登巴比伦塔

—— 浙籍现代作家群的瞻顾和启示

　　20 世纪中国文学经历过或正在经历着两次转型，浙籍作家在其中分担着不同的角色。本世纪初，伟大的社会革命召唤文学从已经衰颓了的封建文化机制中剥离出来，进行一番彻底的自我革新、再造。在这支建筑新大厦的文学之军里，以鲁迅为核心的浙籍作家群格外耀人耳目。他们承继了自古钱塘为"文物之邦"的秉赋气质，只有"把过去运用到人生，并将已经发生的事再形成历史"的磅礴大气，在留下了大量宝贵的思想遗产和艺术经验的同时，也在文学史上契刻上了他们的姓名，鲁迅、茅盾、郁达夫、周作人、徐志摩、艾青、夏衍、冯雪峰、柔石、殷夫、梁实秋、戴望舒、郑振铎、巴人、朱生豪、唐弢……《中国新文学大系》附载作家小传共 142 人，浙江占了 34 人，近四分之一；而《浙江现代文学百家》（由笔者主编）一书收录了浙籍作家 129 人，几乎占了全国的三分之一。如此大的规模和巨匠与名家所组成的如此璀灿的星光，可以毫不夸张地说，浙籍作家所达到的文学成就是中国现代文学的一个缩影，是现代中国进步文化中最蕴含生机，最富有代表性的部分。

20世纪末的今天，中国文学再次开始了理性和沉默的思索，悄悄改变着固有的已不合文学发展的观念时，却面临着理论的饥荒，失去了传统后的手足无措。表现在文学创作上，就是文学的有机机制日趋萎缩，文学家日益孤单。同样一个浙江，再也看不到在同一时间里万马奔腾，风起云涌的气象；也没有了新文学别开生面，众派纷呈的繁荣和非凡。因此，讨论新文学声势浩大时浙籍作家群所呈现出来的共同的文学特征，挖掘他们勃兴中所遵循的文学规律，远远胜过不辨良莠地搬用一些新名词。这是一项系统的工程，对重振浙江文学的辉煌是必要的，也是有用的。

现代浙籍作家群一个根本性的特征是作品体现出强烈的时代性。茅盾说："文艺作家以表现时代为任务，要而言之，亦无非表现时代的特征。"作家真诚地面对变化着的生活现象，取与时代同步的眼光，诉说"心灵的震辐"。尽管存在着不同的文学趣味，从"内视角"或"外视角"取不同的方法，但总是从纷扰的人生里择取篇幅，并且始终关注人的命运，思考人的价值。

时代性的特征突出表现在浙籍作家选材的时间向度上。茅盾的长篇巨制，有如新闻报道一样，在第一时间里酝酿和发表。大革命风暴余波之中的《蚀》，五四、"五卅"运动刚逝的

《虹》，探讨中国社会性质论战的《子夜》，"八一三"战争硝烟才落的《第一阶段的故事》，"皖南事变"悲愤尚未过去的《腐蚀》，几乎每一篇作品，都迅速及时地反映了刚刚发生过的历史事件，而把它们串联起来，又构成了中国社会和中国革命的形象画卷，具有活的流质性。鲁迅的创作同样如此。《呐喊》《彷徨》分明抑郁着辛亥革命之后的历史循环的愤懑，《野草》流淌的是他刚遭创伤的灵魂，他的杂文无一不是有的放矢，放到今天，我们绝不会把他的杂文和时评混淆起来，因为它有昨天浓烈的气氛；放到它诞生的年代，我们又能体认出它的超越性，因为它站在了时代的最前点上，动态地把握着时代变化。

同时，时代性是与现实性密切结合在一起的。时代性是现实性的精神，现实性是时代性的具体附着。茅盾创作伊始，就倡导写实的文学，反对把文学当成游戏和消闲，尤为批评进步文学乃至革命文学作品中"非现实主义"因素的存在。他自始至终恪守现实主义。他说："文学者决不能离开了现实的人生，专去讴歌去描写将来的理想世界。我们心中不可不有一个将来社会的理想，而我们的题材却离不开现实人生。"乡土文学派体验着农村惨绝人寰的悲剧，透着沉重的叹息声；标榜美的文学的作家，在咀嚼儿女私情的时候，其实透露着一小角天地间真实的人生体验，走不出现实的大围。最典型的要数戴望舒。戴着"雨巷"桂冠的他，被现实的苦难推上了表达知识分子正义的前台，于是，他的诗里有了美丽而倍遭蹂躏的土地，有了与大地同时跳动的愤怒之心，从一个现代派诗人变成坚实的现实的爱国诗人。

80 年代中期以来，文学似乎在消减时代性特征，崇高、理想、英雄主义都遭到了冷漠、否定、排斥，人文精神被耽恋于物质主义的异己力量挤压得几乎不见踪影。有的学者概括指出了目前文学滑坡的种种现象：游戏文学、逃避意义，遁入历史、逃避现实；零度感情，远离激情，张扬物欲，刺激感官；躲避崇高，消泯价值。这几种表现与作品里时代性的式微，现实性的被逐有着内在的巨大关系。作者津津乐道于心里虚构的世界，置复杂鲜活的现实世界于不顾，不敢大胆地去触动生活里沉淀下来的矛盾。至少说明有些作者没有能力和勇气抓取文学的核心问题，没有真正正直坦白的襟怀，是一种文学上的懦夫行为。当代中国呼唤与伟大革新一致的"朝阳文学"，而现实的文学却显露出暮气沉沉，与文学消费的期待距离越隔越远。最近《小说特刊》杂志社作过一次问卷调查，59.6％的读者认为小说创作最大的进步来自于对现实生活的极大关注，是作品内容的普遍的真实性；24.2％的读者认为当前中国小说创作中最大的问题却是关注现实不够，这不能不引起我们对浙籍作家群时代性与现实性话题的叙述。

浙籍现代作家群富有创造力。他们奠定了中国现代文学诸多方面的模式。大而言之，革新了文学观念；小而言之，在文学的体式、题材、话语等方面都有过卓有成效的建树。他们的创造具有经典性，至今已成为文学的范式。

中国古代文学一直以诗歌、散文为正统，围绕着"韵文"而建立起来的别有情趣的传统文体观中，难以找到符合近代文明表情达意的小说、戏剧等文体形式，小说一直被当作"闲书""街谈巷议，残丛小语"，落后的文体观制约了文学的发展。这种局面一直到五四新文学运动才得到了彻底的改观。真正具有现代意义的文体及文体论才正式出现。现代小说的发起者鲁迅不仅使小说取得了合法的地位，提高了小说的艺术品位，而且惊人地使小说在他初创期就走向了成熟，一种文体在一个作家的手里诞生并且成熟，只有鲁迅这样中西贯通的大家才能做到。此外，鲁迅的散文诗、杂文、历史小说；茅盾的中长篇小说；戴望舒、艾青的新诗；夏衍的报告文学、戏剧、电影；周作人、梁实秋的散文小品；冯雪峰、邵荃麟的文学理论；朱生豪的文学翻译，都具有独创的意义。独立的文体创造闪烁的价值，几乎构成了今天文学所有体裁格式，使中国文学在文体的意义上第一次与世界文学接上了轨。

浙籍作家群鲜活的创造力更表现在各具特色、各领风骚的个性风格上。新文学时期的浙籍作家包含着鲁迅所说的世界意义上的现代个性主义特征、自由地生长着文学之苗，既得"南人约简，得其英华"之长，又兼取"北学深芜，穷其枝叶"之长，由此形成了浙籍作家群奇崛不平的个性风格：既有忧愤深广、沉郁顿挫的严肃，又有活泼清新、灵性荡漾的通体透明；

既有经络纵横、汪洋恣肆的大手笔，也有捕捉一己的小小悲欢而哀婉的浅吟低唱；既有站在时代风口浪尖上的斗士，又有洞开心灵窗口拷问灵魂的殉道者……说到个人，我们可以清晰地辨认出鲁迅的批评锋芒，茅盾的史诗性，郁达夫的"自叙传"，柔石的革命热情。在同为艺术审美的一派作家里，徐志摩的灵动、周作人的闲适、梁实秋的超逸、戴望舒的情绪化，又是那么异彩纷呈。一个作家绝不去简单地重复另一个作家，后一代作家虚心地总结前一代作家的经验，避免草创过程中的不成熟感，这就是浙籍作家个性风格迥异，各有所钟而又各有所成，终至汇成了现代文坛一种奇特的浙江现象的原因。

就作家个性风格来说，浙籍作家群是多元的，就短短 30 年时间里，新文学几乎衍化遍了西方两三百年的文学思潮；就文学流派来说，浙籍作家群又是多样的。20 年代，新文学刚奠定下发展的基石，无论文学的广度还是深度都来不及充分发展，浙江的新文学先驱已经构建了现代文学差不多全部的话题，挖掘了当时文坛上所有的文学主题，塑造了文学中丰沛的文学形象类型，组织了文学上众多的文学流别。从为人生的现实主义到强调主观意志的浪漫主义，从乡土文学到格律化的新诗，从问题小说到独抒性灵的小品文趋向，从印象派到逐步的中国化九叶诗派。同时，这种文学流派的传承一直没有中断过，印象派，英美化的格律诗派，新感觉派，现代主义诗歌，九叶诗派，变动不居。即使同属于现实主义的作家，在各个不同的历史时期，对现实主义作出的阐释也是开放的。文学的多样性还表现为同一个作家在不同时期不同的文学领域里分别做出过贡献。如茅盾既是中国中长篇小说的始创人，又是文艺理论界的开创者和大师。鲁迅的小说、散文诗、散文、杂文，哪一种不是中国新文学的典范？而且，鲁迅文体的风格错落多变，谁能说在鲁迅的杂文中读不出如火的诗，在散文诗中看不见精炼的短篇小说构制，在小说里没有流泄着杂文的锐利严谨呢？

浙江地处东南沿海，在 20 世纪初外国文化大举涌入时，得风气之先，加之浙江传统上对文化深沉的积累，敏锐的感应，率先打开眼界的浙江人率先对中西文化作了认真的比较。在非常短暂的时间里，他们由赤裸裸的西化开始整合传统文化，在民族的参照系里有选择地吸收西方先进的政治文化思想，并最终本土化，使之成为民族文化的有机组成部分。李金发一味地摹仿法国象征主义，结果没过几年就被淘汰了。所以，鲁迅说："一面尽量的输入，一面尽量的消化，吸收"，才能有所创新，使作品"别开生面"。浙籍作家群总体上来说，遵循了这条对待外来文化与民族传统的正确方法。艾青的诗歌，咏唱的是很具有浓郁的西方现代派对现实人生的"忧患之感"，生命的压抑，精神的不满，诗行之间跳跃着的线条、色彩、音响、构图也是象征派、未来派的主张，但是艾青从传统的诗美出发，合理地吸收了外来手法、技巧，诗歌的形象、节奏、语言、外部的构建都是中国化的，诗歌的精神更是中国化的。艾青诗歌由外来元素向民族化方向的运动，代表了整个新文学的基本走向。当然，郁达夫的小说里反映着屠格涅夫、林道、托尔斯泰、陀斯妥耶夫斯基的影子，夏衍的戏剧隐约着斯蒂文森、狄更斯、契诃夫等人的痕迹。然而这种影响正像冰雪消融在河水里，盐溶解在水中，作为整体的一分子而存在，细细品尝有其味，而整体却契合无二，宛然一体了。可以说，整个新文学30年，浙籍作家群一直在做着这样于民族文化再生极为重要的工作。民族化的进程有缓有疾，程度有深有浅，新的白话文学渐渐能够更顺畅地表达自己民族的心声了。浙籍作家取与文学进步一致性的态度，在民族化的道路上所开拓的宝贵经验值得浙军重振者三思。

浙江文学有过美好的回忆，今天的浙江文学还是富有潜力的，只要去浮躁，戒滥造，把文学眼光重新投回到对人、对人的精神的关怀上去，深思现代文学浙江籍作家做文的态度、方法、立场，认真鉴取他们留下的也是新文学30年留下来的成功和遗憾，新的浙江文学也许会站在这些前辈巨人的肩上立起来，并像钱塘江大潮一样气势浩荡，迭涌不绝，迎来自己新的辉煌。

（此文为作者在1996年12月中国作家协会第五次全国代表大会浙江组的发言稿）

# 应用文辨体

## 一　应用文名称辨正

应用文是文章的"体"还是文章的"类"，众说纷纭，莫衷一是，写作界迄今未能达成共识。

窃以为文章的"体"，是指文章的体裁或体式；文章的"类"，则指文章的大类或类别。应用文这一名称，应是所有应用类文体的总称。

一般地说，古今文章不外乎三大类，即文学类、应用类和边缘类。台湾张仁青先生认为文学类文章是"怡情之文"，重在审美；边缘类文章介于文学类与应用类文章之间，重在议事论理，"或论立身处世之道，或述经国济民之方，或明礼乐教化之理"，是"载道之文"；既不带情感作用，又不含载道功能，而以"实际应用为目的"的，则为"应用之文"。从文章功用出发，将所有文章分为"怡情""载道""应用"三大类，虽不免有绝对化之嫌——某些应用文也带情感作用和载道功能，有些载道之文也带审美、怡情作用，而有些怡情之文也有一定的实用性和载道功能——但总的说，其持论基本准确。

作为文章的一个大类，应用文这一名称的释义历来并不完善。明吴讷在《文章辨体》中仅认书牍文为应用文。清刘熙载在《艺概·文概》中则认为"辞命体，推之即可为一切应用之文。应用文有上行，有平行，有下行。重其辞乃重其实也"。《辞海》中说，应用文是"指人们在日常生活、工作和学习中所应用的简易通俗文字，包括书信、公文契约、单据等"。比较而言，一些学者的释义则正确得多。如台湾张仁青先生所说："凡个人与个人之间，或机关团体与机关团体之间，或个人与机关团体之间，互相往来所使用之特定形式之文字，而为社会大众所共同遵循、共同使用者，谓之应用文。"又如大陆李白坚所说："应用文，是人们在进行公务活动，社交活动和日常事务活动中所使用的一些以'致用'为目的文体的总称。"我们认为，应用文是机关、团体、企事业单位和个人在日常工作、学习和生活中处理公务、事务和私事时所经常使用的，以"致用"为目的，有相对固定的格式和习惯用语的所有文章的总称。

根据这一含义，提升到文章辨体理论上，我们至少可以明确以下几点：第一，应用文是一种"文类"名称而不是"文体"名称。第二，文类大于文体。应用文作为一大"文类"，它是包容繁多"文体"的总体概念，或者说所有的应用文体都归于它的属下。第三，应用文作为一大"文类"，包容几种应用"文体"，而每种"文体"又包含多种"文种"。文类、文体、文种是由大到小的三级概念。第四，应用"文体"和"文种"，总是因时、因地、因人而异，受时代、地域和作者不同等因素制约，而处于不断发展变化之中；而"应用文"这一文类名称，则具长期稳定性，即在一百年后，凡应用之文，仍将称应用文。

总之，应用文是一大"文类"而不是一种"文体"。现在许多编著以"公文""文书""实用文""辅助文""事务文"等来替代应用文的名称，是"类""体"不分，很不科学，对于应用文的理论研究和实际写作，弊多利少。对此，我们应有清醒的认识。

## 二 应用文辨体标准

应用文作为一大"文类"，包容几种具体的"文体"。如何正确辨体（文体划分），将它们加以科学的定位，实在非常必要。

但从目前大陆现状来看，对于应用文的文体分类五花八门。于成鲲先生的《应用文大全》，按应用范围分，分为行政应用文、财经应用文、诉讼应用文、文教应用文、日常应用文五体；杨玉村的《应用文教程》，按传统方法，分为公文、调查报告、工作计划总结、简报、讲话稿、经济合同、规章制度、礼仪类应用文八体；函授大学《实用文体大全》，按功能分为公文、告示、宣传、礼仪、笔记、法律、契据、信函、证书、传志十体；张大芝《应用写作教程》分为公务文书、业务文书、规约文书、宣传文体、议论文体五体；叶春生、陈子典的《文书写作大全》分通用公文、事务文书、法律文书、财经文书、涉外文书、科技文书、生活文书七体；涂怀章的《中国实用写作大全》分为党政类、法制类、民政类、商贸类、财经类、科技类、纪实类、文学类、艺术类九体。以上辨体十分混乱，或类别相殊，或类、体不分，或文体与文种混淆。

之所以出现这种混乱，原因很多。一是应用文体本身繁复具多样态；文种过多，有人统计有 2000 余种，可谓"体有万殊，物无一量，纷纭挥霍，形难为状"。文体繁复，文体特征和功能之间不免存在这样那样的交叉、重叠和缠结。因此要清晰地辨别和划分，实难圆满做到。二是"文章体载，犹宫室之有制度，器皿之有法式也。"（徐师曾《文体明辨序》）而"制度""法式"带有活性因子，不可能代代沿袭，而是与时因革，不断变化，时世既殊，代象变迁，新裁斯出。这又在客观上给辨体、分类带来极大的难度。三是病于辨体、分类至今没有统一的标准或可供遵循的依据。前述各学者对应用文体的分类，都是从各自视域观照阐析，自设标准甚至没有任何标准，因此造成辨体上差异悬殊，不相统一。比如《中国实用文体大全》，从行业角度出发分类，把纪实类、文学类、艺术类非应用文体也包罗进去，不伦不类，过于极端，很难被人们所认同。

应用文辨体，就是对各种文种进行辨识，然后将具有相同或相近属性的文种归纳集结成"体"。这种归纳和集结应有标准可循，这个标准除了在量上作适度控制外，主要的是要符合叶圣陶先生1924年在《作文论》"文体"一节中提出的文体划分三原则："分类有三端必须注意的：一、要包举；二、要对等；三、要正确。包举是要所分各类能够包含该事物的全部分，没有遗漏；对等是要所分各类性质上彼此平等，决不能以此涵彼；正确是要所分各类有互排性，决不能彼此含混。"

根据包举、对等、互排性三原则，我们以为从应用的对象范围出发，宜将应用文分为三大文体，即公文文体、事务文体、私用文体。

## 三　应用文辨体意义

明徐师曾在《文体明辨序》中说："文莫先于辨体，体正而后意以经之，气以贯之，辞以饰之。体者，文之干也。"应用文也不例外，首先要解决"体正"的问题。"体正"才能使每种应用文体显现自己的规范特点、表现形式和读者对象。

鉴于应用文具有相对稳定的通用结构和固定体式，不像文学作品和其它载道之文那样以意役法，自由营构，因而其辨体意义更为重要。具体地说，这种意义主要有以下三点：

第一，有利于应用文体的规范和统一，从而提高拟制的质量。从目前情况看，事务文体与私用文体的辨体相对清晰。凡是机关、团体、企事业单位为反映事实，解决问题，处理日常事务（业务）而使用的具有专业性或专题性的所有应用文种，都可归于事务文体。凡是处理私事的所有应用文种，都可归于私用文体。至于公文文体，除行政公文由国务院钦定 12 类 13 种，其它如军事、外交、司法等部门的专用性文体，到底归于公文文体还是事务文体，尚需加以统一和规范。归属明确，有利于消除模糊与混乱，以便一体遵行，提高应用文的拟制质量。

第二，为了更好地"致用"。辨析应用文体的特点、行文规则以及文体之间的异同，目的是为了更好地应用，做到"体""用"结合。应用文如果不能立足于"用"，不能解决实际工作、学习和生活中的问题，理论上的辨体就失去了意义。

应用文从辨体要求上说，应做到"大体须有"；从致用的要求上看，则"定体则无"。例如简报，很难说它是一种文种，但由于它使用很广、很轻捷，各机关、团体、企事业单位都少不了它，于是人们约定俗成地把它与计划、总结、调研报告等文种一起归于事务文体上，也未尚不可。"文以致用"是中国的历来传统，王充所说"为世用者，百篇无害；不为用者，一章无补"至今仍有认识价值。应用文只要能有效运用，辨体上可以宽容一些，不必斤斤计较。

第二，有利于为大陆、港、台应用文通用打下基础。目前大陆、港、台应用文差异较大。大陆没有权威性的应用文体的划分，但大体上划分为公文文体、业务文体、规章契约文体、社教礼仪文体。香港划分为书信、便条、名片、柬帖、规章、契据、启事、报告、题辞、对联、会议文书；台湾划分为公文、书牍、柬帖、规章、契据、庆贺、祭吊、对联、题辞、契约、广告、会议文书。这样的划分，各有优长与不足。但是倘能如前所说，将应用文类定为公文文体、业务文体、私用文体三种，将所有文种都分别梳理归属，差异就能大大缩小，将来的通用就有可能如愿以偿。

（本文刊于 1998 年 3 月香港理工大学中文及双语学系出版的《现代应用文的教学与研究——现代应用文国际研讨会论文集》，主编李学铭）

# 金庸：当代文化的一个奇迹

浙江素有地灵人杰、文化之邦的美誉。历史上涌现过众多杰出的文学家和艺术家。当代著名作家金庸是其中之一。金庸原名查良镛，出生于浙江海宁，他在新武侠小说领域的崛起和辉煌，令我们浙江人、浙江文坛感到自豪和骄傲！

金庸不仅是我们浙江文坛，而且是中国文坛一个不同寻常的现象。从他有限的15部作品中折射出来的无限的才气足以让喜爱他的读者们叹服，何况其中蕴藏的丰厚的历史思想内涵和民族文化精髓构筑了一座雄伟坚固、博大精深的文化大厦，更让人醉心其中而留恋忘返。"金庸的出现，是当代文化的一个奇迹。"（冯其庸）

金庸小说以虚构的武林传奇为内容，在武、侠、情、奇的包装支撑下，孕含着作家对文化、宗教、历史、社会、哲学、伦理、道德、信仰的关注和思考，把武侠小说升格到了一个前所未有的境界。因而，金庸小说首先是一种文化小说。其中涉及的儒、道、释及诸子百家等传统文化精华，无不深入浅出，并且被结合得天衣无缝，既藉此阐释了人生哲理，提高了武学境界，而那些源自文化经典的武功套路或打斗格式（如源于《道藏》的"九阴真经"，源于《易经》的"降龙十八掌"，源于佛经的"拈花""般若"等）则使"武侠"小说不再拘泥于打、闹层次而得以升华；同时也与作品中人物的性格命运、精神气质联系在一起，从而为我们提供了经过中国传统文化洗礼的独特的艺术典型。郭靖、陈家洛是服膺儒家精神的范型，他们刻意求善，希冀和平又宽大博爱，更敢于以一身而赴天下之危难，体现出儒家思想的可敬；令狐冲、张无忌本性中的逍遥自在、真情流露，"如行云流水，任意所之"的"真汉子"一面又暗合了道家思想的要义；而《天龙八部》中"无人不冤，有情皆孽"的悲天悯人则体现了佛学思想的真谛，那个无名老僧的看破红尘、远离三界、普渡众生之苦乐仇冤更是佛门境界的最高阐释。

金庸小说对中华民族传统文学艺术中的各个门类亦有广泛触及。诗、词、曲、赋自不待言，琴、棋、书、画亦牛刀小试，音乐、舞蹈、雕塑、建筑、园艺、杂耍、诗谜、对联……也被揉进了金庸作品之中，瑰丽隽永，异彩纷呈。而更让人惊叹的是小说对诸如医学、药学、算学、烹调、制酿、地理、土木工程等自然科学的融会贯通，使金庸的长篇制作具备了百科全书似的风采，极大地证实了其文化品位和深湛的学者识见。

金庸小说的社会历史内涵更是引人注目。15部小说无一例外地取材于历史或对应于历史，本身就可以被划入历史演义的范畴；而从历史写社会更是金庸新武侠小说的社会价值之所在。从皇宫贵族到市井俚民，从中原腹地到边陲远疆，金庸小说在融合着大量社会、历史和文化信息的武侠天地里纵横驰骋，所向披靡。在这里，我们可以深刻地领会到中国几千年文明史的沧桑与流变，真可谓"武侠其表，世情其实"（严家炎）。《天龙八部》中萧峰之死揭示的与其说是英雄悲剧，不如说是民族悲剧、历史悲剧；而《碧血剑》《书剑恩仇录》等直接以历史人物为模特的小说更是直接书写了中国史；从韦小宝、岳不群等性格人物身上透射出来的对于历史、对于社会的批判和讽谕，更具有深刻警世意义。

金庸小说中体现出来的爱国主义精神，可以视作维系其15部作品的一根红线。爱国爱民是金庸笔下英雄系列的共同特性，也是这些英雄区别于传统义侠武士的根本所在。郭靖、萧峰、袁承志、杨过、陈家洛……是其中的代表。在传统武侠小说中英雄主人公也多有作为"义侠"出现的，嫉恶如仇，劫富济贫，见义勇为，舍身取义，言而有信，身体力行……他们的身上积淀着中华民族几千年形成的传统美德；而把这种传统美德与鲜明的爱国主义、民族精神结合起来的金庸的新武侠小说是展现得淋漓尽致的。以萧峰为例，他的生身父母是辽人，而抚养他长大、传授他武功的又是汉人。他爱祖先给予他生命的辽国，也爱养育他成长的大宋。可是在当时辽宋纷争的历史格局下，萧峰却不得不陷入其中，以致最后只能以饮箭自杀来平复民族间的不和，以一己的牺牲来换取民族的团结，其仁义、豪勇已不可与传统"侠士"同日而语，体现在他身上的是强烈的爱国、爱民的思想光耀。

　　类似的情形也发生在郭靖身上。这位慷慨仗义的大侠身世与萧峰异曲同工，只是正好相反，他是生长在蒙古草原的大汉子民。特殊的生活经历使他像萧峰一样不愿意任何一方遭受残酷的战争磨难，于是，在成吉思汗大举南侵，攻打襄阳之际，郭靖挺身而出，义正辞严地令成吉思汗退兵，使两国军民免遭战争之灾。郭靖对成吉思汗说："自古英雄而为当世钦仰后人追慕，必是为民造福爱护百姓之人，以我之见杀的人多却未必是英雄。"判定英雄人物的标准之一是以天下苍生的安危祸福为旨归。《神雕侠侣》第20回"侠之大者"有这样一段话："郭靖又道：我辈练功学武所为何事？行侠仗义，济人困厄乃是本分，但这只是侠之小者，江湖上所以尊称我一声'郭大侠'，实因敬我为国为民奋不顾身地助守襄阳，然我才力有限，不能为民救困，实在愧为'大侠'两字……只盼你心头牢牢记着'为国为民，侠之大者'这八个字……"相似的情节表达出了一个共同的愿望：那就是爱国爱民，尤其大中国、大一统思想更是使这些英雄成为民族团结的先锋和象征。

　　金庸的爱国主义绝不仅仅是狭义的空泛的和孤立的，同时也贯穿在人物具体的生活和生命中，成为这些英雄一生所追索和努力以求的目标。陈家洛在情爱上小巧懦弱，但最终还是一位正宗侠士。作为红花会的总舵主，他能够与满清王朝更大的势力抗衡，说明他是有胆有识的。他为了"大计"以"国事为重，私情为轻"牺牲自己心爱的姑娘喀丝丽，从建功立业的角度讲，他的选择是对的，是符合儒家精神的，牺牲一己之私以成千秋大业是符合大丈夫标准的。后来事业虽未成，但他及红花会英雄的铮铮正义却永留人世。

正如一位哲人所说，"艺术作品的形式愈是适合它的思想，它也就愈能成功。"为了对武侠小说的内容加以革新，金庸小说艺术形式的创造也是卓尔不群的。写小说而能拥有如此广泛的多方面的读者，应该看作是它在艺术形式不懈探求而成功的标志。各个阶层的人们都能在金庸的小说中找到自己的兴味所在，"高层读者欣赏他的文笔，中层读者品味他的情韵，下层读者欣赏他的情节"（理由），这无疑表明了，金庸小说从语言叙述到思想表达到情节设置，都有让人击节称赏的地方，都能体现出作者的艺术功力，这实在是极为罕见的。

金庸的 15 部小说尽管取的是同一种类型（武侠小说），却能不给人明显雷同、相似之感，已经很不容易；何况它们中的大多数是长达数卷、百多万字的超长篇作品，情节的前后呼应、线索的脉络清晰、人物的个性分明都很少有疏漏之处，无怪许多读者一打开金庸便不免通宵达旦，难以释手。

一系列的英雄人物、典型人物或者类型人物都活生生地出现在金庸的小说中，让我们真切地感受到他们的呼吸、他们的情感波动和思想起伏；就连那些让人生厌的反面角色也是同样。可以说，个性的鲜明，性格的迥异是金庸小说中数十上百号人物得以清晰地被读者识别和记取的主要原因，其间亦体现出作者的运筹帷幄和妙笔传神的艺术才能。

金庸的小说语言看似平淡无奇，拙朴无殊，实则行云流水，酣畅淋漓。而人物语言则是多与其性格、禀性有所联系，从而体现出个中三味。段誉的痴情，萧峰的沉稳，郭靖的鲁钝，黄蓉的机警，韦小宝的油腔滑调，令狐冲的至情至性……都在他们的对白中有所显露。读金庸可能不像古龙、梁羽生那样让我们过分地注意到它们的叙述语言的精简或华美，甚至经常会"看不见语言及其技巧"（陈墨），而这恰恰表明了金庸小说语言和叙事的贴切程度，通常只有真正世事洞明、技巧圆熟的写作才能到达这样"平淡最真"的境界。

任何一个创作者在创作中都不可能没有矛盾冲突的情感体验，乃至产生悖论现象。在金庸武侠小说中，无辜生命常常丧失在刀光剑影之下，一幅幅血淋淋的图画在读者眼中晃动，金庸原本是反暴力的，希望人民能安居乐业，民族之间和睦相处。小说中也常用饱含感情的笔触对杀戮作了根本上的否定，但这并不意味着金庸小说没有直接或间接或多或少仍然存在这种"快意恩仇"观念的解说与阐释，而且我们也要明确，在金庸本人的思想与创作中传达的信息以及武侠创作要求、读者阅读期待等之间的距离。"侠是一个或一种行侠仗义不畏权势的人物，常在国法及社会一般规范之外行动，以迅速、有效、有力的方式达到济困扶危、主持公道的任务，并使人兴起快意恩仇的美感和快感。"① 为了"快意恩仇"杀人就不算一回事，除了恶侠任意行凶草菅人命，一些正宗侠士杀得性起竟也殃及无辜，此等例子甚多。

金庸小说描写情爱世界中折射出现代人文精神，在男女关系上主张平等与自由，但另一方面，金庸未能完全超越传统观念的影响，狭隘的男性中心意识造成其作品中对女性的尊重与对女性的歧视并存。在有些女性人物身上，妒忌、情仇，形成了破坏性的原始生命力的泛滥。如《天龙八部》《碧血剑》中的女性由"情"入"痴"，由"痴"又生"嗔"，既疯又狂，失去了理智，他们自以为是的满足是以他人的不幸及丧失自由为代价的。《神雕侠侣》中的李莫愁成了滥杀无辜的"情魔"典型，形象显得阴暗与丑陋，失去了生命原有的光彩。

以上仅是就金庸小说谈一点概略的看法，肤浅之至，无非是希望我们这次研讨会能够多从学术的层面上各抒己见，展开充分的深入的对话和交流，以便把金庸的研究推向深化，并促进当代文学创作的发展和繁荣。

*（本文为杭州大学中文系1997年举办的金庸学术研讨会开幕致词）*

---

① 龚鹏程：《大侠》，锦冠出版社1987年版。

# 《叶文玲论集》序

1996 年初夏，以原杭州大学中文系从事现当代文学研究的中青年教师及研究生为主体，联合一批来自北京、上海、南京各高校的知名专家、学者，在西子湖畔举办了一次颇具学院特色的学术活动——"叶文玲创作研讨会"。

会议已过去良久，曾经声名不俗的杭州大学中文系也早已冠上了更响亮的浙江大学校牌，而有关的记忆和感受却因为印象的深刻而无法被时光尘封，被招牌替代。借此研讨会的论文得以在三年之后的今天借浙江大学的雄风终于结集面世之时，重新回顾一下从当时延至今日的深刻印象，似乎并不是一件毫无意义的事。

浙江曾经是五四后新文学史上作家辈出的人文热土，诞生过包括鲁迅、茅盾、郁达夫、艾青、夏衍在内的文学大家。建国以后，浙籍作家似乎有些沉寂了，在热点不断的当代文坛上，文学"浙军"的牌子显得有些落寞。但浙籍作家从来没有从热闹喧哗之处侧身隐退，他们始终在以自己的方式勉力耕耘。从 50 年代登上文坛至今仍笔耕不辍的叶文玲，到 90 年代中国当下文坛的代表人物余华，浙籍作家不乏引人瞩目的佼佼者。

与这些辛勤的耕耘者共享着同样的生存空间、历史脉息和文化语境的原杭州大学中文系，一向学术科研人才济济，在古典文学、古代汉语的扎实研究基础上确立起来的赫赫声誉一直名噪四方。但面对日益更新的社会生活，有识之士开始深入地思考这样一个问题：从《诗经》到《红楼梦》的固板思维模式是否能对当今社会的急速发展、当下文坛的深刻流变作出准确、敏锐的探讨、回应，哪怕是判断？何况，在不断更迭的价值观念和审美时尚面前，文学的"经典"恐怕也是在不断变化发展的。它不该只是粗鲁地拒绝新成员的闯入，或者一味简单地回避可能产生的碰撞。

基于这样的认识，一向以"古典"见长的原杭州大学中文系，在不削弱原有优势的同时，开始寻找和拓展新的学术生长点。他们开列出包括金庸、叶文玲、余华、王旭烽等在内的当今十位浙籍作家，希望通过对他们的一系列专题研讨，使学院派、古典派的人文研究与当代文坛相互对话，与当今时代紧紧拥抱。

"叶文玲创作研讨会"即是这一构想的第一次实验。事实证明，这也是一向隐居于秦砖汉瓦、唐诗宋词织就的象牙塔内的浙江高校学人介入社会、介入时代、介入当下文坛所迈出的重要一步。

叶文玲把文学创作视同生命，全身心地用她的笔去发现美、表现美、歌赞美，并把这种美寄寓于笔下的人物形象，尤其是女性形象上，这些作品充溢着鲜明的时代气息和乡土意识。作为一位入世的理想主义者，她以其纯情、唯美的品格而在中国当代文坛独树一帜。

叶文玲是这样一群作家的代表：他们以50年代的虔诚和热情登上崇高、庄严、神圣的文坛，经历六七十年代的风雨击打，在70年代末80年代初的喧哗与骚动中不甘寂寞地伺机复出，而后以他们的敬业和毅力在长达20余年的文学生涯里耕耘不止。他们有一波三折的命运起伏，也有始终如一的信念理想。前者给了他们受用不尽的文学资源；而后者呢，也使他们的文字总是浸润在圣洁的理想光辉里。

在我们的研讨会上，叶文玲不仅是浙籍作家的典型代表，同时也被作为新中国自己培养的中年一代作家的缩影，作为一种特定的文学现象来加以评判和探讨。针对她和她们这样一种现象，讨论者站在新时代、新思想的高度，在他们的论述中体现出了难能可贵的理性批判精神；而"叩问叶文玲"是显而易见的一个核心话题，它像一支主旋律流贯在研讨会的自始至终。

据说在当今的文学批评中可以找到这样三种模式：流于平面感受的"报纸批评"，同行之间有心得之谈、但又碍于彼此情面的"作家批评"，以及真正从主体思想出发，对文本作深度发掘和价值评价的"教授批评"。如果说文学批评界并不缺乏体现理性精神的"深度模式"，但以"研讨会"形式出现的则大多以唱颂歌为主。面对面地打破"平面"，不顾"情面"，提出"叩问"甚或"责难"，确实是需要一点理论探讨的勇气和魄力的。

泰纳说过："在人类创造的事业中，艺术品好像是偶然的产物，我们很容易认为艺术品的产生是由于兴之所至，既无规则，亦无理由，全是碰巧的，不可预测的，随意的。的确，艺术家创作的时候也只是凭一时的兴趣，艺术家的创造和群众的同情是自发的，自由的，表面上和一阵风一样变化莫测，虽然如此，艺术的创作与欣赏也像风一样有许多确切的条件和固定规律：揭露这些条件和规律应当是有益的。"（《艺术哲学·序》）对于批评家来说，通过对作家作品的分析和评价，阐述创作中带根本性的规律性的问题，帮助作家恰当地认识自己，找到自己，就能使他的创作在现有基础上，沿着正确的方向不断有所突破，有所提高。

在"叶文玲创作研讨会"上，与会专家、学者和年轻的学子们在他们提交的论文和所作的大会发言中并不是简单地跟着作家走，对作品的表层意义作一番肤浅诠释，而是用切实的真知灼见去发现作者、读者所未见，既热情诚恳地肯定了叶文玲创作中风格严谨务实、笔调清隽唯美、内容纯净高洁、形式多姿多彩等突出成就，也对其中存在的历史局限进行了有价值的解剖。诸如文学主题的单一，审美模式的固定，道德评判的直露，甚至遣词造句的过于诗情画意，无不在被"审视"和"叩问"的范围之内，甚至还以"《无梦谷》之后"为题对这一作家的未来走向作了不无道理的构想。

这些融入了主体的理性分析和价值评判的论述无疑是具有相当的学术含量的。这使对叶文玲创作的研讨，由此超越了对一个作家所作的流于平面或碍于情面的表面文章，超越了单纯赞颂的常见模式，而上升为对几十年来中国某种具有代表性的文学现象的深度探讨和思考。而这样的理性精神大概也是今天的文学批评所特别应该坚持和推倡的吧。

此次研讨会留给今天的第三个印象是，会议论文既涉及叶文玲创作的方方面面：从小说到散文，从短篇到长篇，从处女作到最新作……更以较为新颖的批评模式全方位、多侧面地解剖了叶文玲创作的粗枝和细叶，呈现出审美评判的风度和力量。

全部论述中，对叶文玲整体创作乃至未来走向所作的系统阐述以吴秀明、田志华的《从梦的追寻到梦的质询》为代表，包括陈建新的《传统文化与民间意识》、李杭春的《叶文玲现象》以及陈奇佳的《叶文玲小说艺术论》，大多能从宏观、综合的高度梳理这位颇具普遍意义的中年女作家的创作经历和创作得失；而以某个较新或较深的批评角度、批评模式入手，对叶文玲的创作进行微观审度的，则更显层出不穷。有从女权主义立场分析其女性创作的成就与局限的（如郑淑梅的《"双声话语"中的女性创作》），有从叙事批评角度解剖其叙事策略的（如范志忠的《话语的分裂与整合》），有从乡土文学的立场定位其文学地位的（如陈力君的《叶文玲艺术世界中的乡土意识和女性意识》），也有从语言学角度探究其语言特点的（如沈晓莉的《叶文玲小说语言初探》），加之一些从心理学、美学角度关注的叶文玲创作的"道德意识""悲剧意识""苦难意识"等等，更是把叶文玲创作剖析得淋漓尽致，面面俱到。把这说成为显示了学院派"教授批评"的主体精神和理性风采，似乎也不过分。

当然，作为一本作家论的研究集子，仅仅局囿于一次研讨会毕竟面太窄，何况，像叶文玲这样已有40多年创作生涯、著有500多万文字的作家，她身上所凝聚的内涵也足以让我们沉潜三思。有鉴于此，我们在结集时，不仅收进了当时出席讨论会的我校中青年教师、研究生及外地专家教授递交的论文（如南大教授朱寿桐的《新乡土文学和叶文玲创作的历史定位》），而且还有意识地选辑了迄今为止国内外报刊杂志上公开发表的十余篇有影响、有代表性的评论研究文章。我们这样做，目的是为更全面立体地透视叶文玲的创作，在许可的情况下，尽量将这本集子编得更精粹，更完整。

文艺批评必须与理论建设相结合，批评的深度取决于理论的素养。没有坚实的理论根基和方法导引，文艺批评就难以获得深刻的理论力量。在这方面，我们的论文确实还有许多盲点和不足，有待以后进一步改进和提高。

一次研讨会可能激起的浪花在历史长河中、在时代的风潮中肯定是有限到微不足道的；而这本小小的评论集也只是尽可能完整地搜集起曾经涌动过的那一次波浪，反映和检验一下评论界、学术界有关叶文玲的研究成果，向大家展示我们对世纪之交的当代文坛和当今时代的关注和思考。当我们的这本评论集与读者见面的时候，我们将迎来共和国的 50 周年华诞。我们热切地期盼着叶文玲在创作上不断有佳作问世，在作品的思想深度和艺术质量上有新的突破，也祈愿浙江文学界重振雄风，紧跟时代的步伐，在 21 世纪再创辉煌。

（原载陈坚、吴秀明主编《叶文玲论集》，杭州大学出版社1999 年版）

# 走下神坛的鲁迅形象

## ——评《破毁铁屋子的希望》

一

将鲁迅置于一套政治权力话语进行解读，"鲁迅研究只剩下政治化的筛选、诠释和组装，有选择的历史成了概念的注脚，丰富的思想内涵被纳入了固定的理论模式和价值标准。鲁迅不仅被单一化、神圣化了，而且被僵化、空洞了，他只有金粉加身的令人惊羡的外表，而失去了可亲可感的生命力"（王富仁）。①

胡尹强先生在他关于鲁迅的新著中亦持此说，他认为鲁迅研究界，在一整套政治权力话语的模式下，在几千年神的英雄观念的浸淫下，鲁迅被一节一节地拔高，最终成为一个通体发光、高高在上的神，神是万能的、生而知之的，因而他作为一

---

① 王富仁、赵卓：《突破盲点——世纪末社会思潮与鲁迅》，中国文联出版社 2001 年版，第 165 页。

个普通的有血有肉的人的形象却一点点模糊，一点点遥远，以致于我们甚至忘记了他也是一个人，也有尘世的无奈，世俗的悲欢，有大矛盾，大痛苦，大尴尬，大彷徨。是的，鲁迅是启蒙运动的战士，但又是封建传统母亲的孝子。在作为人的意识觉醒下，又经历五四大潮的洗礼，却为了随顺长者甘心情愿做一世的牺牲，毫无怨言地接受了母亲强加给他的毫无爱情可言的旧式妻子；而且他并不是一生下来就成了鲁迅，在很长一段时间里他都只是周树人，从中国到日本，从日本到中国，从家道中落后的"走异路，逃异地"，到渴望用西医来救治如他父亲一样的病人的留学生；从尼采"超人"哲学的情有独钟，到真诚炽热的人道主义者，寻寻觅觅上下求索，在异国的奔走呼号与归国后的痛苦反思，在北京 S 会馆的老槐树下达八年的以抄古籍、拓古碑来排遣生之寂寞的漫长经历，他终于痛苦地明白自己并不是一个振臂一呼应者云集的英雄，并且缘此抵达了铁屋的意象："假如有一间铁屋子，是绝无窗户而万难破毁的……"20 世纪的现代中国就是一间绝无窗户而万难破毁的铁屋子，在这间铁屋里有的是浓烈的血腥气息，从昏睡入死灭的人，凶人的愚妄的欢呼，弱者的悲惨的呼号，以及少数身受着临终的苦楚，如狼嚎一样凄厉的哭声……这是一次漫长而深刻的精神危机，而这危机的结果是诞生了一个时代的英雄——伟大的思想家和伟大的文学天才。

创作是作家的情感活动，列夫·托尔斯泰认为："在自己心里唤起曾经一度体验过的感情，在唤起这种感情之后，用动作、线条、色彩、声音以及词句所表达的形象来传达出这种感情，使别人也同样体验到同样的感情——这就是艺术活动。"①胡尹强《破毁铁屋子的希望》正是从情感的内宇宙，从创作的动机、心理来探索鲁迅及其《呐喊》《彷徨》，并为我们展示了一个活生生的、激情燃烧的文学世界。在对文本论析的整个过程中，他从未离开过鲁迅的内心世界，内宇宙成为他观照鲁迅的独特视角，从而越过重重政治话语的抑制，较为真切地还原了鲁迅这一伟大人物及其伟大作品的原生态。当我们读到胡先生写的"背着因袭的重担肩住黑暗的闸门"和"铁屋子里的当代英雄"；读到鲁迅如何把自己的人格分为完全对立的两半，用他的牺牲精神将二者统一起来；当我们看到觉醒者悲壮地作着绝望的坚守时，我们不能不被一种崇高和痛苦所激荡、所震撼：战斗的、启蒙的、论战的鲁迅淡去了，而悲剧的、左冲右突、孤军鏖战的鲁迅凸现出来了。他是铁屋子里少数的觉醒者，有种种的缺点、失败和不得已，是一个走下神坛的战士。这个战士以他深邃的洞察力，对几千年的中国传统封建文化作了最犀利和最独特的解剖、反思和抨击。读完全书，我们不得不为作者突破以往各种拔高鲁迅的定见而力创新说的勇气和学术探索精神所钦佩。

---

① 《列夫·托尔斯泰论创作》，漓江出版社1982年版，第16页。

## 二

因为《破毁铁屋子的希望》的作者，采用了全新的切入视角，对鲁迅小说的意义作了新的带有颠覆性的解读，而读出了铁屋子里人的深层意蕴。胡著认为通过鲁迅的《呐喊》《彷徨》描绘出的铁屋子里关着的昏睡的大多数，其国民性痼疾并不在于他们的精神胜利法，而在于他们灵魂里弥漫的血腥气息，这种血腥气息不仅铁屋子里的凶人、阔人有，而且弱者也有，并且着重点在于提示弱者的血腥气息，这才是铁屋子绝无窗户又万难破毁的真正原因所在。他们一方面心甘情愿躺到砧板上让阔人、凶人吃，一方面又在有意无意中分享了同伴的一片肉。除了灵魂里浓烈的血腥气息，国民性痼疾还表现为沉重的奴隶意识。奴隶对于维护主子的暴政向来比主子更热心，"奴隶的报复无是无非"，整个中国几千年的历史不过是"想做奴隶而不得的时代"和"暂时做稳了奴隶的时代"的循环。胡著认为鲁迅既没有赞扬祥林嫂的反抗，也没有肯定阿Q的革命，鲁迅对他们的态度不是"哀其不幸，怒其不争"。祥林嫂拼死争取的只是做一个从一而终的好寡妇，她的反抗越是激烈，就越是表明她奴隶意识的病入膏肓。阿Q的革命只是"彼可取而代之"，是奴隶的报复，一旦得势，就要将他做奴隶时所受的苦加倍加在别人身上，并且首先就是他的阶级弟兄小 D、王胡之辈。而鲁迅对阿 Q"实不以哀怜为目的"，他寄希望于祥林嫂的从来不是这种争，而是"争做人的资格"，是"把人当人看"。国民性痼疾的另一个表现是："愚昧迷信和由此造成的昏乱、巧滑"，如单四嫂子看到何小仙的四寸来长的长指甲就暗想宝儿该有活命的希望了；泼辣的爱姑听到七大人"来兮"的怪叫后态度的骤变表现出来的愚昧、迷信，以及阿 Q 在同一分钟里先后用乡下人的标准来鄙薄城里人，又用城里人的标准来鄙薄乡下人，批来批去总是自己高人一等；《故乡》杨二嫂所磨炼出来的生存智慧所显示出的昏乱、巧滑。笔者认为正是因为排除了政治图解的形而上学与僵化，顺着鲁迅真诚炽热的人道主义目光，胡先生才发现了一个与以往解读完全不同的鲁迅世界，见到了他人未见之状，发出了他人未发之论，使我们已显丰富的鲁迅研究更见斑斓。

《破毁铁屋子的希望》一书对《呐喊》《彷徨》的新见解更其突出的还表现在对觉醒者形象的挖掘。沉默的国民大多数形象为鲁迅带来了小说艺术大师的声誉，从小说一面世就获得了广泛的关注，但对于觉醒者形象的理解一直存在某种隔膜。历来的鲁迅研究者不是弱化就是误读了这一形象，认为觉醒者形象及其孤军鏖战和失败的结果是鲁迅对于知识分子软弱性、脱离群众等的批判，胡著旗帜鲜明地否定了这一几乎成为定论的观点，拨开历史和现实的重重迷雾，就像大海退潮后清晰的显现出沙滩的沟壑，一个真实的时代和一些真实的生命终于浮出水面。胡尹强对这些觉醒者是击节赞赏的。当"千军万马向敌人冲锋陷阵的时候，最怯懦的人也会振奋起来加入冲锋的行列，因为有周围的千军万马给他壮胆。孤身一人面对整个社会而敢于单身鏖战，就需要非凡的勇气和精神力量了。""中国一向就少有失败的英雄，少有韧性的反抗，少有单身鏖战的武人，少有敢抚哭叛徒的吊客"，孤独是铁屋子觉醒者的命运，孤军鏖战是他们的使命，当铁屋子大多数人还在昏昏沉睡的时候，他们必然孤独。胡先生不无愤激地写道："根据某些学者的意见，似乎子君和涓生只有联合阿Q们、祥林嫂们、闰土们、七斤嫂们和爱姑们，把他们一起发动起来，才可能争取到他们恋爱和同居的自由！"①

　　同时，在觉醒者形象中发现的颇具创意的一点，是胡先生认为觉醒者形象富有浓厚的自叙传色彩，是事实的自叙传和可能的自叙传的结合。N先生、方玄绰、吕纬甫、魏连殳都是鲁迅"事实的自叙传"，狂人、涓生等同时又带有"可能的自叙传色彩"。以这样一种分析方法阐释使鲁迅作品中许多谜一样难解的篇章似乎得到了比较合理的解释。比如《孤独者》和《伤逝》，在胡先生看来，《孤独者》中"我"和魏连殳分别是鲁迅性格的两个不同方面的化身，"我"是比较凡俗的一面，

---

① 胡尹强：《破毁铁屋子的希望》，人民文学出版社2001年版，第344页。

魏连殳是比较深层的一面。《伤逝》中子君和涓生分别暗指许广平和鲁迅自己，二者均是鲁迅为说服许广平而作，是在爱情胜利之后，两人均处在胜利的狂喜中，却因为共同生活的计划发生分歧——年轻的新女性要求立即同居以照顾鲁迅的生活，而有着沉重的因袭负担的鲁迅，出于种种现实考虑则认为应先分开奋斗一段时间，鲁迅为了让许广平接受，鲁迅自己更为切实可行地计划作了这两篇小说，"两篇小说合起来，就成了一封用小说写的独特的情书。情书反复传递的信息是：你是我生命的支柱，你对我是多么重要！《孤独者》悲剧性结局传达给许广平至关重要的信息是：失去你，我的生活将会如此……"胡先生还认为"也许鲁迅开始构思《孤独者》的时候是想写一部中篇小说，把《伤逝》的主要情节也包括进去。"[1] 意在表达如果立即同居，在铺天盖地的社会压迫下，他们的爱情也许会变质，有一天当子君死于无爱的人间后，他也只能如魏连殳一样坠入自己清醒的意识到堕落的深渊，独自品尝着如地狱的毒焰那样烧灼着他灵魂的悔恨和悲哀，在慢性自杀中了却自己的残生。

　　无论读解《呐喊》还是《彷徨》，胡尹强始终坚持从情感的内宇宙出发，并且正是从情感的层面出发，他认为《彷徨》时期并不比《呐喊》时候消极，从《呐喊》到《彷徨》作者的

---

① 胡尹强：《破毁铁屋子的希望》，第328页。

战斗意气不是冷得不少，而是昂扬得多。这一时期作品数量激增，1923—1925 两年多的创作两倍于《呐喊》时期，从编辑的不断催稿到灵感源源不断的涌出，爱情题材不再是作者的禁区，大量的描写觉醒者命运，从背着因袭的重担，宁愿和黑暗同归于尽，到自己也要走到广阔光明的地方去，鲁迅的启蒙思想不是弱化了，而是深化了。在胡先生看来，鲁迅这一时期的彷徨苦闷只是因为和许广平恋爱了，他内心的光明与黑暗、善与恶、新与旧、因袭与新生展开了激烈的殊死战斗，使他在《呐喊》时期一分为二的灵魂的两个部分再也无法和平共处，他内心的凝固与静止被彻底破坏，情感世界的激活解放了鲁迅作为小说家的全部天才创造力。如果不是体验的深刻，如果不是他细致的观察，如果不是投入的彻底和灵魂的冒险，是不可能如此独通幽境的。

## 三

这部研究鲁迅的专著还有一个显著特色是作者以他小说家的主体经验来写评论，少有学术界的新名词、新概念、新方法，理论色彩是淡化了，但唯其如此，文字才显得亲切、畅达、激情飞扬。如书中的标题："忽而跃起如红彗星""为了娜拉""背着因袭的重担肩住黑暗的闸门"等虽然都引自鲁迅的原文，却引得诗意、贴切、摇曳多姿，大大增强了全书的可读性。在文学评论越来越理论、学术、专业和后现代的今天，这样一种活泼生动的书写方式也许应该可以成为我们的一种新的可能性选择。当然文学评论的感性化并不能成为胡尹强作家评论的评价标准，《破毁铁屋子的希望》一书令我们感兴趣的正在于他以作家的身份、作家的体验方式、作家的创作流程去分析鲁迅的创作情形，并由此得出了异乎常人的结论。比如他在分析鲁迅人道主义理想的确立过程时，曾谈到的鲁迅两次创作中断，一次是 1903 年他作《斯巴达之魂》后，另一次是 1911 年创作第二篇小说《怀旧》之后分别沉默了 8 年和 7 年，尤其是《怀旧》其艺术性已经达到相当高度，鲁迅作为小说家的天才已经初露锋芒，甚至捷克汉学家、中国现代文学专家普实克还断言："《怀旧》——中国现代文学的先声"，然而，鲁迅生前似乎完全忘记了这篇小说，经过种种推测和排除，胡尹强认为鲁迅忘记这两篇小说是因为还在创作时就对这两篇小说不满意，并且作者不满意的原因只可能出在两个似乎是小说主角的人物——李姬和王叟的形象，因为作家不知道该在这两个人物中表现一点什么，"鲁迅是思想家型的小说家。对鲁迅来说，把握不住艺术形象的内蕴，不知道要在自己笔下的形象中表现一点什么，肯定是最不能忍受的"①。于是，鲁迅沉寂了，适应

---

① 胡尹强：《破毁铁屋子的希望》，第 46 页。

于西方物质文明高度发达的基础上的非理性哲学，超人哲学、神的英雄观，在观照中国铁屋子的现实时发生了严重的焦距模糊，它使鲁迅看不清中国的人生，中国的社会，直到他确立了人道主义理想，到达铁屋的意象……如果不是深谙创作的流程、原理，设身处地，如果不是把自己完全放逐，把自己完全投入到鲁迅生存的环境，并且不断结合自己创作的实践，又怎能有如此别具心裁的发现？"谁不以自身为对象来研究人，谁就不会获得关于人的深邃的知识"。作家是最善于自我分析，也是最善于以自己为对象来研究人的，所以以作家来分析作家，就减少了心理距离和视角偏差，因而更容易发现别人所不容易发现的微妙隐秘，更容易接近作家的原始真实。另外，作者在本书还有两个不可忽视的见解：首先是收在杂文集《热风》里的《知识即罪恶》不是杂文而是小说，并且"完全可以成为和《狂人日记》《阿 Q 正传》《风波》《孔乙己》《药》一起成为《呐喊》中的不朽杰作"。我们不难求证这一见解的正确性，但是自鲁迅这篇小说创作以来的七八十年中，从未有人注意过，我们一方面不能不内疚于我们阅读的疏忽，另一方面又不得不惊叹胡尹强的幽微敏锐。其次是他还比较了鲁迅的孤独者和郁达夫的"零余者"，并指出他们是"铁屋子里的同一类人"，这也是颇值得注意的。

经过以上粗浅分析，胡尹强此书的新颖幽微已可见一斑。他在此书中提出的许多见解当然是可以讨论乃至质疑的，但他为我们重读鲁迅开辟了新的视角和天地也是显而易见的。鲁迅是至少可以读上 100 年的大师，鲁迅自己也说他自己也怕他所写的不是现代的前身而是之后，甚至要之后许多年。但是 70 多年过去了，是否意味着我们对鲁迅的研究已经基本告一段落呢？胡尹强《破毁铁屋子的希望》无疑告诉我们"路正长，夜也正长"，而我们探索鲁迅的历史还将不断开阔和延伸。

2002 年夏

# 逼近历史本真　关怀当下现实

## ——评竹潜民的《鲁迅晚年思想的当代解读》

从某种意义上说，鲁迅是中国文化史上一个"熟悉的陌生人"。说其熟悉，是谓其作品及众多的评论文章早已涌入了文化人的视界，这一切已自觉不自觉地构成了读者理解其作品的预先存在；但另一方面，鲁迅确乎是"陌生"的，我们所得到的仍是一个被权威、媒体及教育所不断"塑造"的作家形象，我们将无法获得在人群中"发现"鲁迅的欣喜，我们也将注定在前人的或经典或驳杂的声音中努力走近鲁迅。于是，一代又一代的学人试着拨开历史的迷雾，在一种平等、自由的氛围中感受鲁迅。幸好，时代提供了这样一种契机，让我们真正解除重重禁忌，重新回到鲁迅自身，而放在我案前的竹潜民先生所著的《鲁迅晚年思想的当代解读》（当代中国出版社 2001 年 7 月版）正作了这样的一种尝试。

作为一位有巨大历史影响的思想家，鲁迅的思想发展阶段常常被研究者划分为前期和后期，而长期占据主流话语的论断是：鲁迅早期是进化论者，是革命民主主义者，后期则由于掌握了马克思列宁主义的思想武器，成为一个成熟而伟大的共产主义者，而前后的分期则是在 1927 年的反革命屠杀，或至迟在 1928 年的"革命文学"论争之后。此层意思由瞿秋白在《〈鲁迅杂感选集〉序言》中首先提出，后经毛泽东对鲁迅地位的高度肯定，遂成为数代学人（笔者自然也包括在内）的立论前提。

　　自上一世纪 70 年代末 80 年代初政治思想解放始，这样一种简洁明快然而割裂式的形而上的论断显然越来越不能满足人们走近真实鲁迅的要求，而返回文本的一个发现则是鲁迅的思想确实经历着发展变化的过程，但作为一种思想的变化，其复杂性，其前后的矛盾及一贯性却远非以某个年限为界标所能概括的，尤其在 30 年代复杂的政治斗争环境中，鲁迅实质上是一种既鲜明又矛盾的存在。这种发现可以说是鲁研界的一大解放，但另一方面，敢直接面对具体的敏感的若干问题进行深入探寻的仍为数不多，而有意无意地绕过这些问题，要在鲁迅研究上取得突破则显得非常困难。

　　从这一点上说，竹潜民先生的这本著作立足于晚年鲁迅的思想发展，并有针对性地选择了鲁迅研究中无法回避的然一直未得到明确解决的几大盲点和难点，可谓体现了学者的胆识和独具眼光。本着"不为尊者讳"的精神，作者大胆提出了鲁迅晚年思想的八个方面的矛盾，如政治观、世界观上的对马克思列宁主义的态度，对中国共产党的革命事业的态度，对抗日民族统一战线的态度，对待人民群众的态度，对待外国侵略者的态度；文化观上的对左翼的态度，对革命文学或新文学的看法，对于文艺的情感等，并对其精神上的内在矛盾给以尽可能接近真实的诠释，客观细致，自成一家之言，而论述视角之独特，亦颇耐人寻味。如关于鲁迅和中国共产党的关系这个敏感区域，以往的论者主要接受的是坚定的共产主义战士，党外的布尔什维克这一论断，实际上凸现的是鲁迅的革命性；而近些年来有些学者为了张扬鲁迅之独立人格，又竭力突出其与某些左翼领导人的分歧与矛盾，认定其与共产党的不和。摒弃了这种非此即彼的线性思维，立足于丰富的史实，作者提出了"共产党的诤友"一说，它既肯定了鲁迅作为革命家对于共产党的事实上的选择，但又不把他视为毛泽东、瞿秋白之类的政治家型的革命家，而定位于卢梭、伏尔泰之类的思想家型的革命家。这种政治家与革命家，政治革命与思想革命的区分，显然较之简单化的政治认定或否定更符合鲁迅的实际。而基于这一角色定位，晚年鲁迅的很多矛盾就迎刃而解了。如鲁迅在抗日民族统一战线上的犹豫、矛盾终而支持；如同属左翼，鲁迅对其有些领导的"工头式管理"的不满；如鲁迅的"散兵战"的战术意识的选择，这些实际上都体现了鲁迅作为深刻的思想者干预现实的独特的思维。因此，作者的这种鲁迅晚年角色定位虽不带有发现的意义，但将它作为本书的一个出发点和突破口来提出，则具有抓住关键，辨正矛盾之意义。

　　作为一部旨在正本清源，还原历史本真的论著，本书的作者采用的是历史主义的研究方法，即"依照历史的发展线索考察一种思想产生的历史根源并依其在历史上的具体作用判定其思想价值的方法"① 应该说，这并不是当下的时髦的新方法，但它作为一种基本原则、基本方法清晰而坚定地贯穿在本书的论述中，则体现出作者重实证、重史料的实事求是的治学精神。我们无意于否定新方法、新概念带给学术研究的启发和冲击，但我们同样对务实的辨正予以充分的肯定。从某种角度视之，实证成了现当代文学思想研究中相对阙如而同时未得到应有重视的一种治学方法，惟其短缺，而更显珍贵。这里略举几例，以示作者沉潜的功力及孜孜逼视对象灵魂的学术努力。其一是关于鲁迅对文学的态度：我们知道，早在本世纪初，鲁迅确立了他的"立人"思想，即倡导树立个体之独立精神，以谋求群体之发展，而承载这一思想启蒙功能的在他看来莫过于文学。可以说，鲁迅是终生以笔为武器，在文学中实践着其作为思想家的社会批评责任的。但史实的揭示又是让人尴尬的，鲁迅的遗嘱中第五条则明确写着："不做空头文学家和美术家"，而"空头"二字则在冯雪峰的提醒下所加。换言之，文学家鲁迅的文化选择是"不当文学家"，如何理解其选择背后的深层意识？再如，鲁迅于五四时期写下《狂人日记》，将中国四千

――――――――――

① 　王富仁：《中国鲁迅研究的历史与现状》，浙江人民出版社 1999 年版。

年的文明归为"吃人"二字，并真诚地发出"救救孩子"的声音，而在 1936 年，他却写下杂文《我要骗人》，作为鲁迅晚年思想不可回避的事实，其心路历程如何诠释？再如，对于鲁迅的"我天生不是革命家""一个也不宽恕"等言辞如何理解？关于这些盘根错节的矛盾，本书作者并不回避，而是置其于具体的史的观照中，从原始材料入手，一一予以辨正。作者分析了鲁迅晚年在品尝了以文化改造社会而不得的苦酒后产生的悲观虚无主义的情绪，辨析了文化价值观的演变过程与政治选择的不同步性，虚无主义情绪与虚无主义的纠缠与本质区别，都是颇具眼光之说。同时，对于鲁迅在具体认识过程中的偏差甚至失误，也一一予以揭示，包括鲁迅对统一战线的认识，也包括其对苏联的估计，这也是作为一个"历史中间物"的真实存在。作者的态度是客观的。

鲁迅是一个复杂的存在，这既体现在其前后期思想的矛盾，也体现在其前后一贯的自始至终的思索。正如钱理群先生所言："每一个有独创性的思想家和文学家，总是有自己惯用的，几乎已经成为不自觉的心理习惯的，反复出现的观念（包括范畴）、意象，正是在这些观念、意象里，凝聚着作家对于生活独特的观察、感受与认识。"（《心灵的探索》）而作为研究者来说，除却从矛盾入手进入研究对象，也可从作家惯用的词语入手，找出单位意象或观念，从而发现萦绕于作家心头的思索中心，从而更贴近作家灵魂的真实。本书作者在逼近鲁迅晚年思想的矛盾之同时，也正循着这种思路来进行历史"密码"、"原点"的探寻。在这方面论述得较透彻的在我看来是关于鲁迅的"国民性思考的核心"这一问题。作者明确指出："我以为鲁迅本是不可能'当未明言甚至没有明确意识到'的，他对此必定有认真而明确的阐述。"于是，作者回到鲁迅文本，对其反复出现的中心语汇进行揣摩体味。在鲁迅早年在日本和许寿裳谈及改造国民性的最早论述中，作者发现了对"诈伪无耻"这一国民弱点的揭示，而"诚与爱"则被鲁迅认定是"我们民族中最缺乏的东西"；在鲁迅对美国传教士斯密斯的《中国人气质》一书的评价中，作者发现鲁迅对其中的"面子观"的概括是颇为认同的，并称之为"中国精神的纲领"，直到晚年还多次著文，指出其背后的欺伪本质；在鲁迅的早期作品《阿Q正传》的解读中，针对有学者提出的"私欲中心批判"论，作者从文本出发，肯定了鲁迅对"精神胜利"之国民性痼疾的批判；而在后期的如《宣传和做戏》《中华民国的"堂·吉诃德"》等众多杂文的探寻中，作者揭示出晚年鲁迅对统治阶级的"做戏""毫无特操"等虚伪特质的批判重心。至于瞿秋白对鲁迅的经典评价中为一般论者所忽略的观点，即鲁迅的"最主要的精神"——"反虚伪精神"更从一个侧面给予作者之观点以支持。由此，作者指出鲁迅国民性批判的核心是由双层结构组成的"自欺——欺人"，对于上层，欺人是主侧面，而对于下层，则主要表现为自欺。应该说，就观点本身而言，这并无独创之意，但这种从文本出发的研究思维及对基本观点的细致剥离使作者的观点具一般的空泛之论所没有的说服力，而这种"原点"探寻对于鲁迅后期思想的研究则带有根本性的指导意义。

作为一部新近的鲁迅思想研究论著，以"矛盾"透视和"原点"破译进行历史的还原是本书的一大特点。但本书的作者似乎并不满足于自言自语式的对于历史的平面展示，因为他相信"一切历史都是当代史"，文学研究也必然渗透着研究者的思想、阅历，并以其特殊的方式对生活发言。尤其是面对鲁迅思想研究这样一个与政治文化保持着较强联系的课题，历史研究的当代理性精神贯注及当代现实观照则显出其自身的意义。本书的书名将之界定于"当代解读"，正透出作者的研究主旨。而事实上，几乎在本书的每一个研究子题背后，都渗透着作者对于"鲁迅精神"的当代价值思索。相对于有些学人的有意无意和现实拉开距离的所谓"纯学术"研究，作者明确而坚定的现实关怀意识更让我看到知识分子在全球化语境中关注民族，关注时代的真诚和热忱，我想这也该是现代意义上的知识分子的应有之义吧。书中有些问题的提出是具有相当的启迪意义的：如鲁迅提出政治与文化，文坛和政坛、商场是有不同游戏规则的，这一思想对于在功利、浮躁的当代社会中坚持文化之独立品格独具意义；鲁迅关于国民性中"自欺欺人"弊病之揭示为当代文化精英坚持真理，与"无物之阵"抗争提供了启示；而鲁迅对"才子＋流氓"的论述对于当代环境下防止"左"的倾向也是具警世意义的。从这一意义上说，鲁迅研究的生机正在于对"鲁迅精神"的当代价值的深入思索。当然，在我看来，作者在有些问题的论述中也存在着非历史化、简单化的倾向。如鲁迅关于儒学的态度实际上代表了在五四语境下对根深蒂固的封建文化的猛烈攻击，但从学术角度视之，面对新的文化环境，如何更客观、细致地评价儒家文化及其当代价值，也是颇值得商榷的。

关于鲁迅，各家所论已实在很多，而竹潜民先生的这本新作让我看到了其沉潜的成一家之言的学术个性，其突破和超越应是会引起学人的关注吧？

（原载《鲁迅研究月刊》2002 年第 5 期）

# 反讽之思与讽刺之力

## ——张爱玲与老舍审美比较论

张爱玲和老舍均是三四十年代中国现代文学史上杰出的小说家，一个是"异数""残酷的天才"，一个是"幽默大师""语言巨匠"。可是这两位时代环境相似、艺术巅峰期接近的作家，却在关怀对象、艺术旨趣、审美表达等方面呈现出各各相异的特色，以致一般论者和读者难以将其并论。然而，透过二者表面的歧异，细心的读者还是会发现许多深层的相通，比如对于喜剧性的偏爱及对幽默、讽刺、反讽手法的领悟，作为"笑王"的老舍其喜剧造诣自是不言而喻，张爱玲的喜剧之名虽不如老舍那样如雷贯耳，亦有戏剧家洪深的题词："她将成为我们这个年代最优秀的 High Comedy（引者按：高雅喜剧）作家中的一人"[1] 和夏志清先生的灼见"是隽永的讽刺，也是压抑了的悲哀"[2] 为证。

---

① 洪深：《〈太太万岁〉题记·编后记》，上海《大公报·戏剧与电影》，1947 年 12 月 3 日。

② 夏志清：《中国现代小说史·张爱玲》，转引自向弓主编《贵族才女张爱玲》，四川文艺出版社 1995 年版，第 175 页。

但同是对喜剧性及幽默、讽刺、反讽手法的热爱，在呈现形态上，张和老舍又风格迥异。如果二者喜剧呈现的共同点在于幽默，那么，其相异处就在于对幽默的不同侧重，张爱玲注重其超脱的一面，她用反讽将世界和人我囊括在一种广漠的包容与悲悯之中；老舍则注重其启蒙的一面，他要让"世界在笑声中换个样儿"，这样张和老舍正好代表了幽默的两种型态：反讽和讽刺。在前者，幽默是"天神之光"，"把世界揭示在它的道德的模棱两可之中，将人暴露在判断他人时深深的无能为力之中"，它是"'绝对'的天敌，'相对'的产物"①，这就是米兰·昆德拉式的幽默，亦即张爱玲式的幽默；而在后者，幽默既蕴含趣意，激人发笑，又在笑中褒贬是非，它和讽刺"在分析时有显然的不同，但在应用时永远不可能严格分开"②。

1. 社会关怀与反思存在

要让"世界在笑声中换个样儿"的老舍总将幽默与社会进步联系在一起，始终怀有强烈的社会关怀，张爱玲则是突出对世界存在的反思：个人难逃生活的怪圈与命运的摆布，人生充满悖论与反差，其目光直指一切时代一切人。

这种差异与二者的身世、经历、文化积累均直接相关。张

---

① 转引自李凤亮：《幽默小说：品性与历史——米兰·昆德拉的启示》，《暨南学报》2002年第3期。

② 《老舍生活与创作自述》，人民文学出版社1982年版，第26页。

爱玲出身于一没落贵族，曾经显赫而今凄凉，家世的阴影宛如一张巨网命运似地笼罩着她，个人经历又是"每一阶段都有未完成的遗憾"。正如其弟张子静在《我的姊姊张爱玲》一书中所说，"我想着'思想背景里有这种惘惘的威胁'，就为她伤心。这句话所涵盖的，岂只是她孤岛时期的心情？逃离我父亲的家，不能去伦敦大学，香港大学辍学，圣约翰大学辍学，和胡兰成的飘渺情缘……从她青春时代开始，每一个阶段的理想追求，几乎都是未完成。"① 且 40 年代，当丁玲、萧红等纷纷走上十字街头，当老舍骨肉天涯，融身于大时代的光辉，张爱玲所接触的却是劳伦斯、乔伊斯、毛姆等西方现代主义作家的世纪末果汁。所有这一切，融成了张爱玲思想背景里挥之不去的苍凉感慨和对人类境遇的悲观、焦灼。

卡尔·索尔格认为，"真正的反讽始自对整个世界命运的沉思"②，它喻示着一种新的世界观，这种世界观源于现代社会商品现象所带来的无法逾越的人类处境：道德失范、信仰失落、人的尊严丧失……反讽尤其盛行于西方，是其理性自我拯救的经典模式，又与张爱玲"人生苍凉"的体悟穿过广漠的历史时空遥相呼应。

那么在反讽的视境下，张爱玲看到了什么呢？"去掉一切

---

① 张子静：《我的姊姊张爱玲》，学林出版社 1997 年版，第 74 页。
② D·C. 米克：《论反讽》，昆仑出版社 1992 年版，第 28 页。

浮文，剩下的仿佛只有饮食男女这两项"①，在张爱玲的笔下，男人是被阉割、被去势的，他们或是不存在，如《金锁记》《创世纪》《倾城之恋》里最高掌权人都是老太太；或是残废，身残或心残，前者如《金锁记》里骨痨患者姜二爷、《怨女》里驼背鸡胸的姚二爷，后者如《花凋》里的郑先生，"酒精缸里的孩尸"，"虽然也知道醇酒妇人鸦片，心还是孩子的心"，还有《金锁记》里的长白、《茉莉香片》里的传庆……女人呢？如果老舍擅写被迫的妓女：小福子、《月牙儿》中的"我"、《微神》中的"我"，张爱玲写的则是"自愿的妓女"：梁太太、薇龙、流苏、曼璐、敦凤，以及一切以结婚为事业的女人。先不说梁太太这样极端败坏的人物，那么薇龙呢？她是五四光辉沐浴下的一代青年，又受过相当教育，为何还会成为"梁太太第二"——自愿的妓女呢？明知乔琪娶她仅是因为她可以卖身挣钱，还心甘情愿地嫁给他。还有那些"装在笼子里的鸟"、"绣在屏风上的鸟"，甚至那些一心一意只想有个家的人，如流苏，也只是像柳原说的那样："根本你以为婚姻就是长期的卖淫。"至于金钱，梁太太是得到了，七巧也啃到了黄金的边，敦凤也只要照顾好米先生，就照顾好了自己的衣食，可这又怎样呢？"生命自顾自走过去了"，他们唱歌唱走了板，跟不上生命的节

---

① 金宏达、于青主编：《张爱玲文集（全本）》，安徽文艺出版社 1996 年版，第 720 页。

奏。如果老舍写出了这个社会经济的桎梏与普遍的不平等，张爱玲则写出了人在一切时代所受的物欲与情欲的双层奴役；如果经济的不平等尚可经由社会革命消除，情欲的压迫则是无计可施。人注定了要成为一个被征服者：在最终结局面前，人类的一切努力既显得不可一世，有挑战意味，又显得毫无意义，终归要沉寂。

终归要沉寂，这就是张爱玲反讽的特征：彻底的悲观主义。反讽让人类看到了自己的渺小、软弱，所以张爱玲笔下的人物多是自量的，没有多少奢求，不像老舍书中那样，不是西太后（大赤包），就是连鼻子都是"天字号第一"（赵子曰），他们没有豪情壮志，安于小奸小坏，他们知道生在现在，"单是活着，就是一件大事"，值得耗上一辈子的青春，只要看看《金锁记》里的七巧、《第一炉香》里的薇龙、《十八春》里的曼璐……这一个个的女人，是如何的为了一个太太的名义、一个靠得住的婚姻，殚精竭虑、机关算尽。在反讽的作品中，人"好像是站在清醒澄明的大视境下看人生，其中人物像瞎蹦乱跳的蚱蜢，永远也不要想逃出不可知、难捉摸的生活怪圈和人的命运的摆布"①。

老舍出身寒微，从小生活在穷人当中，自幼为贫困所苦，虽然作为清末出生的旗人也颇有"茫茫末世人"之感，但严酷

---

① 贾越：《中国小说叙事艺术论》，浙江大学出版社 2001 年版，第 155 页。

的现实限制了他非理性的泛滥，而将其目光牢牢地拴于当下："贫人的空想大概离不开肉馅馒头"①，老舍还有一个勤劳憨厚的母亲，她给了他"生命的教育"，并传给他"软而硬"的性格，不像张那样被那些琐屑的难堪，一点点地毁了她的爱；又因其所受的唐人传奇和《七侠五义》的影响，传统文化里的侠义、忠贞与现世意识，都强化了老舍作品的承担感和入世意识。正如他在"中华文艺界抗敌协会"入会誓词里说的："我是文艺界中的一名小卒，十几年来，操练在书凳之间，笔是枪，把热血洒在纸上。可以自傲的地方，只是我的勤苦……在我入墓的那一天，我愿有人赠给我一块短碑，刻上：文艺界尽责的小卒，睡在这里。"② 在老舍看来，幽默作家往往"有极强的正义感的，决不饶恕坏人坏事。在思想上多少尽到讽刺的责任，使人明了发笑，也要去反省"③。如对蓝小山（《老张的哲学》）、欧阳天风（《赵子曰》）、小赵（《离婚》）、大赤包（《四世同堂》）等这些社会败类，老舍就是极尽挖苦之能事的。老舍继承了鲁迅改造国民性的传统，正如他自己说的，"像阿Q那样的作品，后起的作家简直没法不受他的影响"④。其《赵子

---

① 《老舍生活与创作自述》，人民文学出版社1982年版，第10页。

② 胡絜青编：《老舍写作生涯》，百花文艺出版社1981年版，第149页。

③ 《什么是幽默》，《老舍文集》，人民文学出版社，第383页。

④ 曾广灿、范亦豪、关纪新编：《老舍与二十世纪》，天津人民出版社2000年版，第381、202页。

曰》中的大学生赵子曰就是一个很"阿Q"的人物，他没有正当营生，整天在烟酒中沉溺，"内而酒与妇人，外而风潮与名誉"。作为五四青年，没接受五四的先进思想，却偏要用一些时髦词语来粉饰浅薄，甚至将五四传统歪曲为打校长、打教员、无故闹风潮，"不打校长教员，也算不了有志青年"，赵子曰的"志气"就有着深刻的社会悲剧烙印，而老舍的喜剧也因而有着凝重的社会历史内涵：老舍不是在"收罗'珍珠'……而是在剖析愚弱国民的精神弊病。"①

即使是婚恋题材，老舍也有着明显的启蒙情结，以其《离婚》与张的"红白玫瑰"来比较，《离婚》应是老舍作品中较写实的一部，可是通过描写城市中、下层知识分子苦闷人生，探讨的还是民族性格优劣的消长，并将之纳入其一贯的文化批判主题……虽然也有"婚姻就是凑合"这样形而上的感悟，但主要还是限于伦理道德的批判，如老李和小赵的精神状貌的对比；"丁大爷"式由一个英雄侠客的仗义来解决问题的社会出路的探索；对张大哥的灵魂剖析和对其中庸思想的讽刺，并最终将这种普遍的苦闷归于社会黑暗和旧式婚姻制度。即使这样，老舍还认为《离婚》的笑声太弱了，"说真的，哭与笑更是一事的两头儿，而含泪的微笑却是两头儿都不沾，《离婚》

①　谢昭新：《老舍小说艺术心理研究》，北京十月文艺出版社 1994 年版，第 154 页。

的笑声太弱了。"① 老舍似乎觉得还应该将讽刺的调子更显豁，更突出些。

同样是关于婚姻的苦闷和夫对妻的不满，"红白玫瑰"中的振保就不同于《离婚》中"哈姆莱特"式的老李了，他是有"铁的意志"的人，可以自己造出一个世界来，至于他没有成为自己世界的主人——"娶了红玫瑰，久而久之，红的变成了墙上的一抹蚊子血，白的还是'床前明月光'；娶了白玫瑰，白的便是衣服上沾的一粒饭粘子，红的却是心口的一颗朱砂痣。"那不是一个社会的原因，而是一切社会的困惑，是人类所面临的永恒的精神困境：人类永远的欲望和对欲望的永远不满足，不管我们如何心心念念、孜孜不倦，我们得到的永远不是我们想要的，我和我追逐的梦擦肩而过，永远永远。

因着对存在的清醒，张爱玲用极古典的文字写出了极现代的、用极民族的形式写出了极世界的作品。台湾作家王祯和说，"张爱玲的小说，乍看写的都像是小事，其实是很世界性的，很 Universal，一个时代就出这样一个作家。"② 而老舍的作品，因着对当下的执著，显示出极强的民族性，他也因而被誉为"人民艺术家"，"老舍不论接受了多少外来文化和文学的影响，不论他的文化视野达到了怎样的世界性开拓，他的情感

① 《老舍生活与创作自述》，人民文学出版社 1982 年版，第 32 页。
② 陈子善编：《私语张爱玲》，浙江文艺出版社 1996 年版，第 81、152 页。

和灵感却始终是中国的，他有自己的主体力量。"①

民族的和世界的并无高下之分，而且很多时候越是民族的也越是世界的，这里试图辨析的只是二者感知世界的方式，对这国土，老舍是爱得太深，而张爱玲，虽也说过"要是我就舍不得中国——还没离开家，已经想家了"②，但是她的爱与其说是爱，不如说是知，是"因为懂得，所以慈悲"③。这一爱一知，也分别汇入了讽刺与反讽的内蕴。

2. 褒贬是非与超然心态

"爱玲可以与《金瓶梅》里的潘金莲李瓶儿也知心，但是绝不同情她们，与《红楼梦》里的林黛玉薛宝钗凤姐晴雯袭人，以至赵姨娘等亦知心，但是绝不想要拿她们中的谁来比自己……她是陌上游春赏花，亦不落情缘的一个人"④，这"知心"，即前面说过的"知"与"不落情缘"，就构成了张爱玲写作姿态的超然。老舍爱他的人物，却不一定懂得他们，比如他的女性描写，就是非常"爷们儿"的，不是太诗意如《微神》中的"我"，就是太笼统如《二马》中的温都姑娘，而盲目的

---

① 曾广灿、范亦豪、关纪新编：《老舍与二十世纪》，天津人民出版社2000年版，第381、202页。

② 金宏达、于青主编：《张爱玲文集（全本）》，安徽文艺出版社1996年版，第756页。

③ 向弓主编：《贵族才女张爱玲》，四川文艺出版社，1995年，第26页。

④ 陈子善编：《私语张爱玲》，浙江文艺出版社1996年版，第81、152页。

爱往往能带来单纯的激情。这样，就形成了张爱玲与老舍差异的第二个层面：超然心态与褒贬是非。

因为超然，张爱玲对人生的展示自不是血淋淋的直接鞭笞，而是将其对于人类的深刻怀疑融入作品的反讽意味中。她知道这世上有许多事情是她经过努力还无法达到的，所以她懂得妥协，她是一任这一寸一寸死去的美丽而腐烂的世界影子似地沉没下去，她自知没法阻挡这沉没，就怡然地欣赏着这腐烂与美丽。一如在香港陷落后怡然地立在"尺来远脚底下就躺着的穷人的青紫的尸首"的小摊边津津有味地吃着滚油煎的萝卜饼。

在张爱玲的世界里，是非是不重要的，美与丑、善与恶、崇高与平庸、娼妓与贞妇、英雄与懦夫都被奇异地统一在一起。在她看来，妓女和文人就没有什么区别，一个是有美的身体，以身体悦人，一个是有美的思想，以思想悦人，而英雄和庸人也只有一念之隔。京戏《红鬃烈马》只是"无微不至的描写了男性的自私"，盖世英雄宋江也一样地被女人鄙夷着，张爱玲在不动声色中嘲讽了长期以来男性主导的世界对"力"的独尊，却又不赶尽杀绝，因为紧接着又来了一句："京戏的可爱就在于这种浑朴含蓄处。"① 是是非非便在这惘然一笑中灰飞

---

① 金宏达、于青主编：《张爱玲文集（全本）》，安徽文艺出版社 1996 年版，第 695 页。

烟灭。而人类的生老病死、吃喝拉撒，却被无比神圣地尊崇着，如霓喜的故事，使她感动的就是"霓喜对物质生活单纯的爱"。再如对振保的看法，台湾学者水晶采访她时曾说他认为《红玫瑰与白玫瑰》这篇故事"充满了嘲弄与讽刺，像红玫瑰表面上像个'坏'女人，其实很忠厚，作者对她非常同情；而佟振保却是个道道地地的伪君子，作者暗中对他下了一道'道德制裁'"，张爱玲当即否定了"道德制裁"一说——"佟振保是个保守性的人物，他深爱着红玫瑰，但他不敢同她结婚，在现实与利害的双重压力下，娶了白玫瑰——其实他根本用不着这样瞻顾的，结果害了三个人，包括他自己。"① 并说她觉得非常对不住振保和白玫瑰，因她对二人的要求，似乎太过严苛。可见，在她的心里，振保只是一个因瞻顾太多不小心害了人的人，且他自己也是个受害者。

通过反讽技巧，张爱玲有意隐藏了自己的褒贬，甚至故意造成一种暧昧、模糊与陌生，使读者必须通过对叙述和语境之间的对比和矛盾的思考来达到对事物的真正认识。如《花凋》中对虚伪极了的父母，对还痴心盼着等多多有了钱送她上大学的川嫦，对"不知是穷是富"的"呼奴使婢的一大家子人……不断地吃零食，全家坐了汽车看电影去。孩子蛀了牙齿没钱补，在学校里买不起钢笔头"的郑家均未置一字褒

---

① 陈子善编：《私语张爱玲》，浙江文艺出版社1996年版，第102—103页。

贬。"反讽是无所不包、清澈见底而又安然自得的一瞥，它就是艺术本身的一瞥，也就是说，正是最超脱、最冷静的、由未受任何说教干扰的客观现实所投出的一瞥"①，但字里行间会叫你看出矛盾来，并不由得哂笑，这是一种无判断的判断，无褒贬的褒贬。

老舍作品中的人物按照作者的好恶可以清晰地分为几类，有他爱着的寄予了民族思想与希望的小马、李子荣（《二马》）、李景纯（《赵子曰》）、瑞宣（《四世同堂》），有他痛恶的恨不能得而诛之的蓝小山（《老张的哲学》）、欧阳天风（《赵子曰》）、大赤包、蓝东阳（《四世同堂》），还有他爱恨交加的老马（《二马》）、赵子曰（《赵子曰》）、牛老者（《牛天赐传》）。美与丑、善与恶、好与坏在老舍这里黑白判然、了了分明。老舍笑中有怒，对压迫者、为害者及形形色色的社会虚伪、狡诈、恶势力，他以讽刺、嘲笑的手法给予无情抨击；老舍的笑中还有泪，对底层人民的不幸，他充满了同情，如对《月牙儿》中的"我"、《我这一辈子》中的"我"、《骆驼祥子》中的小福子及《四世同堂》里那一个个辗转在饥饿与亡国阴影中的小人物，都寄托了深切的同情；老舍的笑中还有悲，他能辩证地看待小人物的境遇，在同情中坚持着对其精神弱点的批判，让人"始而发笑，继而感动，终于悲愤"，如《离婚》中不因老李的善

---

① D·C. 米克：《论反讽》，昆仑出版社 1992 年版，第 53 页。

良忠厚，就忽略他的软弱、寡断，也不因"饭桶兼把式匠"吴先生、"苦闷的象征兼科员"邱先生等生活的灰色而放弃对其国民性的检视。

老舍这种"一半恨一半爱"的世界观，有唐人传奇里"侠"的痕迹，也有英国小说家狄更斯的影响。他对尖锐社会矛盾的解决是很"狄更斯"的：由一个侠客的自我牺牲或仁义之举解决生活矛盾。正如狄更斯笔下有卡尔登（《双城记》）、西丝（《远大前程》）、芙洛伦丝（《董贝父子》），老舍笔下亦有急公好义的孙守备（《老张的哲学》）、为友除害的丁二爷（《离婚》）、正直善良的曹先生（《骆驼祥子》），这种过于简单的解决方式，既显示了老舍的单纯热情，又暴露了其思想平庸的一面。

张爱玲没有这样的热情、单纯，她的"讽刺并不惩恶劝善，它只是她的悲剧人生观的补充"①。丁二爷救得了秀真（《离婚》），但挡不住薇龙活泼的身体，没有人帮得了霓喜蛮野的欲望，也没有人救得了振保的贪、七巧的欲。张爱玲曾在《私语》中说她更喜欢《二马》，尽管"老舍后来的《离婚》、《火车》全比《二马》好得多"，可能有着对母亲的怀念。"《小说月报》上正登着老舍的《二马》，杂志每月都到

---

① 夏志清：《中国现代小说史·张爱玲》，转引自向弓主编《贵族才女张爱玲》，四川文艺出版社1995年版，第175页。

了，我母亲坐在抽水马桶上看，一面笑，一面读出来，我靠在门框上笑。"① 这是张爱玲家庭生活里少有的和谐，但更重要的也许是张爱玲实在不喜欢类似丁二爷这样的处理，还有《离婚》对黑暗现实的那种着意渲染，她对世界有自己的看法。而且，《二马》是老舍远在伦敦遥想北京的"记忆"之作，张爱玲的对记忆的东西可能更感兴趣，像《金锁记》里"三十年前的月亮"那样。

老舍的作品用"斩钉截铁"的外部对照，用道德意义上的美化与丑化、理想化与漫画化，极力地张扬了他的爱与恨、友与仇、愿望与诅咒，而张爱玲喜欢的是"参差的对照的美"，她笔下的人物多是"不彻底"的，她要表现的是那种"不明不白，猥琐，难堪，失面子的屈服"，那些"男女间的小事情"。但正是这些小事情，使张爱玲进入到意识与潜意识（《红玫瑰与白玫瑰》）、好人与真人（《封锁》）、出走与回来（《五四遗事》）的深层探索，充分表现了形成人物性格的言与行、隐与显、情感与理智、人性与道德、本能与文明等诸多种因素的交织与冲突，从而为现代小说人物大厅提供了曹七巧、佟振保、范柳原、梁太太、聂传庆等典型形象。特别是其变态人物系列尤具深意。

---

① 金宏达、于青主编：《张爱玲文集（全本）》，安徽文艺出版社 1996 年版，第 748、849 页。

### 3. 夸张嘲谑与收敛沉练

前面已论及老舍喜欢褒贬是非，张爱玲则能超然物外，在喜剧性描叙中，避免直接的道德评价。其实张并非没有褒贬，有其弟张子静的话为证，"她的不满与压抑，她对人世的歌颂与指控，点点滴滴都从作品里宣泄出来——在写作的世界里，姊姊是坦白的。"并且说她"发表《花凋》是一种哀悼的心情"①，哀悼的就是她三表姐那朵鲜花的凋谢。一个作家要坦白传达她的"不满与压抑""歌颂与指控"，怎能没有褒贬呢？可见，这里的问题不在于说什么，而在于怎么说。

张爱玲以其对现代人尴尬处境的特有理解与宽容，故能"如得其情，哀矜而勿喜"，也就是说"我们明白了一件事的内情，与一个人内心的曲折"②，就能哀矜而不沾沾自喜，这"哀矜勿喜"就意味着作家主体优越性的丧失，也形成了张"写实—呈现"的叙事方法。

根据作家在叙事时介入叙事的程度，叙述可划分为三种类型：缺席的叙述者、公开的叙述者、隐蔽的叙述者。张是隐蔽的叙述者，既不像缺席的叙述者那样退出叙事，又不像公开的叙述者那样张扬地介入叙事，而介于二者之间，我们听到一个

---

① 张子静：《我的姊姊张爱玲》，学林出版社 1997 年版，第 160 页。
② 金宏达、于青主编：《张爱玲文集（全本）》，安徽文艺出版社 1996 年版，第 748、849 页。

声音在叙述故事、人物、命运，但不知道这声音来自何处，它似乎隐藏在一个黑暗而深邃的地方。老舍则更接近"公开的叙述者"，即我们能在文本中听到清晰的叙述声音，叙述者明显地以其鲜明的倾向介入叙事。所以，老舍的叙事方式是"主观—说明"，他的幽默含有强烈的主观性，包孕着作家的情感好恶，写好人，不乏溢美之词，写坏人，极尽嘲讽之能。且擅用含有自己强烈情感的描述、铺排、夸张甚至漫画式的戏谑的叙述语气，使特点集中、强烈，给人以突出印象，取得预设的效果。如《四世同堂》里由诗人而成战士的钱先生：

> 钱先生的脸很黑很瘦，可是也很硬。从这个脸上，已经找不到以前的胖忽忽，温和敦厚的书生气。他完全变了，变成个瘦太阳，而棱角分明的脸。一些杂乱无章的胡子遮住了嘴。一对眼极亮，亮得有力；它们已不像从前那样淡淡的看人，而像有些光亮的尖针，要钉住所看的东西。这已经不像个诗人的脸，而颇像练过武功人的面孔，瘦而硬棒。

再看《老张的哲学》中"公私立官商小学堂"校长，同时"教书营商又当兵"的恶棍老张：

> 两道粗眉连成一线，黑丛丛的遮着两只小猪眼睛。一

只短而粗的鼻子，鼻孔微微向上掀着，好似柳条上倒挂的鸣蝉。一张薄嘴，下嘴唇往上翻着，以便包着年久失修渐形垂落的大门牙，因此不留神看，最容易错认成一个夹馅的烧饼。左脸高仰，右耳几乎扎在肩头，以表示着师位的尊严。

这两处肖像描写，一美一丑、一褒一贬，清清楚楚、了了分明。老舍擅用肖像描写来表达自己的爱憎，对他心爱的人物，其笔触大多平实、客观而内寓赞美，如《赵子曰》里的李景纯是"秀瘦的一张脸"，样子"像一棵树，坚定、沉默"等。而对他厌恶的人，则肆意夸张，竭力丑化。

老舍还喜欢通过铺排、夸张来营造喜剧气氛，如《赵子曰》里介绍天台公寓的第三号主人赵子曰一段，本来只需寥寥几笔的人物介绍，通过赞仆役、读大学、尽孝道的一组排比，就将赵子曰的人品、学问、资历、爱好作了详尽铺排，汪洋恣肆、意趣横生，活现了赵子曰这样一个不学无术、吊儿郎当的小混混形象，当然赵子曰并非那种恶贯满盈之徒，所以老舍对他还是有所保留，只用言褒意贬搔了搔他的"痒痒肉"。

迥异于老舍的铺张扬厉，张爱玲则是一派收敛沉练，她的讽刺既不导向惩恶扬善，她对她笔下的人物也绝无攻击或袒护之意，她只是提出有这么个人这么件事，如果老舍喜欢边写边评论，以增加作品意趣，张爱玲则只是一个拥有珍贵画幅的人，她只是优雅地一寸一寸地展开这画幅，褒贬好恶全由读者去品、去评，正如她对爱默生的评价，她也"并不希望有信徒，因为他的目的并非领导人们走向他，而是领导人们走向他们自己，发现他们自己"①。

这种叙事方式构成作品的结构反讽，其反讽性体现在人物与命运、因与果、愿望与现实、奋斗与目标、文本表层叙述与深层含义的悖论与反差。它注重的是生活本身的悖谬可笑，而非如何把它说得可笑，作者只是真实地呈现人物性格和命运本身的喜剧性，所以张的叙事，没有明显调侃讥讽，也不故意增加幽默，而是平实沉静，是有意识的轻描淡写，是"故意把话说轻，但使听者知其重"②。她喜欢《海上花》，就是因它平淡而近自然，有日常生活的况味，并且认为"书中写情最不可及的，不是陶玉甫、李淑芳的生死恋，而是王莲生、沈小红的故事"③，《年轻的时候》里"为爱情而爱情"的男子和"为结婚而结婚"的女子一样感到幻灭无望；《红玫瑰与白玫瑰》里好人佟振保最终发现他牺牲了与红玫瑰的热烈爱情而换来的与白玫瑰的美满婚姻只是他自造的牢笼，"是和美的春天的下午，振保看着他手造的世界，他没有法子毁了他"，他拼其一生得

① 金宏达、于青主编：《张爱玲文集（全本）》，安徽文艺出版社 1996 年版，第 850、900、721 页。

② 金宏达、于青主编：《张爱玲文集（全本）》，安徽文艺出版社 1996 年版，第 850、900、721 页。

③ 杨剑龙：《论王朔小说的反讽艺术》，《中国文学研究》2002 年第 1 期。

来的好人的名誉却是以丧失自己真实人性为代价，在那样的情人重逢的时刻，曾经"有着铁的意志"的他和曾经洋娃娃一样"什么都有了，又等于什么都没有"的她，竟是他的泪眼迷离和她的镇定自若，一切是那样的颠来倒去、不可理喻；《琉璃瓦》里原指望着一群如花似玉的女儿升官发财的姚先生，结果"有的嫁得不甚得意"，有的"得意的又太得意"，没有一个中意的，姚先生气得生了病，他太太的只会生女儿的肚子又大了起来；《封锁》里在封锁的特殊情境里由被动攀谈到渐生爱慕到甚至谈婚论嫁起来的一对男女，当封锁解除，又复归陌路，各自回到先前的世界，刹那的"真的人"又变成恒常的"好的人"：好教师、好女儿或者好职员、好父亲，"封锁期间的一切等于没有发生，整个的上海打了个盹，做了个不近情理的梦"。这样戏剧性的情节，由张爱玲写来竟是那样雍容余裕、淡若浮云，一切都在不经意之间，似有还无，然而细细想来，又暗自动魄惊心，在细节的和美畅快背后，隐着的是"主题永远悲观"，"时代的列车轰轰地往前开……我们只看见自己的脸，苍白，渺小：我们的自私与空虚，我们恬不知耻的愚蠢——谁都像我们一样，然而我们每个人都是孤独的。"①

如果老舍的讽刺，其道德标准常可通过讽刺家的愤世嫉俗

----

① 金宏达、于青主编：《张爱玲文集（全本）》，安徽文艺出版社1996年版，第850、900、721页。

的语调辨别出来，在张爱玲这里，讽刺者采取的形式往往使作家的语调难于察觉。老舍"注重幽默和喜剧的外发性，充分发挥作家的主体性而精心营造，大大增加了作品的喜剧感"[①]，他善于运用各种修饰、修辞及语言技巧来叙事传情。张爱玲也喜欢修辞修饰，她的繁复的象征、精彩的意象、天才的妙喻、熟极而流的电影镜头，都为其作品增添了无穷韵味，但是她的修饰修辞不像老舍那样戏剧性，而是让"喜剧自自然然流入眼泪中"，用意象、暗示，将动作、言语、心理相结合，顾盼生辉又风流蕴藉，使作品的讽谕张力产生了真正的强化效果。

（与陈爱合撰，原载《浙江学刊》2003 年第 2 期，中国人民大学《中国现当代文学研究》2004 年第 6 期转载）

---

[①] 王卫平：《中国现代讽刺幽默小说论纲》，《中国社会科学》2000 年第 2 期。

# 固守中心　回归民间

## ——重读鲁彦

　　巴金在《鲁彦选集》代序中曾说过："关于鲁彦，我相信会有人写出更多的文章"，其实这是毫不犹豫地指出其作品及其本人在中国文学中的生命力。直至今天，中国新文学的发展已经过了一个近百年轮回，我们在这儿也迎来了王鲁彦的百年诞辰，这对两者来说无疑都是一个很好的回顾机会。

　　王鲁彦是较为成熟的现代乡土小说作家之一，曾在鲁迅的带领下与其他乡土小说作家一道促使中国新文学从问题小说走向坚实的写实之路。关于他的创作，文坛上已有诸多讨论，我对阅读他的小说感觉最深的一点是在他的作品里，个体的愿望和人文理性成为批判准则，他肯定人的生命价值，肯定人的生命的合理欲求，以人内心能够自由、平等、健康地活着为理想目标。作为从人的个体性的角度出发，他比较注重精神压抑状态与人的自由意识和理性要求之间的冲突并强调与人之间心灵的相知和融合。他甚至热心地探寻"童心"，突出这原始、纯洁、最不该被拒绝的欲求，并对社会和家庭等以任何方式来扼杀这种个体意识的暴力展开了强烈的批判。很多时候这种暴力是通过它在受害者身上激起的恐惧心理充分地体现出来，而比起肉体的折磨，对心灵的戕害是更震撼人心的。如《小小的心》，我和阿品两个人甚至语言不通，但却能彼此相知惜惜相通，而这样的相互心理依托还是被生硬地扯断了。阿品这个候补小奴隶后来为了与我相见不得不在房间里绕上几圈，所受的折磨和无奈让人体味到这样一个小小的心中的悲哀，而且更因其天真纯洁和无声，让摧残显得更不人道。《童年的悲哀》其实没有什么丰厚的社会生活内容，但就是通过我想得到一把胡琴与我跟阿成哥学琴的过程来展示一个少年心灵的渴望和快乐，而不是父亲所要求的做一个买办，做一个人上的人。阿成哥最后死了，他童年所保存的记忆因阿成哥的死充满了悲哀。还有《父亲的玳瑁》中的玳瑁，在作家笔下是与父亲的灵魂同在的。我觉得还要提起的就是《菊英的出嫁》，很多人看到这种冥婚风俗价值或者以此来印证古老中国农业社会落后于时代的蹒跚步伐，我却从中看到的是人与人之间的相通理解之处，特别是母亲对于女儿的理解，她要给女儿成婚是因为她懂得能带给女儿幸福的是给她找一个老公，直指两性之爱，强调的是人主体意义上的爱。反过来这也强化了王鲁彦对奴性意识和人与人之间的隔膜、冷漠的洞察力和异样的敏感。《黄金》是在金钱的侵蚀下人与人关系冷漠的悲哀。写尽世间的炎凉和人心的卑贱。钱如何阉割了他们正常的人性和从土地而来的淳朴而释放出原始式的冷酷；《柚子》蜂拥而至的更是冷漠的看客；《屋顶下》是写一家人互不理解的悲哀，而且这种隔膜越来越深直至彻底破裂；《自立》中堂兄弟之间为屋基而相争相斗；《慧泽公公》中慧泽公公和英华父子之间为教育孩子所发生的矛盾纠葛等等，这种来自家庭内部的隔膜更让人感到震动和悲哀：其实无论是那温暖的人与人之间深厚感情的描写，还是人与人之间互不理解的残酷呈现，都统一于作者现代意识关照下要打破人与人之间的隔膜和变革的欲望，只不过是在道德关怀的表述策略及情节安排上有所不同罢了。他是试图用一种难以体验的痛苦毁灭来阐释一种对生命进行肯定之否定的哲理批判。这是深刻的现实主义，它所见证的是作为主体的人的精神斗争，是转移到客体化上来的创造的悲剧，它所寻找的是最高的创造生命。

重要的是，王鲁彦对此的批判，不仅仅是对一种现实现象的理解，而且是无法抹去的个人经验的当下现在的重要体验，包含着他本人独特而沉重的心理倾向。他在一篇作品中曾写到："作家的感觉很敏锐……在平常的时候都可以像浮云似的不留痕迹地过去，像无知的小孩不知世界的大小……在他（指作家）都敏锐地深刻地看见了隐藏在深的内部的秘密，从这里得到了深切的失望和悲哀。"王鲁彦是在痛苦的经验和深刻的观察之中，融自身在里面，进行着自己为人生的批判。《秋夜》是写清醒者的悲哀：这种悲哀是对中国社会的吃人本性有所洞察，却没有勇气或能力来贯彻他们的伦理冲动的悲哀。如他在文章中被人引以为证最多的一段痛苦的呼喊："不能救人，又不能自救，没有勇气杀人，又没有勇气自杀，诅咒着社会，又翻不过这世界，厌恨这生活，又跳不出这地球，还是去求流弹的怜悯，给我幸福吧。"《李妈》是写淳朴的李妈怎样一步步地被异化变成了老上海的造恶的悲哀，以及如上面所说种种令人窒息的沉重里面是主体的人所不能尽情施展的悲哀。小说的悲剧感就在这"悲哀"的体验中得到最终表达，又因氤氲在文中的悲哀氛围带给人更多的回味和思考。王鲁彦自己说他的作品："不会写得使人捧腹大笑，又不会写得使人痛哭流涕"，但他就是在简单自然不动声色的描述中，从普通人的命运中写出普遍的与我们共同的对于命运的挣扎，完成了现代知识者对自己和民众应有的承担。

今天，在消解深刻、零度创作、语言迷宫、形式探索、讲述历史等形形色色的思潮过后，人们又重新回到现实上来，要求固守中心，返回民间。人们又谈起了人民性、草根性，甚至把它作为使知识分子重拾道德理想的出发点，作为危机中重建的重要一维，这都不失为生存之本真的领悟和筹划，怎样和以什么来重新丰富我们的认识。经过中国文学的近百年轮回，我想最好的办法莫过于阅读鲁迅、阅读王鲁彦等一大批作家，去接近我们曾经有过的努力和创造。

2004 年 10 月于杭州

（为镇海举办的王鲁彦逝世 50 周年活动而作）

# 感怀先辈风范，承延文化血脉

## ——陈学昭、黄源、林淡秋百年诞辰纪念

　　林淡秋、陈学昭、黄源是中国现代文学史上三位追求进步、追随革命的作家，为革命文艺运动做出了重要的贡献。时值三人百年诞辰之际，省委宣传部、省文联召开这样一个纪念研讨会，我认为是非常有意义、有价值的。当今正处于所谓的后革命时代，革命年代所形成的传统、价值观、精神信念正遭受到前所未有的巨大冲击，"左翼"文学的形象被极大地扭曲，甚至在某种程度上被"妖魔化"了，在这种情形下，我们纪念、研究这三位浙江籍的"左翼"作家，无疑为重新认识、评价左翼文艺提供了契机，此举不仅具有学术意义，也有着现实意义。我以为纪念这三位作家，可以从以下两个方面入手。

　　一是要突出他们在人生道路上不畏困苦、艰辛跋涉、执著地追求光明、民主、自由的精神。"文化大革命"结束后，我们进行了改革、开放，但那更主要是一种政治的、社会层面上的选择，我们同时也需要在人生价值、精神信仰、文化追求方面做出选择，而要进行这样的选择，单单借助政治的、社会的

话语，似乎难以实现，正如王富仁在"中国左翼文学国际研讨会"闭幕式上所做的发言中指出的，"在这个时代，从国民经济总体的发展数字上来说是增长的，但青年人没有走上我们文化的道路，甚至我们自己的学生、我们专业的青年人，当在课堂上学习的时候，他们首先想到的，在这个新的历史阶段，想的再也不是文化，而是经济、政治，想的是自己的经济地位、政治地位，但在这种政治经济关怀中失落的是什么呢？失落的很可能是自己的生命。青年一代并没有因为关心经济而创造出经济的财富，但却在经济关怀当中失落了自己的精神。"人们的精神萎缩了，像鲁迅那样持"韧"的战斗精神终身奋战的精神勇士、文化斗士难见踪影，深陷于精神困惑当中的青年一代迷失了他们的灵魂之旅。此时，再反观一下左翼文化、左翼作家，其意义更加鲜明地得以凸显。就林淡秋、陈学昭、黄源三位作家来说，他们对自由、民主、光明的不懈追求、对生命意义和人生价值的终极叩问是其作品中核心的价值所在，也是其人生中最为瑰丽的篇章。林淡秋出生于浙东农村的知识分子家庭，对农民的疾苦有着切身的体悟与深刻的同情，大革命时代，他投身于时代斗争的前沿，而其作品则是这一历程的形象记录。他的笔下充满了匍匐于重压之下而逐渐走向觉悟与抗争的小人物，他站在时代的高度审视这些人物的人生轨迹和精神觉醒的历程，孜孜探求自身解放的道路以及这个民族解放的途径，如《散荒》中的阿六嫂、《货色》中的泥水匠之妻、《路》

中的顺发老头，都从逆来顺受转到对"我们的活路"、对人生出路的深沉思考。陈学昭的散文独树一帜，她的《倦旅》《寸草心》《如梦》《烟霞伴侣》等在描摹湖光山色时，都显示了对未来的憧憬和探索，而这种追求对于当时受过五四新文化精神洗礼的知识分子来说，具有相当的典型意义。至于她后来的散文集《陕北访问记》《漫走解放区》更是以那个时代知识分子特有的方式书写了他们对民族、国家命运的承担，这种承担是古已有之的"天下兴亡、匹夫有责"精神的延续，是绵绵不绝的忧患文化意识的再次显现。黄源于20世纪30年代追随鲁迅、茅盾编辑《文学》《译文》，对鲁迅这位体现了"民族魂"的文化巨匠更是充满了敬意，《在鲁迅身边》《我的心愿》《学习鲁迅纪念鲁迅》等篇章都寄托了他对这位先辈的敬仰之情和追随之意，在《我的心愿》中，他尤其提到："鲁迅是主将，这是公认的。但主将不是光杆司令，必须有得力的合作者和支持者"，在《精神文明建设的典范——鲁迅》一文中他更明确道："我不是为怀旧而怀旧，只是想把前驱们为推倒三座大山而英勇奋斗的精神加以继承、发扬，融化到社会主义现代化建设的伟大工程里头去。"鲁迅等先驱们为林淡秋、黄源、陈学昭提供了榜样，而他们又以其自身所为成为我们后辈的行动与精神指南。杜勃罗留波夫曾经在《黑暗王国的一线光明》一文中说道："衡量一个作家或者个别作品价值的尺度，我们认为是：他们究竟把某一时代、某一民族的（自然）追求表现到什么程度。"林淡秋、陈学昭、黄源三位左翼作家以一个知识分子的责任感、使命感为表达那一时代的、民族的追求而不懈努力着，即便在极端艰难困顿的环境中，也矢志不渝。在1957年的那场政治运动中，三人都受到政治冲击，遭受到极大的磨难，但他们并未因此便放弃自己的追求和信仰，更不曾因待遇的不公而丢弃自己的责任。曾任《人民日报》文艺部主编的林淡秋"文革"时被贬到原杭大，做主管文科的副校长，他将个人的委屈放置一旁，兢兢业业地在新岗位上努力工作。在浙江省的"文化大革命"中，他被扣上走资派、修正主义的帽子，第一批被揪出来批斗，饱受凌辱，"文革"结束后，对于那些曾经批判过他的人，他也不曾抱怨，更不会打击、报复。重新走上领导岗位后，林淡秋依然是从容淡定，从不利用手中的权力为自己谋取荣誉或者利益。1979年浙江文艺出版社提出为他出选集，他婉言谢绝，说现在纸张这么紧张，出本书不容易，自己没有什么了不起的成就。此后出版社从弘扬五四后浙江作家传统的角度再次提出了这一要求，他则提议选取浙江有影响的作家的代表性作品出集体的选集，故而有《浙江现代作家创作选》一书的问世。在这种荣辱不惊的品格背后，正是对人生价值、对精神信仰、对进步的文化道路的九死不悔。

我们今天纪念这三位左翼作家，还应着重于他们对青年后辈的关怀与提携。"左翼"文化、"左翼"文学是中国现代文学史中特定时期、特定阶段的现象，但"左翼"文化精神却是一股绵延不断的血脉，作为有良知的知识分子的一种传统，它不会随着时间的流逝而湮没，而是沿着历史长河，浩浩荡荡，凝聚成一股割不断的精神巨流，而保持这股巨流永不枯竭的根本便在于一代又一代人的承继与弘扬。鲁迅对青年知识分子的关怀与爱护是有目共睹的，黄源便是在他和茅盾的关怀与引导下从一个涉世不深的文艺青年跨进到"左翼"文化阵营。林淡秋、陈学昭也都是在汲取"左翼"文化前辈的精神营养的基础上成长起来的，而后他们又以身作则，为青年后辈的成长引航。20世纪60年代初，原杭州大学中文系筹划召开毛泽东诗词研讨会，原本只打算请一些唐宋诗词研究的专家发言，但林淡秋在筹备会上便提出这样的研讨会不应该只着眼于古典文学的范畴，搞现代文学研究的人也应积极参与，尤其要给青年学者以发言的机会，正是他亲自点名要我发言，并启发我开拓研究思路。比如他认为毛泽东与陆游诗中都大量涉及梅这一意象，因此可以进行比较研究，而且研究中要注意突破单纯的就文学论文学思维，可以尝试着从时代的、社会思想的角度入手。作为主管文科的副校长，林淡秋经常深入到中文系与师生交流、沟通，传授文学创作与批评的经验、心得，他不仅是一位领导，更是一位严谨的、富有学术素养的导师。在政治与艺术的关系上，林淡秋冲破了当时一味强调政治的影响，对艺术性给予了相当的重视。1963年北京大学严家炎关于梁生宝形象的文章发表，对该形象中的理念化倾向提出了异议，林淡秋认

1986年夏衍与浙江省作家汪静之、陈学昭、黄源在杭州会见

为严家炎所论很有道理，并要求我们认真研读，以此为例对我们进行文艺观和文艺批评方法的启迪。1964年，我正要去参加"四清"工作团，时值华东地区在上海举行地方戏现代剧调演，要求每省派一名联络员，林淡秋便指定由我去。当时我很犹豫，因为大家都去下乡锻炼，担心自己去上海会产生不好的影响。林淡秋亲自找我谈话说这也是一种锻炼，作为一名文科的教师，参与戏剧实践是一种极其重要的业务锻炼，至于下农村以后则还有机会。在林淡秋的鼓励下，我去上海工作一年，回来后又将情况向他做了详细的汇报，他则就题材、戏剧的审美表现性等问题给予了具体的指导。时至20世纪80年代初，我

初步将研究重点锁定于夏衍，并就此征求林淡秋的意见，林充分肯定夏衍是左翼中写作的多面手和快手，并启发我以此为突破口写出高质量的、关于"左翼"作家的论文。就此，夏衍便成为我学术研究的主攻方向。黄源也时时以鲁迅对待青年的态度勉励自己、提携后辈，当时他任浙江省文学学会会长，我任秘书长，与其接触较多。黄源逢会必到，对与会后辈循循善诱、谆谆教导。陈学昭一直勤于创作，新时期到来后还有《天涯归客》《浮沉杂忆》等作品问世，当中仍然寄予着对青年的厚望，她感慨说："为着个人的事，我很易想开。可是想想祖国，心里总是难过，特别是看着这一代，书既不爱读，工作又不愿做，游来荡去，说诳、欺骗、打、砸、抢。……"虽然这是"文革"时的现象，但对于它是否有后遗症，陈学昭还是表现出了相当的担忧。在同我们谈话时，她说鲁迅先生为人诚挚，对人热情，他对青年人总是爱护、关怀，他自己的生活非常朴素，但对别人却很慷慨，经常帮助经济困难的朋友和青年。

在现代文学这个百花园中，林淡秋、黄源、陈学昭风采各异，但在热爱人生、追求进步、忠于艺术这一点上，三者是共通的。

林淡秋 58 岁照（1964 年）

斯人虽已故去，但他们所创造的精神财富却仍在滋养着后来人。尼采曾经说过："人之所以为人：他能思考、反省、比较、分析、综合着去限制那无历史的因素，这种能力，把过去运用到人生，并将已经发生的事再形成历史。"① 历史并非僵尸一块，它无时不在穿透时空而进入到我们当下的现实生活中来，尤其文化精神，更化作文明长河中的浪花朵朵，随时浸染着当代人的精神世界，而今我们在这里感怀先辈风范，正是要将这一长河延续下去，让文化血脉代代相传。

（此文为 2006 年 5 月 18 日陈学昭、黄源、林淡秋诞辰 100 周年纪念座谈会而作）

---

① 转引自陈鼓应：《悲剧哲学家尼采》，生活·读书·新知三联书店 1987 年版，第 8 页。

# 浦江之滨故人情

## ——怀叶子铭兄

他终于还是去了！

在他去世前一个月的盛夏，在南京参加"中国戏剧从传统到现代"研讨会的间歇，我曾到南大医院去探望叶子铭兄。此时他已经没有知觉，全靠输液和鼻饲维持。淑敏叫了一声："叶子铭，陈坚来看你了！"他似乎听到了什么，眼睛睁开了一下，但迅即又闭上了。看着他瘦弱且僵硬的身子，听着他轻轻的喘息声，虽然明知他这次未必能醒转过来，但心中又期冀着会出现一次奇迹。因此当淑敏在电话里哽咽着告知噩耗时，泪水还是止不住地溢了出来。

我和叶子铭同志初次相识是在42年前的上海。记得1964年冬天，按学校部署，我本来是随省委社教工作团赴诸暨农村参加"四清"运动。就在动身前夕，学校接到浙江省委宣传部通知，要我去上海参加1965年华东区地方戏现代剧调演的工作。于是我就在年末到了上海高安路19号华东局宣传部。抵达之后，才知道从华东各省市借调来的共有7人，其中，江苏来的就是叶子铭。在此之前，我没有见过他，但他的名字是早就听说了。他是当年高校中文系我们这一辈人中的佼佼者，最出挑的业务尖子。早在1959年，他的毕业论文《论茅盾四十年的文学道路》即由著名文艺理论家叶以群作序，由上海文艺出版社出版。当时，他年仅二十四岁。这本专著的出版开创了我国现代文学领域作家研究的新范式，把现代作家论推向了新阶段。之后不久，在以群主编的高校第一本文艺理论教材《文学的基本原理》一书中，叶子铭又是主要撰稿人之一。那时南京大学就已破格提升他为讲师，这在当时的高校中也是极为罕见的。因此，未见面前，我一直在想象着这位少年得志的"南大才子"该是怎样一个人呢？

抵沪后的次日下午，我们终于见面了。叶子铭并不如一般人想象中的那样恃才不羁，相反，他非常质朴、谦和和平易近人。中等个儿，一身蓝咔叽中山装，面色清癯，颧骨略高，讲的是一口闽南腔的普通话。一到宣传部，他与部、处领导及普通干部一一打招呼，一副很亲热的样子。原来他从1960年到1963年就被俞铭璜副部长借到这里帮助工作近三年，上上下下都混得很熟了。见到我时，他微笑着握了握我的手说："我们是同行，这里就我们是从大学中文系来的。"那时曾传说叶子铭是叶以群的侄子，我在见面时便问了一句："你和以群是亲戚么？"子铭摇摇头笑着说："那是他们瞎传，以群是安徽人，我可是地道的福建泉州人。"

　　这次见面会上，文艺处吴伟（石西民夫人）处长在交代了工作任务之后说："你们来的都是大秀才，尤其两位大学老师更是专家。我们都不是科班出身，希望以后能给我们上上课，讲一点系统的专业知识，像叶子铭同志就可教点文学理论……"听到这里，子铭连忙摆摆手说："吴伟同志，您可千万别这么说，我们到这里，是来当学生学习、锻炼的，要那样的话，以后回去向省里可不好交代了。"说得大家都笑了起来。会议结束时，部办公室安排我们住宣传部的机关集体宿舍。子铭这段时间正为《华东内刊》修改稿件而住在衡山饭店，但他坚持要求搬过来和大家住在一起。很快，我们就在宣传部传达室楼上由办公室改成的简陋宿舍里安顿下来。因为都来自高校，我和叶子铭被安排住一间，当天晚上，他便从饭店将行囊取来。从此，我们朝夕相处，成了无话不谈的好朋友。

　　接下去我们的工作是阅读各地选送上来的剧本，进行讨论。在讨论时，洪泽副部长总喜欢点名"叶子铭先讲"。而子铭审读剧本十分认真，总把意见一条条写在本子上，然后侃侃而谈。他的分析细致，对剧本如何修改意见也较切实。由于他理论功底厚，许多创作问题，本是千头万绪很复杂的，经他一番梳理，便明白浅显地表述出来了，使我们异常钦佩。中国京剧院到上海演出《红灯记》，夏征农部长找我们谈了他的看法，要求写出一篇文章。我们几个因听不懂江西话，又加上理论功力不深，连记录也乱糟糟的。后来还是子铭，他很清晰地将部长的观点概述了出来。几天后他便为夏老整理出一篇论文,以"丁一"笔名发表在《解放日报》上。

待人谦诚,心胸坦荡,与人为善,乐于交友,是子铭为人处世的特点。我感到他的朋友特别多,为此人人对他都有好印象。他和我过去并不认识,却能一见如故,他比我长两岁,我一直视他为兄长,有什么话都愿和他谈。到上海来工作,起初我有顾虑,因为系里的同事都下了乡,而我不仅没下到基层去,反而到大都市,到上层来了,以后肯定要招来不少非议。子铭坦然地劝慰我说:"如果按你这么想,我比你出来的时间长得多,欠的债也就更多了。反正是组织安排,到哪里都可以学到东西,不要管那么多了。"听他这么一开导,我也就安下心来。他学问深,却不主观,许多见解,还是乐于听取别人意见的。像我这样学识平平的人,有时讲点不像样的见解,他似乎也很高兴地听了,而且看出是诚恳地采纳了,这使我很高兴,逐渐树立了信心,以后也敢于在理论上深入学习探讨了。

不仅对我如此,他与其他同志也相处得很融洽。如从福建省文联来的聂文辉来自他的故乡,他自然倍感亲切,他总是热忱主动地向老聂介绍局机关的工作情况、生活环境等等。老聂在泉州工作过,对那里的现状了解,而子铭则熟悉它的过去,两人互通有无,谈兴很浓,常常一谈就是半夜。从安徽来的祁乔林说过,子铭很大度,对别人的缺点能宽容。他曾告诉过我这样一件事:一次,子铭来了一位南大朋友,在老祁房内添了张床，开始他不知情，以为是办公室的人干的，也不知道床是给谁睡的，以为又来了新人，心里便有点火，发了牢骚。子铭不知怎么知悉了，旋即不声不响将床撤走了。后来老祁发觉是他南大同事出差上海临时借住，心中非常懊悔，觉得无颜向他解释，愧疚之至。而子铭却像没发生任何事情似的，仍然和颜相处，这使老祁异常感动。后来在分别前夕，他购得一把白纸扇。子铭兴致来了，还用毛笔在上面题了"殊途同归"四个字，并签了名。

这段时间，调演尚未开始，时当早春二月，我们每每在晚饭后外出散步。常常是出高安路沿淮海中路走到衡山饭店一带，或是到乌鲁木齐路外国领事馆附近。有一次散步时邂逅了叶以群先生，他骑着辆油漆斑驳十分破旧的自行车，说是从一个会议上出来回家去，一脸的疲惫。子铭上前打招呼，关切地问道："您怎么弄得这样晚？自己骑车要是摔一跤可不是玩的！"意思要他注意身体，不要过于劳累。待叶先生走了后，他对我们谈到了以群性格沉静持重，对人和蔼可亲。他说，按以群的资格、级别，完全可以从单位要小车的，但他从不，总是骑着那部"老爷车"穿街过巷，言辞之间流露出对这位文艺界前辈的敬仰和关爱之情。

也许是为了使我们初到高级机关时不致过于拘束，他会常常给我们讲一些领导机关里有趣的人和事。记得他曾向我们描述过华东局当时第二把手魏文伯，说他十分爱好文学、诗词，日常也很像个文人不拘形迹，邋里邋遢。一次他到丁香写作组讲话，穿一双布鞋，后跟也不提上，腰里一条裤带松松地垂着，让人担心随时会掉下来。子铭说时还绘声绘色地模仿他那滑稽的神态，令我们捧腹不止。还有一次讲到1963年他随上海文艺界代表团赴京出席全国文艺工作座谈会，回来时包了一架飞机。在机上闲来无事，起先大家在一起打扑克，后来代表团团长俞铭璜提议"联句"，并出第一句："我们坐飞机"，接着是茹志鹃、姚文元等人一路联下去，可到了代表团副团长张春桥那里却卡了壳，他沉着脸说道："还是想想回去如何汇报的事吧！"这本来只是会议之后旅途中难得的轻松时刻，张春桥这么一说，大家不免扫兴。俞铭璜于是说出"春桥最狗屁"这还算押韵的最末一句，结束了游戏。这半开玩笑半认真的一句话把那位"春桥书记"搞得啼笑皆非，十分尴尬。

因为同处一室，我深切地感受到了叶子铭治学勤勉刻苦的程度。他从小生活比较艰苦，年幼丧父，靠母亲一人把他拉扯大，所以他对母亲十分尊敬和孝顺，也促成他早熟，从小养成刻苦好学、奋发向上的品性。我们在一起时，除了白天工作外，他还一直埋头于修改那篇关于苏联西蒙诺夫《生者与死者》的批判文章。他在1964年春在江苏省委党校学习，奉命写反修文章，他当即抱着完成任务的心情写出一篇初稿，不想文章送到上海却被选中了，于是这年夏天被召到上海丁香花园修改此文。这一来，他得认真对待了，一方面他不得不按照当时政治斗争和意识形态的需要，对所谓"修正主义作家"作政治审判的批判，另一方面又要竭力使这种批判具有某种学术性，真可谓煞费苦心。为了写和改这篇长文，他收集了大量的有关资料，将它们装在一只只牛皮纸的大信封里。每当工作时将这些材料取出堆了一桌，在厚厚的文稿上，各种墨笔、红笔圈圈点点，密密麻麻。除了改文章，他似乎还在执笔有关茅盾的传记或教材。几项工作同时进行其负荷够重的。因此，他常常工作到下半夜。也许因为他身体单薄，成天看书写作，脑力消耗大，不得不抽烟频频。那时华东局机关食堂伙食办得不错，而且一年中不少时间在宾馆吃饭（会议伙食），营养不算差的，但子铭常常犯胃病，这大概是终年累月刻苦用功所致吧。同室的我当时事不多，到 11 点便躺下了，往往一觉醒来，看他仍在桌前伏案执笔，或是对着面前的稿纸静静沉思，那只丢烟蒂的破茶缸里又增加了一大叠烟头。

子铭虽然人比较瘦，但平时还是注意活动筋骨，锻炼身体的，特别喜欢打乒乓球。记得 1965 年第 28 届世界乒乓球锦标赛的大型记录片在上海放映，我们这些临时性的单身汉就坐单位的面包车赶去江湾体育馆看世界最高水平的比赛，人人都兴奋不已。深夜回到高安路机关集体宿舍后，子铭还要在楼下单位乒乓室与同事们赛上几盘，发挥未了的余兴，直到汗流浃背才去冲凉洗澡睡觉。我们中要数他乒乓球打得最好，还在局机关竞赛中得过名次。

我们在上海这段时间,"阶级斗争"的弦已开始绷紧,我们逐渐意识到政治形势越来越严峻了。当时任上海市委书记处书记的张春桥做了"理论战线上的斗争"的报告,提出要批时代精神汇合论,批中间人物论,批 30 年代文艺。他在报告中一下点了许多人的名,如周谷城、田汉、夏衍、柯灵等,甚至还带到了南大陈瘦竹教授的《论田汉的话剧创作》,以为是在吹捧 30 年代文艺路线。回到宿舍,我们都感到困惑,心情沉重。我曾问子铭"会不会也要批茅盾?"他神色黯然地说:"如果再把茅盾批掉,那么我国现代文学还剩下什么呢?"

4 月份我们分别去各省审看剧目,我陪夏部长到济南、南京,子铭随洪泽同志去了福州。回沪不久,地方戏及京剧的现代戏调演开始,我们变得忙碌和紧张起来,除了看戏、到各代表团参加座谈,还要整理成简报,并在此基础上"梳辫子",归纳出一些问题供领导参考。调演本来可以让戏剧工作者互相观摩学习,交流经验,探讨问题,促进戏剧艺术的发展和繁荣,但当时华东局在柯庆施所谓"大写十三年"的口号下推行的是极"左"的文艺方针。因此我们的工作不能不受到这种思潮的影响。然而涉及一些理论问题如对现代题材与历史题材,对写落后人物即中间人物,对传统的批判与继承等,我们还是尽可能提出过一些意见。像子铭就曾表示过对有些带学术性的问题要有分析,要进行探讨,不要把话说得太绝对,要讲点分寸,讲点历史意识等等,这些认识今天看来也不能不说是颇有见地的。无怪乎后来总结时，洪副部长认为搞联络的这几位同志对现代戏支持，但不是跟着走就万事大吉，"比较肯动脑筋"，是"冷静的促进派"。

　　到 6 月 25 日最后一轮京剧现代戏观摩演出结束后，我们的工作告一段落。我们自然就要回到原单位了，子铭可走的路却有好几条。华东局宣传部文艺处一再希望他能够留下来；丁香写作组的徐景贤（当时任支部书记）也竭力想将他要过去。但子铭私下里对我却说，这些地方都不像是做学问的，我这个人不适合搞政治，所以他坚决表示要回南大。这时已是 1965 年盛夏，那些暑气未退的傍晚，我们几个人沿着繁华而又幽静的淮海中路散步。马路两边梧桐树上有不歇的蝉鸣声，我们一边浏览着琳琅满目的商店橱窗，一边交谈着，大家在一起相处了半年多结下了真挚的友谊，眼看着就要分别，而前面等着我们的也不知是什么，因此心头不免有一丝惆怅。我是 7 月底离沪的，而子铭则被留到 1966 年春天才走。他真是个做学问的有心人，据说他走时，把这一年工作中积累到的有用资料足足塞满一大麻袋带回南大去了。

　　返回杭大不久，我就随 66 级同学到诸暨农村创作实习，实际上是去补上"四清"的课。去了半年多，回到杭州，"文化大革命"就开始了。我们和千千万万的知识分子一样，在思想的窒息和物质的匮乏中，经历了那段苦难的岁月。虽然我们在上海工作过的朋友之间很少通信，但却总关心着彼此的命运。对于子铭，我想大概这次会波及了，但又想当时在高校受冲击的多是领导干部和年老的所谓学术权威，一般青年教师还不至于被揪斗。后来通过各种途径，终于断断续续地了解到他在南大却是最早罹祸的。他从1966年5月即被停职检查了。因为他出过论茅盾的著作，加上参加了《左联时期无产阶级革命文学》的编著，便被作为鼓吹30年代文艺黑线的"急先锋"，而被打入"牛棚"，进了"劳改队"和"专政队"。听到这类消息，想着他那瘦弱的身躯，承当一次次的批斗、检查、交待、体罚，真不知他如何能度过那些身心受尽煎熬的日日夜夜啊！每当想起，心中不禁感到阵阵心酸。不知是1970年还是1971年，又传来更令人震惊的消息，据说上海市革委会主任徐景贤在一次报告中说：南大叶子铭随该校师生到长江大桥工地劳动，在大桥最后合龙时跳江自尽了。徐要文教战线的人以叶子铭为戒，不要走白专道路，否则会身败名裂，落得可悲下场。听到了这个消息我十分沮丧，怎么也无法相信，这样一个富有才华而又宽厚淳朴的年轻学者会用这样一种方式来结束自己的生命；然而要否认它又很难——这毕竟是出自当时一位权威人物之口啊！

证实这个消息的机会来了。

1972年5月下旬，学校派我赴北京了解鲁迅研究和批判动态。在京转了4天后，回来坐火车路过南京，我情不自禁地下了车。那时心中有一个不可遏制的愿望：去南大寻找叶子铭！

也许他还活着？时当初夏，天气已渐燥热，我拎着个大旅行包，先到车站附近的邮局，在电话簿上找到南大的号码，拨了过去再转到中文系办公室，接电话的人只回答了一句："叶子铭不在系里"便把电话搁了。听了这仅有的一句，我心中便踏实了：他果然活着！我立即跳上一辆公交车赶到南大中文系。据办公室一位好心人相告，叶子铭已被借调到省革委会大批判组了。我旋即又乘车到北京西路 70 号的省府所在地。由接待室拨了写作组的电话，当通过电话线听见"我是叶子铭"那闽南腔普通话时，我握着电话机的手激动得止不住微微颤抖。

不一会，我们就在他们的办公室见了面。时隔 7 年，我发现子铭比在上海时更消瘦了，显得有点苍老。他告诉我写作组成员都是从高校抽来的，是军宣队在领导，正写批判田汉的文章呢。这时已是中午，办公室又不便多谈，他便领我到省委大院机关食堂就餐。他用饭菜票买来了两盘菜加一碗汤。匆匆吃了饭，他提议带我去参观刚建成不久的长江大桥。

他推出一辆自行车，将我领到省府大门前的公共汽车站，指着站牌叮嘱我到何处下站，然后在那里等他，他则骑上车急急地走了。在大桥引桥处会合后，我们即踏上了那座横卧在浩浩长江上的大桥。这是一座双层铁路公路两用桥，下面走火车，上面通汽车和行人。桥头巍然耸立着一座三面红旗的浮雕，铁栏杆上镶嵌着许多工农兵形象，在夏日午后的阳光下显得惹眼炫目。路面很宽阔，我们沿着桥边人行道漫步。

谈话中间，难免要触及"文化大革命"中的伤心事。不少事是预料中的，像进牛棚，扫校园，到煤矿，上工地，人格被侮辱，尊严受践踏，以及强体力劳动对身体的摧残。对这些，他只是淡淡地提到，然而当谈及爱人临产也不让回去时，他显得很激动。我以前听他讲起，他们是 1963 年结的婚，那时他从北京回沪，路过南京停下，然后一起到扬州汤淑敏（她原为出国储备教师）母亲家完婚，只 5 天，他便又回上海。到 1966 年，他们一直是聚少离多，一年中难得见上几次面，淑敏怀孕时正好子铭受审查，根本无法照应她。到 10 月初国庆节放假，造反派宣布所谓"黑帮分子"有事都得请假，刚好他爱人临产，他想送爱人上医院，但造反派就是不同意，心情的惨苦不言而喻。讲到这里，这个不轻易激动的人，眼睛湿润了。他轻轻地自语道："关牛棚、批判、劳动什么的都好受，但这时不让去见她们母女，可真不好受。有时真想过死了算了，甚至想到青岛去跳海。但想到淑敏，又不忍心。在我受审查期间，她怀着身孕，得忙家务，还得为我操各种心。我这一生中最对不住的就是她了，要是没有她，也可能就没有我叶子铭了。"

我对徐景贤会凭着一点道听途说便认定叶子铭"畏罪自杀"且借题发挥感到气愤，他则淡然处之，说"这就是政治需要嘛"。那时在上海丁香花园，徐还是比较谨慎的，对他还很热情。淑敏到上海，他还请子铭夫妇去他家吃饭，还送戏票。他出差到宁，也曾到过叶家。后来地位一变，态度也就完全两样了。子铭还告诉我，在他离开华东局回校时，徐曾劝他说：你要争取主动，要向李希凡学习，写一个自我批判（指茅盾那本书）。但是他当时不以为然，觉得如果书中有学术上的问题自然可以批评，但说政治上有原则错误，他还认识不到，因此没听他的。

沿着不断向前延伸的长江大桥，望着"滚滚长江东逝水"，我们都不禁有一种"物是人非"的凄凉之感。在桥上盘桓到夕阳西下，将近黄昏，我们又像来时一样，我搭公交车，他骑车，来到他在马路街复城新村的宿舍。他同江苏的一位戏剧家伊兵同住一套房子，各家两间房，厨房和卫生间两家合用。淑敏我早在上海时见过一次，在印象中她脸盘圆圆的，眼睛大大的，端庄温柔，性格文静，一副知识型女性的样子。可这次见面，她穿着件蓝不蓝、灰不灰的两用衫，眼角已有细细的皱纹，看上去像一个普通的家庭妇女。见到我这不速之客她意外地高兴，随即要子铭到街上去买熟食，自己则忙着淘米洗菜。相逢的惊喜却遮掩不住她眼角眉梢的郁悒，在她与我谈话时，我很快便发觉她内心的不宁和忧虑。她说，子铭心情不好，在写作组得按别人的意旨写文章，而对写出来的又常常不满意。这样下去，以后还能做什么呢？你如果有办法，就把他带走吧（指调动），现在这样子实在叫人担心！其实她也知道，这在当时是很难办得到的，因此我们默默良久。对于长长的人生来说，三十七八岁不正是最好的年华么？然而在那样极不正常的政治环境下，一位有学识的善良的知识分子还能有什么作为呢？

　　吃了晚饭，看他们一家五口加上淑敏的妈妈也在，够挤的了，我想另觅住处。他们夫妇俩坚持要留我住在家里，淑敏将母亲的那张床腾了出来，换上了新的床单。我在卫生间里用水擦洗了身子（没有洗澡设备）后走了出来，只见子铭正拿着芭蕉扇替我在蚊帐里赶蚊子。灯光昏暗地照着，望着他瘦瘦的身影，心中既是感激，又有点凄恻。第二天一早，我便告别了他们一家，登上了回杭州的火车。列车开动时，望了一眼这个所谓"江南佳丽地，金陵帝王州"的古城，心中只反复念叨着一句话：叶子铭没有死，他还活着……

　　"文化大革命"浩劫过后，叶子铭迎来了他学术和事业上的真正春天。他经民主选举，出任了南大中文系主任、研究生院副院长，又主持全国茅盾学会工作，他在茅盾研究、现代小说研究等领域取得了一个又一个新的成果。这段时间我与他在一些会议上偶尔相晤，看着他那熟悉的微笑，听着他对一些学术问题侃侃而谈，内心真为他高兴，也为他祝福。然而他太疲累了，既要从事教学，又要忙着写文章、编文集，还要为主持学科评审的事（这是最烦心的工作）操劳，真是头绪纷繁。从前年起，与他在电话里通话时便发觉他讲话口齿不清，且不时停顿，后来听说病情逐渐转剧，以致不可挽回了。

　　叶子铭兄这次是真的走了，再也不会回来了！然而他的著述文字，他这些年的劳绩，人们是不会遗忘的吧？而对于我来说，我会永远记住 1964 年冬天、1965 年春天在上海淮海中路上我们的笑声；1972 年夏天南京长江大桥上我们的叹息……

（原载《别梦依稀——叶子铭教授纪念集》，南京大学出版社 2006 年版）

# 一切从人出发，一切为了人

## ——贺钱谷融教授 90 华诞

我们通常在表述事物的本质时一般应满足以下两个要求：一是对该事物作出关键的概括，不超过一两个、两三个观点，如果说出了一系列的观点，那就不是对本质的概括，而变成对事物本身的一种说明了；二是在语言上要高度精练，不超过两三句话，如果两三句话还说不清楚，达不到精练的程度，也无法对对象的本质进行说明。阐述文学本质也是如此。尽管学界对高尔基"文学是人学"这一观点有着诸多的纷争，但是它的确言简意赅地道出了文学根本性的问题，即人的问题。而谈及此话题，便不能不提及钱谷融先生及他的那篇长篇论文《论"文学是人学"》。距该文发表的 1957 年已经是整整半个世纪的光阴，但其意义却并不因此而流逝。归结起来，该文在以下三个方面至今仍然对我们有启迪意义。

钱谷融首先坚持文学的出发点是人，不是所谓的社会现实，也不是抽象的阶级，反对将文学当成政治观念和阶级斗争理论的抽象阐释，反对当时流行的"工具论"思想，对文学是反映"生活发展规律"以及文学是"生活本质反映"的所谓"反映论"也提出了异议，并旗帜鲜明地表示文学的出发点是人，它所描写的一切应当紧紧围绕人进行。

其实人的文学对于上一世纪的中国文坛来说并不是个陌生的论题，早在世纪初的那场摧枯拉朽的新文化运动中，周作人在人所熟知的《人的文学》中已经大力开始为文学中的"人"张目："这文学是人性的，不是兽性的，也不是神性的。这文学是人类的，也是个人的，却不是种族的，国家的，乡土的及家族的。"在那时，周作人已经将人规定为具体的个体，其位置设置优先于家庭、民族和国家，个体自由被视为文学所追求的无上目标……这些发人深省的真知灼见既奠定了新文学的根基，也开启了20世纪我国现代文坛对人孜孜不倦、生生不息的探询。但是，这种探询在新中国成立后的一段时期内被搁浅了，充满政治话语的文学批评淹没了人的声音，文学沦为政治的奴仆，而人则成为空洞概念的传声筒。正是在这样的文化氛围中，钱谷融的《论"文学是人学"》问世，发出了异样的声音，重新回归五四新文学源头，也捍卫了人在文学中的地位。

其次，文学的终结点是人，人本身便是文学的目的，它并不为此外的其他目的存在。

钱谷融自己认为他在《论"文学是人学"》一文中谈到了五个问题：一是关于文学的任务；二是关于作家的世界观与创作方法；三是关于评价文学作品的标准；四是关于各种创作方

法的区别；五是关于人物的典型性与阶级性。而此五点最后仍然归结到人，归结到作家对人的看法、作品对人的影响上。正如钱先生所论："怎样描写人，怎样对待人，是评价作家及其作品的标准。而在作家世界观中起决定作用的部分也在于他对人的看法，在于作家的人道主义精神。"悖离了人，悖离了人道主义谈文学，无异于南辕北辙。同时文学不仅重点在表现人、探询人性，而且要促进人性的更加完美，这是它的终极目的所在。优秀的文学作品，恰如鲁迅在《摩罗诗力说》中所言："能宣彼妙音，传其灵觉，以美善吾人之性情，崇大吾人之思想者"，能令我们"历历见其优胜缺陷之所存，更力自就于圆满"。并且，这种完美不仅仅是指文学的接受者——读者，同样包括文学的创作者，即作家自身。当巴尔扎克、托尔斯泰克服自身局限创造出闪现人性光芒的文学形象时，他们自己也升华了，也得到了拯救。同样，曹禺也在雷雨般闷热、狂躁的气氛中经历着人性的洗涤，正是这股人性的力量激荡着一代又一代的读者。在文学世界中，作家、读者都敞开了自己、袒露了自己，他们以文学疗救自身，朝向人性的圣殿膜拜。在利益、效益观念日益深重，人文意识被严重挤压的当下社会，这种人性大旗对于文艺界、学界及各界人士，都有着不凡的警醒、激励作用。

还有，必须一提的是钱谷融作为一名学者坚持真理的勇气和镇定自若的智者风范。自《论"文学是人学"》一文发表后，批判便成了一个时期内它难以摆脱的厄运，包括钱谷融其后所撰写的《〈雷雨〉人物谈》等系列论文，也在劫难逃。钱谷融本人更是有如庙里的古钟，一有运动或者政治上的风吹草动便被拉出敲打一番，但钱先生并没有因此却步，他思索的目光一直注视着人，直到人性得以重归文学的圣殿。虽然只是一介书生，但钱谷融以他自己的方式坚守了现代知识分子的责任，捍卫了中国当代文人的尊严，以亲身所为为人文精神的塑造和建设提供了生动的注脚。这一行为不仅在言论少自由、政治话语极度膨胀的上世纪五六十年代那样一个特殊而又严酷的社会氛围中有着极大的意义，在当今社会同样弥足珍贵。在经济高度发展和物质极大富足的今天，人们却感到了无比的茫然与困惑，思想价值观念的巨大裂变使得现代人，特别是一部分文人、知识分子陷入了精神迷乱。随着知识分子向社会"边缘"地位的滑落，其精英意识、主体精神亦在萎缩，人的立场、人的价值、人的信念再次被一批人抛弃，为此还曾引发过上世纪90年代的人文精神大讨论。时至今日，那场讨论早已成为过往，而人文精神的建设仍然是一条漫长而艰辛的征途，为此我们重读钱谷融，更加不能忽视他在这方面的垂范作用。众神消失的夜晚，诗人何为？重温"人学"这一话题，或许可以指给我们一条虽不乏坎坷却可通向通途的小径。

（此文为出席华东师大2008年举办的钱谷融先生90华诞学术研讨会而作）

# 《意义的重构——中国新文学生成的文化阐释》序

　　读完黄健的《意义的重构——中国新文学生成的文化阐释》新著，第一个印象就是"新颖"。他不是就新文学本身来论述新文学，他觉得那种"不识庐山真面目，只缘身在此山中"式的研究，总是难以将问题阐释清楚。于是，他选择新文学生成的源头作为研究的对象，将其置于广阔的近现代中国社会、历史和文化发生巨大变动，并对当时及其当今和未来中国发展产生重大影响的语境中，着重从"意义的失落—意义的探寻—意义的重构"的文化维度，来探讨中国新文学与新文化的内在关联，探讨理论的现代文明价值体系当中，是如何探寻意义的，又是如何重构意义，从而对中国新文学的如何发生，怎样发生，作出了清晰的现代文化和文明的价值阐释。

　　以我有限的阅读视野来看，以往对中国新文学生成的研究，多半是从编年史的历史维度来加以探讨的，但有时囿于解读历史的观念差异，往往是众说纷纭，各持己见。同时，单一的从线性的历史思维中来探寻新文学的生成，尽管可以用已有的史料来加以说明，但仍然有可能遮蔽许多历史的真相，妨碍人们对历史真谛的探寻，对历史价值的判断，特别是使人在看似"像历史"的眼花缭乱的描述中，失去自己对历史真相透视的勇气，失去对历史真谛的思考。学术界常有"还原历史"的呼吁，但真正落实到实践的层面上，如何还原，又怎样还原？这还真是一个问题。黄健这一代学者的思路，或许与我们这一代的思路有点不一样，他们善于跳开许多所谓历史"真相"的框框限制，摆脱诸多历史细节的纠缠，而是引进思想史、文化史的众多理念和方法来对文学本体进行认真思辨，进行深入思考，将哲学的、历史的、文化的、思想史的等等不同学科的主张和方法综合起来，用"多兵团作战"式的方法来分析问题、思考问题和解决问题。黄健跟我做博士期间，也多次与我谈过他的研究方法，虽然我不一定全都赞成，但我觉得他的这种"多兵团作战"式的研究方法，倒也是一种比较新颖的方法，多维度的透视，多角度的探寻，将会获得对问题研究的立体性思维和多方位的认识与把握，从而能够更好地对问题作更深一层的审视和考量。因此，方法论的转变与更新，它不仅仅只是涉及一个单纯的研究方法问题，其背后还涉及研究者的研究理念、学识、历史观、价值观等一系列的因素。从这个角度来看黄健的这部新著，我想，他至少是朝着这个方向去努力的，所取得的成果自然是会富有新意的。

意义的失落和意义的重构，是近代以来中国新文化所面临的重大问题，新文学作为新文化的重要载体，自然无法回避这一点。在充当新文化思想启蒙的历史先锋当中，新文学引发了中国文学史上的一次重要的"文学改良"，以及后来所形成的"文学革命"运动，从而推动了中国文学完成从"旧"到"新"的转型。在这场文学运动中，新文学从新文化那里引进了许多全新的理念和价值标准，并将新文学置于意义重构的历史、文化语境之中，不仅为自身的价值观念、审美标准和结构范式的系列转换，提供了历史发展的合理性，而且也给整个新文化运动提供了意义重构的历史合法性和合理性的价值证明。黄健的这部新著正是抓住了中国新文学这个发展转折的历史结点及其所产生的独特精神现象，运用思想史、文化史的研究理念和方法来进行深入研究，这样也就另辟蹊径，对中国新文学生成的思想成因、文化成因，作了全新的阐释，提出了自己对中国新文学生成的独到看法，勾勒出了中国新文学生成的一幅思想图景和精神图景。

黄健的这部新著是在他的博士论文基础上修订而成的。在论文送审和答辩过程中，受到了专家和同行的好评。答辩评委和论文评阅人都比较一致地认为，论文比较全面而系统地、深入地从中国文化转型与意义重构的角度，阐释了中国新文学生成的思想与文化成因，学术视野开阔，立论基础扎实，思辨性强，逻辑缜密，富有学术创新性。论文着眼于新文学的新理念、新范式、新主题、新文体、新文本结构和新的表现方式，对中国新文学的生成进行了较新颖的深度论述，揭示出了中国新文学生成的历史必然性，探讨了新文学的独特性、创新性、矛盾性、复杂性特征，并注重运用多学科的理念和方法，对所选择的问题进行多维度的论述，富有理论分析的力度和阐释的厚度。

论文答辩完后，黄健对我说他并不急于出版，而是打算对所论述的问题再作更深入的思考。我当时还担心有些观点是不是过时，他对我说他并不担心，让思考的问题"沉静"一段时间，再思考一遍，将会获得更大的审视空间，从而能够对问题作更为全面的认识和把握。如今，答辩也过去了五六年，看来黄健一直都没有放松对这个问题的深入思考，现在摆我面前的这本新著，不单是一本博士论文的简单扩充版，而是融入了他这几年来的新认识和新体悟，对许多问题又作了更细致、更缜密的理论思考，完善了以前的理论体系和逻辑理路。我相信，他今后将会继续沿着自己的学术道路走下去，也期待他取得更大的学术成就。

是为序。

2010 年 7 月 10 日于启真名苑

（《意义的重构——中国新文学生成的文化阐释》，黄健著，中国社会科学出版社 2011 年版）

# 难忘金色岁月

## ——中学时代琐忆

我出生在苏北通扬河畔，距离南通城约 20 余里的一个市镇——唐家闸。这个镇虽小，却有江苏规模最大、历史最为悠久的棉纺织企业——大生纱厂（即现在的通棉一厂）。我的老家就在它的近旁。纱厂门口，有一座高达 30 多米的大钟楼，掩映在几个烟囱之间，耸入云天，它敲出的钟声，远在七八里路以外也可以听到。近郊种地的农民，在工厂做工的工人，学校上课的学生，店铺里的伙计，几乎都是看着钟楼上的钟点，听着它打出的钟声作息的。我的家与它只隔着一条小河，自然就更离不开它了。童年的我，几乎夜夜都是被钟声送入梦乡的。

然而，对我说来，这钟声不只是温馨的催眠之曲。从我开始懂事的时候起，日本军国主义者侵占了我的家乡，他们在街上肆虐逞狂，残暴地欺压当地百姓。我至今还清楚地记得这样一件往事：在我家隔壁的一家酒店里，一位名叫朱大的师傅实在看不过正在店中酗酒的日本宪兵的狂态，独语似地低声骂了一句粗话，没想到那日兵便从刀鞘里拔出刀挥向朱大。朱只得窜到后院东躲西藏，而这个法西斯强盗四处追赶寻找，用指挥刀把院子里的坛坛罐罐捣个稀烂，从此朱大便再也不曾在街上露面。这件事发生在腊月里的一个黄昏，当夜屋外刮着凛冽的寒风，飘起鹅毛大雪，我躺在床上久久不能入眠。这时透过漫天风雪传来的钟声，那样凄清悲凉，好像在呜咽在抽泣⋯⋯

1949 年故乡解放的那天清晨，大钟楼前出现了异常的变化。常常在街上用拐棍打人的国民党伤兵不见了，左臂上带着工人纠察队袖套的工友上了街。到中午，身着灰布制服的解放军来到河东的操场上，他们席地而坐，唱着"解放区的天是明朗的天"。带我去看的表哥同其中有些干部是相识的（后来才知道他是地下党），便走到他们中间一起哼了起来，前来看"新四军"的群众在一旁议论着，笑着，那欢腾的声音同对河飘来的大钟楼的钟声融汇到一起，少年的我真有说不出的欢快和喜悦。

解放不久，我便进入镇上仅有的一所中等学校——敬孺中学（现为南通市二中）读书，直到高中毕业。这是一段金色的美好岁月。同学间赤诚无私的友情令人珍惜，更难得的是那些可敬可亲的师长，他们对学子们无微不至的照顾、哺育，更让我毕生难忘。那时的校长赵朋叁同志来自如东老解放区，具有在老区从事文教工作的丰富经验。而尤其可贵的是他朝气蓬勃，精力充沛，对我们这群刚跨进中学校门的少年满腔热忱。他的宿舍就在校园小河边上，任何同学随时都可到他的房间找他谈心，而他总是面带微笑，不厌其烦地为你答疑解惑，没有一个校长的架子，很少讲空洞的官话。记得有一年暑假，我们有一批同学自发在王俊卿老师带领下去九圩港参加水库工地劳动，临行前他特地赶到校门口为我们送行，一再叮咛不要一开始就干重活，要慢慢来；可以多做点广播宣传一类的工作，并多向工地上的民工学习。经过一个月的实践活动回到学校，他又热情地迎接我们返校，并拍了照片留念。

在初中就读时，教我们语文的是林井泉老师。他个子不高，很注意仪表和礼貌的，穿戴齐整，头发纹丝不乱。他好像是浙江人，说一口宁波腔的普通话，他备课很认真，对同学要求严格，因为身兼班主任，很重视教书育人。在讲解课文时林老师不时结合班上同学的思想，有针对性地表扬和批评，以树立班级的正气。至今我还忘不了一件事，是初三时我们小组利用课余时间制作了一组展望学校远景的模型。那是隆冬季节，每个人手都冻紫了，弄得满身都是泥巴，每天放学后很晚才回家。不知道在分析哪一篇文章时，林老师就联系课文在课堂上加以表彰，他说年轻人就要有理想，要有向往，不能鼠目寸光，并且要用实际行动去努力实现理想。这既对我们进行了价值观、人生观的教育，也加深了我们对所读课文的理解。

在读高中时，教语文的是王名可老师。他年龄稍大些，知识渊博，睿智沉稳，古文底子厚实，尤其是对不易读懂的议论文，他总是讲得条分缕析，头头是道，逻辑严密，令人首肯，我们听来津津有味，毫不感到枯燥。在解析鲁迅的《"友邦惊诧"论》《我们不再受骗了》时，他那铿锵有力的语调，浓眉倒竖、雄辩滔滔的神态，现在想起来仍然如在眼前。后来听说他在"文革"时因不堪凌辱和折磨而投濠河自尽，听到这个消息时我目瞪口呆，哀恸不已。王老师、林老师是我在文学上最初的启蒙老师，他们对我后来走上文学道路有着深刻的感召力和影响力。

在敬孺中学读书时，我曾经主持过学校的黑板报——《前进报》。原来负责这项工作的是教地理和美术的丛永枢老师。他写得一手工整漂亮的美术字（报头就是他写的，以后我一直加以模仿），为人勤谨谦和。大概他教学工作太忙，希望由别人接替编报。赵校长听说我爱写文章，办壁报，因此就提议由我去接替，我起初很犹豫，让一个学生去负责全校的舆论阵地，这在当时从未有过，能行么？赵校长向来说话快捷，要言不烦，他说："年轻人就要压压担子，磨炼一下，不要怕，我们支持你！"就这样，我找来了爱画画的同年级的蒋广惠做搭档一起办报了。赵校长曾对我说过一番语重心长的话："有利于社会主义的事就做，不利于社会主义的事不做；有利于社会主义的话就说，不利于社会主义的话就不说；有利于社会主义的文章就写，不利于社会主义的文章就不写。"这可以说是为我们定下的办报方向。在这个前提下，我们适时报道了学校中发生的富有意义的活动、事件，诸如学习优秀的标兵人物，融洽的新型师生关系，共青团员、少先队员的先进事迹，班级之间的评比竞赛，附近居民发生火灾后同学赶往救火的动人情景，参加近旁建造大公园的义务劳动，寒假文艺宣传队到农村联欢演出等都在报上得到生动活泼的反映，同时对一些校内发生的不良风气和错误行为也展开过不少评论和匡正。1955年团市委曾作出表扬优秀青年团员的决定，我校朱秀章、戴有才名列其中，我们对他们的优秀事迹曾作过长篇报道。戴有才出身于贫苦工人家庭，学习刻苦，表现了强烈责任感和顽强毅力。他外语测验起初只考了59分，作为青年团员感到很惭愧。以后急起直追，把俄文单词写在小纸片上，时刻放在身边，一有空就拿出来看、记，渐渐地生词就溜不掉了，以后的考试均在90分上下。不只外语，其他各门功课都达到优秀。一位老师说，只要看看戴有才平时的练习簿，这样详细这样清楚，就可知道他在学习上下的功夫了。他还跳进冰冷的河水把一个落水儿童救上岸；一个同学因家境困难，家长准备让他辍学，戴有才即赶到他家说服了家长，后又帮助他补习掉下的功课。我曾多次对戴有才本人及他的同学、老师进行采访，将他的事迹写成通讯在《前进报》上连载，此文后来还被收入团市委一本介绍优秀团员事迹的小册子。

在敬孺中学时，我还由团总支指派担任过初中一年级少先队的辅导员，时常与小同学在一起讲故事、学唱歌、跳集体舞、办夏令营，这项有趣的工作使我的生活更加充实，也受到了一定的磨炼。当时全校少先队大队辅导员是王俊卿老师，他为人憨厚而又机敏，出言幽默诙谐，特别是对学生和蔼可亲，关心呵护。他很会动脑筋，工作富有创造精神。有一件事至今想来也是很有兴味，那是在我高三时，由王老师策划并组织少先队员开办了红旗少年技术工厂，这其实就是后来所说的校办工厂。厂址设在学校东北角，三间草屋，原来是存放运动器具的。队员们自己动手清理、粉刷建成了木工、金工、缝纫工三个车间，在几位老师傅的指导下，他们将造好的30架电动机模型送给了学校实验室，还制成了一些小沙发和洋娃娃送给了教工托儿所和俱乐部，又将做成的书架、乒乓球桌送给了老师和俱乐部。在小工厂的实践活动中，少先队员既得到了科技知识的熏陶，又初步学会了一些技艺，我们这些"大孩子"辅导员也开拓了视野，而与小学友的感情自然也就更亲密了。

不久我考取了杭州的浙江师范学院（后即为杭州大学）中文系，就要离开家乡时，已经是十分熟悉了的少年伙伴们在公园里为我送行。我们在一起划船，唱歌："让我们荡起双桨，小船儿推开波浪，海面倒映着美丽的白塔，四周环绕着绿树红墙……"既有深深的惜别之情，又充满对于新生活的向往和等待着展翅翱翔的激情，那个晴朗的夏日早晨为我的中学时代画上了美丽的句号。

恍惚之间，离开母校已经半个多世纪了，尽管自己并没有写出什么特别有影响的精品杰作，然而，在平凡的教学和写作生涯中，多少还是留下了一点有价值的文字和业绩，这都离不

1954年时期参加南通九圩港辟港工程高中同学与赵朋叁校长合
影，后排中赵校长，左一作者

开母校的厚爱与赐予。记得一位文艺前辈曾说过：一个作家一
辈子都在写他的童年。这说明在一个作家的生命史上，早年的
生活具有多么重要的意义。我大半辈子从事文学、戏剧的评论
工作，在阅读和写作时，早年在故乡的生活，特别是在我的母
校敬孺中学求学时的情景、感受总是时时萦绕于怀，影响和制
约着我对研究对象的选择、观察和思考。感谢生命，感谢有
你——我挚爱的母校敬孺中学。

（原载《江海春秋》2010年第4期）

# 学者的风范　精神的魅力

## ——沈善洪校长点滴印象

校长是一所大学的灵魂和引航者。历来，杭大领导层多为工科、理科的，他们对文科特点很少了解，有的甚至于发出诘问：文科有什么用？自沈善洪先生从省社科院调到杭大任校长（1986年初）后，杭大特别是其文科面貌为之焕然一新。因为自己从事哲学教学与研究，沈校长对文科尤其是中文学科予以特别关注，为之苦心擘画，殚心竭智地扶持学科的建设与发展。从中文系申报教育部文科基地到各学科博士点的筹划认证，一直到年轻人才的发掘和青年师资的培养都关怀备至，费了他不少的心血。作为一位学人型的领导者，他不做高高在上的"寡人"。很多事情，他知道得很早很具体，如谁发表重要文章、著作，有时比作为系主任的我还要了解得更快。系里谁的课上得深入浅出，能激发学生的学习兴趣和创新热情，谁的课内容陈旧，索然寡味，他颇多了解并时有评骘（不一定都准确）。在汇报学术梯队时，漏掉了某位很有潜力的年轻骨干的名字，他也能当场提点。有的年轻教师会自己跑到他的办公室谈科研项目，乃至于职称、房子等。我感到他有一种让人亲近，向他反映情况、倾诉中怀、交流思想的吸引力。

更为可贵的是，他对文科发展所提的方针思路富有战略性，他思想开放，锐意伸拓，不屑于规行距步，安常蹈故。中文系是传统深厚的、有悠久历史的系科，有很好的治学传统和优势。他要求在原有基础上开拓创新，明目扩胸，倡导要面向社会和时代，面向国家经济和文化的建设，跟上时代的步调，不能吃"三古"（古代文学、古汉语和古典文献）的老本，特别是在现当代文学研究、比较文学等新的学科领域要力争创出自己的特色。在我国高校文科发生重大转折的关键时刻，他不遗余力地带领中文系正本清源，批判极"左"路线，汲纳借鉴新的文艺思潮，强调学术探讨不要受条条框框的束缚，要敢于突破禁忌有自己的发现，彰显独立的学术见地。对于现代文学思想、文学运动及创作要不怕触雷——政治失误，要敢于面对现实，敢于讲真话，总结新鲜经验，提炼新的思想理念，促进汉语言文学学科的繁荣。

谈到人文社科，必然会涉及学术自由的问题。大学管理者对学术自由的倡导和保护，更关键的应表现为在大学内部培植宽松的学术氛围。沈校长非常注意这种氛围的营造，邀请中国电影家协会主席、中日友好协会会长夏衍到杭大访问就是其一手促成的，足可见其视野的开阔、目光的深远。

　　1986年春夏之交，夏衍来到杭州，我到西湖汪庄国宾馆去看望他。回来后我与沈校长随意交谈时，提到夏公问起杭大的情况，我就提议可否请他来杭大看一看，讲一讲。当时我只是一名普通的教师（时任教研室副主任）。沈校长立即说，这是很有意义的事，夏公是我们文艺界的前辈，也是革命的前辈。他正想听听社会各界对高校办好文科的看法，像夏衍这样有广阔丰富经历和人文精神涵养的人的点拨，那是再好没有了。他要我代他向夏公正式邀约，并叮嘱说："你定好时间，我一定来。"5月19日下午，原定于2：30开会，沈校长提前半小时就来了，而且还邀了当时主管文科的副校长金锵教授早早地到东一教学楼下迎候。夏公一下车，他迎上前去，深深鞠了一躬，然后再上前握手。我在一旁作介绍。夏公问："校长尊姓大名？"沈校长回答："我是沈善洪。""你也姓沈？""我是浙江平湖人。""我在德清读过书的，都是杭嘉湖的，是老乡。"两位的对话是如此的家常、亲近而自然。沈校长对于这位左翼（革命）文化的老前辈的敬意和温情溢于言表。

　　座谈会开始，沈校长致辞，没有繁文缛节，没有客套，很简洁。沈校长首先表示了对夏公的热忱欢迎。他说，夏公是现代文化史上功勋卓著的战将，与鲁迅一起跟文化围剿作斗争，是地下党在文化界的领军人物，又是杰出作家，有丰富的创作经验，他年轻时曾看过报告文学《包身工》及电影《祝福》《林家铺子》《烈火中永生》等，很成功很受教育。然后他介绍了文理为主、多学科交叉的杭大概况，表示想振兴发展文科，并在原有基础上发展日、韩研究所，诚恳地敦请夏公提供意见和宝贵经验。

夏公与杭大中文系部分师生共同探讨浙江深厚的人文资源和新中国成立后人文学科受到极"左"路线的摧残，民族文化传统与外国文化的引进和融合等问题，然后提出了一个问题：当今物质文明上去了，在建设精神文明方面起很大作用的人文科学如何相应地跟上去？夏衍说："建国三十七年来，教育方面有了很大的进步，也有过不少的失误。主要是照抄苏联模式，不考虑中国的实际，没有花大力气抓教育，特别是轻视乃至歧视知识分子。缺乏智力资源比缺乏物资资源是更可怕的。"在谈到照抄苏联模式时，他进一步发挥说："现在回过头来看，我们学的只有一本《联共党史》，这中间有许多地方写得很好，例如谈唯物辩证法、历史唯物主义等等，但也应该看到，这本书也不是没有缺点，其中既有个人迷信，又有大国沙文主义，特别是几次清党，我们都把这些错误的东西也学过来了……列宁死得太早，对于在苏联这样一个幅员辽阔的落后国家，怎样建设社会主义，他还来不及找出规律性的方案。列宁是讲民主的，党内有不同意见，他的主张遭到挑战的时候，他就是号召全党辩论，甚至推迟党代会，让大家讲话。列宁死后就不同了，党内民主渐渐地消失了，办法是一次一次的清党。"这一段话，说得何等爽利、痛快。夏公是以自己含血带泪的苦难经历和生命体验，向后代们诉说他对历史的深思。

　　夏公是杭大中文系接待的最高级别的一位文化名人（作家）。他的讲话视野宽广，分析精警，富有说服力，师生反映强烈，许多媒体都作了报道，引起校内外广泛关注。送走夏公后，沈校长交代我将讲话稿整理出来。我将记录略予梳理后，以《适应时代，面向未来》为题寄给夏公。夏公非常认真，就此事给我写过两封信。信中说："您给了我一份苦差事，上了年纪的人，讲话就会啰嗦，所以那份记录稿在我手边压了好多天，先是打算改一下，结果还是重新改写。"并特别叮嘱"最好请沈校长审阅后再发"。我怕打扰沈校长，直接将文稿交给学报编辑部，没有想到学报一位编辑看了讲话稿后由于涉到批判苏联模式的内容感到"吃不准"，径直给夏公去了一封信。信中说到学报是国内外公开发行的刊物，根据"内外有别"的原则，对涉外稿件比较慎重，按照宣传部门有关文件的精神，当前，我国报刊对苏联及东欧国家的内部事务一般不做公开评论，不要点名批评。为慎重起见，"希望您对讲话稿中涉及苏联模式和斯大林问题的文字做些斟酌"。夏公阅后很感意外也有点生气，随即在来信的稿纸上用红笔写了一段话让我转达："来示拜悉，已作了一些修改，如认为仍有不妥，则可加注'文责自负'字样，或退回，不打算再改了。关于苏联模式的事，虽则未见诸'红头文件'，但报刊上已不止一次有人提过，其实，对于斯大林，早在苏共'二十大'后，我们在'关于无产阶级专政的历史经验'中，就已经提到过了，所以我认为年轻人知道一点，也有好处。"

事情至此，我赶紧请示。沈校长大略翻了一遍，说："有什么问题？我看也没什么问题，这段历史他讲得好，讲透了。编辑过于小心谨慎了，我看不用修改，夏公的稿子就这样发！"这番话说得很干脆，毫不含糊，真是一诺无辞，掷地有声！我立即向有关编辑传达了校长的意见，就这样，夏公的讲话稿才得以在《杭州大学学报》1986年第4期全文发表。文章发表后，夏公将此文收录到文集《天南海北谈》中，据此我妄自猜测，夏公对这件事的处置是满意的。后来他还将由他主编的《中国抗日战争时期大后方文学书系》（20册）专门托人辗转送到杭州，赠给了杭大图书馆。

可以看出，与那种畏畏葸葸、奉命唯谨的做法截然不同，沈校长思维敏锐处事果断，敢于违条犯禁，自主决断，勇于承当风险和责任！这显示了中国学者、当代知识分子的高贵品格，让我深为感佩。试想，如果缩小了学者的言说空间，不管是外在限制，还是所谓的自律，学者们都很难就敏感问题公开发言。在那个"心有余悸"的年代里，沈校长却能保有如此开放包容的思想襟怀，实属不易。正是在这种学术精神的引领和示范下，一批自由率性、立体鲜活的人文学者才脱颖而出，为学校人文学科发展取得历史性的跨越打下了良好的基础。

从 1980 年开始，我的研究领域从原来现代文学、鲁迅转到话剧史和夏衍研究。每每写出一些有关夏衍创作、评论方面的文章，沈校长都屡屡加以鼓励。见面时他常常会提及夏衍近来如何，你有什么新作？80 年代最后一个秋天，我到北戴河出席一个话剧史的研讨会，路过北京时探望了夏公。返校后向沈校长作了汇报。其时，国内文化知识界"左"的气氛趋浓，有人正眈眈旁伺，又要拿夏衍开刀。沈校长对夏公处境不无担心。当我谈到夏公近况如常，泰然自若，宠辱不惊，并转达他对沈校长的问候，沈校长脸上漾起一掬温慰的笑容，说道："是啊，那些人现在掀不起什么大浪的，再来批夏衍批巴金，谁听他的！"当时谈话的情景，至今想来还历历在目。面对一股涌动的暗潮，他言辞爽断，风骨凛然，给我留下了深刻难忘的印象。过了不久，有次见面时他问我，夏衍的作品出过全集吗？我说还没有。他即鼓励我说，你应该考虑。当然，这件事谈何容易。在沈校长的鼓动怂恿下，我到省里去呼吁，与有关方面商讨，终于经过三年多的酝酿、奔走，浙江文艺出版社于 2005 年才出版了 16 卷本的《夏衍全集》。我是编委之一，编了其中 6 卷，执笔撰写了全集的序言。在夏衍研究上，如果说我还做出了一些成绩的话，那是与沈校长的关心和诱掖分不开的。对这一点，我一直是扪怀知感，至今犹未淡忘。

大树根深，其质乃坚，高山流水，其声乃清（齐邦媛《巨流河》)。沈善洪校长的学术风范和精神魅力，当为我辈永远敬重顾惜，并孜孜引为学习的楷模。

——2011 年 3 月写于沈校长八秩寿庆前夕

（原载《知行合一：沈善洪教授八秩寿庆文集》，罗卫东主编，浙江大学出版社 2011 年版）

# 《诗意回归与审美超越》序

　　自近代以来，民族危机、救亡图存是 20 世纪中国最为突出的历史现代性事件，它以不容质疑的强大吸附力将整个的经济、政治、文化、思维、社会生活、行为方式等方方面面卷入其中。因此，中国现代文学思潮从根本上不可能脱离现代性这一历史语境，某种意义上可以说是文学领域对现代性的积极回应。作为现代文学思潮的重要一翼，自由主义文学从一开始便与 20 世纪的现代性焦虑有着千丝万缕的联系，它承载着自由主义知识分子对于构建现代民族国家的想象、憧憬与期望。同样，自由主义文学所处的特定启蒙文化背景，决定了其文化理想、文学实践的发展走向与价值意义。事实上，自由主义文学在整个 20 世纪现代中国文学发展史上，其所处地位是颇为微妙而尴尬的，其自由主义与个人主义的价值立场、推崇超政治的独立人格与精英意识、带有乌托邦性质的文化理想、诗意而纯美的文学实践等等，都与革命浪潮风起云涌的现代中国似乎显得格格不入。自由主义文学这种不合时宜性与复杂性也影响到学术界对于它的研究与评价。在建国后很长一段时间，自由主义文学几乎成为学界的一大"禁区"，少有人问津。自上世纪 90 年代以来，中国现代自由主义文学的研究成果颇多，主要是集中在单个作家，或是某一具体流派的分析阐述。就对自由主义文学系统和充分研究的专著而言，以我有限的阅读范围看，除了刘川鄂《中国自由主义文学论稿》（武汉出版社，2000 年版）、胡梅仙《中国现代自由主义文学话语之建构(1898—1937)》（中国社会科学出版社，2009 年版）外，李火秀这部专著大概是第三部。与其他论著相比较来看，此书独辟蹊径，在理论视角、思考维度、阐释方式等方面都彰显出创新性。

在此专著中，作者基于文学叙事与时代话语的密切关联，将中国现代自由主义文学视为自由主义知识分子现代化焦虑的产物，指出其以审美话语实践方式参与现代中国的价值重建这一核心思想，在分析和阐述其审美现代性精神内涵与思想特质同时，系统梳理其间所蕴含的多重叙事话语与富有张力的意义结构、审美蕴涵，并力图突显中国现代文学现代性诉求的基础性状情态。就切入点来看，自由主义文学作为中国新文学中的一脉，应该说，与五四启蒙文学、左翼革命文学、民主主义文学、民族主义文学等文学形态共同推动了现代中国的历史发展进程。其中，一方面，自由主义文学作为对以左翼革命文学为代表的主流文学的一种补弊纠偏的反思性审美力量，展开对现代性的想象与建构，这也表明了自由主义文学的现代审美意识、审美精神及其启蒙文化情怀与审美现代性的理论思路是相契合的。另一方面，审美现代性作为一个富有阐释力的理论命题，为分析自由主义文学提供了宽广而有效的阐释平台。实际上，审美现代性问题引起中国学界注意，可以追溯至 20 世纪 80 年代中期，其时更多地集中于译介方面，关注审美现代性本身思想理念的探讨。进入 90 年代中后期以后，审美现代性探讨则倾向于本土化，与当代社会、文化发展情态密切相联，成为一个令人瞩目的热点话题。事实也表明，审美现代性的理论视角为文艺研究领域带来了一种新的视野与气象，它不仅促使文艺研究在思想观念、理念范畴、方式方法上进行调整，而且，在具体的实践中，诸多重要的问题都获得了全新的剖析与阐述。刘小枫在其《现代性社会理论绪论——现代性与现代中国》一书中，谈到审美现代性相关题域的研究思路，他说："并没有与欧美的现代性截然不同的中国的现代性，尽管中国的现代性具有历史的具体性。因此，把对中国的现代性的思考引入对欧美社会理论的审理过程是有益的。……带着中国问题进入西方问题再返回中国问题，才是值得尝试的思路。"虽然我本人的研究更多涉及左翼作家，但这种动态的双向返观与审察研究范式，是值得倡导的。可以看得出，李火秀的专著展现出将审美现代性融入研究对象的一种努力。而这种自觉的运用，对于自由主义文学来说，的确是切中根本的，也为深入研究自由主义文学开拓了一条新路，这无疑是一次非常有益的新探索。

当然，审美现代性作为理论视阈进行自由主义文学研究有效性的前提预设，不仅是基于审美现代性与自由主义文学在思想内质、精神结构、审美情感上的契合；而且，自由主义文学的审美现代性追求，还需借助一整套审美表意实践，将其所蕴含的文化心理、价值趋向、情感体验、审美趣味、艺术形式等方面加以具体化、丰富化。对此，作者有自觉的问题意识，对自由主义文学的一些核心问题进行了相当深入而全面的研究，多角度、多层面地揭示出其边缘性话语特征及其潜在的反思和纠偏功能，重点对其发生语境、思想诉求、精神追求、叙事形态、美学倾向、文学批评话语等方面进行了较为系统深入的探讨。专著既把握住审美现代性这一思考维度，又立足于自由主义文学本身及文本的内部形态；既回到当时特定历史语境中透视客观文学生态，又能够在自由主义文学审美个人性话语的分析中寻找其合理性与局限性的理据，在逻辑框架与范式结构上都彰显出一定程度的独创性。

专著中另一大亮点体现在对文本作了颇具个性的阐释。作者借助审美主义理论话语体系重新审视与解读自由主义文学的经典性作品，开掘出其中所蕴含的深层意义与审美体验。尤其是那些长期被遮蔽乃至忽略的作家及作品，给予了足够重视与重新评价，做到了宏观考察与微观文本分析相结合，历史逻辑与美学视野相统一，表现出了敏锐的学术意识、良好的理论素养与艺术感悟力。如在分析自由主义文学审美的内在特质及其矛盾性张力、精神上的悲感特征与超越性意向、以审美实现形而上的精神救赎、自由主义文学批评的宽容原则、审美批评与社会批评的融通等方面，时有新见，读来颇受启发。此书是在作者博士论文的基础上加以增补充实完成的。论文写作期间，她曾多次与我切磋讨论，她那勤勉刻苦，倾心于汲取新的理论、方法和敏于思考的精神，给我留下了深刻的印象。相信此书的出版将会拓展与深化自由主义文学的研究，并对当下中国思想文化、文学的生存处境与未来建构提供有意义的启示。同时，随着时代的前进，和作者在教学实践中的不懈追求，她也将不断地扩大和完善自己，在治学的道路上定能走得更坚实，以获取更多更具卓识和深度的成果。

是为序。

（原载《浙江作家》2012年第7期）

# 学术血脉的铭记和承接

## ——初读《浙江大学中文系系史》

浙大中文系走过了百年艰难曲折的道路，留下了一代又一代人的足迹。既有光耀夺目的辉煌岁月，闪闪发光的名教授，也培养了一大批优秀乃至杰出的人才，分布在各种岗位，现在应该是到了回顾和总结的时候。但非常奇怪的是，中文系有四大史——中国古典文学史、现当代文学史、汉语史和外国文学史，编过断代史、国别史及各种形态的史，也讲述各种各样的史，但我辈置身其间呼吸、劳作这么多年的中文系却没有写出一部浙大中文系发展史。也许是因为这不像是一门学问，而是一项事务性工作，没什么可研究发掘的。"只有在历史中人才能呈现自身，才能理解自己当前所处的状况，并在对未来的展望中改变它。"① 我以为一所大学，一个系都有自己成长和发展的特定社会环境、人文风貌、学术资源、历史传承，这些构成

---

① 赫·绍伊尔:《重解伟大的传统》，社会科学文献出版社 1999 版，第 75 页。

了一个系成长和发展的内在力量和独特魅力。这些资料应该加以收集、发掘、记录和书写，给今天在从事这项事业的人留下历史的印迹，也为后来者提供继往开来的依凭与根据。这是一项非常繁杂的工作。经过这么多年的变迁，很多资料都散佚缺失了，需要广泛地搜集、回忆和钩沉。这项工程，年老的是有心无力，先辈日见凋零，承上启下的"30后"也早已年过古稀，有的是带病颐年，而年轻的又不了解这些历史。只有依靠"50后"同仁为主体，由他们担纲，动员年轻的朋友和研究生们，这一套煌煌150万字的系史才得以付梓问世。

也许有人认为称之为"系史"有点名不符实，因为"史"更着重于规律性的探索，起先觉得似乎过于庞杂，然而读完全书我的感受有了改变。看到书中一个个鲜活的主体，一篇篇璀璨的词章，一幅幅珍贵的手迹，一张张略显模糊的照片，三卷本的系史犹如回音壁，其间跳荡着历代中文人的生命之花和思想之火，姿性既殊，风骨各异，尽显中文人的才气和风貌。像任铭善先生，多年从事古汉语研究和教学，他在音韵学、语法学等领域的杰出成就，对于汉语史学科的建设无疑起了奠基的作用。他"一生以著述为己任，视学术为知己，学如其人，笃于操守，甘于清贫；出于一个知识分子的良知和责任心，敢于力陈已说，指斥种种不端（他曾以批评龙泉窑遗址遭破坏大触时忌），于乱离浩劫之世，竟蒙不白之冤，以致困顿委踬，郁郁而终"。这节文字读来让人唏嘘感慨，任先生如在九泉之下有知，也许会为此而得到一丝慰藉吧。再如，盛静霞与马骅是"文革"前的老讲师，退休较早，未能晋升高级职称。系史没有遗忘他们，指出他们各自在创作上取得了骄人的成绩。书中收录了盛先生作为中央大学（南京大学前身）毕业的女才子的八首旧体诗词和列举了马先生以莫洛为笔名出版的五部散文诗集和三部新诗集。这些作品确实呈露了优雅的文笔、深厚的学养和丰赡的文学才华，令人称羡。在管理层，也出现了孔成九同志的名字，作为主管党务和行政的副系主任在反右扩大化的严重压力下，他设法保护本系教师，后又组织教授建立系务委员会，支持教师参与民主决策，在引进人才，民主治系等方面做出了突出贡献，成为"中文系历史上最有威望的领导干部之一"。

从这几例不难窥斑见豹，那些峥嵘岁月和历史瞬间在书中多有真切的记录，那精神的传承和力量的源泉亦已得到清晰展现。我认为目前也只能是这样了，也许可以称它为"系志"，这为以后的充实提高奠定了基础，而且目前国内尚无中文系史，因此这本书具有了奠基性和开创性的意义。正是在这一点上，我说他们赶出来了，有比没有好。像我们这些"30后"的人逐渐凋谢了，如再不加以收集，更多的史料就真的消失了。许多问题和史料将随前人的离去而湮没到时间之流。事实上，拿到初稿时，许多老先生就发现有些差错，如年代舛误、人员穿帮、作品论文张冠李戴等，后作了改正补漏。书中还有很多问题，收录还不够广泛，尚有缺漏，但毕竟有了底子，可以补。作为曾经求学四年，而后留校执教半个多世纪的人，我感到本书对中文系发展的历史表述是真实而客观的。主要叙事不多做评论，也许可说是洗尽铅华呈素姿，是凝练到黑白的简洁。史料考证和理论概括齐头并进，作品与人品交相辉映，尽量做到保留原貌，还原底色，立此存照，显示出人文学科应有的人文精髓，留给我们深广的思考空间。在此，我主要谈谈中文系治学的风气和传统。

## 一、一心致学，执持不舍

一个积淀深厚的民族，一个发展着的有着远大目标的国家需要一批长期接受人文教育的知识分子，去延续、发展和创造民族的文化。徐朔方先生说："没有民族文化，很难想象一个国家或民族还能继续存在，国家灭亡了，可以重建，希腊在被土耳其占领了四个世纪后得到复兴。如果一个国家的民族文化被消灭，它就永远的沦亡了。"①

中国大学的教师、知识分子在 20 世纪经历了太多的苦难，新中国成立后"左"倾思潮下一次次的政治运动，面对莫可名

---

① 《中国的传统文化和国家现代化》，见《徐朔方集》第五卷，浙江古籍出版社 1993 年版，第 304 页。

状的灾难和痛苦，他们始终以发展学术为己任，把学术当做自己毕生的事业，挑起了承传弘扬民族文化的职责。如王驾吾先生，1936 年从江苏省立图书馆馆长的任上转到浙大中文系，不久就开始随着整个浙大西迁。因为是同乡（江苏南通），我们有些接触。他曾经多次对我谈起漫漫西迁长路中所遭受的颠沛流离、凄风苦雨的窘境。他说，12 月的朔风刮在身上透凉透凉的，一批批的师生，从杭州南星桥上船，一路途经建德、江西、广西，辗转来到贵州，吃尽了苦头。尤其是在贵州遵义，住的是寺庙祠堂，吃的就不用说了。一桌人就一钵头的菜汤。里面漂着几根咸菜，根本看不到一丝肉屑和油花。有刘操南先生的形容为证：走在街上，看到肉铺子门口挂着的生肉，直想前去咬一口。王先生在一篇回忆文章中说：朝斋暮盐（没有菜时就弄点盐泡汤），近乎涸辙之鲋。因营养太差，他的夫人染上肠炎，不久便亡故。在贫病交迫、中年丧偶的困厄下，他仍执守信念——"知耻明辱"而"兴复图强"，一边上课教学一边潜心研究，写出了《春秋攘夷说》和有关先秦诸子的系列论文。这种自我的历史责任感，根本无需别人强迫和催促。

新中国成立后的政治运动中，这些专家、老教授一次次受到冲击和精神上的羞辱。如姜亮夫先生从 1959 年开始就在"拔白旗"运动中成为被批判的资产阶级学术权威，受到不公正的待遇。当年系里组织了大批判组，集中批判姜先生的《屈原赋校注》，其实当时参加写批判文章的同学后来对我说："他的书根本就看不懂。"但仍在那里批他的所谓"天命观",认为那是对屈原的歪曲,没有突出他的爱国主义;批判他的考据,认为这是繁琐考证,唯心主义。但姜先生仍按自己的学术路径将自己在巴黎、伦敦博物馆、图书馆所收集、抄录、拍摄的资料加以整理,完成了几百万字的书稿。但"文革"期间,红卫兵抄家,把很多珍贵的资料特别是他的手稿(约180万字),撒得房间内、阳台上、院子里到处都是,还掳走了一部分。风一刮,雨一淋,弄得一塌糊涂。他将散落一地的手稿一张一张捡起,湿了的用热水袋焐干,破损的重新粘贴。聚拢清理后,已经损失很多,姜先生把它放在亲戚处藏了起来。直到80年代才重新整理、抄写、补漏(录),编撰出版了《楚辞通故》《瀛涯敦煌韵辑》等鸿篇巨制。老一辈这种不怕风吹雨打,始终坚忍不拔锲而不舍地把守民族文化的精神太难能可贵了。

## 二、勤奋修读,厚积薄发

读书是进行研究工作的根本和前提,只有勤奋修读、博览群书,才能在学术研究上有所突破和创新。在系史中可以发现这些学者的知识储备相当惊人,他们都十分重视读书。"本固根深",不进行长年累月的阅读积累,不可能从事学术研究,提升学术水平。如语言学家任铭善先生,学识渊博,兼通新旧，融合中西。当年之江大学在上海租界设班开课，王元化曾是学员之一。任铭善为他开了三门课——《说文解字》《庄子》《世说新语》，要求他细读原典，逐字逐句逐段地讲解，不放过任何一个难点难句，不仅要读还要写，做笔记，最后由任先生来分析评点。开始时他认为王元化的文章写得太迫促，希望能继续深入研读。有时王元化因参加学生运动而缺课，任先生不客气地予以责备。至此，王元化才开始大量涉猎古籍，苦练文科基本功夫，以致后来成为当代著名的人文学者。

不积跬步，无以至千里；不积小流，无以成江海。学术研究是一条漫长而艰辛的道路，需要长期积累，绝非一朝一夕之功。任铭善、蒋礼鸿等老前辈所具有的知识储备，阅读的广泛和深入，特强的记忆力，都是他人难以匹敌的。《辞海》编辑部那些学者都十分佩服这两位专家，誉其为"东南学界的两把刀"。可见，他们对古籍的熟谙程度和纠谬能力都是十分罕见的。

从系史对夏承焘先生的生平介绍中可以看出，他虽无家学渊源，也没有上过大学，却自幼刻苦好学。自1914年进温州师范学校后，他开始大量研读古代典籍，十三经除《尔雅》外均能一一背诵。为了阅读的方便，他还专门移居温州图书馆附近，历时两年阅遍"玉海楼"和"蓼绥阁"两家藏书。后来到严州中学教书，该校图书馆藏书丰富，他畅游书海，数年间又几乎读遍。我们在佩服他超强记忆力的同时，怎么能不为他这种"甘坐板凳十年冷"的精神、耐力和韧劲所折服呢？"非学无以广才，非静无以成学。"1930年到之江大学教书时，又大量阅读了关于诗词方面的书籍，经过长达15年的勤奋修学，他终于厚积薄发，写出《唐宋词人年谱》等厚重的著作。若无当年苦行僧般的修炼之功，又何来日后"一代词宗"之誉呢？

可以看出，老先生们无不怀着对中文的深厚感情，几十年如一日，如痴如醉地苦读和研究。在当前浮躁氛围中如何甘坐板凳十年冷，这的确是一个考验。

### 三、独立不倚，唯真是尚

相对于那些丰硕的成果和显赫的声名，我更钦敬前辈们的治学的胆识和勇气。沧桑岁月，风云变幻，他们一贯地严肃认真，实事求是，卓然独立。从各种序跋中可以看出，他们非常注意史料、文本，一切研究都从真实的材料出发。徐朔方等诸位先生力主"凭材料说话"，不做空泛之说，不做浮浅之说，不作哗众取宠之说。他们不为政治所左右，不跟风，不媚俗，不人云亦云，总是在大量的材料研究的基础上彰显自己独立的学术见解。以徐朔方先生为例。在50年代前期，国内古典文学界一度强调人民性，倡导继承古代文学遗产，多数学者都给予《琵琶记》很高的评价，一片赞美之声。他到北京参加中国剧协的研讨会，根据自己对文本的精细剖析和对作者主体思想的深刻阐释，大胆地指出了作品中凸显封建伦理思想，并作了深入的文化批判，犹如巨石击水，震惊了当时的论坛和古典文学界。"文革"后期，"评法批儒"一时甚嚣尘上。他撰写了《史汉论稿》，在这本书中，他又与时下论坛唱了反调。当时正在"批项羽骂韩信"，他在自己的论著中却为他们说了好话，给予平反，完全不受政治干扰和钳制。在对明清长篇小说戏剧的研究中，通过大量史料的搜集、分析，他得出了所谓"世代累积型集体创作"的新说。他认为《金瓶梅》等作品不是一个人完成的，而是世代学人、不同时代的作家经过不断的补充丰富最后完成了。这种独立的研究，不迷信权威，甚至对他的老师王季思也不例外。浙江省兰溪市是李渔的故乡，前些年，兰溪市政府建了芥子园纪念馆。市长通过另一专家（徐先生的朋友）来敦请徐朔方先生写一篇 300 字左右的碑文。徐先生很不以为然，反问："兰溪怎么会有芥子园？"他认为，在杭州、南京还可以一说，兰溪就不合适了，势必会成为假古董。徐先生断然拒绝了兰溪市市长的请求，表现出忠实于学术和历史的良知，真正士人的风骨，不留无骨之笔，不当学术掮客。

我们的前辈虽然独立不倚，但绝不孤傲，他们喜欢学术争论和商讨，因为他们深知没有差异就没有学术的进步，没有争辩就没有学术的发展。夏承焘先生《唐宋词人年谱》出版后，徐朔方（他是夏的门生）曾著文予以评论。1956 年 4 月 19 日，夏在日记中有如下记载："步奎示予推介词人十谱一文，文末指出此书缺点，一为探研社会史实不深。"夏对这个批评显然是认同的，并由此检讨自己对词作有关的社会政治、经济史料关注不够，影响到对作品的认知和研究。这对他以后从看重考据之学到更看重批评之学具有重要的参考价值。再如50年代时，徐先生与夫人杨笑梅合作完成了《牡丹亭》的校注。初稿完成后，请蒋礼鸿先生审阅，且半开玩笑地说："你能找到十处错误，就奖励一台留声机。"结果蒋先生认真阅读，发现了二十多处错误，并帮他修改。徐先生如约兑现，去百货大楼买了留声机，专门到蒋府登门致谢，成为教师间常说的一段佳话。又如胡士莹先生，他写了《吟风阁》杂剧校注初稿后，请任铭善先生审阅，阅后也发现一些错误，也向胡先生提了修改意见。胡先生感激之余，在"评功摆好"运动中，为任先生摆上一功。他说："任先生有眼光，很讲情义，对自己书稿质量的提高有很大帮助。"为此，在"文革"大字报中，还有人揭发胡先生为极右分子评功摆好，划不清界限。相比之下，我觉得现在教师之间，尤其是年轻人之间相互切磋讨论的氛围不浓，犹如铁路上警察各管一段，缺少联系辩驳，不如老先生。学术上取长补短，乃至较劲和抬杠都是可以的。我觉得南京大学中文系在这方面似乎比我们强。

系史的出版应该说在系史研究上取得了可喜的成绩，但这也只是一个开端，或者用报纸常说的话说就是"阶段性成果"。

无论在资料的收集方面，还是历史的规律性认识方面都需要进一步提高。历史是文化与精神的永恒依托，也是薪火传承、开拓创新的不竭源泉。祈望以后编者能广泛地征求意见，加以补充、修改和丰富，更希望大家能从中汲取养分，能对中文系的历史有更深入的了解，能在实践中续写更美好更辉煌的篇章。

（原载《中文学术前沿》2012 年第 3 辑）

# 《孙席珍评传》序

在中国现代文学史上，浙江向有"半壁江山"之称。浙江作家可谓群星璀璨：除鲁迅、茅盾、郁达夫等众所周知的大家之外，还有相当多的优秀作家对现代文坛做出了独特而卓绝的贡献。不少学者从不同角度对浙籍现代作家进行了宏观而全面的研究，如《文学浙军与吴越文化》《浙江20世纪文学史》等。但具体作家的个案研究仍有值得开掘的地方。一是已有的作家作品个案研究多为以前的研究成果，研究思路与方法都略显陈旧；二是由于受历史政治或社会原因的影响，或是难以纳入现有的学术框架中理解，一些重要作家的文学史及文化史意义被逐渐遗忘，淡出人们的视野。特别是随着时间的推移，许多曾经目击过现代文学现场的作家后裔、亲友、学生，渐渐失去跟踪线索，他们鲜活的直接记忆、他们保存的一手资料更是亟待激活与抢救。因而，为丰富文学史的多元面貌、复活历史记忆，除了宏观理论的研究之外，对一些已被淡忘的重要作家的具体研究显得尤为迫切。现代文学绍兴作家群中的重要一员，被鲁迅称誉为"诗孩"、后又担任北方左联书记的孙席珍就是这样一位值得关注的对象。

孙席珍早在上世纪 20 年代就已开始创作。他的"小诗"创作，出现在冰心、宗白华等人的"小诗体"渐渐消歇，新格律诗又尚未成熟的时期。他将"小诗"铺陈为抒情长制，兼具徐志摩的抒情与冰心的哲理之长，成为现代新诗发展史上的一个重要过渡，鲁迅、刘半农等赞他为"诗孩"；他的《槐花》《五妹》等散文体小说，是对郁达夫"自叙传"小说的继承与创新，笔致清丽细腻，弥补了郁氏"自叙传"多狂呼而少情思的不足，更能在创造社的心灵自叙之外涂抹上文研会的社会写真背景，从而将"自叙传"小说推上了情理交融的新的高峰，为其赢得"京华才子"美誉；亲历北伐战争的孙席珍奉献了"战争三部曲"，冯乃超、沈从文、冯雪峰等纷纷撰文评价，法国、丹麦、日本等国先后节译出版，孙席珍亦被称为"战争文学家"；而在 30 年代的北平，孙席珍担任北方左联的领导人，他的"新乡土小说"代表作《阿娥》被斯诺选入《活的中国》，并称其为鲁迅之外最喜爱的小说。

然而，令人遗憾的是，上述文学创作实绩并未得到充分的肯定与评价。这可能与孙席珍的文学观有关。从文学走向革命的孙席珍向来认为文学应当是有所为的，但又不满于左翼文学粗疏空浅的标语口号式写作。这样一种文学态度自然有些两面不讨好的尴尬。于是在"与现代评论派""革命文学""两个口号"的论争中，孙席珍往往陷入论争双方的中间立场。对于现代文坛的人事纠葛、思想斗争，孙席珍是身处其中，又作出了自己独立的价值判断。

孙席珍是创作与研究并重的文学教授。早在 30 年代，他的《近代文艺思潮》《高尔基评传》《辛克莱评传》《英国文学研究》《英国浪漫主义诗人》等是我国外国文学研究领域的开山之作或重要成果。新中国成立后以一人之力撰写的西欧、东欧、日本、印度、阿拉伯等国文学多为填补空白之作。受国家教育部委托，由先生主持翻译默雷的《古希腊文学史》，至今仍是研究希腊文学的权威力作。

我在 50 年代曾受教于孙先生，他在课堂上幽默风趣，很能启发听者的学习热情。先生博闻强记，常常只用香烟盒纸一张，略作标记，便可对学生侃侃而谈，滔滔万言不能止。在我与孙先生交往中，有件事留给我很深的印象。1983 年秋，我到先生宿舍去讨教两位左翼作家的故实，因他在午睡不便打扰而回。第二天他看了我提的问题后随即认真回忆和查找，给我写了复函给予指点。先生对后辈爱护的拳拳之心令我感动不已。王姝是我的学生，她自 2006 年年末起，便来向我讨教，开始研究孙席珍。几年来，她认真积累、检索了大量的文献资料，又多次采访孙席珍先生的亲友、学生，将口述所得与书本材料两相对照，钩沉爬梳，终于全面呈现了孙席珍的文学创作与研究，以及先生许多不为人所知的革命经历，并对之作出了不偏不倚的客观评价。其中，如对孙席珍与鲁迅、郭沫若、周扬等人的交往，大多同文学史上的重要史实有关，又同现代文坛的左右之争密不可分。类似这样的发现，大多从口述史实与原始资料中探寻而得，许多为第一次的解密，其学术价值不言而喻。王姝能沉潜为文，为孙先生勾勒了这样一幅生动完整的画像。这部著作不但丰富了浙江作家的个案研究，而且于私的角度来说，这恐怕也是师生间薪火相传的另一种形式吧，故我乐于为之向读者推荐，是为序。

2013 年春

（原载王姝《孙席珍评传》，浙江大学出版社 2013 年版）

### 附录　孙席珍先生便笺手迹

# 浙江省写作学会

陈坚兄：您好！

我近日精神欠佳，昨午休未醒，家人都吓坏了，孩子不住叫我，有劳挂念，关注为盼。承询"罗浮"为何许人，我一时想不起来；查了一下此系市委党史资料办所保存和征集的此处左联盟员及印名单，也未查出，猜起是个化名或代号。至于穆木天，我确知他是在上海加入中国左联的，1931年他在上海现代书局供职，不在北平，陈此略存述，恐记忆有误。他上先生月前尝有信给我，其三作复，承他惠寄书刊，仅希代致谢意。草此，顺祝撰祺！

　　　　　　　　　　弟孙席珍
　　　　　　　　　　　83.10.13.

（卡片附还，请收。）

# 《重走西迁路——我的求是精神之旅》小引

我的学生李杭春是个闲不住的人。前些年，听她讲骑行运河、骑行东北，各种经历和趣闻；去年暑假，又听说自驾去走西迁路，跑了 22 天，行程 5200 多公里。这一路可不只是一般的游山玩水，而是为她手头编制的《竺可桢国立浙江大学年谱》查询资料。那是个有意义的选题，却不想有了这样一本别致的小书。两部书稿放在一起，对比非常强烈：一个厚重，一个轻灵；一个沉实，一个鲜活；一个是静的，下的是堆砌史料的功夫，以后，怕也是竺可桢研究、浙大西迁史研究不可或缺的工具；一个是动的，有许多得自沿路探访的观察、联想、感悟、启迪，看得出作者一贯的风格，读来生趣盎然。

与西南联大、中大、复旦、同济等流亡大学一样，战时，新生不久的国立浙江大学辗转西迁，自是一部壮丽的、充满故事的史书。长期以来，我们对这部史书的翻阅和检索，客观地讲，是不够全面和系统的。转眼浙大已百廿诞辰，回顾她走过的历史，则无论坎坷与磨难，抑或成就与辉煌，都是值得镜鉴和反思的。以史为镜，知往鉴今，对浙大校史作一番有意味的梳理和还原，恐怕是我们这代人的责任。

在我看来，大学内迁，是战争年代高校知识分子这一民族精英群体在剧烈的命运转折、飘荡面前的一场罕有的艰难跋涉。他们所经历的漫长的逃亡、冻馁、伤病和苦难，今天的人们已很难感同身受。在世俗欲望日渐膨胀、精神原乡迷失的当下，我们很难回到已经远离了的历史现场，很难还原已经远离的社会时代场景。过去的故事不复重现，已故的大师也不再回来，今天的我们能做些什么？

重走西迁路，或者正是这样一种回首过往、寻觅原乡的尝试。泰和、宜山、遵义、湄潭，是我们的前辈曾经驻足的地方，是曾经大师云集、思想纵横的地方，是浙江大学大学文化和大学精神的诞生地，说她们是浙大的精神故乡，当毫不为过。于是，本书作者以浙大西迁地为中心的自驾游，就显出特殊的意义和价值来了：追挽别有洞天的风景，谛听历史的声音，接受灵魂的洗礼，陶冶被俗世侵蚀的身心，然后完成对精神故乡的回望，完成对浙大故事的叙述——这是这段路体现的意义，也是这部书体现的价值。

书里有现场，更有史料。现场目击和历史追溯的两相结合，读来有机而巧妙。我们似乎能跟着作者的脚步和思绪，以寻觅的姿态一起穿越千里迢迢的时空，去回首和还原历史真实而凛冽的本相。无论是对西迁过程的追述，还是对一代知识分子心路历程的探寻，尤其在那样一个非常状态下，浙大校长竺可桢的精神状态和丰富的情感内心，都在历史与现实的比照、史料与实相的印证中得以一一呈现，自然真切而没法不让人动容。

除了厚重的历史，真切的情感，这部小书同时也别具格式。早年，作者在鲁迅、郁达夫研究领域耕耘多年，有良好的学术积累和沉淀。她研究鲁迅，能与周氏兄弟声气相和，因为他们是她的"里人"；她研究郁达夫，总是最大限度去触碰、感应文字里流露的真性情，与诗人隔空对话；她偏爱萧红、苏青，亦与她们的寂寞与才华心有戚戚……"放文学的研究去文学的天空"，这在学术研究是一种野路子。凭着一种喜爱和需要，源自生命和喜爱和需要，觉得应该写出来，就去写出来，思想、文字完全是天然的呈现，全没有功利的牵绊。而从文学研究转向文化研究进而历史研究，是她近些年比较清晰的个人学术轨迹，且并不为个人经历的动荡而改易。就本书而言，在厚重的浙大校史研究、竺可桢研究中一以贯之的，仍是这种心通万仞、举重若轻又偶富创见的表达风格，颇有点"放历史的研究去文学的天空"的味道。

与此相关，她的文字是生动而略带幽默的，有很强的表现力。这与她非同寻常的阅历和体验有关。总的来讲，她不是一个幸运的人，命运似乎总在围观她。这让她在无奈中学会豁达，在沮丧中尝试用幽默和冷冽去表现坚强。幽默从来不只是开心一刻，就像鲁迅，只有关切那无尽的远方、无数的人们，幽默才会以悲悯和坚定的姿态出场。这本书，让我们看到了她这一角的天空。

感及上述种种，我愿在此不揣啰嗦，聊作小引，给同样欢喜这段历史和故事的读者一个绍介。

2017 年初春

（刊于《重走西迁路——我的求是精神之旅》，李杭春著，浙江大学出版社 2017 年版）

# 《乐水轩文存》编校后记

　　《乐水轩文存》经过一年多时间终于蒐集、整理交付出版，总算对这大半生的学术生涯有了一个较为完整的回望和检视。平心而言，这么多年在教学上还差堪称职，而在治学上实在谈不上有多大建树，既缺乏深厚的功底和卓异的才具，而在勤奋上也没有真正做到焚膏继晷、打熬筋骨的境界。校完八卷文稿，自然有一点点自慰，而更多的是遗憾。

　　这里，我要对长期共事相知有素的吴秀明教授及现当代文化和文学研究所的诸位同仁，表达我深切诚挚的感念之情，他们多年来始终不渝的关顾、信任与匡助，是我在学科领域艰难跋涉、不敢怠惰的重要动力，自当感铭于心。

　　记得先师夏承焘先生有言：在一切职业里无论得友之广和得益之大，莫如任教。任教一年可以多交数十位青年朋友；朋友增加就等于自己生命的扩大，这是不能以金钱计算的报酬。长期的教书生活令我深深体悟到这一点。无论是人格修炼还是学识长进上，学生亦是自己的朋友和老师。这次文集中有两部著作就是与我的学生盘剑、陈奇佳合作的成果；我在研究生和本科生开设过话剧史相关课程时，不少同学运用新的批评理念，提出了许多新颖的见解，于我颇多启迪和拓展。

这套文集的出版，特别要说的是吕建明同志，我们虽是两代人，可师生之间常有交流切磋，可谓亦师亦友，情深谊厚。此次辑集成帙的动议就是在 2012 年中秋在三台山的欢聚之夜由他和秀明提出的，以后又得到他的慨然资助。

我于 9 年前因一次意外而失去右眼，近两年左眼视力也不济，王国英、李杭春同志为收集整理校阅文稿而劳心费力，倾注了她们的热情与汗水。

浙江大学出版社的责编宋旭华同志为文集精心擘划，提出的意见和建议对我甚多启迪。

先师任铭善先生的公子、书法家任平教授为拙著拨冗题写书名。

浙大西溪校区图书馆读者服务部王晓军诸同志为我查找资料大力协助，有些早年的文章是他们在尘封的旧报刊逐页翻阅仔细搜寻或通过文献传递而得，这种热心周到地为教师科研服务的精神令人钦佩。

以上种种不胜缕述，谨在此向他们一并致以深深的敬意和谢意。

最后还要感谢我的家人，他们的蔼蔼亲情是我专心致学的精神倚傍与保障。妻子李丽华风雨共济数十年，相煦相濡，休戚相随，为家务不惮冗繁，对我更是呵护有加，始终默默地支持着我的工作。在上世纪八九十年代研习较为紧迫的时日，她在担负医疗和管理工作的间隙，将我一些字迹潦草多有涂改的文稿，逐字逐句细细辨认后工整地誊抄到稿纸上，其间的辛劳和付出焉能淡忘。

落叶秋风感暮年，流水高山有瑟声。文集辑校完毕，了结一桩心事，既有些许欣忭和掬自肺腑的感忱，也借此机会，衷心期望我的这些不大像样的著述文字，能够得到更多的专家学者的批评与指教。

作者谨识

丁酉年春于杭州道古桥畔

**图书在版编目(CIP)数据**

现当代文学评论 / 陈坚著. —杭州：浙江大学出版社，
2017.10

（乐水轩文存）

ISBN 978-7-308-17543-2

Ⅰ.①现… Ⅱ.①陈… Ⅲ.①中国文学—现代文学—文
学评论—文集 ②中国文学—当代文学—文学评论—文集
Ⅳ.①I206.6 - 53

中国版本图书馆 CIP 数据核字（2017）第 256128 号

## 现当代文学评论

陈 坚 著

| | |
|---|---|
| **封面题字** | 任 平 |
| **责任编辑** | 宋旭华 王 挺 |
| **责任校对** | 胡 畔 王 挺 |
| **封面设计** | 刘依群 |
| **出版发行** | 浙江大学出版社 |
| | （杭州市天目山路 148 号 邮政编码 310007） |
| | （网址：http://www.zjupress.com） |
| **排 版** | 杭州林智广告有限公司 |
| **印 刷** | 嘉兴华源印刷厂 |
| **开 本** | 889mm×1194mm 1/32 |
| **印 张** | 15.5 |
| **插 页** | 4 |
| **字 数** | 295 千 |
| **版 印 次** | 2017 年 10 月第 1 版 2017 年 10 月第 1 次印刷 |
| **书 号** | ISBN 978-7-308-17543-2 |
| **定 价** | 48.00 元 |